일본 현대 문학사

하

문학과지성사
1998

일본 현대 문학사 (하)

초판발행/ 1998년 3월 2일
2쇄발행/ 1999년 3월 10일

옮긴이/ 고재석
지은이/ 호쇼 마사오 외
펴낸이/ 김병익
펴낸곳/ ㈜문학과지성사
등록번호/ 제10-918호(1993. 12. 16)

서울 마포구 서교동 363-12호 무원빌딩(121-210)
편집: 338)7224~5 · 7266~7 FAX 323)4180
영업: 338)7222~3 · 7245 FAX 338)7221

ISBN 89-320-0975-9
89-320-0973-2(전2권)
값 18,000원

일본 현대 문학사

하

일본 현대 문학사 하

일본 현대 문학사 ⬤상

제4부

쇼와 문학의 성숙
—— 1955년부터 1970년까지

제1장

'쇼와 문학'의 총합적 발전

여기에서 다루는 것은 소설을 중심에 놓은 1955년부터 1970년까지의 일본 문예의 흐름이다.

이 시기는 쇼와 시대를 통해서 활약하고 또 전후에 출발한 문학적 시행의 주요한 담당자들이 각자의 작풍을 종합해서 원숙한 경지를 보여주는 한편, 이후 문학의 동향을 결정하는 유력한 문학자들이 잇달아 활약하기 시작하는 시기에 해당한다.

20대에서 70대에 이르는 각 세대가 각자 충실한 작업 양상을 보여주며 또 '쇼와 문학'이 배양한 여러 테마나 방법, 장르가 일제히 꽃을 피운다. 이 시기는 다양함과 충실함이 동시에 성립할 수 있었다는 점에서 일본 문예사에서 보기 드문 한 시기였다고 할 수 있다.

그런 까닭에 이 시기를 하나의 구분으로 생각하고 쇼와 시대 문예 전체의 흐름 속에 놓고 다시 바라보면 마치 '백화난만의 계절'이 찾아온 듯한 인상을 받게 된다.

다니자키 준이치로의
『열쇠』 표지와 케이스

백화난만의 계절

쇼와 초기(1920년대 후반), 도시의 대중 문화 성립을 배경으로 문예의 새로운 동향이 흘러넘쳤던 시기를 '쇼와 문학의 모험기'라 부르고, 이어 찾아온 국가 권력의 강력한 사상·문화의 통제와 제2차 세계 대전의 전시하에서, 여러 가지 방법과 형태를 모색했던 시기를 '쇼와 문학의 수난기'라고 부르기로 한다. 1945년, 패전 후 점령군이 보증했던 '자유' 아래에서 폐허를 배경으로 정신적 허탈감을 회복하기 위해 시도했던 다양한 시행은 이 '모험기'와 '수난기'를 헤쳐나감으로써 비로소 가능했던 것이다. 다이쇼 시기 혹은 쇼와 초기부터 활약했던 작가, 쇼와 10년대에 방법을 단련했던 작가는 말할 것도 없고 패전 후에 등장한 작가들도 전전·전중기의 문학을 흡수하고 그 위에서 활약하기 시작한다. 이런 의미에서 패전기는 일본 문학사에서 '쇼와 문학의 계승 발전기'로 볼 수 있다. 그리고 이후 찾아온 1955년부터 1970년까지 15년 동안에 쇼와 전전기와 전후기에 전개되었던 문예의 여러 요소는 각자 상당히 안정된 소설의 형태를 획득하면서 한꺼번에 피어나는 모습을 보여준다. '성숙기'라 부르기에 걸맞은 시대이다.

'쇼와 문학'의 성숙

먼저 소설을 개관하면, 첫째 만년에 접어든 대가들의 완숙한 작품을 들 수 있다. 메이지·다이쇼·쇼와 3대에 걸쳐 활약한 다니자키 준이치로가 역작 『열쇠(鍵)』(1957)와 『미치광이 노인 일기(癲老人日記)』(1962)을 발표했다. 무로 사이세이는 아버지와 딸의 굴레를 쓴 장편 『안쓰코(杏つ子)』(1957), 금붕어와의 회화로 이루어지는 활달한 『꿀의 비애(蜜のあわれ)』

(1959), 『고하는 노래(告ぐる歌)』(1960)에서 왕성한 창작력을 보여주었다. 사토 하루오는 『마사코 만다라(晶子曼陀羅)』(1954)와 『소설 나가이 가후』(1956)를 발표했다. 사토미 돈은 사쓰마(薩摩) 번의 사족(士族) 출신 사내의 생애를 이야기한 『극락 잠자리(極樂とんぼ)』(1951)에서 낙천적인 인생관에서 나오는 유머를 유감없이 발휘했으며, 구보타 만타로는 『미쓰노도리(三の酉)』(1951)에서 담박한 멋의 경지를 보여주었고, 마사무네 하쿠초는 「금년 가을(今年の秋)」(1959)과 「리형(リ-兄さん)」(1961)에서 노년의 감개를 적었다.

둘째, 한 세기가 바뀔 때를 전후해서 태어난 세대가 각각 대표작으로 일컬어지는 작품들을 내놓았다. 이부세 마스지가 『검은 비』(1967)를, 가와바타 야스나리가 『잠들어 있는 미녀(眠れる美女)』(1961)를, 나카노 시게하루가 자전적 장편 『마음』(1954) 이후 유년기의 때묻지 않은 영혼의 결정을 『배꽃(梨の花)』(1959)으로 보여주었다. 이시카와 준은 『시온 이야기(紫苑物語)』(1956), 『백두음(白頭音)』(1957), 『황폐한 영혼(荒魂)』(1964), 『지복천년(至福千年)』(1967) 등을 발표하면서 최전성기라고 할 수 있는 시기를 맞이했으며, 다카미 준도 불안과 공포를 다룬 『이 신의 구역질(この神のへど)』(1954) 이후 『생명의 나무』(1958)에서 에로티시즘의 근원적인 생명력을 노래했으며, 다시 『싫은 느낌(いやな感じ)』(1963) 등을 썼다. 이토 세이도 자전적 장편 『젊은 시인의 초상』(1956)을 간행한 다음, 『범람』(1958)과 『변용』(1958) 등 쇠퇴를 모르는 창작력을 발휘했다. 이시카와 다쓰조의 『마흔여덟 살의 저항』(1955)은 화제를 불러일으켜 유행어가 되기도 했다. 나가이 다쓰오도 「일 개(一個)」(1959), 「겨울날」(1965), 「푸른 장마(靑梅雨)」(1965) 등 주옥같은 단편을 썼다.

도노무라 시게루는 구작 『풀멧목』과 함께 3부작을 이루는 『뗏목(筏)』(1956), 『꽃뗏목(花筏)』(1958)을 썼으며, 자신의 집을 소재로 에도 덴포기

사토 하루오

우노 지요

(天保期) 이후 현대에 이르는 오미(近江) 상인 일족의 명운을 더듬는다. 사소설의 계열에서도 가와사키 조타로의 「인동초(忍び草)」(1969), 오자키 가즈오의 『환영기(まぼろしの記)』(1962), 간바야시 아카쓰키의 『하얀 놀이배(白い屋形船)』(1963), 와다 요시에의 『먼지 속(塵の中)』(1963)과 많은 가작(佳作)들이 나왔으며, 단 가즈오가 「화택의 사람(火宅の人)」(1961~1975)을, 또 노구치 후지오가 『도쿠다 슈세이전』(1965)을 간행했던 것도 이 시기이다.

여성 작가도 많은 작품을 썼다. 노가미 야에코가 『미로』 제6부작(1956)을 완성했고, 이어 걸작 『히데요시와 리큐(秀吉と利久)』(1964)를 완결했다. 우노 지요가 『오한(おはん)』(1957)을, 고다 아야(幸田文, 1904~1990)도 장편 『흐르다(流れる)』(1956)를 쇼와 30년대에 시작해서 완성했으며, 엔치 후미코는 『요(妖)』(1957), 『온나자카(女坂)』(1957)를 완성한 다음 『온나멘(女面)』(1958), 『나마미코 이야기(なまみこ物語)』(1965)를 썼다.

사타 이네코도 자전적 장편 『톱니』(1959), 『회색의 오후』(1960), 『계류』(1964) 등 쇼와의 격동기를 살았던 여자의 내면을 잇달아 발표했다. 시바키 요시코가 「스자키 패러다이스(州崎パラダイス)」(1954) 이후 「유바(湯葉)」(1960), 「스미다카와(隅田川)」(1961)에서 원숙한 경지를 보여주었고, 오하라 도미에도 대표작 「엔이라는 여자(婉という女)」(1960)를 썼다.

쓰보이 사카에는 과거 프롤레타리아 문학 운동 와중에 치렀던 부부 갈등을 「아내의 자리(妻の座)」(1947~1949)로 썼으며, 도쿠나가 스나오는 이에 대항해서 「살아라 풀(草いきれ)」(1956)을 써서 화제를 불러일으키기도 했다.

시대소설·역사소설에서는 대작 『파리 불타다(パリ燃ゆ)』(1964), 『천황의 세기』(1969~1974)를 완성했던 오사라기 지로, 『독수리 부자(父子鷹)』(1956)의 시모자와 간, 『엔초(円朝)』(1957~1958)의 고지마 마사지로, 『닌자(忍び

の者)』(1950~1961)를 쓴 무라야마 도모요시, 또는 하세가와 신 등이 건재했으며, 야마모토 슈고로의 『전나무는 남았다(樅の木は殘った)』(1958), 요시카와 에이지의 『신헤이케모노가타리(新平家物語)』(1951~1957)도 쇼와 30년대에 들어오면서 완성되었다. 가이온지 조고로도 활약했다. 시시 분로쿠도 『오반(大番)』(1956~1958)으로 평판이 높았다. 1953년 아메리카 트리뷴이 주최한 국제 단편소설 콩쿠르에서 1등으로 당선한 「모자상(母子像)」이 1956년에 영화로 만들어졌고, 히사오 주란(久生十蘭, 1902~1957)의 연기가 재평가되기도 했다.

셋째, 패전 후에 데뷔했던 이른바 '전후파' 작가들도 충실한 작업 양상을 보여준다. 노마 히로시의 『청년의 환』(1966~1971), 다케다 다이준의 『숲과 호수의 축제』(1958), 시이나 린조의 『징역인의 고발』(1969), 나카무라 신이치로의 『야반락(夜半樂)』(1954), 『사랑의 샘』(1962), 후쿠나가 다케히코의 『죽음의 섬』(1971), 홋타 요시에의 『바다가 우는 밑바닥에서(海鳴りの底か ら)』(1961), 『심판』(1963), 하나다 기요테루의 『조수희화(鳥獸戲話)』(1962), 『소설 헤이케(小說平家)』(1967), 오니시 교진(大西巨人, 1919~)의 『신성희극(神聖喜劇)』(1968~1980), 오오카 쇼헤이의 『꽃 그림자(花影)』(1961), 미시마 유키오의 『금색』(1951), 『금각사』(1956), 우메자키 하루오의 『환화(幻化)』(1965), 이노우에 미쓰하루의 『허구의 크레인(虛構のクレン)』(1960), 시마오 도시오의 『죽음의 가시』(1960), 오가와 구니오(小川國夫, 1927~)의 『생의 한가운데에서(生のさ中に)』(1967), 아베 고보의 『모래의 여자』(1962), 후지에다 시즈오의 『공기두(空氣頭)』(1967) 등 역시 각자 대표작으로 손꼽을 수 있는 작품들이 잇달아 제작되었다.

이노우에 야스시는 『빙벽』(1957)을 거쳐 『덴표의 용마루(天平の甍)』(1957) 등 역사소설에서 새로운 경지를 개척하고, 13세기의 동아시아를 무대로 한 서사시 『풍도(風濤)』(1963)에 이른다.

왼쪽부터 엔도 슈사쿠,
요시유키 준노스케,
쇼노 준조, 오누마 단,
야스오카 쇼타로,
미우라 슈몬, 소노 아야코

또 마쓰모토 세이초는『점과 선』(1958) 등 소위 사회파 추리소설 세계를
확립했다. 고미 야스스케(五味康祐, 1921~1980), 시바타 렌자부로(柴田鍊
三郎, 1917~1978)가 검호소설로, 야마다 후타로(山田風太郎, 1922~)가 닌
자물(忍者物)인『구노이치 인법첩(くノ一忍法帖)』(1960~1971)으로 활약했
다.

이렇게 보면 쇼와 30년대는 쇼와 초기, 쇼와 10년대, 쇼와 20년대의 소설
표현의 주요 담당자들이 한자리에 모여서 마치 잔치를 벌이는 듯한 인상을
준다.

유력 작가군의 등장

그리고 다음 시대를 담당하는 유력한 새로운 작가군이 등장하고 곧 활약
하기 시작하는 것도 이 시기이다.

미우라 슈몬(三浦朱門, 1926~)의 「명부산수도(冥府山水圖)」(1951), 야스
오카 쇼타로의 「우울한 즐거움(陰氣な愉しみ)」(1953), 고지마 노부오의 「아
메리카 스쿨」(1954), 요시유키 준노스케의 「취우(驟雨)」(1954), 쇼노 준조의
「풀 사이드 소경(プールサイド小景)」(1954), 기타 모리오(北杜夫, 1927~)의
「유령(幽靈)」(1954), 아가와 히로유키(阿川弘之, 1920~)의 「구름의 묘표(雲
の墓標)」(1955), 곤도 게이타로(近藤啓太郎, 1920~)의 「해녀 배(海人舟)」
(1956), 엔도 슈사쿠의 「바다와 독약(海と毒藥)」(1957) 등 1955년을 전후해
서 활약하기 시작했던 이들에게 '제1차 전후파' '제2차 전후파'에 이어 등
장한 작가라는 의미에서 '제3의 신인'이라는 명칭이 붙었다.

그리고 학생 작가로 이시하라 신타로(石原愼太郎, 1932~)가 「태양의 계
절」(1955)로, 오에 겐자부로가 「죽은 자의 사치(死者の奢り)」(1957)로 주목
을 받았고, 후카사와 시치로(深澤七郎, 1914~1987)의 「나라야마부지코(楢山

節考)」(1956), 가이코 다케시(開高健, 1930~1989)의「패닉(パニック)」(1957)
등 유력한 신인이 잇달아 등장했으며, 오다 마코토의 여행기『무엇이든 보
라(何でも見てやろう)』(1961)도 젊은 세대들의 지지를 받았다. 이어 사카가
미 히로시(坂上弘, 1936~)의「어느 가을의 사건(ある秋の出來事)」(1959),
미우라 데쓰오(三浦哲郎, 1931~)의「시노부가와(忍ぶ江)」(1960), 구라하시
유미코(倉橋由美子, 1935~)의「파르타이(パルタイ)」(1960), 고노 다에코
(河野多惠子, 1926~)의「유아 사냥(幼兒狩り)」(1961), 아베 아키라(阿部昭,
1934~1989)의「아이 방(子供部屋)」(1962), 다카하시 가즈미의「슬픔의 그릇
(悲の器)」(1962), 다쿠보 히데오(田久保英夫, 1928~)의「해금(解禁)」
(1962), 마쓰기 노부히코(眞繼伸彦, 1932~)의「상어(鮫)」, 쓰지 구니오(辻
邦生, 1925~)의「회랑에서(回廊にて)」(1963), 다치하라 마사아키(立原正秋,
1926~1980)의「다키기노(薪能)」(1964), 1965년을 전후하여 고토 메이세이
(後藤明生, 1932~)의「관계」(1962), 다카이 유이치(高井有一, 1932~)의
「북쪽 강(北の河)」(1965), 가가 오토히코(加賀乙彦, 1929~)의「프랜들의 겨
울(フランドルの冬)」(1966), 마루야마 겐지(丸山健二, 1943~)의「여름의 흐
름(夏の流れ)」(1966), 마루야 사이이치(丸谷才一, 1925~)의『대나무 베개
(笹まくら)』(1966), 오바 미나코의「세 마리의 게(三匹の蟹)」(1968), 구로이
센지의「시간」(1969), 후루이 요시키치(古井由吉, 1937~)의「요코(杳子)」
(1970) 등 다음 세대를 담당할 작가들이 잇달아 활약하기 시작했으며, 그리
고 전후에 태어난 가나이 미에코(金井美惠子, 1947~), 쓰시마 유코 등도 등
장하기 시작했다.

　또 이 시기에는 소노 아야코(曾野綾子, 1931~)의「먼 곳에서 오신 손님
(遠來の客たち)」(1954), 아리요시 사와코(有吉佐和子, 1931~1984)의「지우
타(地唄)」(1956), 세토우치 하루미(瀨戶內晴美, 1922~)의「다무라 도시코
(田村俊子)」(1960) 등 여성 작가들이 등장했으며, 「꽃놀이(花狩)」의 다나베

아리요시 사와코

왼쪽부터 시바 료타로,
닛타 지로, 오야부 하루히코

세이코(田邊聖子, 1928~), 「연인들의 숲(戀人たちの森)」(1961)의 모리 마리
(森茉莉, 1903~1987) 등이 활약하기도 했다.

김학영(金鶴泳, 1938~1985)의 「얼어붙은 입(凍える口)」(1966), 이회성(李
恢成, 1935~)의 『또다시 이 길을(またふたたびの道)」(1969), 김석범(金石
範, 1925~)의 「까마귀의 죽음(鴉の死)」(1967) 등 재일 교포 2세 작가들은
한국 민족이 분단되고 억압을 받고 있는 역사를 배경으로 자아 내부의 굴절
을 쓰면서 무겁고 날카로운 문제를 추구했다.

사회파 추리소설로 출발했던 미즈카미 쓰토무(水上勉, 1919~)도 「안사
(雁の寺)」(1961) 등 슬픈 정염의 세계를 전개했으며, 추리소설계에서 가지
야마 도시유키(梶山季之, 1929~1975)가 『붉은 다이아몬드』(1962), 구로이와
주고(黑岩重吾, 1924~)가 『배덕의 메스(背德のメス)』(1960), 다카기 아키미
쓰(高木彬光, 1920~)가 『백주의 사각(白晝の死角)』(1960)으로 등장해서 각
자 작풍을 확립했고, 시바 료타로(司馬遼太郎, 1923~1996)가 『료마는 간다
(龍馬がゆく)』(1963~1966)로 역사시대소설에 새로운 작법을 개척했으며,
이케나미 쇼타로(池波正太郎, 1923~1990)가 「귀평범과장(鬼平犯科帳)」
(1968~1989), 닛타 지로(新田次郎, 1912~1980)가 산악소설 『강력전(強力
傳)』(1955), 시로야마 사부로(城山三郎, 1927~)가 경제소설 『소카이야긴조
(總會屋錦城)』(1959), 오야부 하루히코(大藪春彦, 1935~)가 일본제 하드보
일드 『야수 죽으리(野獸死すべし)』(1958), 요시무라 아키라가 전기물(戰記
物)『전함 무사시(戰艦武藏)』(1966), 야마자키 도요코(山崎豊子, 1924~)가
『하얀 거탑(白い巨塔)』(1963~1965)으로 각자 활약의 장을 확립했으며, 그리
고 방송 세계에서 이쓰키 히로유키(五木寬之, 1932~)가 『창백한 말을 보라
(蒼ざめた馬を見よ)』(1967), 노사카 아키유키(野坂昭如, 1930~), 이노우에
히사시(井上ひさし, 1934~) 등이 문단에 나와서 활약했고, 호시 신이치(星
新一, 1926~)가 초단편소설에서 본령을 발휘했으며, SF 장르에서 고마쓰

후쿠다 쓰네아리

사쿄(小松左京, 1931~)가 『일본 아파치족』(1964), 그리고 쓰쓰이 야스타카(筒井康隆, 1934~)가 『동해도 전쟁(東海道戰爭)』(1965)으로 등장해서 저널리즘을 통해 볼 수 없었던 활발한 국면을 보여주었던 것이 이 시기이다.

시에서는 호리구치 다이가쿠가 건재했고, 니시와키 준자부로, 다키구치 슈조가 시를 쓰기도 했으며, 전후 시인인 아유카와 노부오(鮎川信夫, 1920~1986), 다무라 류이치(田村隆一, 1923~), 기타무라 다로(北村太郎, 1922~), 이지마 고이치(飯島耕一, 1930~), 안도 쓰구오(安東次男, 1919~), 다니가와 간(谷川雁, 1923~), 구로다 기오(黑田喜夫, 1926~1984), 하세가와 류세이(長谷川龍生, 1928~), 이바라기 노리코(茨木のり子, 1926~)가 활약했으며, 다니카와 슌타로(谷川俊太郎, 1931~), 오오카 마코토(大岡信, 1931~), 세키네 히로시(關根弘, 1920~), 기요오카 다카유키(淸岡卓行, 1922~), 미키 다쿠(三木卓, 1935~), 데라야마 슈지(寺山修司, 1935~1983), 도미오카 다에코(富岡多惠子, 1935~), 요시오카 미노루(吉岡實, 1919~1990) 등이 활약하기 시작했고, 다시 아마자와 다이지로(天澤退二郎, 1936~), 오카다 다카히코(岡田隆彦, 1939~), 요시마스 고조(吉增剛造, 1939~) 등이 등장한다.

희곡에서는 아베 고보, 미시마 유키오, 하나다 기요테루, 나카무라 미쓰오 등이 붓을 들었고, 후쿠다 쓰네아리(福田恒存, 1912~1994)의 「아케치 미쓰히데(明智光秀)」(1957), 다나카 지카오(田中千禾夫, 1905~)의 「마리아의 머리(マリアの首)」(1959), 기노시타 준지(木下順二, 1914~)의 「오토라고 부르는 일본인(オット-と呼ばれる日本人)」(1962), 미야모토 겐(宮本研, 1926~)의 「더 파일럿(ザ・パイロット)」(1964), 베쓰야쿠 미노루(別役實, 1937~)의 「이상한 나라의 앨리스(不思議の國のアリス)」(1969), 시미즈 구니오(淸水邦夫, 1936~)의 「광인 역시 인생을 다하다(狂人なおもて往生をとぐ)」(1969),

샌프란시스코 강화 조약
조인식(1951. 9. 8)

아키모토 마쓰요(秋元松代, 1911~)의 「가사부타 시키부고(かさぶた式部考)」(1969), 가라 주로(唐十郎, 1940~)의 「소녀 가면」(1969) 등이 잇달아 등장했다.

70대에서 20대에 걸친 세대의 확대, 다양하게 걸친 장르, 작풍의 다양함, 그 어느 곳을 보더라도 이 시기가 '쇼와 문학'의 '백화난만기'라는 사실을 납득하게 될 것이다. 그리고 새로 등장한 담당자들이 전쟁이나 패전 후의 세상에 대처하면서 각자 세대적인 각인이 짙은 표현을 하고 있으며, 또 각자 강렬한 개성을 갖고 있다는 것도 두말할 나위가 없다. 그러나 이 방법은 이미 '쇼와 문학의 모험기'와 '수난기' '계승 발전기'를 통해서 배양되었으며, 이들의 작업은 이를 자양분으로 해서 풍요롭게 결실을 보았다. 이런 의미에서 우리는 이 시기를 '쇼와 문학의 성숙기'라고 불러도 좋을 것이다.

도시 대중 사회의 전개

이런 '백화난만의 계절' '쇼와 문학'의 성숙기가 나타났던 사회사적·사상사적·문화사적 배경은 어떤 것일까. 여기에서는 문예와 관계되는 범주에서 개괄해보기로 한다.

1955년 체제의 확립

1952년에 발효된 샌프란시스코 강화 조약은 서방 진영 국가들만의 '편면 강화(片面講和)'에 머물렀으며, 일본은 정치·경제·군사에 걸친 대미 의존으로 선진국 '따라잡기'라는 외길을 걷기 시작했다.

'피의 메이 데이'
(1952. 5. 1)

　　1955년 소련을 중심으로 바르샤바 조약이 성립하고, 제2차 대전의 전후 처리 시기를 벗어나면서 미소 대립을 주축으로 하는 국제 질서가 성립하게 된다.

　　국내적으로는 1955년 '보수 합동'으로 형성된 자유민주당이 안정 지배의 확립을 목표로 삼고 '전후는 끝났다'는 구호를 내세우면서 미국적 고도 자본주의를 목표로 삼은 산업 사회의 형성에 매진하기 시작한다. 국제적·국내적으로 이후의 일본의 진로가 결정되었던 것은 이 시기이며, 이런 의미에서 이를 '1955년 체제'라고 한다.

　　1956년, 일본은 소련과 영토 문제를, 아시아 국가들과 여러 문제를 미해결로 남겨놓은 채 국제연맹에 가맹하면서 국제 사회에 복귀한다. 1960년 미일안전보장조약이 체결됨에 따라 일본은 미국의 핵우산 아래에서 극동 군사전략으로 군사 기지를 제공하고, 자본주의 진영의 강력한 담당자가 되는 길을 추인받게 된다. '미국 지배에 의한 평화 *Pax Americana*'라고 할 수 있는 국제 관계 성립기에 일본은 미국에 의존하고 그 일익을 적극적으로 담당함으로써 국제 사회에 복귀했던 것이다.

　　경제적으로는 그보다 앞서 한국 전쟁의 특수 붐으로 소비 경제가 부활했고, 또 경제에서 대미 의존이 결정되었으며, 전후의 '재벌 해체'를 거친 다음 새로운 형태의 '국가 독점 자본'이 형성되고, 1955년을 전후해서 중화학 공업 중심으로 산업 구조가 전환되었으며, 기술 혁신과 수입 석유 중점주의로의 이행을 지렛대삼아 단숨에 경이적인 '고도 경제 성장'을 이룩하게 된다. 따라서 도시 대중 문화는 1920년대와는 질적·양적으로 다른 형태로 전개된다.

『태양의 계절』

　　1952년의 샌프란시스코 강화 조약의 발효는 패전 후 점령군 총사령부가

이시하라 신타로

일본에서 실시했던 일체의 규제가 해제되었음을 의미한다. 그로부터 4년 후 약관 22세의 학생이 마치 일체의 터부에서 해방된 듯한 소설을 썼다. 이 작품은 1956년 제34회 아쿠타가와 상을 수상하면서 센세이션을 일으켰던 이시하라 신타로의 「태양의 계절」이다.

복싱과 요트, 여자 몸을 내기로 거는 형제, 즉 육체의 활동과 욕망의 충족만을 찾아 청춘을 질주하는 감성을 리듬 있는 빠른 속도로 써내려간 이 작품은 구도덕이나 미의식에서는 격렬한 반감을 불러일으켰다.

"에이코"

방의 에이코가 이쪽을 향했다고 생각했을 때 그는 발기한 음경을 바깥에서 미닫이를 뚫고 밀어넣었다. 미닫이는 마른 소리를 내며 찢어졌고, 이 광경을 본 에이코는 읽고 있던 책을 힘껏 미닫이에 던졌다. 책은 멋지게 과녁을 맞추고 다다미에 떨어졌다.

그 순간 다쓰야(龍哉)는 온몸이 조여오는 쾌감을 느꼈다. 그는 지금 링에서 느끼는 저 번들거리며 저항하는 인간의 기쁨을 맛보았던 것이다.

항간의 화제를 불러일으켰던 일절인데, 이 노골적인 행위를 쓰는 직설적이고 간명한 표현은 익살스런 비유로 음습함을 불식하고 있다. 이는 같은 행위를 썼던 다음의 일절과 비교해보면 잘 알 수 있다.

아나야마(穴山)의 목적은 물론 미닫이를 엎어버리는 것만은 아니었다. 바짝 선 음경으로 미닫이 창호지에 구멍을 뚫는 것이었다. 그는 옆으로 자리를 옮기면서 또 응 하고 허리를 움직였다. 〔……〕

아나야마가 이 동작을 하는 자세가 눈에 들어왔을 때 나는 처음으로 견딜 수 없는 음란을 느꼈다. 그러나 아나야마의 동작으로 주위에 감돌고 있는 분

태양족

> 위기가 단순한 장난 이상의 것이 되고 사면의 공기가 긴박해지면서 끈적끈적한 음란은 사라지고 몸 안에 스며드는 듯한 긴장이 나를 엄습했다. 나는 이 긴장이 생리적으로 불결한 것이라고 생각하지는 않았다. 하지만 비릿하고 답답한 것이었다.

다케다 다이준의 「이형자(異形の者)」(1950)에서 인용한 글인데, 여기에서는 같은 행위에 쇼와 전전기의 사상을 배경으로 한 고독한 오뇌의 표현을 통해 실존적인 의미를 부여하였다.

성과 폭력을 소재로 하고 있지만 「태양의 계절」의 주인공, 부르주아 계급의 청년을 특징짓는 것은 무사상·무윤리·무감정이다. 이것은 전후의 혼란기를 벗어나 재편성되고 있는 도시 대중 사회 속에서 물질적 욕망만 비대해지고, 정처 없이 방향을 잃고 살아갈 수밖에 없는 젊은이들의 마음의 밑바닥에 뚫린 허무와 절망을 뒤집어서 쾌락주의적으로 추구하는 자세이다.

확실히 여기에는 어두운 역사의 그림자는 비치지 않으며, 메마른 태양의 계절만이 찾아올 뿐이다.

그러나 이것은 아프레게르(전후) 세대의 젊은이들이 부를 고통 없이 손에 넣을 수 있는 조건만 된다면 비교적 예상할 수 있었던 생태라고 하지 않을 수 없다.

이는 이노우에 야스시의 「투우(鬪牛)」에 나오는 주인공의 허무적인 행동주의에서 그 선구를 볼 수 있으며, 전쟁으로 짊어져야 했던 운명에 보복을 하기로 맹세한 오야부 하루히코의 「야수 죽으리」의 주인공이 갖고 있는 비정함과 겹쳐지고 있음도 알 수 있다. 이시하라 신타로는 젊음이들의 허무적이고 비정한 행동을 사실적으로 보여주었다고 할 수 있다.

『문예춘추』 3월호의 아쿠타가와 상 심사평에서 사토 하루오는 "작가에게 미적 태도가 결여된 것을 보고 혐오를 금할 수 없었다"고 했고, 이에 대해

이시하라 유지로

후나바시 세이이치는 "세상을 무서워하지 않고 솔직하고 생생하게 '쾌락'과 대결하고 그 실감을 가차없이 묘사한 긍정적 태도가 좋다"고 말하고 있다. 이는 「태양의 계절」에 대한 찬반을 대표하는 의견인 동시에 사토 하루오와 후나바시 세이이치라는 문학 세대의 대립을 말한다고 할 수 있다.

「태양의 계절」은 쇼와 초기에 후나바시 세이이치가 제창했던 '행동주의' 문학이 전후의 세태를 배경으로 나타난 것이라는 느낌도 없지 않다. 작가는 전혀 새롭지만, 이 작품을 추천하고 또 반론을 가한 선배 작가들의 문예 사상은 틀림없이 쇼와 전전기(戰前期)부터 계속되었던 것이다. 또 '행동주의' 문학의 기반을 이룬 정신 상황과 매우 흡사한 상황이 이 시기에 일어나고 있었던 것도 간과할 수 없다.

'교양 오락의 왕' 으로서의 소설

「태양의 계절」로 작가 이시하라 신타로는 일약 인기 스타가 되었다. 이 작품이 영화로 만들어지면서 그의 동생 이시하라 유지로(石原裕次郎, 1934~1986)는 인기 배우가 되었고, '태양족' 이란 풍속이 생기기도 했다.

전후의 대중 사회는 텔레비전이나 주간지로 상징되는 매스 미디어가 소비 욕망을 자극하면서 유행을 창조하는 미국형 상법이 확대된 시기이다. 여기에서 다양한 붐이 잇달아 일어났고 '붐의 붐' 이라고 할 수 있는 현상도 일어났다. 그런 가운데 「태양의 계절」에 국한되지 않고 쇼와 초기부터 일어났던 문예 작품과 영화의 제휴가 한층 왕성하게 이루어졌다. 이런 현상은 한편으로는 이른바 '문예의 흥행화' 이지만, 동시에 작가가 사회적으로 스타가 될 수 있는 밑바탕과 영화 산업 쪽에서 '문예물' 로 관객 동원을 기대할 수 있을 정도의 기반을 갖고 있었다는 것을 의미한다고 할 수 있다.

그래서 이 시기의 도시 대중화 사회에서 문예가 차지하는 위치에 대해 살펴보고자 한다.

누워 있는 오야 소이치

생활에서는 도시 생활의 의·식이 안정되고 도쿄를 중심으로 대도시의 인구 유입이 급증했는데, 특히 쇼와 30년대 후반에는 농촌 청장년층의 '이농과 이직' 그리고 그 장기화가 눈에 띈다. 도시에서는 주택난이 격화되고 도시 팽창이 시작된다.

특히 수도 집중화가 뚜렷해서 1957년 850만을 돌파한 도쿄는 도시 인구 세계 1위에 올랐으며 1957년 상주자 인구가 추계로 1,000만 명을 돌파하였다.

우선 도시를 중심으로 소득의 상승과 소비·유통 혁명이 진행되었고, 새로운 내구 소비재로 등장한 텔레비전·전기 세탁기·전기 냉장고를 '3종의 신기(神器)'라고 불렀으며 각 가정의 전기화가 추진되는 한편 인스턴트 식품이 유행하고 가사의 간소화가 이루어졌다.

소득의 상승과 가사의 간소화, 대기업에서 일어나기 시작한 노동 시간의 단축으로 여가에 대한 경제 지출이 증대되었다. 그러나 이 시기의 여가의 중심은 여행·스포츠보다 교양 오락의 비중이 높았다.

교양 오락의 내용은 이 시기에 보급된 텔레비전의 영향이 가장 크며, 프로 레슬링 등의 스포츠 생중계나 저속 오락 프로그램에 정신을 빼앗기는 상태를 야유했던 '일억 총백치화'(오야 소이치)라는 말도 생겼는데, 경제기획청이 도시의 세대주를 대상으로 휴일 보내는 방법을 조사(1985년 8월)한 자료에 의하면 '텔레비전·라디오·신문'(62%), '낮잠 등 휴식'(40%)에 이어 '독서'(26%), '영화'(24%)순이다. 패전 후, 활자에 대한 기아 상태를 벗어났던 이 시대에 독서는 고급스런 위치를 차지하였다. 또 고학력 사회로 재편되고 있었기 때문에 교양주의가 부활하고 청소년에 대한 독서 지도도 정력적으로 이루어졌다.

문예, 특히 소설은 교양 오락의 '왕'의 위치를 확보했다.

시바타 렌자부로와
『네무리 교시로 부라히카에』

주간지와 신서

텔레비전의 보급과 함께 주간지의 붐은 이 시기의 매스 미디어를 특징 있게 재편했다.

1956년『주간신조』발간을 시작으로 이때까지 신문사 계열이 독점하고 있던 주간지 분야에 출판사 계열의 주간지가 잇달아 발간되고, 여성지도 나와 주간지 붐이 일어났다. 1959년에는 패전 후의 베이비 붐 세대를 대상으로 한 소년용 만화 주간지『주간 소년 매거진』『주간 소년 선데이』및 성인용 『주간 만화 선데이』도 창간되었다.

새롭게 창간된『주간신조』의 '특상품'은 고미 야스스케의 「야규 무예첩(柳生武藝帖)」과 시바타 렌자부로의 「네무리 교시로 부라히카에(眠狂四郎無賴控)」연재였다. 출판사 계열의 주간지는 오락소설이나 읽을 거리를 연재함으로써 그 부수를 확대했던 것이다. 구로이와 주고의 「배덕의 메스」도 중앙공론사의『주간공론』에 연재됐던 작품이다. 신문사 계열의 주간지에서는 『주간 요미우리(週刊讀賣)』가 아리마 요리치카의 「4만 명의 목격자(四万人の目擊者)」(1958)를, 『선데이 마이니치』가 야마자키 도요코의 「하얀 거탑」 등을 연재했다.

이는 이른바 '대중소설'의 시장이 확대되었다는 것뿐만 아니라, '중간 소설'(쇼와 초기에 모더니즘 계열의 잡지가 '순문학' '대중 문학'의 구별을 불식하고 게재했던 가벼운 콩트·소설·읽을 거리를 선구로 하며, 패전 후 풍속소설이 유행하는 가운데 특히 하나의 장르로 의식하게 되었던 작품)과 순문학의 경계가 용해되고, 또 '순문학' 작가가 주간지 등에 가벼운 읽을 거리(엔도 슈사쿠의 작품, 기타 모리오의 작품 등)를 발표함으로써 활동이 이중화되는 경향이 생겼음을 의미한다.

또한 활자 미디어로 이루어지는 교양물을 보다 가벼운 상품으로 만들려는

2대 베스트 셀러, 고미카와 준페이의
『인간의 조건』 제1권(전 6권)과
하라다 야스코의 『만가』

경향도 활발했다. 이를 대표하는 것이 '신서(新書) 붐'이다.

1954년의 베스트 셀러 톱 텐에는 이토 세이의 『여성에 관한 12장』을 비롯해서 신서판이 4권이나 들어 있다. 그리고 이 해 10월에 갓파 북스(カッパブックス)가 나왔고, 출판사들은 베스트 셀러를 만들기 위한 출판 생산을 공공연하게 내세우게 되었다. 신서의 종류는 곧 증가했고 1955년에는 96종을 헤아리게 되었다.

신서판으로 대량 부수를 간행하게 된 소설도 나타났다. 하라다 야스코(原田康子, 1928~)의 『만가(挽歌)』(1956)와 함께 경이적인 부수를 기록한 고미카와 준페이(五味川純平, 1916~)의 『인간의 조건』(1956~1958)도 신서판이다. 또 엔치 후미코의 『온나자카』 등도 신서판으로 출판되었던 명작이다.

신문소설에서는 1964년 아사히신문사 오사카 본사의 창간 85주년을 기념한 1,000만 엔 현상 소설 모집에서 미우라 아야코(三浦綾子, 1922~)의 「빙점(氷点)」이 입선되어 같은 해 12월부터 약 1년 동안 아사히신문에 연재되었으며 영화 · 텔레비전 드라마로 만들어져 베스트 셀러가 되었다.

공전의 문학 전집 붐

어느 시대의 문화가 성숙되려고 하면 반드시 두드러지게 나타나는 현상이 있다. 그것은 과거의 문화 유산을 총람하고 목록으로 만들려는 움직임이다.

이는 문화의 발전이라는 것이 필연적으로 자신의 도달점을 자각하고 싶은 충동을 내면에 품게 되듯이, 혹은 다음 시대에 대한 돌파구를 찾기 위해 준비 작업을 하듯이 거의 문화의 생리처럼 일어나는 현상이다.

쇼와 30년대에 일어난 '문학 전집' 붐도 이런 문화의 생리로 일어난 것이라고 할 수 있다.

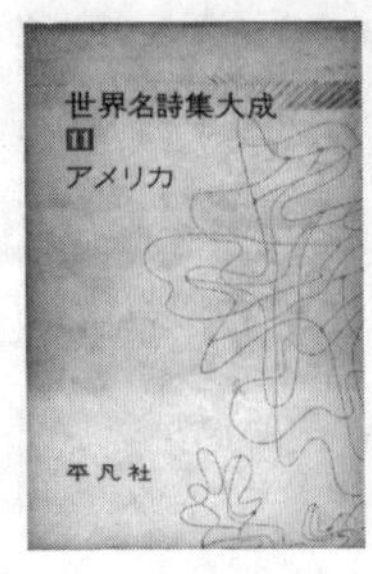

'세계 명시집 대성' 11권

　이 시기의 '전집물'은 사상 · 소설 · 시 · 논픽션 전반에 걸쳐 상당한 넓이를 갖고 세계의 지적 유산, 일본의 지적 유산의 각종 앤솔로지 기획물을 잇달아 간행했다. 시험삼아 열거해보면 '세계 교양 전집' '세계의 대사상' '세계 문학 대계' '세계 명시 집대성' '세계 SF 전집' '일본의 사상' '일본 근대 사상 대계' '일본 고전 문학 대계' '현대 일본 문학 전집' '일본 단편 문학 전집' '대중 문학 전집' '추리소설 대계' '현대시 대계' '현대시론 대계' 등등이다. '전집' '대계(大系)' '집성'을 붙이지 않고 '우리들의 문학' '인생의 책' '현대 문학의 발견' 등 시리즈 타이틀을 가진 전집도 많이 나왔으며, 또 개인 전집도 잇달아 간행되었다. 더구나 동일 범주의 전집이 경합하거나 수년에 걸쳐 재편집되는 등 그 규모와 종류도 공전의 붐을 이루었다.

　이 중에는 '호화판'이라 명기한 전집도 나오기 시작해서 '문학 전집'을 '가구 세간의 하나'로 다루려고 했던 의식을 엿볼 수 있는데, 이런 의식이 생긴 것도 전후의 혼란기를 벗어나면서 경제적인 여유가 생기기 시작했다는 것, 또 평균적인 지적 수준의 고도화를 추구하는 사회의 요구에 부응하기 위해서는 '교양의 체계'가 필요하다는 인식이 널리 확산되었다는 것 등을 의미한다.

　이런 현상은 당대의 첨단 수준을 따라잡으려는 욕구와는 달리 마치 세계의 지적 유산 전부를 일본어로 바꾸려는 듯한 양상마저 보였고, 또 주석 등을 통해 일본의 지적 유산 전부를 당대 일반 독자들이 이해할 수 있도록 편집하려는 양상도 보여주고 있다.

　세계 문학의 '전집화'는 고전에서 20세기 문학에 이르는 '전모'의 소개에서 한걸음 더 나아가 쇼와 40년대 중반부터는 프랑스의 누보 로망 *nouveau roman* 등 전후 문학도 왕성하게 번역 · 소개하였다.

　과거 일본의 문화 상황 가운데 이와 매우 비슷한 양상이 나타났던 것은

일본국 헌법 공포 기념 축하
도민대회(1956. 11. 3)

다이쇼 말기부터 쇼와 초기에 걸쳐 일어났던 이른바 '엔혼 붐'인데, 이 시기에 일어난 '전집 붐'은 마치 엔혼 붐을 확대 재생산했던 것 같은 느낌마저 있다.

또한 예전의 '엔혼 붐'이 그랬듯이 세계 문화 속에서 차지하는 일본 문화의 상대적 독자성에 대한 접근이 왕성하게 이루어졌다. 예전의 그것은 제1차 대전 후 세계를 풍미했던 문화 상대주의 풍조 속에서 다이쇼 교양주의가 모색했던 한 귀결이었으나 결국 민족주의적 쇼비니즘으로 수렴되었다. 그런 까닭에 1955년을 전후해서 왕성해진 일본 문화론은 훨씬 복잡하고 굴절된 양상을 보여주지 않을 수 없었다.

1955년에는 포크너, 1957년에는 이리야 에렌부르그 I. Erenburg가 일본에 왔고, 1957년에는 '국제 펜' 대회를 도쿄에서 개최했으며, 1958년에는 일본 문학의 해외 소개를 위한 '대외문학위원회'가 활동하기 시작했다. 일중 문화 교류 등 문학자의 국제 교류의 기운이 대단히 왕성했던 계절이 찾아온 것도 이 시기이다.

자유와 금기

패전 후의 출판 언론계는 연합국 점령군 총사령부(G. H. Q)의 '자유와 민주주의' 육성 방침에 따라 점령군 비판을 제외한 '자유'를 획득했다. 그리고 1952년 4월에는 샌프란시스코 강화 조약이 발효되고, G. H. Q는 폐지되어 독립국으로서 국내 법질서를 외부의 간섭 없이 운용할 수 있는 조건이 제도적으로 갖추어졌다.

터부로부터의 해방이 문학에서 가장 단적으로 나타난 것은 히로시마와 나가사키의 원폭 투하를 테마로 하는 작품들의 '해금'이었다.

하지만 이 시대에 언론·표현의 자유를 완전히 획득할 수 있었던 것은 결

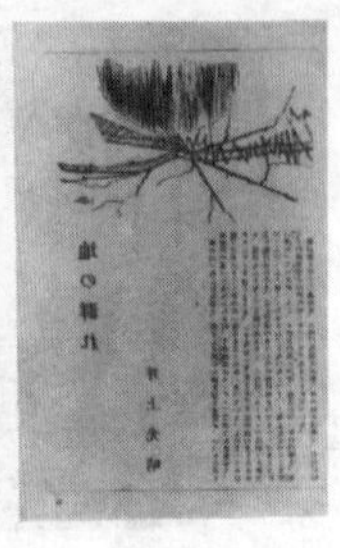

이부세 마스지의 『검은 비』(1966)와
이노우에 미쓰하루의 「땅의 무리」(『문예』, 1963. 7)

코 아니다. 언론·표현을 규제하는 법률상의 유일한 근거로 형법 175조가 작용하기 시작한다. 그리고 또 하나의 터부가 존재한다는 사실을 강력하게 느끼게 했던 사건이 일어난다.

'원폭 문학'의 해방

점령 치하에서 점령군을 비판하는 표현은 터부였다. 작가들은 히로시마와 나가사키에 투하된 원폭 문제를 정면에서 다루기를 꺼렸다. 피폭자의 손으로 쓴 작품조차 그 입장이 허용되지 않으면 부분 삭제를 한 상태로 출판되는 상태였다. 점령군의 신문 편집 요항*press code*의 해제는 이 문제를 인류의 평화를 위해 파고들어 생각해야 하는 시대가 도래하였음을 의미한다.

아가와 히로유키의 『마의 유산(魔の遺産)』(1954), 세리자와 고지로의 『사무라이의 후예(サムライの末裔)』(1955), 이노우에 미쓰하루의 『손의 집(手の家)』(1960), 『땅의 무리(地の群れ)』(1963), 홋타 요시에의 『심판』, 이부세 마스지의 『검은 비』, 미야모토 겐의 『더 파일럿』(희곡), 후쿠나가 다케히코의 『죽음의 섬』, 사타 이네코의 『나무 그림자』(1972) 등이 이 문제를 다양하게 다루고 있다.

그 이전에 하라 다미키, 도우게 산키치 등이 피폭 체험에서 나온 탁월한 작품을 남겼다. 『시체의 거리』(삭제판 1948, 완전판 1950)의 작가 오타 요코는 「반인간」(1954)에서 정신을 좀먹는 참혹한 자신을 써서 '원폭 작가'로서 그녀가 받지 않으면 안 되었던 외적·내적 상황을 고발하였으며, 이부세 마스지는 「검은 비」에서 사건의 공포를 밑바닥에 가라앉히고 '절규'를 억제하면서 참혹한 비극에 휩쓸린 인간들의 '비일상 속의 일상'을 묘사했다. 이부세 마스지와 함께 이노우에 미쓰하루는 피폭자의 굴절된 심정에 초점을 맞추었고, 홋타 요시에의 「심판」과 미야모토 겐의 「더 파일럿」에서는 투하했던 쪽의 시선을 엿볼 수 있다. 다각적인 관점을 취하게 된 것이 이 시기의

마쓰모토 세이초

특징이라고 할 수 있다.

오에 겐자부로가 『히로시마 노트』(1965)를 쓰는 등 이 문제에 몰두하던 문학자들의 활동도 활발해졌는데, 피폭에 대해 관심이 고조된 배경으로 1954년에 제5 후쿠류마루(福龍丸)가 비키니 섬에서 감행된 수폭 실험에서 나온 '죽음의 재'를 뒤집어쓴 사건과 1955년 제1회 원수폭 금지 세계 대회 개최 등 반전 평화 운동의 고양이 있었다. 그러나 원수폭 금지 운동의 분열, 소련의 '핵 평화 이용' = 원자력 발전을 둘러싼 문제 등 반전 평화 운동도 점차 복잡한 요소를 더하게 된다.

해금된 것은 '원폭' 테마만은 아니다. 마쓰모토 세이초는 정령 치하의 암흑 사건을 다룬 추리소설 『일본의 밤과 안개(日本の夜と霧)』(1960)를 쓰기도 했다. 전전·전중·전후를 통해 규제를 받았던 언론·표현이 예전에 없던 자유를 획득했던 것이 이 시대의 문학의 풍요를 보증했던 큰 조건이었다는 사실을 부정할 수는 없다.

'외설'의 단속

점령군이 신문 편집 요항을 해제함에 따라 출판을 정면에서 규제하는 기능을 가진 법규는 형법 175조뿐이었다. 그리고 5년 후인 1957년 3월 형법 175조에 근거해서 로렌스 작, 이토 세이 역 『채털리 부인의 연인』(소산서점)을 외설 문서로 간주한 최고 재판소 판결이 내려졌다.

이 책이 적발·기소된 것은 1950년이며, 이때 미국에서 베스트 셀러였던 노만 메일러 N. Mailer의 『나자와 사자(裸者と死者)』도 동시에 적발을 당했다. 하지만 후자는 판권을 소유한 개조사가 점령군 총사령부 민간 정보 교육국(G. H. Q. C. I. E)에 이의를 제기했고 C. I. E가 적발 비난 성명을 내서 기소는 모면했다. 전쟁에서 부상하여 성적으로 불구가 된 귀족을 남편으로 둔 여성이 산지기 사내와 야성적인 성교를 하면서 환희를 느끼는 부분을 묘사하

채털리 재판에 출석한 이토 세이와
오야마 서점 사장 오야마 히사지로

고 있는『채털리 부인의 연인』은 당시 영국 본토에서도 발매 금지된 도서였으며, 전후에 해방된 성풍속을 묘사하는 잡지가 범람하는 데 눈을 부릅뜨고 있던 경시청으로서는 단속하기에 알맞은 대상이었다는 것을 상상하기란 어렵지 않다.

변호인단은 재판에서 나카지마 겐조, 후쿠다 쓰네아리를 특별 변호인으로 세웠고 후쿠하라 린타로(福原麟太郎, 1894~1981), 요시다 겐이치, 아오노 스에키치, 도요시마 요시오, 요시다 세이이치(吉田精一, 1908~1984), 가미치카 이치코, 미야기 오토야(宮城音彌, 1908~), 하타노 간지(波多野完治, 1905~) 등 문학자·심리학자 들이 증인으로 나와 언론·표현의 자유를 지지하였다. 역자 이토 세이는『재판』(1952) 등을 쓰면서 성의 생명적인 힘을 근본으로 삼아 인간성을 회복한다는 로렌스의 사상을 호소하면서 싸웠으나, 최고 재판소는 판결에서 "성욕을 흥분 또는 자극하고" "보통 사람의 정상적인 성적 수치심을 해치며" "선량한 성적 도덕 관념에 반한다"는 "외설 문서의 세 가지 요건"을 내세웠으며, 또 "예술성이 있어도 외설 문서로 인정된다"는 취지에서 상고를 기각하고 출판인에게 벌금형을 내렸다. 처음부터 항의를 거듭했던 일본문예가협회는 판결의 부당성을 항의하는 성명서를 발표했다.

전년도에 이보다 앞서『중앙공론』에 연재를 시작했던 다니자키 준이치로의「열쇠」를 둘러싸고 우스이 요시미는『채털리 부인의 연인』과 함께 절찬을 보냈는데, 이에 대해 가메이 가쓰이치로가 사상과 윤리의 부재를 비판해서 국회에서 다루어지기도 했다. 1957년의 '채털리 재판' 최고 재판소 판결을 앞두고 이시카와 다쓰조는 표현의 자유에도 한계가 있다고 주장한「자유의 적」을 '도쿄신문'에 발표해서 이토 세이의「문학은 양식을 두려워하지 않는다」, 후쿠다 쓰네아리의「「열쇠」와 이시카와 다쓰조」 등의 반론을 불러일으키기도 했다.『채털리 부인의 연인』도,「열쇠」도, 이를 둘러싸고 일어난

사드 재판 무렵의 시부사와
다쓰히코(좌)와 하니야 유타카

논의는 전반적으로 '예술인가 외설인가'라는 이분법적인 입론 방식으로 문제가 집약되는 기미를 보였다. 그러나 성을 인간의 자연스런 생명력의 발현으로 간주하고 그 억압에서 해방될 것을 호소했던 사상적인 의미는, 이후 일본 문예에서 성을 통한 인간 추구의 테마의 전개를 관찰할 때, 결코 적다고 할 수는 없다.

이 시대에 형법 175조와 관련해서 또 하나 화제가 되었던 재판은 1960년, 마르키 드 사드 작, 시부사와 다쓰히코(澁澤龍彦, 1928~1987) 역 『악덕의 영광(속)——줄리엣의 편력』이 적발되면서 시작된 '사드 재판'이다. 여기에서는 사드의 사상에 대한 국가 권력의 탄압으로 문제가 일어났으나, 역자는 그 잔혹한 성 묘사의 필연성과 비외설성을 주장했다. 이는 역자 시부사와 다쓰히코의 사상이기도 했다. 젊은 시절 시부사와 다쓰히코는 평론집 『사드 부활』(1959)에서 권력에 대한 문학의 테러, 폭력과 자유의 테마를 주장한 바 있다. 재판에서는 하니야 유타카, 엔도 슈사쿠, 오오카 쇼헤이, 요시모토 다카아키, 오에 겐자부로 등 제일선의 문학자들이 변호에 나서 활발하게 재판 투쟁을 전개했다. 제1심 도쿄 지방 재판소는 무죄 판정을 내렸지만, 제2심 최고 재판소 판결에서는 유죄가 확정되었다.

성과 폭력의 테마가 권력에 던져졌을 때, 사회 질서를 수호하려는 입장에서 본다면 이는 방자하게 구는 것을 허락할 수 없는 위험한 존재로서 범죄로 단속해야 할 대상 이외의 아무것도 아니다. 이 두 번의 재판이 말하는 바는 바로 이것이다(1980년 『사첩반 맹장지 초배〔四疊半襖ノ下張〕』 재판에서 최고 재판소는 판례를 뒤엎고 설사 '외설성'을 갖고 있다 해도 "예술·사상·학문 등 뚜렷한 가치를 갖춘" 작품은 '외설 문서'로 보아서는 안 된다는 취지의 새로운 기준을 보여주었다. 언론·표현 자유의 입장에서는 일보 전진이라고 하겠지만 "외설 문서의 세 가지 요건"은 여전히 살아 있었고 『사첩반 맹장지 초배』는 여기에 해당돼서 유죄가 되었다. '외설 문서의 세 가지 요건'과 함께 '사회적 가

후카사와 시치로

치'의 유무도 사법 당국이 판단하게 된 것이다).

또 하나의 터부

점령군이 신문 편집 요항을 해제하면서 언론 · 표현의 자유를 규제하는 근거는 법률적으로는 형법 175조만 남았을 뿐이라고 했지만 출판계에는 또 하나의 터부가 존재했다.

1961년 '천황제 특집호'를 다룬 『사상의 과학』(중앙공론사) 12월호가 발행 중지되었다.

전년도인 1960년에는 반안보 투쟁의 와중에 『중앙공론』 12월호에 실었던 후카사와 시치로의 「풍류몽담(風流夢譚)」에 실려 있는 황태자가 아내와 함께 처형을 당하는 장면이 사회 문제화되었다. 궁내청은 황실 모욕이라 하여 조사에 착수했고, 우익은 작가를 일제히 규탄하였으며 후카사와 시치로는 몸을 숨겨야 했다. 공격은 판권 소유자에게도 미쳐 1961년 2월 1일, 우익 소년이 중앙공론사 사장 시마나카 호지(嶋中鵬二, 1923~) 집에 잠입해서 부인에게 중상을 입히고 식모 마루야마 가야(丸山加禰)를 살해했다. 매스컴들은 「항의 성명」을 발표했고, 국회에서도 이 사건을 다루었으며, 오쿠라(小倉) 경시총감은 사임했다. 『중앙공론』은 "황실과 일반 독자들에게 많은 폐"를 끼쳤다는 사죄문을 실었다.

1959년에는 황태자의 결혼으로 '미치 붐(ミッチ ブーム)'이 일어났고, 전국에 텔레비전 수상기가 보급되었으며, 부인 잡지를 중심으로 민간에서 왕비를 맞이한 '친근한 황실'의 이미지가 확산되었다. 또한 황실은 천황의 손자 탄생을 계기로 국민들 사이에 친근한 이미지로 정착하게 되었다. 거무칙칙한 희화의 세계를 전개했던 「풍류몽담」은 바로 그 사이에 발표되었던 작품이다.

1961년 『사상의 과학』 12월호의 발행 중지는 이 사건의 여파를 받았던 것

황태자와 결혼한 쇼다 미치코

이라고 할 수 있다. 『사상의 과학』 편집부는 언론의 자유를 관철하기 위해 12호를 복간했고 상당 부수가 팔렸다고 한다.

이 일이 있기 전에 천황을 원수(元首)로 만들자는 헌법 개정론이 제창되기 시작했고 이에 대해 '천황의 전쟁 책임' 혹은 '천황제'를 둘러싼 논의는 오히려 높아지게 되었다. 가령 우스이 요시미는 「천황 탄신일에 생각나는 것」(1958)에서 천황이 퇴위하지 않으면 "일본에서 도덕이 성립할 수 없다"고 발언해서 파문을 일으켰고, 이에나가 사부로(家永三郎, 1913~)는 일본 근대사에서 천황제를 부정하는 공화주의 사상의 계보를 「일본의 공화주의 전통」(1958)에서 살펴보기도 했다.

그러나 「풍류몽담」 사건 이후 천황의 전쟁 책임을 둘러싼 논의와 천황제 부정론은 예전의 세력을 잃게 된다. 논자와 판권 소유자에게 유형·무형의 압력이 가해졌기 때문이기도 하지만, 가장 큰 요인은 우익의 테러를 두려워했던 매스컴이 자발적으로 규제를 강화했다는 사실에 있다고 해야 할 것이다.

오에 겐자부로는 아사누마 이네지로(淺沼稻次郎, 1898~1960) 암살 사건을 계기로 「세븐틴」(1961)을 쓰고, 한 우익 소년의 테러를 통해 고독한 마음에 깃들여 있는 시대 상황에 대한 우울을 파헤쳐서 보여주었다. 다음달에 발표한 제2부 「정치 소년 죽다」는 우익 단체의 협박을 받아 발표지인 『문학계』가 사과 광고를 냈지만, 이 작품은 이후 작가의 의지와는 상관없이 단행본 등에 수록되지 않았다.

천황제를 둘러싼 문제는 1970년의 미시마 유키오의 자결 사건 이후 이노우에 미쓰하루가 '신조·미시마 유키오 추도 기념호' 때문에 반천황제 입장을 분명히 내세우면서 미시마 유키오를 비판했던 글이 취소된 예도 있으며 훗날까지 그 영향이 남았다.

오에 겐자부로

내면의 '전쟁,' 내면의 '전후'

국제 관계에서 일단 전후 처리 문제는 해결이 되었다고는 하지만 일본인들 마음속에서 '전쟁의 그림자'가 사라졌던 것은 아니다. 전쟁 속에 놓여 있던 인간을 다시 응시하는 작업과 패전 후의 일본과 사회의 변용을 응시하는 작업은 문학에서 실로 끈질기게 이어졌다.

패전 후 활약했던 작가들은 원래 이 시기에 출발을 했으며, 활약하기 시작한 작가들의 대부분은 '패전의 그림자'와 격투를 벌이면서 표현하기 시작하였다.

'전후파'가 이념적으로 전쟁을 비판하면서 표현을 구축하려고 했다면, 가령 이른바 '제3의 신인'들은 패전 후의 일상 감각 수준에서의 표현을 출발점으로 삼았다. 패전 후 10년 동안의 이념형과 양상이 달랐던 전쟁과 전후에 대한 대처 방식은 이 시기에 새로 등장한 마루야 사이이치, 오에 겐자부로, 가이코 다케시, 오다 마코토, 노사카 아키유키, 이쓰키 히로유키 등의 작품에서 공통적으로 지적할 수 있다.

미국과의 전쟁에서 패배하고 그러나 미국에 의존하면서 폐허에서 일어나려고 했던 국가의 자세는 사람들 마음속에 미국에 대해 굴절된 감정을 심어주었다. 이 또한 소설의 테마로 부상하게 된다. 이는 고지마 노부오의 「아메리카 스쿨」이나 오에 겐자부로의 「사육」(1958) 이하의 작품과 노사카 아키유키의 「아메리카 맷돌 손잡이(アメリカひじき)」(1967) 등에서 단적으로 표현된다.

전쟁의 그림자, 전후의 그림자

고도 경제 성장과 산업 구조의 전환은 당연하게도 사회에 빛과 그늘을 낳

사회당의 통일(1955. 10. 13)

는다. 문학은 이 빛과 그늘의 교차에 민감하게 반응한다. 또 과거부터 있었던 차별 구조를 간직한 그대로의 '발전'은 사회의 구석지고 어두운 부분과 맞서는 문학 작품을 낳지 않을 수 없다. 전후 사회가 갖고 있는 모순은 패전 후에 만연된 풍속소설과는 다른 다양한 문학적 추구를 재촉하기 시작한다. 그리고 여기에는 역시 패전 후 10년 간과는 다른 전쟁에 대한 반성이 밑바탕에 깔려 있다.

전후 사회, 혹은 사상이나 문예 평론의 주요 담당자들에게 패전으로부터의 부활은 일본의 근대화·민주화가 다시 시작되는 것을 의미한다. 천황의 이름으로 전쟁이 일어났고, 그 대의명분 밑에서 사람들이 동원되는 일이 이루어졌던 것은 일본인이 아직 전근대적인 약점을 극복할 수 없었기 때문이라는 반성이 그 전제가 된다. 이는 체제측의 전승국을 따라잡으려는 이데올로기와 동조하면서 패전 후의 사상의 주류가 되었다. 이와 같은 이른바 전후의 시국 편승형 사상에 대한 의문은 여러 형태로 이미 전후의 문학 작품 속에 표명되었으며, 이른바 제1차 전후파 작가들은 소설 속에서 전쟁·패전 체험을 실존적으로 발굴하게 된다.

이런 테마에 사회적 의식을 갖고 투쟁하는 일은 특히 쇼와 초기에 프롤레타리아 문학 운동이 고양되면서 의식적으로 개척했던 문학적 과제이며, 이 운동이 갖고 있던 대단히 정치주의적인 편향에 대한 반성을 통해, 패전 후에 출발했던 좌익 문화 전선이 계승 발전시켜야 할 과제였다. 그러나 전후, 진보적 문학자를 '통일 전선'적으로 규합하여 발족했던 '신일본문학회'는 일본 공산당의 당내 권력 투쟁과 파상적인 노선의 물결에 시달리는 가운데 많은 제명자와 이탈자를 낳으면서 그 세력이 후퇴했다. 쇼와 30년대의 예리한 사회 의식에 근거를 두었던 문학은 오히려 공산당이나 그 문화 운동에 대해 비판하거나 혹은 이탈했던 작가들이 왕성한 방법 의식을 갖고 담당했다는 점에 특징이 있다.

자유민주당의 탄생

　국내 좌익 진영이 혼란스러웠던 배경에는 국제 공산주의 운동의 혼미가
있다. 1955년 '보수 합동'에 대응해서 사회당과 공산당도 각각 새롭게 통합
하고 노선을 전환해서 국내의 정계 지도는 거의 안정되었지만, 다음해 흐루
시초프가 '스탈린 비판'을 하고 '헝가리 혁명'에 소련이 군사 개입을 하면
서 국제 공산주의 운동에 균열이 생겼다. 일본의 일부 지식인들 사이에 급속
히 '반스탈린주의' 의식이 싹트면서 좌익적 문화 운동에 다양한 그림자를
던지게 된다. 시인 구로다 기오가 「헝가리의 웃음」(1956)을 썼고, 이에 앞서
하니야 유타카는 하나다 기요테루와 논쟁하면서 이미 '혁명의 혁명' 문제를
언급했던 평론 「영구 혁명자의 비애」(1956)를 쓴 바 있다. 이런 사상적 표명
은 1990년을 전후한 시대에 일어난 세계 정세의 변화(소련의 페레스트로이카
perestroika로 일어난 미소 냉전 구조의 해소의 움직임과 동유럽 제국의 민주화)
에서 돌아볼 때, 전후 일본의 문학자가 갖고 있던 특질로서 역시 염두에 두
어야 할 사항일 것이다.

　1960년의 반안보 투쟁의 국민적 고양과 그 좌절로 한편에서는 탈이데올로
기적 상황이 만들어졌으며, 다른 한편에서는 기성 좌익의 틀 외부에서 반체
제 운동이 모색되기도 하였다. 다음해 '신일본문학회'에 소속한 공산당원
하나다 기요테루, 아베 고보, 오니시 교진, 노마 히로시, 사타 이네코 등 14
명은 당중앙위원회에 '의견서'를 제출했으나 잇달아 제명 처분을 받았다.
반안보 투쟁 전반을 둘러싸고 다니가와 간과 요시모토 다카아키가 『민주주
의의 신화』(1960)라고 썼던 책 제목 또한 기억해야 할 것이다.

　전쟁에 대한 반성과 전후 사회에 대한 인식의 내용을 다양하게 만든 요인
의 하나로는 이른바 '반스탈린주의'적인 사상이 특히 쇼와 30년대를 통해
형성·전개되었다는 사실을 거론할 수 있다.

　여기에 신세대가 대두하면서 양상은 다시 복잡해진다. 쇼와 30년대부터
이른바 전중 세대들이 '평화와 민주주의'를 기치로 내세우고 있는 전후 이

이데올로기에서 허위를 가려내고 이를 극복하려는 움직임을 활발하게 전개하게 된다.

가령 '대동아 전쟁'의 이상을 믿고 '산화(散華)의 사상'에 감화되었던 자신이 전중에 갖고 있던 심정을 응시하는 곳에서 출발하려고 했던 이노우에 미쓰하루나 요시모토 다카아키 등이 대중을 조작하는 정치(조직)에서 허위를, 거기에 존재하고 있는 대중 속에서 기만을 보는 복안적인 시점을 구축했고, 이노우에 미쓰하루는 전후 일본 공산당의 내부 부패를 폭로했으며, 요시모토 다카아키는 전쟁에 대한 문학적 저항이나 전향 문제에 새로운 시점을 구축하는 등 정치적으로 좌익 반대파의 입장을 갖고 등장한다. 시바타 쇼 (柴田翔, 1935~)는 일본 공산당이 '제6회 전국협의회(六全協)'에서 방침을 전환한 것을 배경으로 쓴 『그래도 우리들의 나날(されど我らが日日)』(1964) 을 썼고, 다카하시 가즈미는 파괴 활동 방지법 반대 투쟁을 배경으로 『우울한 당파』(1965)를, 또 마쓰기 노부히코는 헝가리 혁명을 둘러싼 일본 지식인의 혼란을 제재로 『빛나는 목소리(光る聲)』(1966)를 발표했다. 사타 이네코 는 「계류」에서 거꾸로 '육전협'을 계기로 재입당할 때까지의 경위를 쓰고 있는데 이들을 합쳐 읽으면 좌익 문화인들이 겪었던 혼미와 고통을 입체적으로 파악할 수 있다.

'전쟁 책임' 문제는 쇼와 30년대에도 계속 논의된다. 1954년에 시인의 전쟁 책임론이 제기되었고, 1956년에는 쓰루미 슌스케가 「지식인의 전쟁 책임」을 『중앙공론』 1월호에 썼다. 전시중의 기시다 구니오를 내재적으로 파악했던 「대정익찬회 문화부장의 의자」를 포함한 야스다 다케시(安田武, 1922~1986)의 『전쟁문학론』이 출판되었던 것은 1964년의 일이다. 이런 논의는 혼다 슈고의 『전향 문학론』(1957), 요시모토 다카아키의 『전향론』 (1958), 사상의 과학연구회 편 『전향(상권)』(1959) 등 다양한 입장·방법으로 쓴 전향론과 함께 지식인론·문학자론으로 오히려 심화되었다고 할 수

다카하시 가즈미

에토 준

있다.

비평의 다양화와 논쟁

1955년 핫토리 다쓰(服部達, 1922~1956), 엔도 슈사쿠, 무라마쓰 다케시(村松剛, 1929~1994)가 '형이상학적 비평'을 제창하고 오쿠노 다케오(奧野健男, 1926~)가 「다자이 오사무론」으로 출발하면서 제1차 전후파 비평가와 다른 시점을 보여주었으며, 또 1959년 에토 준은 『작가는 행동한다』를 쓰면서 이시하라 신타로나 가이코 다케시, 오에 겐자부로 등 신세대 문체의 결정적 새로움을 주장했다. 하나다 기요테루는 이 해에 「전후 문학 대비판」을 쓰고 있는데, 60년 반안보 투쟁이 좌절된 이후의 상황이었던 1961년, '전후 문학'에 대한 총괄이라는 관점에서 논쟁이 일어났던 것이다.

전후의 문학은 '순문학 개념의 갱신'과 '순문학 개념의 붕괴' 과정을 더듬었던 과정이었다고 술회했던 히라노 겐에 대해 이토 세이, 오오카 쇼헤이, 다카미 준, 나카무라 미쓰오, 야마모토 겐키치, 후쿠다 쓰네아리 등이 발언을 하기 시작하면서 이른바 '순문학 변질 논쟁'이 전개되었다. 논쟁이 일단락되었을 때, 다시 사사키 기이치의 「'전후 문학'은 환영이었다」를 둘러싸고 이른바 '전후 문학 논쟁'이 시작된다. 사사키 기이치는 '제1차 전후파'의 침체를 지적하면서, 히라노 겐이 제창한 '문학의 사회화'라는 과제가 무너지고 있다는 것, 거대해진 매스컴에 어떻게 대응하느냐가 우리의 과제라는 것을 피력했다. 여기에 혼다 슈고가 반론을 폈고, 이소다 고이치는 전후 문학으로 계승된 근대 리얼리즘을 아베 고보, 하나타 기요테루, 미시마 유키오 등이 극복하고 있다고 발언했으며, 오에 겐자부로나 다카하시 가즈미는 스스로 전후 문학의 계승자라고 자칭했다. 이들은 별개의 논쟁처럼 취급되고 있지만, 각 세대가 참가했고 '중간 소설의 융성'이 배경이라는 점에 그 특징이 있으며, 또 참가자들에게 일본의 근·현대 문학사의 검토라는 과제

환담하는 니와 후미오(좌)와
아사미 후카시

를 남겼다.

일본 근대 문학사의 형성과 재검토

쇼와 30년대는 '문학사의 계절'이기도 하다. 물론 선행하는 작업으로 사토 하루오의 『근대 일본 문학의 전망』(1950)과 이토 세이의 『일본 문단사』(1952~1969), 다카미 준의 『쇼와 문학 성쇠사』(1958)가 있으며 전후 비평가들은 지쿠마서방에서 간행한 '현대 일본 문학 전집' 별권 『현대 일본 문학사』의 집필을 계기로 일본 근·현대의 문학사상(文學史像)을 형성하게 되었다. 히라노 겐의 『쇼와 문학사』(1958), 『나의 전후 문학사』(1966~1968), 나카무라 미쓰오의 『메이지 문학사』(1969), 『일본의 현대 소설』(1968), 혼다 슈고의 『이야기 전후 문학사』(1960) 등은 그 대표적 작업들이다. 이 밖에 아사미 후카시가 『쇼와 문단 측면사』(1966~1967)를 썼다.

사토 하루오의 『근대 일본 문학의 전망』은 낭만주의 문학 정신이 어떻게 일본에서 전개되었는가를 구명하고자 했다. 잡지 『근대문학』에 참가했던 평론가들의 입장은 각자 달랐지만, 휴머니즘과 리얼리즘으로 지탱되었던 서구 근대 문학의 이념이 어떻게 일본에서 발전했으며 또 장애를 받았는가라는, 말하자면 '문학의 근대화'라는 관점에서 서술하는 굵은 골격을 갖추고 있다. 『근대문학』파 비평가들이 썼던 문학사는 주관주의를 배제하고 현상을 객관적으로 관찰하는 방법을 갖추고 있었으며, 이는 쇼와 30년대를 통해 정착하게 된다. 일본의 근·현대 문학은 여기에서 비로소 자신의 문학사를 갖게 되었다고 해도 지나친 말이 아니다.

일본의 근·현대 문학이 비로소 자신의 문학사를 갖게 되었던 쇼와 30년대는 그러나 동시에 일본의 근·현대 문학에 대한 평가 교체가 진행되었던 시대이기도 하다. 과거의 작품이나 작가에 대한 새롭고 유력한 비평이 등장하면 당연히 이는 기존의 문학사에 변화를 초래하게 된다.

　가령 에토 준은 『나쓰메 소세키』(1966)에서 나쓰메 소세키의 마음의 내부에 뚫린 해석이 불가능한 어두운 부분을 파헤치면서 종래의 개인주의 윤리의 추구자라는 작가상을 바꾸어놓았다. 쇼와 시대의 문학에서도 이와 같은 상황이 진행된다.

　가령 쇼와 20년대를 통해 문학 청년들에게 거의 신처럼 추앙을 받았던 가지이 모토지로의 작품은 그 양이 적음에도 불구하고 전후의 문학까지 큰 그림자를 드리운 존재였는데, 이토 세이나 히라노 겐은 문학사에서 그의 작품을 사소설 계열로 취급했다. 그러나 1959년의 『근대 문학 감상 강좌 18』에서 후쿠나가 다케히코는 그를 실존적인 문제에 직면했던 작가로 다루었고, 데라다 도오루(寺田透, 1915~)는 그가 서구의 세기말에서부터 20세기의 쉬르리얼리즘을 아우르는 작가라는 점을 지적했으며, 안도 쓰구오는 '환시자(幻視者)'라는 이름을 부여하기도 했다. 이후 '환시자'란 평가는 다카하시 히데오(高橋英夫, 1930~)와 아와즈 노리오(粟田則雄, 1927~)가 인계받는다.

　이미 1934년에 가지이 모토지로와 보들레르를 비교했던 가와카미 데쓰타로는 이 시기에 『일본의 아웃사이더』(1958~1959)를 저술하였다. 쇼와 30년대는 전전기의 평가를 다시 발굴하면서 쇼와 문학을 재검토하기 시작했던 시대이기도 하다.

　표현의 관점에서 일본 근대 문학사를 다시 쓰려고 했던 선구적인 업적인 요시모토 다카아키의 『언어에 있어서의 미란 무엇인가』가 간행되었던 것은 1965년의 일이다.

　우리는 다양한 세대, 그리고 다양한 입장의 문학관이 서로 싸우고 충돌하는 모습에서 이 시대 비평의 움직임을 볼 수 있다.

　이 시기의 문예 동향의 또 다른 특징의 하나는 '전통 문화'에 대한 재평가 작업이다. 이 또한 복잡한 양상을 드러내었고 그럼에도 소설 창작의 한 방법

이노우에 야스시(우)와 대담하는
가와카미 데쓰타로

이 되었으며 이른바 역사소설과 다른 측면을 보여주면서 이 시대 문학의 다
양화와 풍요화에 기여하였다. 이에 대해서는 제3장 「전통과 현대」에서 다룬
다.

제2장

소설 표현의 전환

　패전기부터 쇼와 30년대에 걸쳐 발표된 소설들의 표현은 그 소재나 테마
의 선택 비중에 따라 서서히 바뀌었다. 전쟁 체험이나 패전 체험을 테마로
하거나 혹은 배경으로 놓았던 작품은 전쟁에 대한 파악 방법이나 표현의 질
을 다양하게 바꾸었으며, 폐허를 딛고 일어난 생활 속에서 벌어지는 사건 등
을 소재로 한 작품이 증가하고 있는 현상이 눈에 띈다. 하지만 우리는 이런
소재나 테마를 초월함으로써 이 시기의 표현 방법의 기본적인 경향이 어떤
변화를 일으키고 있는지를 관찰할 수 있다.

상징적 현실의 구성

　먼저 이러한 변화는 표현 방법을 둘러싸고 쇼와 20년대 후반부터 쇼와 30
년대 전반에 걸쳐 발표되어 높은 평가를 받고 있는 두 작품을 지표로 삼으면
서 전환점을 맞게 된다. 그 하나는 점령기를 벗어났던 1952년에 발표해서
아쿠타가와 상 후보로 올랐던 고지마 노부오의 단편 「소총」(1952)이며, 또

1958년 제3의 신인들.
왼쪽부터 요시유키 준노스케,
엔도 슈사쿠, 곤도 게이타로,
쇼노 준조, 야스오카 쇼타로,
고지마 노부오

하나는 고도 경제 성장기의 입구에 섰던 1955년에 제31회 아쿠타가와 상을 수상했던 쇼노 준조의 「풀 사이드 소경」(1954)이다.

「소총」과 「풀 사이드 소경」

고지마 노부오의 「소총」은 중국 대륙에서 벌어진 침략 전쟁을 무대로 젊은 병사가 소총에 대해 품고 있는 감정의 굴절을 테마로 삼으면서 점점 황폐해지는 마음을 묘사한 작품이다.

나는 소총을 멘 나의 그림자를 즐긴다. 양지와 군화의 흙먼지 사이로 이동하는 소총의 그림자의 숲속에서 문득 이 그림자를 찾는 일을 나는 몇 번이고 하곤 했다. 그 숲은 진동과 함께 움직인다. 찾아낸 내 소총이 기어가고 있는 땅바닥이 그리운 고향처럼 생각되는 것이었다.

첫머리의 일절은 38총 명사수의 나르시시즘에서 시작된다. 소설의 전체 모티프는 전쟁 비판에 있지만, 작가는 처음에는 전쟁에서 활약하는 일을 긍정적으로 생각했던 병사를 그 의식의 내부에서 묘사하려고 한다.

조국을 멀리 떠난 그에게 밀려오는 향수는 여체의 환상으로 이어진다. 출정중인 남편의 아이를 뱄던 유부녀와 일본에서 나누었던 사랑은 이루어지지 못한 채 끝났다. 그래서 더욱 쫓아다니는 환상 때문에 그는 총기를 여자의 몸으로 생각하고 애무한다. 여체의 환상은 처형 대상이 된 중국 여성의 자태를 볼 때도 되살아난다. 물론 이런 환상의 고리는 젊은 병사의 몸 속에 치밀어오르는 성욕으로 결합된다. 전쟁을 견딜 수 없어 한다거나 슬픔에 젖지 않고 오히려 있는 그대로의 의식을 내재적으로 파악하고 혼돈스런 감정을 팽창된 형태 그대로 부여하려는 이 표현의 자세는 패전기의 전쟁소설에서는 거의 볼 수 없는 것이었다.

자신에게 긍지를 주었고, 여체처럼 애무의 대상이었던 총이 포로로 잡힌 여자를 처형하기 위한 살육의 도구로 바뀌면서 증오의 대상으로 변화한다. 존경하고 애정을 느꼈던 반장에게 약한 마음을 들켜 살육의 도구인 병사로 단련되는 과정을 견딜 수 없어 자포자기했던 '나'는 반장과 싸우다 소총을 쏘고 만다.

침략 전쟁의 현실이 젊은 남자의 영혼을 희롱하고 갈가리 찢어버리는 형국 자체가 전쟁의 비인간성을 고발하는 관념의 형상화이며, 묘사된 한장면 한장면에서 드러나는 현실은 병사를 살육의 도구로 만들라는 명령에 따라 유지되는 조직의 톱니바퀴를 상징한다.

전중·전후를 통해서 일본의 전쟁소설이 이처럼 리얼하면서 동시에 상징적으로 응축된 표현을 사용했던 적은 없다. 이 소설은 그런 의미에서 전쟁을 포착하고 묘사하는 방법을 전환하려고 했던 지표라고 할 수 있다.

1955년, 아쿠타가와 상을 수상했던 쇼노 준조의 「풀 사이드 소경」은 여유 있는 샐러리맨의 살림살이를 연상하게 하는 묘사로 시작된다. 그러나 그것은 외견에 지나지 않는다는 사실이 점차 뚜렷해진다. 남편이 여자 때문에 회사 돈을 횡령하고 생활에 파탄이 온다. 하지만 부부는 자식들과 이웃에게 휴가를 가장하기도 하며, 남편은 거짓으로 출근하기도 한다. 부부가 간직하려는 가짜의 일상이 밑바닥이 없는 현실을 상징한다.

엉덩이가 꽉 올라붙은 인조 가죽은 그 인간의 온몸에서 배어나와 스며드는 기름처럼 번들거리고 있다. 그것은 마치 인간의 분노나 초조, 우둔함이나 울음, 아니 또는 끊어버릴 수 없는 공포나 불안이 그의 신체에서 오랫동안 짜냈던 기름과 같다.

다음은 남편이 아내에게 하는 말의 일부인데, 남편의 의식에 비친 현실을

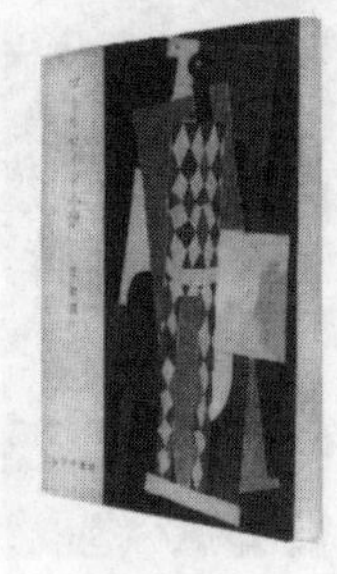

쇼노 준조의 『풀 사이드 소경』(1955)

묘사한 이 표현은 회사에 근무하는 인간의 소외를 상징하고 있다.

자신이 지금 가스불을 붙이거나 불 위에서 프라이팬을 바깥으로 옮겨놓는 이 동작은 어떤 의미를 갖고 있는 것일까? 무슨 까닭에 자기 손은 이런 식으로 마치 결정된 것처럼 분주하게 움직이고 있는 것일까.

지금까지 줄기차게 내일도 또 내일도 당연하게 계속했던 이 동작을 지금도 실제로 이렇게 하고 있는 것은 어째서일까? 이것은 뭔가 이상한 잘못은 아닐까?

남편이 회사를 그만두자 곧 생활이 쪼들린다. 그럼에도 자신의 동작은, 하고 아내는 생각한다. 여기에서 아내는 위기에 직면하면서 일상의 감촉을 기묘한 감각으로 느끼고 있다. 보통 잘 의식되지 않는 일상이 오히려 노출되고 있다고 할 수 있다.

과거 일본의 소설은 이처럼 일상이라는 존재의 모습을 포착하고 그 배후에 있는 의미를 파헤치려는 자세를 보여주었던 적이 없다. 이런 의미에서 이 소설은 일상적인 현실을 쓰는 표현의 변화를 모색했던 지표라고 할 수 있다.

전쟁을 무대로 삼은 소설에서 표현이 변화하고 부흥 후의 일상을 파악한 표현이 등장한 것은 시대를 표현함에 있어서 하나의 전환에 이르렀음을 알려준다. 이러한 전환은 배경이 된 현실이나 소재 때문에 일어났던 것은 아니다. 배경이나 소재는 대조적이지만, 이 두 작품은 모두 시점 인물의 의식의 내부에서 표현하고 있으며, 배후를 상징적으로 쓰고 있다는 점에서 동일한 위상에 속한다.

현실을 리얼하게 묘사하면서 동시에 그 배후에 있는 상황을 상징할 수 있게 묘사하는 표현은 일본 근대 문학이 전개되는 과정에서 여러 번 추구되었

고지마 노부오와
작품 「소총」이 수록된
『아메리카 스쿨』

으나, 이 시기에 들어오면서 비로소 다른 시대에서는 유례를 찾아볼 수 없는 성과를 보여주고 있음을 알 수 있다.

실존적 상징에서 상징적 현실로

고지마 노부오와 마찬가지로 1915년생이지만 한 학년 아래였던 노마 히로시가 전시하에서 막다른 골목에 몰린 젊은 영혼의 우울을 상징적으로 표현했던 「어두운 그림」(1946)으로 출발했던 것과 비교하면, 고지마 노부오의 늦은 출발이 갖는 의미는 「소총」의 표현으로 분명하게 드러날 것이다. 「어두운 그림」은 주인공의 실존적 상황을 상징적으로 표현했으나, 주인공을 둘러싼 시대 상황과 등장인물이 놓인 현실을 그 자체로 설명한 것에 지나지 않는다. 완전히 동시대에 속한 이 두 작가의 출발 시기가 10년의 간격을 갖는 것은 그대로 10년 동안에 일어난 소설 표현의 경향의 차이를 말해주고 있다고 할 수 있다.

고지마 노부오가 「소총」을 썼던 1952년은 노마 히로시가 『진공지대』를 출판했던 해이기도 하다. 장편 『진공지대』는 전쟁기의 일본 기구(機構)의 상징인 육군 내무반의 현실을 시점 인물의 내부에서 의식의 리얼리즘 방법으로 돌출시켜서 보여준다. 고지마 노부오의 「소총」은 어느 의미에서는 이와 동일한 양상을 대단히 응축된 표현으로 실현했다고 할 수 있다.

1954년에 발표한 「아메리카 스쿨」에서 고지마 노부오는 점령 치하의 일본인이 미국에 대해 갖고 있던 다양한 의식을 아메리카 스쿨에 견학 가는 영어 교사들로 형상화했으며, 그 일행 중 한 인물의 굴절된 의식의 변화를 내부에서 묘사하였다.

전시하와 점령 치하, 소재가 되는 상황은 전혀 다르지만, 시대 상황의 종합적 파악을 가운데 놓고 현실 감각을 주요 인물의 의식의 리얼한 묘사를 통해 형상화하는 방법으로 본다면 「소총」과 「아메리카 스쿨」은 동일한 표현의

노마 히로시

위상에 있다.

그리고 고지마 노부오의 「소총」과 「아메리카 스쿨」 사이에 있는 관계를 노마 히로시의 『진공지대』와 『주사위의 하늘(さいころの空)』 사이에서도 지적할 수 있다. 장편 『주사위의 하늘』(1958~1959)은 시대의 상황을 받아들이면서 가부토초(兜町)에서 주식 거래를 직업으로 삼고 있는 인간을 묘사하고 있으며, 전체적으로는 기구·조직의 장치 위에서 성립하는 인간의 영위에 구체적인 형태를 부여하고 있다.

노마 히로시는 쇼와 30년대에 전체소설의 이념을 내세우면서 몰두했던 「청년의 환」을 단속적으로 쓰게 되지만 그 완성은 1971년까지 기다리지 않으면 안 되었다. 여기에서는 그 사이에 썼던 단편들의 작풍에 주목하기로 하자.

그 특징의 하나는 세일즈맨에서 교사나 의사·지주·학자·만담가·회사 사장·암거래 상인 등 실로 다양한 직업과 신분의 인간이 당대를 무대로 등장한다는 점이다. 또 다른 특징은 쉬르리얼리즘에서 유머나 난센스에 이르기까지 실로 다양한 수법을 구사하고 있다는 점이다. 마치 인간 백태를 수법 백태로 쓰려는 듯한 인상을 준다. 그리고 이런 특징은 살아 있는 형상을 부여한 듯한 작품으로 형상화된다. 가령 전위 조직의 활동가가 스파이의 환영에 놀란다는, 대단히 특수한 소재를 다룬 「서 있는 남자들(立つ男たち)」(1955)에서는 스파이를 경계하는 일상 의식이 역으로 스파이와 비슷한 의식을 낳는 테마가 된다. 의식의 '관계에서 파생하는 역규정'이라는 철학적인 테마가 형상화되고 있다고 할 수 있다.

고지마 노부오보다 다섯 살 위인 시이나 린조는 이러한 변화를 패전 후의 실존적 상황을 상징적으로 표현했던 「심야의 주연」(1947)과 일상적 현실을 쓰면서도 그 현실의 모습이 실존의 상징인 듯한 「신의 광대(神の道化師)」(1955)와 「아름다운 여자」(1955)에서 보여주고 있다. 이 시기에 시이나 린조

우메자키 하루오

는 기독교적인 신의 관념과의 관계에서 인간의 실존을 파악하는 방향으로 나아간다. 그러나 초기 작품에서 보였던 인간의 실존에 대한 쓴웃음은 오히려 애잔한 웃음으로 확대되고 있다.

상징 표현과 일상을 파악하는 눈

쇼노 준조의 「풀 사이드 소경」은 표현에서 '일상'이라는 것이 등장하고 있음을 알려준다. 부흥으로 인해 누리게 된 생활에서 일상의 부활이 그 현실적 기초가 되었음은 틀림없겠지만, 일상에 젖어버리면 일상은 그 자체로 의식 속에서 떠오르지 않는다. 사람이 일상을 파악하려고 하는 것은 일상이 미묘한 색조를 띠고 나타날 때이다. 이것은 고양된 정신이 일상으로 돌아올 때 느끼는 따분함과는 정반대로 일상에 있는 자신이 오히려 이상하게 생각되는 듯한 느낌이다.

우메자키 하루오 또한 노마 히로시나 고지마 노부오와 마찬가지로 1915년에 태어났으며, 한 병사가 가고시마(鹿兒島)의 부대에서 패전을 맞을 때까지의 이야기를 다룬 『사쿠라시마』(1947)로 출발했다. 여기에는 이미 전시의 갖가지 일상 행위를 파악하는 표현이 살아나 있다. 그는 배낭 속에 쑤셔넣은 바지락의 비명으로 전후의 빈궁한 생활 속에서 에고이즘으로 북적거리는 사람들의 모습을 그로테스크하게 상징적으로 묘사했던 「바지락(蜆)」(1947)을 거쳐 「판잣집의 봄가을」(1954)에 이른다. 「판잣집의 봄가을」은 초라한 생활을 하고 있는 화가가 사기를 당해 중학교 국어 교사인 남자와 한 칸짜리 판잣집에서 동거를 하게 되고, 그 집의 권리를 둘러싸고 둘이 서로 속고 속이는 처지에 빠지면서 눈을 부라리며 나날을 보낸다는 이야기이다. 부조리한 현실에 말려든 감각 밑으로 인간의 왜소함이 빚어내는 웃음과 슬픔이 배어나온다.

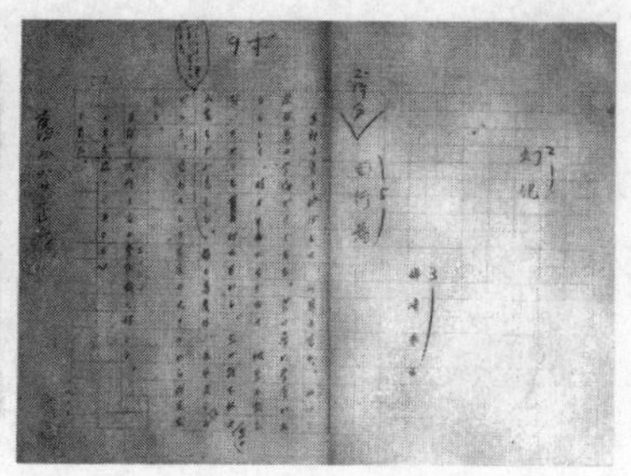

우메자키 하루오의
『환화』와 그 원고(1965. 8)

　　이제 우리들이 서로 미워하고 괴롭히는 것은 이미 우리들의 업의 영역에 도달해서 타인의 말이 귀에 들어올 단계를 훨씬 지나친 것입니다. 참으로 인과응보이겠지만 이미 어쩔 수 없습니다. 가는 사람으로 하여 가게 하고, 죽는 사람으로 하여 죽게 하라. 이런 비장한 심경을 갖고 이 일상의 날카로운 긴장 속에서 우리들은 매일 살아가는 것입니다. 가엾게 웃어주시옵소서.

라고 끝난다. '입니다, 습니다'로 끝나는 문장이 자신의 비참함을 알면서도 어이없는 상황에 말려들고 있는 자기 자신을 어쩔 수 없이 인정해야 하는 화자의 마음을 보여주고 있다.

　「판잣집의 봄가을」이 상징적인 이유는 그 직접적인 표현 때문이 아니라, 부자가 가진 땅 위에서 남들에게 속으면서도 동거하고 있는 사내와 감정적으로 충돌하면서 비로소 긴장된 일상을 보낼 수 있는 주인공의 자세가 인간 현실의 관계성에서 드러나는 존재의 모습을 구상화하고 있기 때문이다. 「판잣집의 봄가을」은 따라서 관계성에 놓여 있는 인간 존재라는 대단히 추상적인 테마가 '입니다' '습니다'라는 말투와 어우러져 어떤 종류의 우화적 취향을 갖고 있는 작품으로 바뀐다.

　이렇게 '일상'을 표현했던 그는 장편 『미친 연(狂い凧)』에 이르면, 하루하루의 생계와 회상이 겹쳐지면서 중국 대륙에 동원되었다가 일본에 귀환하라는 명령이 떨어진 날 몽고에서 자살한 남자(실제는 우메자키 하루오의 친동생)의 생활을 더듬는 구성을 채택하고 그 시대의 대비 속에서 쇼와의 전중·전후의 변천을 떠오르게 만든다. 이 밑바닥에는 일상에 잠겨 있는 운명의 광기 위에 인간의 존재가 있다는 인식이 깔려 있다. 그리고 『환화』(1965)는 도연명(陶淵明, 365~427)의 시구 "꿈같은 인생(人生似幻化)"에서 제목을 따온 그의 최후의 작품이다. 정신이 이상해진 주인공이 병원을 빠져나와 과거에 병사로 지나갔던 땅을 다시 방문하는 이야기인데, 매일 "그저 멍청하

오오카 쇼헤이

게 죽음을 생각하고 있을 뿐," '우울과 비애의 정서'에 싸여 있는 주인공에게 과거의 나날이란 "기력도 체력도 충실했고" "화끈하게 생을 느끼면서 살았던" 것으로 회상된다. 도중에 알게 된 니부(丹生)가 가소산(阿蘇)의 분화구 주위를 휘청휘청 걷고 있는 모습을 보고 주인공이 '정신차리고 걸어. 기운 내서 걸어!'라고 마음속으로 응원을 보내는 결말은 밑바닥의 광기를 감추고 몽환처럼 희미한 일상에 놓여 있는 인생에 대한 격려일 것이다.

쇼와 20년대에는, 이미 전시 치하나 패전 후의 사람들이 놓여 있는 상황을 쓰려면 우화적·상징적 표현이 걸맞다고 도요시마 요시오가 제창하고 실천했던 '근대 설화' 시리즈가 있으며 「포로기」(1948) 후반을 점령 치하의 일본인들이 보여준 자세의 알레고리로 썼다는 오오카 쇼헤이의 증언도 있다. 이들은 패전 후라는 특수한 상황이 낳았던 표현 방법이다. 그리고 천황제를 낳았던 일본적 풍토를 묘사한 우의소설로 읽을 수도 있는 사카구치 안고의 「호쿠로 천황(保久呂天皇)」(1954)이 있다.

고지마 노부오보다 두 살 아래로 전후에 쇼노 준조와 친했던 시마오 도시오도 일본군의 난토(南島) 지배를 우의적이고 상징적으로 표현했던 「고도몽(孤島夢)」(1946) 등으로 출발했다. 쇼와 30년대에 시마오 도시오가 이룩한 대표적인 표현을 「죽음의 가시」(1960, 2장을 추가한 완성은 1976)로 본다면, 여기에서 우리는 그가 미친 아내와의 관계를 응시하는 수법으로 사랑의 관계에서 존재의 의미를 탐색하는 방법을 알 수 있다.

1955년을 전후해서 데뷔했던 고지마 노부오의 「소총」과 쇼노 준조의 「풀사이드 소경」의 표현을 지표로 해서 획득한 표현 방법의 전환——현실의 감촉을 갖고 있는 동시에 그것이 어떤 추상적인 사회 인식이나 존재 인식의 형상화이며, 그런 의미에서 상징적인 표현 방법으로의 전환——은 어떻게 본다면 패전기에 출발했던 작가들이 각자 개성을 전개하는 가운데에서도 활발하게 활동하고 있음을 보여준다고 할 것이다.

이노우에 미쓰하루

　이러한 전환은 실존적 고뇌를 사회 상황과의 관계에서 파악하고 리얼하
게 묘사하는 표현 방법이 어떤 상징성 밑에서 응축된 표현으로 전개되는 경
우에도 관찰할 수 있고, 또 우의적 표현 방법이나 현실을 상징적으로 형상
화하는 표현 방법이 패전기라는 특수한 상황에서 벗어나 일상성을 파악하
는 눈으로 발휘될 때도 관찰할 수 있다. 요컨대 이러한 표현은 사회 인식으
로 지탱되고, 상징적 표현 방법과 일상적 리얼리즘이 교차하는 곳에서 성립
한다.

　　　　　　　　　　　　　　　　　　　　　　　　　　　　　의식
　이노우에 미쓰하루는 「땅의 무리」에서 이미지의 환기력이 강한 비유 표현
으로 넘실거리는 듯한 농밀한 움직임을 문체에 부여하고 있다. 이 또한 상징
표현과 리얼리즘의 교차라고 할 수 있을 것이다.

　　검은 옷을 입은 수녀들이 미국과 일본의 깃발이 나부끼고 있는 건물이 보
　이는 강가의 도로를 박쥐 같은 모습을 하고 걸어간다. 네 사람 모두 키가 작
　아서 한층 더 박쥐처럼 느껴졌는데 쓰야마 노부오(津山信夫)는 마음속으로
　그들의 등을 향해 긴 실 끝에 낀 코바늘을 빙빙 돌리면서 던졌다.

　"박쥐 같은"은 바로 앞에 나오는 두 나라의 '깃발'이라는 기술 때문에 중간
자를 상징하는 역할을 하고 있다고 할 수 있다. 하지만 후반의 "코바늘을 빙
빙 돌리면서 던졌다"는 은유는 쓰야마 노부오의 의식 속에서 일어나는 행위
이다. 그는 사회성이 강한 이 작품의 도처에서 이런 의식의 리얼리즘을 사용
함으로써 넘실거리는 듯한 리듬을 만들고 있다.
　거꾸로 사물의 윤곽을 선명하게 표현하면서도 높은 상징성을 갖고 있는
예로 오가와 구니오의 작품을 들 수 있다. 대단히 짧은 단편이지만 형에 대

오가와 구니오의 『시도의 강가』

한 소년의 마음을 환조(丸彫)한 듯한 명품 「사물과 마음(物と心)」(1966)에서
인용해보기로 한다.

　히로시(浩)는 펌프를 한쪽 손으로 누르고 상처에 물을 끼얹었다. 피는 잇
달아 흘러나와 물에 섞이면서 콘크리트 통 속으로 떨어졌고, 그에게 금붕어
가게의 수조를 연상하게 했다. 그는 그 흐름의 상태를 보면서 이것이 내 기분
이다, 어떻게 하면 형처럼 긴장된 기분이 될 수 있을까 생각했다.

　비유는 사용되고 있지 않지만 소년은 피가 섞인 물의 흐름을 자신의 마음
의 상징으로 느끼고 있다. 이노우에 미쓰하루의 은유도, 사물의 윤곽을 선명
하게 묘사한 오가와 구니오의 표현도, 의식의 리얼리즘이라는 점에서는 서
로 비슷하다고 할 수 있다.

　오가와 구니오는 장편 『시도의 강가(試みの岸)』(1972)에서 박진감 있게
꿈을 기술하고 있는데, 이 무렵 필생의 역작인 「사령」을 중단하고 있던 하니
야 유타카는 「표적자」 「심연」(1957)을 썼고 전중기(戰中期)부터 발표했던
단편을 모아 『허공』(1960)을 냈으며, 우주적 관능의 몽환적 세계인 「어둠 속
의 검은 말」(1963), 「암흑의 꿈」(1966), 「신의 하얀 얼굴」(1967), 「우주의 거
울」(1968) 등의 시리즈를 잇달아 발표했다.

　그리고 의식의 리얼리즘 세계를 가장 과감하게 분석적으로 펼쳐나갔던 사
람으로는 나카무라 신이치로를 들 수 있다. 그는 『회전목마』(1957), 『사랑의
샘』(1962), 『수중화(水中花)』(1964), 『공중정원』(1965), 『고독』(1966), 『죽음
의 편력(死の遍歷)』(1970) 등을 왕성하게 발표했다. 마치 외국의 호텔에서
일어나는 의식을 관찰했던 기록과 같은 「고독」의 일절을 보자.

　잠이 막 들려고 하자 나의 의식은 점차 내면의 세계에 빠져들었고, 시간과

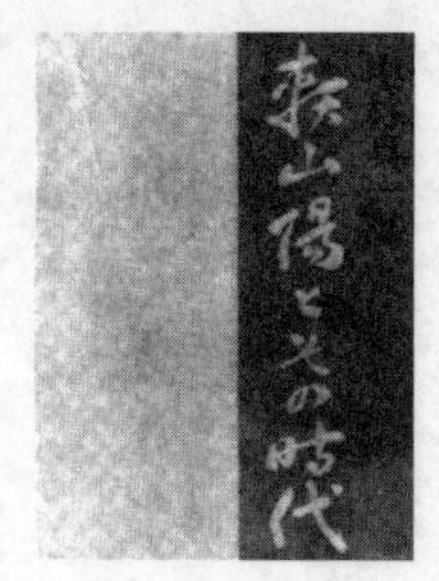

공간의 틀이 점점 녹으면서 경계를 방황하기 시작하자 내가 눈을 뜨고 있을 동안에 잠들어 있던 수많은 기억과 환상이 서서히 몸을 일으켜 나의 의식을 향해 촉수를 뻗치기 시작한다. 그것은 잠수부의 눈에 비친 바다 밑의 광경과 비슷하다. 점차 깊은 바다로 하강하자 빛이 전혀 닿지 않는 세계에서 이름도 모르는 식물들이 느릿느릿 움직이면서 잠수부를 유혹하려는 것이다.

그리고 추구하고 있었던 여러 요소를 '소설을 쓰는 소설'이라는 형식 밑에서 종합하려고 했던 소설 『오가는 구름』(1966)은 훗날 그가 심혈을 기울였던 필생의 역작 '사계' 4부작의 원형을 연상하게 한다. 또 이 밖에 평전 문학이라고 할 수 있는 『라이 산요와 그 시대(賴山陽とその時代)』(1971)를 썼다는 사실도 지나칠 수는 없다.

후쿠나카 다케히코 또한 사후의 세계를 순례하는 『명부』(1954), 소년 시절의 기억과 꿈을 찾아다니는 「유년」(1954), 삽화를 넣어 쓴 에세이 『사랑의 시도 사랑의 종말』(1958) 등 환상·꿈·기억 그리고 사랑의 정신 현상을 관찰하면서 이와 관계된 세계를 많이 썼는데, 이를 뒷받침했던 것은 의식의 리얼리즘 수법이다. 「나는 남자(飛ぶ男)」(1959)의 일절을 보자.

그 순간 의식이 멎는다. 의식이 이분된다. 하나는 그의 영혼. 그것은 움직이지 않는다. 그것은 떨어지지 않는다. 그것은 여전히 저 높이, 8층 높이의 공간 속에 있다. 그 새는 여전히 하늘을 난다. 그 운석은 여전히 우주 공간에 있다. 또 하나는 그의 육체. 그것은 움직인다. 그것은 떨어진다. 엘리베이터와 함께 격렬하게 낙하한다. 총 맞은 새처럼. 운석처럼. 그 두 개 모두가 그이다. 그의 의식은 둘로 나뉘고 거리가 순식간에 멀어진다. 수직으로.

후쿠나가 다케히코도 나카무라 신이치로와 마찬가지로 「죽음의 섬」에서

쓰지 구니오

사랑과 예술을 둘러싼 과제와 다양하게 추구했던 수법을 총합하게 된다.

쓰지 구니오 또한 의식의 리얼리즘에서 출발했던 작가이지만 그는 오히려 현대라는 역사적 조건 밑에 놓여 있는 현대인의 정신 내부를 탐색한다. 제1차 대전 후부터 제2차 대전 후까지 유럽의 혼돈을 배경으로 여류 화가 마샤가 겪는 정신의 방황을 쓴 장편 『회랑에서』(1953)와 제2차 대전 후 북유럽에서 염색 공예가로 활약하는 일본 여성을 주인공으로 내세운 장편 『여름의 성채(夏の砦)』(1966)는 허무와 어둠에 잠겨 있는 현대인의 깊은 내면을 탐색하고 생의 근거에 이르기를 염원했던 작품이다.

쓰지 구니오는 전후처럼 역사의 전형기였던 전국 시대로 무대를 옮기고 『안락국 왕환기(安土往還記)』(1968)에서 16세기에 일본에 표류했던 항해 모험자를 설정하고, 그의 눈에 비친 일본의 모습 특히 오다 노부나가(織田信長, 1534~1582) 상을 조형한다.

나카무라 신이치로의 『라이 산요와 그 시대』와 쓰지 구니오의 『안락국 왕환기』는 각각 현대라는 시대를 짊어지고 전근대로 거슬러 올라갔던 접근이며, 그리고 이러한 접근은 전후에 일본 전통 문화 총체를 재조명하는 작업 속에 위치하게 된다(이 흐름에 대해서는 제3장에서 다룬다).

우화적 표현

존재가 놓인 상황을 우화적으로 표현하고 작품 세계의 사건을 은유적으로 전개하는 방법으로 출발했던 아베 고보는 쇼와 30년대에 들어서자 패전기에 '만주'에서 있었던 사건을 소재로 하여 전후 상황에 있어서의 관계성과 실존의 모습을 우의적으로 쓴 『짐승들은 고향을 향하고(けものたちは故郷をめざす)』(1957)와 컴퓨터의 가능성을 믿거나 거꾸로 한계를 본다거나, 지구의 변화를 견디고 수중에서 살 수 있는 '수서인(水棲人)'을 인간의 발전으로 보거나, 인간이 아닌 존재로 간주하는 등 새로운 사태에 대한 가치관을 묻는

가이코 다케시

SF적인 『제사간빙기(第四間氷期)』(1959) 등을 쓰면서 장편의 시기로 접어든다. 여자와 모래 언덕에 갇혀 살아가는 것을 선택하는 남자를 그린 『모래의 여자』(1962)는 도시라는 황폐한 사막에 놓인 고독한 생존이 그곳을 거점으로 삼을 수 있는 가능성을 찾았던 우의소설이다. 그는 거대한 도시로 변한 상황과 실존의 양상을 중심으로 『타인의 얼굴』(1964), 『불타버린 지도』(1967) 등을 잇달아 발표했다. 한편 아베 고보는 희곡 작가로 활약하며 「노예 사냥(どれい狩り)」(1954), 「유령은 여기에 있다」(1958), 「친구」(1967) 등의 작품을 무대에 올리기도 했다.

가이코 다케시는 대량으로 발생한 들쥐와 싸우는 현청 직원이 주인공으로 나오는 『패닉』(1957)으로 데뷔했는데 이는 조직 속의 인간, 집단의 광기 문제를 다룬 현대의 우의소설로 부르기에 걸맞은 작품이다. 「거인과 장난감(巨人と玩具)」(1957)과 1958년의 아쿠타가와 상 수상작 「벌거벗은 임금님(はだかの王様)」 또한 제목이 가리키듯이 우화적인 소설로 사회 조직과 내적 진실의 틈새 문제를 다루었고, 또 「유망기(流亡記)」(1959)는 "공사에 종사했던 인간 어느 누구도 그 출발점과 종점을 목격하고 전과정을 이해할 수 없었던" 만리장성의 건설을 현대 사회의 우화로 썼다. 가이코 다케시는 오사카의 서민적이고 거친 유머를 『일본 서푼 오페라』(1959)로 썼고, 또한 지식인의 자조를 『보았다 흔들렸다 웃었다』(1964) 등 유머러스한 작품으로 전개했으며, 이어 베트남 전쟁의 다큐멘터리에 도전해서 『베트남 전기(ベトナム戦記)』(1965)와 장편 『빛나는 어둠』(1968)을 완성했다.

구라하시 유미코는 정치 조직의 폐쇄성과 기묘한 계략을 『파르타이(パルタイ)』에서 썼고 1960년 '메이지 대학 신문' 학장상을 수상하며 데뷔했다. 조직의 유대가 '관례'와 '비의(秘義)'에 있고 참가자의 '구제'는 신앙과 비슷하다는 조직관을 보여주었다. 구라하시 유미코는 연애와 결혼, 성과 육친 등의 관계를 메마른 추상적 구도로 포착한 중단편을 잇달아 썼다. 추상적이

구라하시 유미코와 『파르타이』

고 관념적인 구도와 구체적 감성이 공존하는 『성소녀(聖少女)』(1965), 정치 조직과 개인의 문제를 상대성으로 다룬 『스미야키스트 Q의 모험(スミヤキストQの冒險)』(1969) 등에서 새로운 작품 세계를 전개했다.

아베 고보, 가이코 다케시 등이 사회적 현상에 대한 우의를 포함한 우화적 세계를 전개하고, 구라하시 유미코가 우의와 사랑의 우화 세계를 왕복했다면, 모리 마리는 사회적 현상과 유리된 사랑과 귀족 취미의 로마네스크한 세계를 전개했다. 남성 동료의 감미로운 사랑과 그 두 남자를 둘러싼 여성들의 사랑 속에서 격정과 퇴폐의 관능적인 세계를 그린 「연인들의 숲」(1961), 역시 남성 동료와의 사랑의 비극을 썼던 「고엽의 침상(枯葉の寢床)」(1962), 그리고 『사치 가난(贅澤貧乏)』(1963) 등이 있다.

전후 사회와 '나'

전쟁과 패전, 그리고 여기에 이어진 전후는 모든 격동의 시대가 그렇듯이 이에 대처했던 세대 차이나 환경 차이 때문에 실로 다양한 내적 경험을 낳게 된다.

특히 패전에 어떻게 대처하는가 하는 문제는 환경과 밀접하게 관계되며, 이후의 작풍에 결정적으로 각인된다.

패전에서 상실감을, 전후의 풍조에서 위화감을 느꼈던 감성과 사상이 다양한 작품을 낳기 시작한 것은 패전 이후 10년이 지난 1955년 전후이다.

이런 의미에서 피폭을 당한 히로시마를 무대로 『마의 유산』(1954)을 썼던 아가와 히로유키가 『구름의 묘표』(1956)에서 청춘소설의 패턴을 따라 학도병의 일상을 묘사하고 있는 것도 이상한 일은 아니다. 전쟁을 두려운 것으로 일원화해서 묻어버리고 있는 세상의 풍조에 대한 자기의 체험에서 우러나온

야스오카 쇼타로

항의 자세도 여기에서 읽어볼 수 있다.

세대적인 관점에서 여러 번 논의되기도 했지만 체험의 고유성은 그 자체를 테마로 해서 내재적으로 쓰려고 하면 개체로서의 자신을 장치로 삼는 방법에서 출발할 수밖에 없다. 여기에서는 자신의 체험이야말로 바로 써야 하는 것이며, 그것을 쓰지 않는다는 것은 체험의 무화를 의미하기 때문이다. '제3의 신인' 이후의 작품을 '사소설'적이라고 간주하는 원인의 하나는 여기에 있다고 할 수 있다.

전쟁 체험과 일상의 테마

고지마 노부오의 「소총」이 전쟁과 군대에서 탈락하지 않을 수 없었던 젊은이를 내재적·추상적으로 쓰고 있다면, 야스오카 쇼타로의 「둔주(遁走)」(1956)는 시민 생활에서 단절된 군대 생활이 어떻게 성립하는가를 내재적으로 보여주었던 작품이다.

'의사(ヤル氣)'란 무엇인가? 사람들은 이것을 애국적 정열에 바탕을 두고 있는 감투 정신 *fighting spirit* 처럼 말하고 있다. 하지만 이는 지극히 표면적인 의미에 지나지 않는다. 실제로는 이기적인 경쟁일 뿐이다. 병사들은 모든 점에서 남들보다 빨리 약삭빠르게 자신의 유리한 입장을 구축하려고 한다. 그것이 '의사'이다.

이 작품은 전쟁을 지탱하고 있는 인간의 에고이즘을 파헤치고 있다기보다는 전쟁에서 나타나는 겉마음과 속마음의 어긋남에 대한 인식을 적고 있고 보아야 할 것이다. 주인공은 군대의 도처에서 이 어긋남을 알게 된다. 그리고 모든 것을 '인원 수'로 환원하는 가치관은 이 에고이즘조차 삼켜버리려고 한다. 삼켜지고 나면 남는 것은 육체와 신체의 생리뿐이다. 식욕과 배

야스오카 쇼타로의『해변의 광경』

설, 그곳으로 몰아넣고 있는 현실에 대한 반발은 신체의 생리로 변해버린 자신에 대한 자조가 될 수밖에 없다. 그리고 체념이 온다.

> 할 수 없지, 어차피 스스로 오고 싶지도 않은 장소에 억지로 끌려왔기 때문에.

여기에서 전개되고 있는 것은 처음부터 탈락한 인간의 눈에 비친 전쟁의 모습이다. 그것은 우스꽝스러울 수밖에 없다. 그러나 신체 생리는 이 '체념'도 배신한다. 「둔주」는 배설 욕구 때문에 부대가 출동할 때 남았다가 목숨을 구하고 병원으로 후송되어 본토로 송환되기까지의 과정을 쓴 작품이다.

야스오카 쇼타로는 전쟁을 적극적으로 수행하지 않았던 인간의 입장에서 전쟁의 일상을 군대의 희화로 묘사해서 보여주었다.

야스오카 쇼타로는 도움이 되지 않는 병사였던 자신이 전상자 수당을 받고 지내고 있는 사실에 대한 꺼림칙함으로 시작되는 「우울한 즐거움」(1953)과 전쟁이 치열하던 시대에 등을 돌린 문학 청년이었던 자신을 회고한 「나쁜 친구들」(1953)로 아쿠타가와 상을 수상했다. 그는 세상의 추세에서 언제나 탈락하며 살아가고 있는 자신이라는 인식과 탈락자의 의식에서 세계를 파악했던 방법을 전쟁을 쓴 「둔주」에서도, 그리고 전후 사회에 완고하다고 할 만큼 적응하려고 하지 않는 아버지와 점점 미쳐가는 어머니의 세 사람의 생활을 쓴 『해변의 광경』(1959)에서도 일관되게 적용되고 있다. 이 관점이 야스오카 쇼타로의 아이덴티티이며, 『아메리카 감정 여행』(1962)의 날카로운 문화론을 낳는 바탕이다. 「해변의 광경」을 쓰면서 자신의 전후를 정리했던 야스오카 쇼타로는 이후 테마를 '가족 속의 개인으로서의 자신'이라는 문제로 이동한다. 「나무 위의 생활」(1969) 등을 거쳐 혈족 속의 개인으로 나아가고 「유리담(流離譚)」(1976~1981)에 이른다. 이 영

1944년 봄. 해군 소위로 임관하고
진양대에 배치되었을 때의
시마오 도시오

위는 자신과 같은 무기력한 개인이 살고 있는 일상의 장소란 어떤 곳인가를 묻는 것을 의미한다.

야스오카 쇼타로보다 세 살 위인 시마오 도시오에게 특공대 대장으로 출정의 각오를 다지면서 난토에서 맞이하지 않으면 안 되었던 전후는 생의 근거를 상실한 그대로의 생활이었으며, 일상은 『꿈속의 일상』(1956)으로 묘사되었다. 근거 상실자였던 자신의 생이 문학적인 근거가 된다는 역설적인 아이덴티티가 시마오 도시오의 삶을 지탱했다.

그러나 이런 근거 상실자인 자신의 소행 때문에 아내의 때묻지 않은 사랑이 상처를 입고 광기로 나타났을 때, 그는 이 아이덴티티의 기만을 벗게 된다. 발작을 일으킨 아내의 중얼거림을 들으며 있는 그대로의 자기 모습이 껍데기를 벗고 드러난다. 그는 이 모습을 혐오한다. 그러나 추궁을 받고 고백할 때만 아내와 결합할 수 있다고 느낀 그는 암울한 싸움에 결박을 당한 채 도망치려고 하지 않는다.

「죽음의 가시」에 썼던 이런 의식의 모습은 견해를 바꾸면 전중파의 '전후,' 즉 전쟁중에 아이덴티티를 귀속시켰던 그 '전후'가 전후 사회의 일상성으로부터 공격을 받았던 것에 다름아니라는 사실을 의미한다.

패전과 상실

시마오 도시오가 아내의 광기 때문에 전후의 일상과 마주서지 않으면 안 되었다면, 이런 요인을 갖지 않고, 말하자면 일상성에 감싸이지도 않고, 혹은 외측에서 일상성에 대항하면서 표현 행위를 계속했던 작가도 있다.

앞에서도 언급했던 후쿠나가 다케히코는 시마오 도시오보다 한 살 아래이지만 결핵으로 인한 요양 생활 때문에 전후 사회에서 유리되었다. 그러나 『풀꽃』(1954)에서 볼 수 있는 구제 고교생의 동성애 감정과 전시중에 이성과 나누었던 연애에 대한 자기 본위의 생각은 작가의 삶이 전후 사회에서 해

미시마 유키오

방되지 않았음을 말하고 있기도 하다. 사후의 세계를 순례하는 『명부』 (1954) 이후 「마음속을 흐르는 강」(1956), 『폐시(廢市)』(1960), 『망각의 강』 (1964) 등에서 보여준 시도가 소설에서의 관념의 모험이라는 색채를 강하게 갖고 있는 것은 이 때문이라고 생각된다.

시마오 도시오보다 여덟 살 아래인 미시마 유키오도 전후 사회에서 생의 근거를 발견할 수 없었던 작가이다. 1956년에 발표한 「금각사」는 미시마 유 키오의 대표작으로 손꼽히는 작품으로 말을 더듬기 때문에 일상 생활에서 콤플렉스를 갖고 있던 청년이 금각사에 불을 지르게 되는 과정을 썼다. 실제 로 있었던 사건에서 힌트를 얻었지만 여기에 담겨져 있는 것은 미시마 유키 오 자신의 심정이다. 청년은 전쟁이 끝날 때까지 일 년 동안 금각사의 아름 다움에 빠졌다.

나를 불태워버리는 불이 금각도 불태워버리리라는 생각은 나를 거의 취하 게 만들었다.

소멸의 미 속에서 아름다운 금각과 동일화되는 환희의 몽상은 패전과 함 께 붕괴되었고, 청년은 비속한 일상의 부활과 '영원히 따분한' 계절에 피습 을 당한다. 그때 스스로 금각을 소멸의 미 속에 놓는 일은 청년의 생의 증거 가 된다. 결말에서 청년은 금각과 '정사(情死)' 하지 않는다. 행위를 완수한 다음 생의 길이 열린 것이다. 미시마 유키오에게 이는 전후의 '문화주의' 에 대한 도전이기도 했다.

미시마 유키오가 전후 현실과의 대결을 보여준 것은 『교코의 집(鏡子の 家)』(1959)이다. 그는 전후를 상대주의 가치관 밑에서 드러내면서 정열이 고갈된 상황을 비추어내고 있다.

이 시기에 미시마 유키오는 「다리들(橋づくし)」(1956) 등의 명품도 썼으

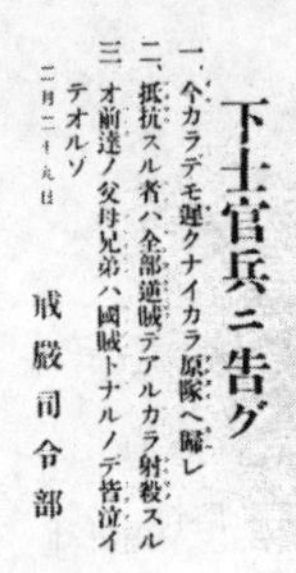

2·26 사건(1936) 당시 반란군에게 투항을
설득하는 '하사관병에게 고함'과 애드벌룬

나 모두 전후에 대한 도전이 표면에 드러나고 있으며, 반안보 투쟁 후「향연이 끝난 뒤(宴のあと)」(1960), 「아름다운 별」(1962) 등 정치를 둘러싼 소설을 쓰면서 2·26 사건의 하급 장교들의 심정, 그리고 논리를 초월한 천황주의 사상에서 패전으로 해체된 자기의 아이덴티티를 발견하게 된다.

미시마 유키오보다 세 살 아래로 1928년에 태어나 17살에 패전을 맞았던 다쿠보 히데오의「깊은 강」은 1969년 제66회 아쿠타가와 상 수상작이다. 다음의 일절을 보자.

이 무엇인가의 결여감. 중학생 때 나는 패전 직후의 쾌청한 하늘을 넋을 잃고 공허하게 쳐다본 적이 있는데, 이 감각은 저 하늘의 풍경과 닮았다. 저 푸른 하늘에는 어떤 말도 관념도 치워버리는 깊은 허무가 있다.

화자는 미군 기지의 마구간에서 아르바이트를 하면서 사회 윤리적 고뇌를 느끼는 학생인데, 그가 패전 당시의 '결여감'을 떠올리는 것은 자신도 주위의 모든 것도 기생적인 존재에 지나지 않는다고 생각했기 때문이다. 이 패전의 '결여감'을 거점으로 모든 전후의 현실은 상대화된다. 그의 충실감은 말의 약동하는 근육과 자연의 매력에 젖어들 때만 찾아온다. 충실감은 사회적 생활에는 없고 감수성에만 있을 뿐이다. 다쿠보 히데오는 전쟁 시절을 무대로 중학생과 연상의 여인이 나누는 사랑을 쓴「해금(解禁)」(1961) 이후, 감각 기관의 반응이라는 의미에서의 관능의 세계를 감미롭고 농밀하게 쓴 단편 세계를 구축하게 된다.

패전과 사상적 영위

패전의 상실감에서 아름다움과 관능의 세계로 길을 개척했던 작가들과는 대조적으로 사상적 과제를 형상화하는 작가들도 있었다.

마루야 사이이치

　1926년에 태어나 20살에 패전을 맞이했던 이노우에 미쓰하루는 전후 일본 공산당에 소속해서 시를 쓰고 조직의 현실에 대한 비판을 「씌어지지 않은 일장(書かれざる一章)」(1950)으로 소설화했으며, 1959년 『과달커널전 시집 (カダルカナル戰詩集)』을 내고 황국 사상과 '검은 근황(勤皇)'이라 부르는 사상과의 상극을 전중의 심회로 정착시킨 다음, 도쿄에서 사세보(佐世保)로 귀향하는 학생을 주인공으로 삼아 탄광에서 일하는 조선인 노동자들도 등장시키면서 패전 전후의 규슈의 서민 생활을 「허구의 크레인」으로, 나가사키 피폭자들의 실태를 「땅의 무리들」로 각각 형상화했다.

　「허구의 크레인」 끝부분에서 주인공은 패전 후 공산주의자들이 출옥하는 것을 보도하고 있는 신문 기사에서 '천황제 폐지'라는 글자를 보고 "천황제 폐지라는 생각이 있는 것인가? 천황제 폐지라는 견해가 가능한 것인가?" 놀라면서 가슴속에서 울려오는 무거운 울림을 듣는다. 이것은 그때까지의 그의 관념을 거꾸로 세우는 듯한 사건이었다. 그리고 특공대 소위가 주인공으로 나오는 『죽은 자의 시간(死者の時)』(1960)에서도 조선인의 문제를 얽어 묶으면서 천황제 문제를 다루고 있다.

　마루야 사이이치는 미시마 유키오와 같은 나이로 영문학자로 활약한 다음 소설가의 길을 걸었다. 구약 성서에서 재료를 찾았던 『여호와의 얼굴을 피해서(エホバの顔を避けて)』(1960)는 그리스도의 명령에서 도피하는 것을 주제로 여호와를 믿지 않는 자신이 여호와를 증오할 수 있는가, 여기에 무슨 의미가 있는가라는 질문을 하고 있다. 이 기묘한 물음은 징병 기피를 썼던 『대나무 베개』(1966)와 견주어보면 그 의미가 더욱 분명해질 것이다. 다만 『대나무 베개』에서 그는 징병 기피라는 도피행을 현대의 일상 시간과 교차하면서 말하고 있으며, 패전 후 영웅적 행위로 간주되었던 징병 기피도 당대의 일상에서 상대화되고 풍화된다고 인식하였다.

　엔도 슈사쿠는 불문학자로 카톨릭 작가와 관련된 평론 등을 쓰면서 활동

엔도 슈사쿠

한 다음, 1955년에 「백색인」 「황색인」을 쓰고 작가의 길로 들어섰다. 「백색인」은 프랑스인과 독일인 사이에서 태어난 사내가 카톨릭의 엄격한 예의범절 밑에서 가학적인 성에 눈을 뜨고 제2차 대전 때 굴절된 배신 행위를 하게 되는 소설로 죄의 문제를 다루고 있는 작품이다. 「황색인」에서는 공습하의 일본을 무대로 재일(在日) 사제였던 프랑스인의 일기를 삽입해서 "신과 죄에 무감각한" 일본인상을 쓰고 있다. 그리고 「바다와 독약」(1957)에서 가해자로서의 일본인을 다루었던 그는 이후 에도(江戶) 시대를 무대로 '배교자의 문제'를 주제로 내세우면서 기독교와 일본의 풍토를 추궁했던 『침묵』(1966)을 쓰게 된다.

　벌거벗은 뜰에 햇살이 가차없이 내리쬐고 있다. 한낮의 햇살 속에 땅바닥을 검게 물들인 자취가 분명하게 남아 있다. 외눈박이 남자의 시체에서 흐른 피이다.
　조금 전처럼 매미가 메마른 소리를 내며 울고 있다. 바람은 없다. 조금 전처럼 파리 한 마리가 자신의 얼굴 주위를 둔한 날개 소리를 내며 맴돌고 있다. 외계는 조금도 다르지 않았다. 한 인간이 죽었는데도 아무것도 바뀌지 않았다.
　(이런 일이) 사제는 격자를 움켜쥔 채 평정을 잃었다. (이런 일이……)
　그가 혼란을 겪고 있는 것은 돌연 일어난 사건 때문이 아니었다. 이해되지 않는 것은 이 뜰의 정막과 매미 소리, 파리의 날개 소리였다. 한 인간이 죽었는데도 외계는 마치 그런 일도 없었다는 듯이 조금 전처럼 움직이고 있다. 이런 바보 같은 일은 없다. 이것이 순교라는 것인가. 왜 당신은 침묵하고 있는가. 당신은 지금 저 외눈박이 백성이 ——당신을 위해서—— 죽었다는 사실을 알고 있을 것이다. 그런데도 어째서 이런 정막이 계속되는가. 이 대낮의 정막. 매미 소리, 마치 우열(愚劣)하고 끔찍한 일들과 아무 관계 없는 것처럼

다카하시 가즈미

당신은 외면하고 있다. 그것이…… 견딜 수 없다.

일본에서 포교하려고 했던 사제는 감옥에서 신의 침묵을 듣는다. 신의 음성은 그가 '개종'을 결심했을 때 들려왔다. 그것은 그와 함께 괴로워하면서 '개종'을 허락하는 목소리였다. 신은 구제하고 또 심판하는 신에서 용서하는 신으로 그 모습을 바꾸는 것이다.

1931년에 태어나 14살에 패전을 맞이했던 다카하시 가즈미는 『우울한 당파』(1965) 첫머리의 일절에서 패전 체험의 상실감을 이념에 대한 불신의 근거로 삼고 이렇게 쓰고 있다.

중학생 때 패전을 맞이한 다음부터 그는 자신의 감각을 초월한 이론 체계나 방대한 가설 그리고 권위가 있음직한 일체를 믿지 않게 되었다. 〔……〕 너무나도 급격한 가치 변동을 몇 번이나 경험했던 것이다. 이것은 아마 그만의 경험은 아니었을 것이다. 그리고 저 섬광도 그의 머리 위에서만 꽃을 피우고 흩어졌던 것은 아니다. 사람들은 누구나 마찬가지로 교육받았고 감격했으며 의혹을 느꼈고 그리고 불의에 파괴를 당했으므로.

공습을 받으면서 함께 헤매었고, 함께 죽자고 각오했던 누이를 잃는 대신 구사일생으로 살아났던 소년이 이상을 찾아 무장 봉기하는 토착적 종교 단체의 교조가 되는 소설 『버린 아이 이야기(捨子物語)』(1958)로 출발했던 다카하시 가즈미는 『슬픔의 그릇』(1962)에서 인간은 타자의 희생 위에서 과연 인간다울 수 있는가라는 질문을 추구한다. 다카하시 가즈미는 이런 실존적인 질문을 전시하의 체험에서 형상화했다. 관념은 사전에 상대화되고 있었으며, 그 상대화된 관념과 싸우면서 찾고 있는 길은 사람에게 좌절을 강요하고 무거운 우울로 생을 짓누른다. 이를 거점으로 그는 '산화의 정신'을 공격

요시무라 아키라의
『전함 무사시』

하고 '만주국'의 이상을 격파하며 『사종문(邪宗門)』(1966)이 그랬던 것처럼 인간 관념의 기괴함을 탐구하게 된다.

전후를 살아가는 의미

야스오카 쇼타로는 「둔주」에서 탈락자의 눈으로 전쟁이라는 일상을 썼으나, 쇼와 초기에 태어나서 '비상 시국'에 성장했던 세대에게는 비상 시국과 그 연장으로 왔던 전쟁은 거기에서 자신이 생존하지 않으면 안 되는 장으로 처음부터 결정되어 있었으며, 그것이 바로 그들의 '일상'이었다. 여기에서는 '일상'이라는 의식에서, 말하자면 전쟁과 전후의 단절을 초월하게 된다.

1966년 『전함 무사시』에서 그 건조에 이르는 과정을 면밀하게 조사해서 보여주었던 요시무라 아키라는 「두 개의 정신적 계절」(『전망』, 1968. 11)에서 다음과 같이 말하고 있다.

전쟁이 패전이라는 형태로 끝났다는 것은 믿기 어려운 사실이었지만, 내가 실제로 놀란 것은 종전 그날부터 시작되었다고 할 수 있다. 〔……〕

나는 깊은 당혹감을 느꼈다. 전쟁중에 나처럼 한마음으로 일했던 사람들은 도대체 어디에 간 것일까. 그들은 과연 전쟁중에 전쟁 수행에 협력하는 체하고 내심으로는 은밀히 전쟁을 저주하고 있었다고 할 수 있을까.

나는 전쟁의 와중에서 진지하게 살았던 나의 과거가 두려웠다. 비판력도 모자란 연령이었지만 전쟁의 승리를 염원하면서 일했던 사실에 깊은 부채 의식을 느꼈다.

나는 자연히 굴조개 같은 침묵 속에 몸을 숨기게 되었다. 그리고 패전의 그날부터 20년이 지났다. 〔……〕

나는 종전의 그날을 경계로 전혀 다른 두 개의 정신적 계절을 살았다. 전후의 나는 전쟁이 갖고 있는 무서운 잔혹성을 알았고, 동류의 인간으로서 그 비

다카이 유이치의 『북쪽 강』

인간적 행위를 치욕이라고 생각하고 있다. 그것은 틀림없이 인류 최대의 죄악이었다.

　이런 나의 변신을 '눈을 떴기 때문'이라고 하는 사람이 있을지도 모르겠지만 그 변화하는 모습이 부끄럽게도 너무 격렬했기 때문에 나는 당황했던 것이다.〔……〕

　어려서 전쟁과 접촉했던 나는 두 개의 상반된 정신적 계절 속에 살았던 인간이라는 존재의 기괴함을 다음 세대에 전해줄 의무를 짊어지고 있는 것처럼 생각된다.

요시무라 아키라는 패전으로 인한 생의 분단을 "두 개의 상반된 정신적 계절 속에 살았던 인간이라는 존재의 기괴함"으로 초월하고 있다. 요시무라 아키라는 열심히 자료를 수집한 전기물과 환상적인 작품을 썼는데, 이 밑바닥에는 이런 '존재의 기괴함'이라는 실감이 가라앉아 있다고 생각된다. 그리고 이는 요시무라 아키라라는 작가의 틀을 뛰어넘어 이 시대의 표현의 밑바닥에 가로 누워 한편으로는 생의 디테일한 촉감을 형상화하는 쪽으로, 다른 한편으로는 존재의 기괴함을 그 자체로 형상화하는 쪽으로 향하고 있다고 생각된다.

다카이 유이치는 다카하시 가즈미보다 한 살 아래이지만 그 작풍은 전혀 다르다. 「북쪽 강」(1965)은 이미 아버지를 잃고 도호쿠의 소개지에서 단둘이 지내고 있던 어머니가 패전 후 모든 것을 잃었다고 생각했기 때문에 자살할 때까지를 담담하게 쓴 소설이다. 이런 일절이 있다.

전쟁이 끝나던 날까지 나는 아무것도 알아차리지 못했다. 당시 우리 연령의 사람들에게는 전쟁이란 늘 어디에서 계속되고 있는 것이었으며 이른바 그 자체가 일상이었으므로 전쟁이 끝났다는 사실은 상상을 초월했다.〔……〕 그

아베 아키라와
『사령의 휴가』

러나 전쟁은 현실로 끝났다. 그리고 그 바로 다음날의 지극히 사소한 일부터 그때까지의 착오를 나는 알기 시작했다.

패전은 모자의 생활을 옥조르기 시작했다. 전쟁중에 할아버지와 아버지를 잃고 공습으로 집이 불타버렸던 다카이 유이치는 패전과 함께 어머니도 잃었다. 그런 작가에게 전후의 생활은 상실감을 가슴속에 간직하고 살아가지 않으면 안 되는 일상이었다. 「얕은 잠의 밤(淺い眠りの夜)」(1966)은 이런 학생 생활을 쓴 작품이다.

1934년에 태어난 아베 아키라는 제대 후에도 전후 사회에 적응하지 못하는 직업 군인을 아버지로 모시고 있는 가족에 대해 쓴다. 과거에 영광으로 빛났던 가족은 전후 사회에서 굴욕의 일가로 전락한다. 그는 이런 일가의 한 사람으로서 겪어야 했던 생의 어려움과 정신적 고통을 단편으로 썼으며, 장편 『사령의 휴가(司令の休暇)』(1971)에서는 암에 걸린 아버지가 임종할 때 화해하고 이해하는 아들의 눈을 통해 가족의 모습을 그늘진 인간상으로 묘사한다. 여기에서는 역사의 그림자를 감추고 썼던 가족의 세세한 일상사 자체가 어떤 한 시대의 증언이 되고 있다.

1936년에 태어나 9살에 패전을 맞이했던 사카가미 히로시는 중앙공론 신인상을 수상했던 「어느 가을의 사건」(1959)에서 폐허에 돌아왔을 때 마치 처음의 장소에 섰던 것 같은 기분이었다고 적고 있다. 과거의 모든 것이 환영이라면, 분명하다고 생각했던 가족 관계라는 것도 '허구'에 지나지 않을까라는 생각에 이끌리게 된다. 사카사키 히로시는 이런 존재의 불확실한 감각에서 출발했으며 그 불확실한 감각이 일상 생활에 떨어뜨리는 그림자를 열심히 주워모으는 작풍으로 나아간다.

이 작가들에게도 패전은 상실이며, 전후를 사는 것은 무엇인가를 견디면서 사는 것이지만 어쨌거나 전후의 일상을 살고 가족과 함께 지냄으로써 그

 가가 오토히코

감촉을 중핵으로 하는 소설을 구성했다.

이 시기에 패전을 소재로 하여 이들과 전혀 대조적인 세계상을 조형했던 두 작품이 있다.

하나는 만주에서의 일본군 철수를 소재로 한 아베 고보의 『짐승들은 고향을 향하고』(1957)이다. 패전을 전후한 혼란스런 상황에서 탈출할 때, 유일한 단서인 신분 증명서조차 적과 아군이 뒤섞인 관계에서는 아무런 효력을 가질 수가 없다. 동행자도 정체 불명이고, 확실한 정보도 없고 다만 고립된 주인공은 구금된 채 "짐승처럼 살아갈 수밖에 없다".

또 하나는 후루야마 고마오(古山高麗雄, 1920~)의 「플레오-8의 여명(プレオ-8の夜明け)」(1970)이다. 이 작품은 인도차이나 반도에서 포로가 되었던 사람의 수용소 감방 생활을, 제국 군대가 붕괴함에 따라 갈가리 찢긴 사람들의 파멸한 모습, 우연히 지배를 받고 장단에 놀아나는 인간 존재를 가벼운 필치로 묘사하고 있다.

이 두 작품의 주인공들이 놓여 있는 상황은 패전이라는 역사의 틈새에서 생긴 것이지만, 그러나 실은 여기에 쓴 세계상이 전후의 일상과 그대로 연결된다는 사실을 훌륭하게 보여주고 있다. 이들은 가가 오토히코가 「프랜들의 겨울」(1967)에서 프랑스의 정신병원의 일본인 의사가 말하고 있는 현대 상황과 아주 비슷한 인식에 서 있다고 할 수 있다.

　　이 세계는 지루하다. 우열하고 무의미하다. 과학은 진보하지만 문화는 황폐할 뿐이며 그리고 누구나 목표를 잃고 살아간다. 〔……〕 그러나 이 세계에서 도망칠 수 있는 나라는 존재하지 않는다. 이 세계는 거대한 감옥이며 우리 모두는 무기 수형수이기 때문에.

이런 인식은 허망한 감각 속에서 살아가는 오에 겐자부로의 초기 작품이

다치하라 마사아키

나, 세계의 계략을 우의적으로 쓴 가이코 다케시의 초기 작품, 또 추상적인 세계에서 인간의 관계를 전개하는 구라하시 유미코의 표현까지 공통된 뿌리를 갖고 있다고 보아도 좋을 것이다.

일상의 생의 디테일을 기록하건, 존재의 기괴함을 우의로 가탁하건, 전중과 전후를 한번 넘었던, 현대를 사는 존재의 양태를 조형하는 일이 여기에는 다양한 작풍의 차이를 초월해서 존재하고 있는 것이다.

피와 생의 회복

자신이 물려받은 피와 자랐던 가정 환경을 응시함으로써 패전의 상실감을 회복하려는 작가들도 있다.

조선의 피를 물려받았던 다치하라 마사아키는 전시를 일본에서 보냈다는 굴절된 의식에서 「쓰루기케자키(劍ヶ崎)」(1966) 등을 쓰면서 자기의 정체성 문제를 추구했고, 전시하를 무대로 혼혈아 형제가 겪는 내면의 갈등을 썼으며, 그 고통 속에서 아름다움을 찾으면서 살아가는 자세를 보여준다. 형은 패전 다음날 "혼혈아가 믿을 수 있는 것은 아름다움뿐이다"라는 말을 남기고 광신적인 동생에게 죽창으로 목을 찔려 죽는다. 그리고 다치하라 마사아키는 「다키기노」 등에서 엿볼 수 있는 일본의 전통미에 대한 경사를 점차 심화시킨다.

이회성이나 김학영 등 재일 조선인 2세 작가들은 제2차 세계 대전의 전후 처리로 조국이 분단되고, 그리고 이로 인해 일본에서 일어난 조선 민족의 반차별 운동에도 균열이 생기는 상황 속에서 아이덴티티의 확립을 모색하는 어려움 때문에 굴절되는 심리를 작품에서 묘사하고 있다.

1931년에 태어나 15살에 패전을 맞았던 미우라 데쓰오는 군국 소년으로 유서까지 썼던 심경을 그린 「열다섯 살의 주위」(1955)로 문단에 등장했다. 패전의 그날 이후 죽음과 같은 일상을 보내고 있는 '나' 는 19회 생일날 19살

기타 모리오

로 특공대 비행기 안에서 죽은 청년의 사진을 보고 무수한 죽음으로 살아남게 된 자신을 보게 된다. 그의 내면에서 "살고 싶어. 죽고 싶지 않아. 살려줘"라는 죽은 청년의 절규가 끓어오른다.

이후 미우라 데쓰오는 불행한 피를 가진 두 누이의 자살, 두 형의 실종을 잇달아 경험했던 '멸망의 피'에 대한 두려움과 수치의 감각에서 시노(志乃)라는 여성과 만나면서 스스로 생으로 걸어나갈 때까지를 쓴 「시노부가와」(1960), 「첫날밤(初夜)」(1961) 등 일련의 작품을 발표했다.

1927년에 태어난 기타 모리오는 18살에 패전을 맞이했는데 쇼와 전전기에 도쿄의 주택가에 사는 소년의 세계에서 전시중의 구제 고교 시절, 그리고 전후의 나날을 탁월한 감성으로 회상한 『유령』(1954)을 쓰면서 문학적 출발을 하게 된다. 이 작품에서 그는 패전의 상흔을 강력하게 표현하고 있지는 않지만, 패전으로 단절되고 잃어버렸던 소년 시절을 전후에 다시 자연의 내부에서 되찾으려는 의지를 보여준다. 기타 모리오는 유연하고 안정된 표현으로 이상한 감성을 정착시킨 단편들을 쓴 다음 나치의 정신병원을 무대로 한 『밤과 안개의 구석에서(夜と霧の隅で)』(1960)를 썼으며, 아버지 사이토 모키치(다만 가인의 측면은 쓰고 있지 않다) 일가의 모습을 『유가의 사람들(楡家の人びと)』(1964)로 형상화했다. 일본의 부르주아 가정의 내실을 안정된 필치로 쓴 최초의 소설로 주목받았던 이 작품에는 자신이 자라났던 환경을 조용한 눈으로 응시하려는 작가의 자세가 있다.

성과 관계

연합군 점령 치하의 '자유'로 쇼와 전전기와 전중기에 억압받았던 성 표현은 단숨에 해방되었으나 샌프란시스코 강화 조약 발효 후에도 형법 175조

교토 가쓰치카(一力)에서의
다니자키 부부

에 의한 단속이 남아 있었고, 채털리 재판과 사드 재판 등이 있었으며, 또 다니자키 준이치로의 「열쇠」를 둘러싼 논의 등이 있었다. 그러나 이 논의들을 통해 성은 인간의 본원적인 속성이며 문학의 한 테마로도 추구할 만하다는 사실이 오히려 분명하게 부각되었다.

이 시대에 성은 문학의 주요한 테마로 또한 방법적 추구의 중요한 매개가 되었다. 대가들은 만년의 자기 신체에 얽힌 현상을 관찰해서 숙련된 경지를 보여주었으며, 새로운 문학의 담당자들은 독자적인 영역을 개척했다.

노년과 성

다니자키 준이치로의 「열쇠」는 초로에 접어든 남자가 자기 일기를 아내가 몰래 읽도록 꾸미면서 음전한 껍질의 내부에 숨어 있는 욕망을 자극하고, 또한 아내가 딸의 약혼자에게 접근하도록 유도해서 스스로 질투를 불태움으로써 성애의 불꽃을 일으키는 행위를 묘사하고 있다. 남편과 아내가 서로 간직하고 있는 마음속의 비밀을 일기로 읽게 만드는 구성, 아내와 딸의 약혼자가 모의해서 남자를 죽음에 몰아넣는 스토리는 특히 다니자키 준이치로가 다이쇼 시기에 왕성하게 썼던 탐정소설 수법을 되살린 것이며, 묘사는 노골적이지 않았지만 독자의 상상력을 자극하는 장치였다. 1956년 『중앙공론』 1월호부터 연재가 시작되면서 마침 '채털리 재판' 소동과 겹쳐 반향과 논의를 불러일으켰다. 그러나 작가는 소동을 뒤로한 채 유유히 써내려갔다. 남편이 죽은 다음 결말에 적은 아내의 원망이야말로 가장 배덕적인 내용이라고 할 수 있다. 딸과 약혼자의 생태에 아프레게르 풍속이 들어 있었다고 할 수 있다.

다니자키 준이치로는 이어 『미치광이 노인 일기』(1962)를 쓴다. 수족이 자유롭지 않은 노인의 일기로 된 형식인데, 치료를 묘사할 때 정확한 의학적 용어를 사용했으며, 도쿄 시내나 교토의 지리와 풍속도 정확했으며, 자산가 노인이 제멋대로 하는 행태와 이를 허락하는 주위, 그것을 알고 부리는 어리

아사쿠사에서의 다카미 준(1962)

광 등을 자세하게 쓰면서 며느리에 대한 어리석은 연모의 모습을 실감 있게 묘사했다. 연모는 노인의 사후에도 미쳐 며느리의 발 모양을 새긴 불족석(佛足石)을 만들고 그 아래에 잠들고 싶다는 욕망이 노망난 머리에 자리잡게 된다. 이를 실행에 옮기면서 노인은 죽음을 맞이한다.

가와바타 야스나리는 「산소리(山の音)」(1951~1954)에서 패전 후의 풍속을 받아들이면서 죽음이 부르는 소리를 듣는 노경(老境)에 대해 썼는데, 여기에도 며느리의 자태를 음미하듯 관찰하는 남자의 시선이 있다. 계절의 추이와 시국을 받아들이면서 전개하는 연작의 형식은 렌카(連歌)의 야쿠소쿠고토(約束事)를 응용하고 있다. 이 작품이 이른바 쇼와 10년대부터 가와바타 야스나리가 추구했던 집대성이라고 한다면, 이후의 가와바타 야스나리는 오히려 방자한 형태의 작품으로 나아간다. 발이 불편한 남자의 여성 연모가 환상으로 뒤섞여 어머니에 대한 동경으로 향하는 『호수(みずうみ)』(1955)를 쓰고, 아직 성적 능력이 있는 노인이 약을 먹고 잠들어 있는 소녀의 나신을 만지면서 남자를 악마의 세계로 끌어들이는 여자의 성을 상상하고 노년의 보다 깊은 슬픔을 뼈저리게 느끼는 『잠들어 있는 미녀』(1961)를 썼다.

다카미 준이 신경 질환의 늪에서 벗어나 「생명의 나무」로 에로스를 노래했다면, 이토 세이의 경우는 '채털리 재판'의 와중에서 생명의 발현인 에로스 대 근대 문명의 문제를 독자적으로 추구하고 성 대 사회 질서라는 도식 속에서 장편 「범람」을 썼으며, 다시 「변용」에서 늙음과 성의 문제에 몰두한다. 60살이 된 일본화 화가의 성애 편력을 회상과 함께 적은 이 장편소설은 노경에 접어든 남자가 늙음과 성 그리고 이성을 발견하는 이야기이기다. 남자는 다음과 같이 이야기한다.

노령의 호색이라고 말하는 것이야말로 남아 있는 생명에 대한 억압을 배제하고 싶은 소망이며 또 생명에 대한 찬가이다.

후지에다 시즈오

소위 '사소설'의 명맥을 이으면서 생과 사를 둘러싼 관조에 과학적 지식을 아로새겨넣으면서 추구했던 작가로 후지에다 시즈오가 있다.

후지에다 시즈오는 전후 얼마 안 되었을 때 아내의 죽음과 자기의 청년 시절을 둘러싼 작품을 잡지 『근대문학』 등에 발표하면서 출발했는데 「공기두」(1967)에서는 아내의 죽음을 둘러싼 단상과 시계(視界)의 상반부가 보이지 않는 병에 걸려 성적으로도 불능에 빠진 노경의 사내가 중국에서 전래하는 방법으로 똥물에서 정제한 '약'을 먹고 능력을 회복하지만 결국 성욕에서 해방될 때까지를 쓴 단상, 그리고 베트남 전쟁에서 포로가 학살되는 영화 장면의 단상을 병치하면서 인간 행위의 우열함과 비애를 썼다. 「흔구정토(欣求淨土)」(1968)에서 현대의 성을 '쇠멸의 상징'으로 파악하면서 '자연의 힘'과 대비했던 그는 다시 기행소설적인 구조 속에 산촌의 해체와 동양적 생명관과 문학론을 무심하게 자아넣은 듯한 「풍경소설」(1973)로 걸어가게 된다.

여기에서는 나의 의식에서 오가는 자연 · 사회 · 예술을 둘러싼 여러 현상을 쓰는 방법이 유효하게 살아나 슬프도록 어리석고 그리고 우스꽝스런 인간의 영위 전부가 담겨 있는 장치가 완성되고 있다.

문명에 대한 야성, 혹은 그 발현으로 드러나는 이른바 때묻지 않은 성의 테마는 미시마 유키오의 『해조음』(1954)과 1956년 제35회 아쿠타가와 상을 수상했던 곤도 게이타로의 「해녀 배」 등에서도 볼 수 있다.

또 전반적으로 노인 문제는 사회 문제화되었으며, 치매 노인의 문제를 가장 빨리 다루었던 아리요시 사와코의 『황홀한 사람(恍惚の人)』(1972)이 화제가 되었다.

요시유키 준노스케

성과 관계

요시유키 준노스케는 데뷔작인 「원색의 거리」(1951) 이후 성과 관계의 테마를 계속 추구한 작가이다. 사창가를 무대로 한 창녀와의 교제를 중심으로 풍속을 묘사하는 틀과 세간의 미풍양속에 대한 모멸의 기미로 본다면, 나가이 가후의 전후판으로 볼 수 있지만, 소재가 전후로 바뀌었을 뿐만 아니라 작업의 질 또한 다르다. 나가이 가후가 '세태'의 관찰에서 탁월한 작업을 남겼다면, 요시유키 준노스케는 '관계'의 관찰자로 탁월한 작업을 했다고 볼 수 있다. '관계'란 서로의 '위치'이며, '위치'를 결정하는 것은 심리이다. 1954년 아쿠타가와 상을 수상한 「취우」는 "이 동네에는 여자의 말 뒤에 숨어 있는 마음을 두루 생각하지 않으면 안 되는 번잡함이 없다"고 생각하는 남자가 창녀와 애정과 비슷한 마음의 실타래에 끌려들어가는 심리의 추이를 추적하고 있다.

"자넨 재미있는 여자군. 내 친구들을 소개시켜줄까?"

여자는 갑자기 입을 다물고 눈을 내리감았다. 적막한 얼굴이 잘 어울렸다.

자기의 말이 무대 위의 조명이 되어 창녀라는 여자의 위치를 그 마음속에서 비추어냈기 때문에 그녀가 갑자기 침묵하게 되었음을 그는 알았다. 그러나 눈앞에 있는 여자가 그 혼자 독점하지 못하는, 많은 남자들을 보내고 맞이하는 몸이라는 사실을 새삼스레 자기 자신에게 납득시키려는 기분도 그 말 뒤에 숨어 있었다. 그 사실을 그는 여자와 헤어진 다음에 알았다.

「창녀의 방(娼婦の部屋)」(1958)에서는 주인공이 서 있는 위치가 바뀔 때마다 여자들의 반응이 변한다. 즉 관계가 변화한다. 관계의 변화는 반응의 변화이다. 어묵 가게의 아가씨에서 누드 모델이 되고, 다시 탤런트가 되는

요시유키 준노스케의 『암실』

소녀와 깊은 무력감에 빠져 있는 남자와의 관계를 썼던 「남자와 여자아이(男と女の子)」(1958)는 생리를 포함하는 반응 변화를 묘사한 소설이기도 하다. 「어둠 속의 축제」(1961) 또한 아이를 낳은 지 얼마 안 되는 아내가 있는 남자가 여배우와 사이가 깊어지는 과정을 쓰면서, 관계의 변화와 여기에 수반되는 자기 주위의 인물들이 보여주는 반응의 변화를 관찰한 소설이다.

「조수충어(鳥獸蟲語)」(1959)는 반응의 변화를 색채의 변화로 묘사했던 작품이다.

> 그 무렵 거리의 풍물은 나에게는 모두 석고색이었다. 긴 쇠막대기를 내밀고 천천히 달리고 있는 거리의 전차는 석고색의 곤충이었다. 땅바닥에 찰싹 들러붙어 돌아다니고 있는 자동차들도 석고색의 딱딱한 껍데기를 쓰고 있는 벌레였다.
>
> 그런 기계류뿐만 아니라 거리의 스쳐 지나가는 인간들, 길모퉁이에서 만나자마자 서로 등을 돌리는 인간들도 모두 내 눈 속에서 여러 가지로 변형하고 퇴색했고 순식간에 석고색의 눈에 익지 않은 사물로 되고 말았다.

평소에는 석고색이던 여자도 육체적인 교섭을 가질 때는 색을 띠고 향기를 뿜는 생물로 바뀐다. 석고색의 사물 세계는 사람들이 감정을 드러내지 않는 도시 대중 사회에 지쳐 소외감에 빠진 나의 세계상을 상징한다. 이런 남자가 길모퉁이에서 인간의 얼굴 같은 색깔을 가진 소녀를 만난다. 초상화를 그리는 소녀도 나를 동류로 인정한다. 나는 결핵 수술로 일그러진 그녀의 몸에 애착을 느끼고 그녀를 애처롭게 여기게 된다. 이 작품은 사랑이 시작될 때까지를 묘사하고 끝난다.

'관계'의 작가는 성애를 벗어난 작품에서 순수한 모습을 보여준다. 「아이의 영역(子供の領分)」(1962)이 그것이다. "A와 B는 동급생이며 초등학교 5

구제(舊制) 시즈오카 고교
2학년 무렵의 요시유키 준노스케

학년이다." A는 저택에 사는 아이이며, B는 빈민굴에 사는 아이이다. 담 위나 다락 위에서 놀 때 B는 '용감한 아이'이다. "땅바닥을 벗어난 장소에서는 B가 주인이고 A는 몸종이었다. 그리고 그렇게 함으로써 두 사람의 인간 관계는 사이 좋게 유지되었다." "그러나 그날 이변은 땅바닥 위에서 일어났다." 길에 떨어진 참새 새끼를 둘러싸고 땅바닥 위에서 우위를 지키려는 A는 사납게 돌변했고, 참새 새끼는 B가 갖고 가게 된다. "길에 남은 A는 언덕을 오르다 우뚝 섰다. B가 심하게 뿌리쳤던 손등에는 붉게 피가 맺혀 있었다. 분했지만 A는 가슴이 아팠다. 그리고 동시에 A의 눈에 그 붉게 피가 맺힌 살은 B에게 보상을 한 흔적처럼 보였다."

파울 클레의 그림 제목을 달았던 『모래 위의 식물군(砂の上の植物群)』(1964)은 작가가 작품에서 분명히 밝히고 있지만, 클레의 그림이 그렇듯이, 대소를 가리지 않고 그러나 각각 분수를 지키면서 전체를 구성하는 다양한 단편으로 이루어졌다. 각 단편은 성장해서 독립할 가능성과 유기적으로 얼크러질 가능성을 가진 채 지그시 머물고 있는 이미지이며, 작품의 단편은 대개 두 계열로 분류할 수 있다. 하나는 주인공이 품고 있는, 자기가 죽은 아버지에게 지배를 당하고 있는 것이 아닌가 하는 상념이며, 다른 하나는 어느 자매와 벌이는 가학적인 육체적·심리적 교제의 경위이다. 자매상간(姉妹相姦)의 환상이 두 계열을 가로지르고 있다. 여기에도 관계와 반응의 변화의 기술로 가득한데 그것이 작품의 구성에까지 미치고 있는 점에서 대단히 방법적이며, 또 요시유키 준노스케의 대표작으로 어울리는 작품이다.

요시유키 준노스케는 가학적인 행위나 근친상간 등 유행에 편승한 소재를 채택했으며, 또 도시 대중 사회의 성풍속을 다루었다. 그러나 이 작품들은 발표 당시 갖고 있었던 자극성을 잃을지라도, 아니 오히려 소재가 진부한 것이 될지라도 표현 방법에서만큼은 문학적 가치를 확인할 수 있는 세계를 구축하고 있다고 할 수 있다.

고노 다에코

성의 심리

이 시대의 성과 관계의 작가로 요시유키 준노스케와 더불어 손꼽히는 작가로는 고노 다에코를 들 수 있다. 고노 다에코의 데뷔작 「유아 사냥」(1961)은 연하의 남성과 가학적인 행위에 빠진 서른 살이 넘은 여성이 어린 남자의 '끝없이 건강한 세계'에 집착하는 성향에 대해 쓰고 있다. 하루세키(春先)의 해안에 전지 요양을 왔던 결핵을 앓는 여성이 의형제 부부의 아이와 함께 게를 찾아 집요하게 돌아다니는 「게(蟹)」(1963) 혹은 「골육(骨の肉)」(1969)으로 관계가 낳는 편집(偏執)의 세계는 이어진다. 이런 편집 심리를 동반하면서 기묘한 삼각 관계의 행방을 쓴 「아름다운 소녀(美少女)」(1962), 젊은 부부와의 사귐이 부부 관계에 미묘한 영향을 미치는 「유쾌한 나날(愉悦の日)」(1963) 등에서 성과 관계의 테마를 읽을 수 있다. 부부 교환극을 배경으로 하면서 남자가 속삭이는 말에 놀아날까 사랑할까 하는 갈등을 파헤치는 심리를 쓴 「승낙」(1966), 과거에 동거했던 남자에 대해 법정 심문에서 대답하는 가운데 자기 자신을 속여왔던 것이 아닌가 하는 감정에 사로잡히는 『배서(背誓)』(1969) 등, 관계에서 나타나는 심리의 주름과 무늬를 파헤치는 작품을 썼다. 이는 『회전문(回轉扉)』(1970)에서 열매를 맺게 된다.

당신의 남편(가네다)이 내 아내와 함께 밤을 보내고 있다는 우쓰키(宇津木)의 말을 들은 마코(眞子)는 이 말이 사실인지 유혹하기 위한 기만인지 알 수 없다. "하지만 응했을 때 기만인 경우가 두려운 것처럼 사실이면서도 응하지 않은 경우 또한 두려웠다. 가네다의 실망이 두려운 것이다." 그녀는 "보다 두려운 쪽의 결과를 거부하기 위해서 분명히 마음을 정했다."

그리고 살갑지 않은 결혼 생활을 지속했던, 자기들 같은 부부가 간직한 신뢰의 끝은 이런 것밖에 아니라는 자조와 자기들 같은 부부에게도 이 정도의

고노 다에코의 『회전문』

진실은 있다는 감개가 가네다가 아닌 남자와 호흡하고 땀을 나누고 있는 전신에 끝없는 긴장을 느끼게 했다. 오늘밤 이 남자가 하는 말이 사실이건 거짓이건, 또 사실이라고 해도 이 남자 혹은 이 남자 부부처럼 놀건 놀지 않건, 가네다와 자기에게는 모두 같은 것이었다. 그녀는 그 생각으로 자기를 몰아가려고 했다. 〔……〕 이대로 싸웠다고 해도 그는 상대방이 환희하는 모습을 알 필요가 없었던 것이다. 그녀는 입술과 목 사이를 능란하게 다루는 것을 생각하며, 그가 환희하는 모습에 선명하게 자극을 받고 싶었다.

하지만 그 순간 마코는 의지와 달리 가네다를 배신한 자신을 느꼈다. 의지를 잃어버린 순간 그녀는 뜻밖에 납치당했다. 사실이면서 거부했을 경우, 가네다가 느꼈을 실망이 기만으로 응했을 경우, 그가 느꼈을 실망보다 두려웠는지 어떤지는 어느 쪽이든 마찬가지였는지 모른다. 그녀가 자신의 의지를 제대로 이루려면 의지를 배신하고, 자신과 가네다의 신뢰를 위해서가 아니라, 가네다 아닌 이 사람과 자신과의 성적 기대로 가네다를 배신할 수밖에 없었던 것이다. 자신과 같은 부부가 가는 끝을 그녀는 보았다. 격렬한 슬픔이 엄습했다. 그녀는 오열했다. 그러나 그 발작은 그녀의 의지와 가네다를 끝내 배신하는 것이었을 뿐이다.

관계에 엉킨 의혹을 자신의 의지로 초월하려고 해도 그 끝에서 기다리고 있는 것은 모든 것을 배신하려는 생리적인 반응이다. 행위 속에서 심리의 무늬를 더듬고 있는 문장은 근원적인 슬픔에 떨어지지 않을 수 없다. 여기에서 작가는 성을 생명의 근원이 아니라 인간의 의지를 배신하는 것으로 쓰고 있다. 이후 고노 다에코는 여자와 남자가 각자 보는 꿈을 쓴 「쌍몽(雙夢)」(1972)과 피와 도착적인 성을 쓴 『피와 조개 껍질(血と貝殻)』(1975) 등으로 나아간다.

오에 겐자부로의 『죽은 자의 사치』

성과 이미지

오에 겐자부로는 전쟁에 '늦게 온 청년'이라는 세대적 의식에 서서 폐쇄 상황에서 서식하는 실감을, 무력감에 끌려다니는 작업을 테마로 한 「기묘한 일」(1957)과 「죽은 자의 사치」(1957) 등에서 밀도 높은 문체로 쓰면서 학생 작가로 등장했으며, 성을 의식적으로 사용해서 이미지의 힘을 구사하는 작품을 썼다. 「타인의 발(他人の足)」(1957)에서는 '닫힌 벽' 안의 세계로 척추 카리에스 *caries* 요양소를 설정한다. 간호사에게 성적인 만족을 주면서 자족하고 있는 불치의 소년 소녀들 사이에 '학생'이 들어와서 선동을 하자 양상이 바뀌게 된다. 하지만 '학생'이 자기 자신의 불치를 알았을 때, 다시 세계는 조그만 자족으로 닫혀버린다. 자유에 대한 의지와 폐쇄의 양가치적인 상황 파악이 알레고리처럼 전개되고 있다. 여기에서 성은 조그만 자족의 조건이다. 아쿠타가와 상을 수상한 「사육」(1958)은 패전기의 일본 산촌을 무대로, 고립된 세계에서만 있을 수 있는, 아이들이 흑인 병사를 사육하는 지복한 순간을 은유와 우의적인 표현을 구사한 문체로 썼다.

> 우리들은 지쳐 식욕도 없었다. 그리고 몸통의 한쪽 피부가 발정한 개의 섹스처럼 푸들푸들 움직이고 경련을 일으켜 우리들을 흥분으로 몰아갔다. 흑인 병사를 기르자. 나는 팔짱을 꼈다. 나는 발가벗고 외쳤다.
> 흑인 병사를 짐승처럼 기르자.

여기에서 성의 비유는 더할 나위 없는 기쁨을 향한 설레는 쾌감으로 사용되고 있는데, 이는 외부에서 패전이 찾아오면 종언될 운명에 있다. 전시하의 축제와 패전에 의한 굴욕, 닫혀버린 운명에 있는 고양(高揚)이라는 설정은 「타인의 발」과 다르지 않다. 전시하의 아이들이 찾고 있는 지복(至福)의 테

우익 소년에게 암살당한
아사누마 이네지로

마는 「나쁜 싹은 어릴 때 제거하라(芽むしり仔擊ち)」(1958)로, 굴욕의 테마는 「인간의 양(人間の羊)」(1958)과 「불의의 벙어리(不意の啞)」(1958)로 증폭되어 전개되었으며, 외국인을 상대하는 젊은 창녀에 대해 학생인 나가 불능에 빠진다는 설정으로 이루어진 「보기 전에 뛰어(見るまえに跳べ)」(1958)에서는 외국인과 패전 후의 일본인의 관계를 우의적으로 다루고 있다.

아사누마 이네지로 암살 사건에서 힌트를 얻은 「세븐틴」(1961)에서는 도시 대중 사회의 무반응에 괴로워하는 소년의 사정(射精) 감각과 정치적 테러에 대한 의지를 더할 나위 없는 기쁨으로 찾고 있는 도착으로 겹쳐놓았으며, 고마쓰가와(小松川) 사건에서 힌트를 얻은 「외침 소리(叫び聲)」(1962)에서는 "일본인도 조선인도 아닌" 아이덴티티를 상실한 청년이 파멸의 길로 치닫게 되는 과정을 썼고, 이후 정치적으로 폐쇄된 상황 아래에서 가능한 것은 「일상 생활의 모험」(1963~1964)이라는 테제를 주장한다. 「성적 인간」(1963)에서는 전처가 자살한 부유한 실업가의 아들이 영화 배우인 아내와 상궤를 일탈하는 생활을 하는 가운데 아내는 다른 남자와 달아나고, 그는 도착된 성의 세계를 방황하면서 부친이 제시하는 인생의 코스에서 일탈하기 위해 성범죄로 치닫는 내용으로 성적 용어가 범람한다. 『개인적 체험』(1964)에서도 술독에 빠져 대학교수가 되는 코스를 이탈한 예비 학교 강사가 아내 아닌 다른 여성과 관계하면서 일상 생활의 모험을 시도한다. 그러나 이 작품은 아내가 뇌성마비에 걸린 아이를 낳자 주인공이 고뇌 끝에 아이를 기르는 길을 선택한다는 스토리로 끝난다. 장애자 장남이 태어났던 실생활의 사실을 현실적 기초로 하고 있으며, 오에 겐자부로의 작풍이 바뀌는 전기가 되었던 작품이다.

쇼와 30년대에 접어들면서 오에 겐자부로는 반안보 투쟁의 좌절감을 안고 시코쿠(四國)의 골짜기 마을로 돌아갔던 형제가 백년 전의 반란을 추체험하는 「만엔 원년의 풋볼(万延元年のフットボール)」(1967)을 썼고, 이후 핵

노사카 아키유키

시대의 종말관에 민속학적인 상징을 얽은 이미지의 세계를 「수렵으로 지냈던 우리들의 선조」(1968), 「우리들의 광기를 참고 견딜 길을 가르쳐달라(われらの狂氣を生き延びる道を敎えよ)」(1969) 등으로, 또 천황제의 테마를 「당신께서 눈물을 닦으시는 날(みずから我が淚をぬぐいたまう日)」(1971)로 전개하였다.

이렇게 보면 오에 겐자부로는 패전을 둘러싼 테마, 상징적 이미지나 우의적인 작풍, 일상의 테마, 성과 관계, 그리고 원폭과 천황제, 전후 풍속, 문화적 기층에 대한 관심 등 쇼와 30년대부터 1970년에 걸쳐 소설 표현을 관찰하고 그 위에서 유효한 지표의 대부분을 거쳐나가면서 이 시대를 주파했다고 할 수 있다.

성과 이야기

쇼와 40년대에 들어오면서 중간 소설 잡지를 중심으로 활약한 노사카 아키유키는 오사카에서 성풍속 암거래로 분주한 남자들의 생태를 쓴 『에로 장사꾼들(エロ事師たち)』(1966)로 데뷔했으며, 미국인 손님을 접대하게 된 남자의 굴절된 열등 의식을 희화해서 썼던 「아메리카 맷돌 손잡이」, 전쟁의 불길 밑에서 누이를 잃은 애가(哀歌) 「반딧불 묘지(火垂るの墓)」로 제58회 나오키 상을 수상했다. 현대 풍속에 대한 예리한 비판을 장난기 있는 에세이로 쓰면서 활약했던 그는 지금은 게사쿠샤(戱作者)로 활약하고 있다.

그러나 소설가로서의 그의 본령은 남녀의 성의 애환과 육친에 대한 지나친 사랑의 갈증을 쓰는 부분에 있다고 할 수 있다. 천성적으로 성적인 인간을 썼다고 할 수 있는 「성냥팔이 소녀(マッチ賣りの少女)」(1966)와 공습 속에서도 성교를 하는 남녀를 썼던 「창부소신(娼婦燒身)」(1967)에서 인간의 성이 갖고 있는 애환을 추구했으며, 또 근친상간을 환상미의 요염한 꽃으로 만든 걸작 『호네가미도우게호토케카즈라(骨餓身峠死人葛)』(1969)를 발표했

다.

또 '어머니'의 따스한 사랑을 찾는 안타까운 마음을 노래한 모티프는 하지 세이지(土師淸二, 1893~1977)의 「스나에시바리(沙繪呪縛)」에서 제재를 빌린 시대소설 『스나에시바리 후일 괴담(沙繪呪縛後日怪談)』(1969) 등에서 볼 수 있으며, 이것이 반전되면 육친의 가혹함을 끝없이 전개했던 『동녀 입수(童女入水)』(1973)와 같은 작품으로 나타난다.

　팔을 풀면 그 자리에 무너질 것 같아 잠시 그대로 서 있었지만, 세쓰오(節夫)는 다카오(たかを)의 등을 받치면서 팔손이나무(八つ手) 수풀의 지금 막 파묻은 구멍 옆에 눕고, 다시 드러난 허벅지를 넋을 잃고 바라보는 다카오는 속바지를 입지 않아 달빛에 환히 드러나고, 한참을 바라보면 덩굴 구덩이 샘처럼 번쩍번쩍 빛나는 은색 물방울은 다시 호도케가즈라(死人葛) 꽃처럼 치장을 하고, 꼼짝도 하지 않는 다카오, 잠시 후 허벅지를 약간 벌리자 유혹을 받은 것처럼 세쓰오는 얼굴을 샘에 묻는다. "난 호도케가즈라를 더 갖고 싶어, 저런 아름다운 꽃은 없을 거야." 세쓰오의 몸을 받아들이면서 신음하던 다카오가 말한다. 세쓰오는 "좋아 좋아, 얼마든지 가져올게." 세쓰오는 문득 자기 몸에 호도케가즈라 덩굴이 감겨 자기 피와 살을 양분으로 삼은 꽃이 순식간에 흐드러지게 피어오르는 것 같았으며 그것은 비유할 수 없는 열락으로 생각되었다.

「호네가미도우게호토케가즈라」의 한 부분인 윗부분에서 세쓰오와 다카오는 오누이 관계이다. 이 화문맥(和文脈)의 말투는 조루리 가타리(淨瑠璃語り) 등을 연상하게 하며, 묘사에서 회화로 그리고 몽환적 환상으로 이동하는 자유자재로운 움직임은 전후에 신희작파로 불렸던 작가들 가운데 특히 이시카와 준이 만들어낸 것으로 생각된다. 또 풍속소설에 있는 다큐멘터리

노사카 아키유키

적인 요소는 사카구치 안고와 오다 사쿠노스케를 연상하게 하는 측면이 있고, 육친의 정을 찾는 애처로움에서는 다자이 오사무와의 공통성도 지적할 수 있다는 사실을 생각한다면, 노사카 아키유키의 작업은 이른바 '무뢰파'가 거둔 성과의 연장선상에 위치하고 있다는 것을 알 수 있다.

제3장

전통과 현대

쇼와 30년대의 사상 동향의 하나로 일본 문화를 총체적으로 재검토하려는 작업이 있다. 직접적 요인으로는 국제법상 국제 사회에 독립국으로 복귀한 일본이 걸어가야 할 길을 새롭게 탐색하기 위해서였다. 그런 까닭에 좌우 내셔널리즘의 발현이라는 측면이 뒤따른다. 특히 1960년의 반안보 투쟁에서 패배한 후 사상계가 재편성되었고, 미국이 '강요한 헌법'을 개정하자는 논의가 왕성해졌으며, 또 하야시 후사오의 「대동아 전쟁 긍정론」(1963)이 나오는 등 반동적인 언사를 공공연하게 주장하는 분위기가 형성되었다.

국제 사회에서 일본 문화의 상대적인 특수성을 탐색하는 문화상대주의 입장은 이미 제1차 대전 이후에 싹텄으나, 그 일부는 전쟁을 치르면서 일어난 내셔널리즘의 고양에 말려들었고 또 그것을 저지했던 과거도 있다. '일본적인 것'에 대한 탐구는 강력한 경계심을 갖고 평가되지 않을 수 없었다.

그러나 이미 패전기의 소설을 생각할 때에도 전통 문화와의 가교 문제는 불가결한 요소였다. 쇼와 초기에는 근대화가 진전됨에 따라 전통 문화가 파괴되는 현상에 반발했던 문명 비평적인 사상이 있었다. 그것은 가령 다니자키 준이치로가 전쟁을 일본의 문화적 전통을 파괴하는 것으로 파악했던 「세

기노시타 준지

설」과 같은 작품을 낳는 기반이 되었다. 또 쇼와 10년대에는 전쟁을 두려워하는 심정에서 고전의 세계로 도피하는 경향이 있었다. 그것은 전후 가와바타 야스나리의 「산소리」를 가로지르는 무상의 사상과 렌카의 수법으로 살아나기도 했다. 또 전쟁기의 국책에 순응하면서도 독자적인 입장을 갖고 역사·시대 소설에 몰두하면서 획득했던 역사적 안목이나 수법이 전후 사카구치 안고의 역사소설이나 에세이로 살아나기도 했다. 뒤를 이어 쇼와 30년대에는 소설의 형태에서 전근대의 문화 전통에 직접 다리를 놓고 이에 따라 픽션 세계의 풍요로움을 획득하려는 경향이 다시 부상하는 모습을 관찰할 수 있다.

희곡에서는 전중에서 전후로 그리고 그 이후로, 국제적인 시야에 서 있으면서도 일관되게 '일본적인 것'을 추구했던 기노시타 준지가 있다. 그가 상연하지 않은 민화극을 쓰기 시작했던 것은 1943년의 일이다. 패전 후인 1945년부터 롱런을 거듭한 「저녁 학(夕鶴)」의 원형은 이미 전시하에 씌어졌던 것이다. 기노시타 준지는 1955년부터 국제적으로도 활약하면서 스나가와(砂川) 반기지 투쟁에도 참가했고, 「오키나와(沖繩)」(1961), 「오토라고 부르는 일본인」(1962) 등 전쟁에 대한 반성을 담고 있는 희곡을 썼고, 1965년에는 평론집『일본이 일본이기 위해서는』을 간행했다. 역사라는 존재와 지적인 격투를 펼쳤던 그는 1978년『헤이케모노카타리』를 소재로 멸망을 응시하면서, 여전히 살아 있는 사상을 고전어와 현대 일본어의 종합 속에서 전개했던 「자오선의 축제(子午線の祀り)」(1978)로 결실을 맺는다.

일본 문화 총체를 향한 시선

1952년 샌프란시스코 강화 조약이 발효되었던 해에 다케우치 요시미가 일

본 근대화 과정을 서양에 대한 굴복으로 파악하고 민족의 정신적 독립이라는 과제를 내걸고 새로운 '국민 문학'의 문제를 제창했던 것은 문단·논단을 휘감아버리는 커다란 논의의 소용돌이가 되었다. 그러한 소용돌이는 근대 문명을 비판하는 입장과 연결되면서 일본 문화의 '전통'을 발굴하려는 입장을 형성하게 된다.

1955년에 야마모토 겐키치가 쓴『고전과 현대 문학』은 근대 이전의 문학 전통과 현대 문학과의 관계는 물론 전근대의 언어와 미의식의 공통성을 부상시킴으로써 근대적 개인주의를 비판하는 자세를 견지하였다. 이 정신은 만년의『시의 자각의 역사』(1979)까지 관류하게 된다. 또 이 해에 가라키 준조가『중세의 문학』을 썼다. 은둔자에게 초점을 맞췄던 그는 이후 다시『무용자의 계보(無用者の系譜)』(1960)에서 일본적 니힐리즘의 전통을 발굴했다. 그리고 잡지『근대문학』은 이 해부터 1958년에 걸쳐 '일본 고전을 둘러싸고'라는 좌담회를 마련하였다. 1959년에는 가메이 가쓰이치로가「일본인의 정신사 연구」(1959~1966)를 쓰기 시작하였다.

이렇게 고전·전통을 재검토하면서 작가들은 일본 문화 총체에 대해 눈길을 주지 않을 수 없었다. 전후파 지식인의 전형이라고 할 수 있는 가토 슈이치는「일본 문화의 잡종성」(1955)을 쓰고, 일본 문화의 특수성을 여러 외국에서 받아들인 다양한 요소가 모자이크처럼 조합되고 있다는 이미지로 묘사해서 보여주었다. 이에 대해 에토 준은「노예의 사상을 배격한다」(1958)에서 그의 모자이크설을 비판하고, 일본 문화는 다양한 요소를 따로따로 부상시키는 '부정형의 늪(不定形の沼)'과 같다고 했다. 일본의 문화사는 옛날부터 그때그때마다 외국 문화를 수입했기 때문에 분단되고 있다는 관념은 요시모토 다카아키도 공통적으로 지적하고 있는데, 일본 문화사에 대한 견해의 차이는 이후에도 고전과 전통을 논하는 다양한 비평 속에서 나타났다 사라진다.

야나기 무네요시

　이른바 도시 대중 사회가 재건되면서 그 이면에서 잊혀져갔던 영역이 사람들의 의식에 다시 떠오르기 시작한 것이다. 그러나 이 또한 쇼와 전전·전중을 통해서 배양되었던 의식을 발판으로 삼고 있으며, 패전기에도 이미 선행 형태를 볼 수 있었다는 사실을 잊어서는 안 된다. 일찍이 제1차 대전 이후, 특히 쇼와 초기에는 이른바 마치 '엔혼 붐'과 겹쳐지기라도 하듯이 세계 문화 속에서 일본 문화가 갖고 있는 상대적 독자성을 와쓰지 데쓰로, 구키 슈조(九鬼周造, 1888~1941), 야나기 무네요시(柳宗悅, 1889~1961) 등이 접근하면서 단서를 얻었고, 또 이미 야나기타 구니오, 오리구치 시노부, 사사키 노부쓰나(佐佐木信綱, 1872~1963) 등은 전근대 일본 문화의 기층에 대해서 탐구했다. 이들의 검토를 통해 새로운 일본 문화상을 형성하려는 동향이 쇼와 30년대 이후에 나타났다. 이러한 동향은 고전이나 역사를 다시 읽으려는 의식으로 일관되고 있으며 방법적으로는 훨씬 뛰어난 형태를 갖고 있다. 이 점에서도 '쇼와 문학'의 성숙과 종합화를 엿볼 수 있을 것이다.

방법적 가교

　쇼와 문학의 동향, 아니 무릇 소설이라는 것을 생각할 때 전통적 표현과의 관계는 불가결한 문제가 된다.

　어느 나라에서도 원래 소설이라는 장르의 형성 기반은 구비 전승의 세계이며, 또 거기에서 일정한 양식을 획득한 이야기 장르이다(일본의 경우 소설이 메이지 시대에 창시되었다고 보지 않고 인쇄되어 유포된 산문의 허구 작품＝소설을 이하라 사이카쿠가 창시했다고 생각하면 좋다). 촌락 공동체에 뿌리를 갖고 있는 전설이 시대의 변화나 교통의 변화로 끝없이 갱신되는 가운데 보존되어왔던 민화, 특히 촌락의 기원에 얽힌 민화를 고대의 권력자들이 체

구키 슈조

계화했던 신화, 또 일본에서는 귀족 계급들이 이것을 일정한 양식을 갖는 허구로 바꾼 '꾸민 이야기(つくり物語)'라는 형태도 형성되었다. 불교 승려들이 기록하고 편집한 설화나 혹은 수필에 모습을 남기고 있는 구비 전승도 있다. 이들은 소설 형성의 기반인 동시에 늘 소설로 변용되었고 그 힘이 되었다.

특히 20세기 소설은 국적을 불문하고 이런 기층적 표현을 내부에 받아들이고 이를 방법으로 삼아 허구 세계의 풍요로움을 회복하려는 움직임을 보여준다. 이러한 경향은 쇼와 시대의 일본 소설에서도 볼 수 있는데 특히 쇼와 30년대에는 그 성숙한 형태를 관찰할 수 있다.

기층적 형태의 부상

1956년 후카사와 시치로는 촌락 공동체의 구비 전승을 살린 「나라야마부지코」를 발표하며 문단에 데뷔했다.

모사(姥捨) 전설을 현대적으로 재해석한 이 작품은 땅에 뿌리를 내리고 살아가는 사람들의 철저한 타산의 밑바닥을 응시하고 있다. 그래서 담담하게 묘사하고 있는 사실은 잔혹하게 느껴지지만, 표현은 냉정하다. 생활에 뿌리를 내리고 살아가는 사람들의 영위를 비정하게 응시하는 눈은 이부세 마스지의 그것을 연상하게 하는데, 작품은 사람들의 입에서 입으로 전승되어 온 두메 마을의 민요와 같은 구성을 갖고 있으며, 구비 전승 세계의 질이 잘 나타나고 있다. 「도호쿠의 신무들(東北の神武たち)」(1957)은 가난한 농촌의 둘째와 셋째아들이 장가도 가지 못하고 가혹한 신분에 놓여 있는 것을 배경으로 하고 있으며, 이야기에는 옛날이야기 가락이 살아나고 있다.

후카사와 시치로는 다시 장편 『후에후키카와(笛吹川)』(1958)에서 후에후키바시(笛吹橋) 옆에 있는 집을 소설적 장치로 삼아 5대에 걸친 사람들의 이야기를 다케다(武田) 가문의 흥망과 함께 다루고 있다. 이 작품에서는 엄청

후카사와 시치로와
『후에후키카와』

난 죽음의 연쇄야말로 사람들이 뛰어넘어야 할 세계로 존재한다. 다만 그는
이 세계를 어디까지나 민화적인 허구로 죽음 건너편에서 만들었던 것이며,
이런 의미에서 이 작품은 근대 문명에 대한 반규정으로 강렬한 의미를 갖는
다.

이런 세계가 민화적인 허구를 벗으면 메마른 자연의 풍경이 범람하는 희
화적 세계가 드러나며, 이는 「풍류몽담」에서도, 또 이 사건 이후 1970년 무
렵까지 줄곧 썼던 『서민열전(庶民列傳)』(1970)에서도 나타난다. 여기에서
죽음 너머는 바로 꿈이 걸려 있는 세계이며, 현실은 모두 허무의 모습을 드
러내는 세계로 전개된다.

쇼와 30년대에 신화나 이야기의 양식을 대단히 의식적으로 사용했던 작
가로는 이시카와 준을 들 수 있다.

이시카와 준은 1935년 무렵부터 다이쇼 말기의 문학적 좌절에서 벗어나
활약하기 시작했는데, 그 문학적 좌절에는 이미 전후 왕성해지는 '정치와
문학'이라는 사상적 과제가 얽혀 있었다고 상상할 수 있다. 전전기부터 이
문제를 작품으로 만들려고 했으나, 「시온 이야기」(1956)에 이르러 가장 극
적으로 완성되었다. 그는 여기에서 이야기 전승 형태를 살려 문무의 상극과
권력의 문제를 끝까지 집요하게 추궁하였다. 또한 권력의 범위가 미치지 않
는 산 쪽에 형성되고 있는 도원향의 이미지에는 피차별 부락(部落)의 도원
향 이미지가 살아나고 있다.

「하치만 연기(八幡緣起)」(1958)는 제목이 보여주는 대로 하치만(八幡) 신
앙의 기원을 찾아 신화적 고대에서 시작되며, 그 흐름을 더듬으면서 헤이안
(平安) 중기의 수령 계급의 대두기, 그리고 남북조 전란 후의 사회적 변동기
를 무대로 삼은 두루마기 화첩(繪卷)을 이루고 있다. 『고사기』와 『일본서기』
의 가요를 패러디해서 집어넣었고, 야마토(大和)의 통일자에 대해 산간민들
이 반항했던 근원을 밝혀내고, 그 후예들을 중세 하급 무사단에서 찾았으며

홋타 요시에

『태평기(太平記)』의 세계에서 전거를 취하고 있다. 권력에 쫓기고 대항하며 전란을 틈타 역사의 파도 사이에서 잠깐 얼굴을 보여주는 산간민들의 명맥. 일본의 역사를 '산'과 '마을'의 대립으로 구상하고 있는 역사관은 기록된 자료들의 기층에 있는 전승의 세계를 탐색하며, 상상력으로 허의 세계를 유전(流轉)의 상태로 놓고 있다.

다음에 발표한 「수라(修羅)」(1958)는 오닌의 난(應仁の亂)이 무대로 도화문고(桃華文庫)가 불타버렸던 역사적 사실과 신분이 비천한 사람들로부터 뿜어나오는 에너지 분출 과정에서 잇큐 소준(一休宗純, 1394~1481)과 니나가와 지운(蜷川智蘊, ?~1448)이 출몰하는 내용으로 허실을 뒤섞고 근세에 왕성했던 편곡 기법인 '후키요세(吹寄せ)'의 기교로 썼다고 볼 수 있다. 이시카와 준은 이 시기에 조루리 대본 「지카마쓰(近松)」를 썼으며 민간 전승의 세계를 즐겨 다루었고 당대의 기보시(黃表紙)로 만들려고 했던 작품도 가끔씩 썼다. 또한 기층적 요소를 서로 묶기 위해 게사쿠(戱作) 수법을 사용하였다. 이것도 전중에 이시카와 준이 감행했던 이른바 '에도 유학'의 성과에 다름아니다.

후카사와 시치로의 「나라야마부지코」와 이시키와 준의 「시온 이야기」가 발표되었던 1956년, 홋타 요시에는 「귀무귀도(鬼無鬼島)」를 쓰고 컴컴한 토속의 어둠을 움켜잡으려는 자세를 보여준다. 그는 결국 『호조키 사기(方丈記私記)』(1971)로 나아간다. 기노시타 준지의 「온뇨로 성쇠기(おんにょろ盛衰記)」(1957)도 민화적인 토속을 가부키(歌舞伎)에서 무사나 귀신들이 거칠게 말하는 교겐(狂言), 즉 아라코토(荒事)식으로 다루었던 작품이다.

고대의 왕조 문화에 다리를 놓으려고 후나바시 세이이치가 이즈미 시키부(和泉式部, ?~?) 전설을 등장시켜 에로티시즘이 넘쳐흐르게 했던 「어느 여자의 원경」에 고전의 그림자가 드리워지고 있는 것도 지나칠 수는 없다.

하나다 기요테루

중세의 두 가지 의미

1956년은 미시마 유키오가 『근대 노가쿠집(近代能樂集)』을 간행했던 해이다. '근대 노가쿠'는 그 후에도 여러 작가들이 썼지만, 미시마 유키오는 노(能)의 양식성과 현대 노의 스토리 방식을 빌려 무대를 당대로 옮기고 고전과 현대 연극을 통합하려는 새로운 시도를 보여주었다. 이 통합은 살벌한 현대의 문화 상황에 양식미를 들이밀려고 했던 도전을 의미한다. 이것이 가능했던 것은 미시마 유키오가 중세 노가쿠(能樂)가 양식미라는 관념 밑에서 의외로 자유로운 형식의 변환을 행사하고 있는 점을 간파했기 때문이다.

하나다 기요테루의 난세(亂世)에 대한 관심은 현대를 장대한 전형기로 보려는 측면에서 시작되었는데 이것이 허구 세계의 구조를 갖고 등장하는 것은 쇼와 30년대 후반의 일이다. 그는 『조수희화』(1962), 『소설 헤이케』(1967), 『무로마치 소설집(實町小說集)』(1973)을 잇달아 썼으며, 이 작품들은 보통 소설과 달리 기술된 역사의 배후에서 작용하고 있는 실체에 대한 고증처럼 느껴질 정도이다. 하지만 기술된 역사의 배후를 탐색하는 상상력의 작용 그 자체에 허구를 부여하는 형태를 소설로 부른다고 해서 나쁠 것도 없다. 또한 이는 근대 소설의 형태에서 벗어나려는 20세기의 소설에서 가끔 볼 수 있는 형태이며, 더구나 다큐멘터리·뮤지컬과 예술 형식에 관심을 쏟고 있는 전위주의자 하나다 기요테루라고 한다면 소설에서 '전형(轉形)'이 일어났다고 해도 결코 이상한 일은 아니다.

마찬가지로 중세와 맞서면서 형식미의 힘을 빌렸던 미시마 유키오와 상상력으로 난세를 기술해서 공략하고 있는 하나다 기요테루는 대극에 위치하고 있는지도 모른다. 그러나 이 작업의 뿌리에는 당대의 문화 상황에 대한 이들의 도전적인 의지가 작용하고 있는 것이다.

미즈카미 쓰토무

근세적인 전통의 유출

후카사와 시치로의 민화적 허구가 땅에 뿌리를 박고 사는 민초들의 습속을 응시하는 비정한 리얼리즘을 건져올린 장치라고 한다면, 쇼와 30년대 후반에 일약 유행 작가가 된 미즈카미 쓰토무의 세계를 지배하고 있는 것은 그것을 배반했을 때 나타나는 어둡고 축축한 정념의 노래이다. 사회적 계급에서 소외되어 삶을 이어나갈 것을 강요받고, 고용된 자로 방황할 수밖에 없는 사람들의, 가령 자장가에서 그 흔적을 볼 수 있는 원망이 뒤섞인 애상이 그 뿌리를 이룬다. 아니 그 소설적인 허구의 한가운데를 관류하며 흐르는 것은 봉건적 신분제 밑에서 심정의 표출마저 양식화되고 조루리(淨瑠璃) 등의 이야기 형식을 얻게 되었던 근세적 정화(情話)를 지탱하는 심성이다. 미즈카미 쓰토무는 근대로 접어든 이후에도 여전히 료코쿠(浪曲)나 렌카 속에 흐르고 있으며, 걸핏하면 부정적으로 '일본적'이라고 부르는 심성을 정면에서 정직하게 보여준다. 선사(禪寺)가 무대인 「안사」(1961)에는 색욕의 슬픈 늪에서 가엾게 성장한 젊은 승려가 어머니를 그리워하는 정이 곁들어지고 있으며, 「오번정석무루(五番町夕霧樓)」(1962)에서는 교토를 무대로 박복한 창기의 신상담이, 「에치젠다케닌교(越前竹人形)」(1963)에서는 도쿄의 창녀가 어린 죽세공 장인과 나누는 사랑이 비운의 스토리에 담겨 있어 애절하기 그지없다.

중세가 양식미와 난세를 동시에 잉태하고 있었다면, 미즈카미 쓰토무가 소설로 부활시켰던 근세적인 것은 이시카와 준의 게사쿠나 교카(狂歌)와는 대극에 있다.

한마디로 말하자면 문화 전통에서 퍼올렸다고 해도 여기에는 실로 다양한 요소가 잉태되어 있고, 묘사하는 방법도 다양하여 이것이 서로 어우러지면서 현대 소설의 풍요를 약속하고 있는 것이다.

여자의 성을 통해서

쇼와 30년대는 또 여성 작가들이 충실한 작업을 보여준 시대이기도 하다. 여기에서 우리는 격동의 쇼와라는 시대의 변천과 일본 근대사의 변천에서 여자의 성을 되묻는 작업이 장편으로 결실을 맺게 되는 뚜렷한 특징을 볼 수 있다. 이것은 또 여자의 성을 통해서 쇼와와 일본 근대를 질문하는 일이기도 하다. 물론 전후에 들어와 일반화된 여성 해방 사상이 그 배경으로 있다는 것은 두말할 나위도 없다.

세토우치 하루미는 생명이 흘러넘치듯이 정열적으로 살았던 선구자의 평전인 『다무라 도시코』(1960)로 데뷔했으며, 스스로 "기묘한 사각 관계의 소용돌이에 빠져 각자의 입장에서 지옥을 보았던" 생활의 혼란과 '번뇌의 연옥'을 빠져나온 경험을 『여름의 끝(夏の終り)』(1962)으로 썼다. 오카모토 가노코의 평전 『가노코 요란(かの子撩亂)』(1965)에 이어 이토 노에(伊藤野枝, 1895~1923)와 쓰지 준(辻潤, 1884~1944)을 둘러싼 『미는 난조에 있고(美は亂調にあり)』(1966)를 썼으며, 대역 사건(大逆事件)으로 처형당한 스가노 스가코(管野須賀子)와 박열(朴烈, 1902~1974) 폭탄 사건의 가네코 후미코(金子文子, 1907~1926) 등의 평전을 썼다. 이는 일본 근대사에서 혁명으로 살았던 남자와의 연애를 통해서, 바꾸어 말하면 남자와 불타오르는 사랑을 통해 자기를 실현했던 열렬한 여성들의 생활 태도를 묘사했던 작업이며, 베스트 셀러가 됨으로써 전후의 여성 해방사에 새로운 장을 열었던 것이다.

그러나 여성 작가들의 작업은 일본의 문화 전통의 재검토라는 흐름과 무관하지 않으며, 그들은 전통 예능과 공예의 세계에서 취재한 작품, 특히 왕조의 고전에 다리를 놓는 작품을 왕성하게 썼다.

환담하는 우노 지요, 가와바타 야스나리,
마루야 사이이치(왼쪽부터)

정애(情愛)의 깊이

1957년 우노 지요는 전후 단속적으로 쓰고 있던 『오한』을 마무리했다. 어렸을 적부터 친하게 지내던 기생의 허락하에 기식하면서 술장사를 하고 있는 남자가 거리 모퉁이에서 만난 다른 여인에게 연민을 품고 아이랑 셋이 살자고 설득한다. 그러나 그는 능력이 없고, 함께 사는 여자에게는 그저 숨기기만 하는, 정은 깊지만 칠칠치 못한 남자가 끈질지게 설득하는 이야기 예(語り藝)의 세계이다. 1969년 『바람 소리』는 이야기가 일전해서 신랑이 된 남자는 유명한 바람둥이로 재산을 손에 넣고 마음대로 꿈을 좇는 방탕 무뢰한이지만 묵묵히 받아들이며 함께 살아가는 여자의 서글픈 이야기이다. 이 두 개의 이야기에는 남녀의 정애의 농밀함과 불가사의가 원숙하게 풍겨나온다. 이 사이에 우노 지요는 기타하라 다케오와 사업에서 실패했던 경위와 헤어질 때까지의 과정을 남김없이 쓴 『찌르다(刺す)』(1966)를 간행했으며, 사실의 경위를 그때그때의 자기 기분을 응시하는 심정으로 쓰고 있다. 단언할 수 없는 기분을 흔들리는 진폭 그대로 기록했는데 이 또한 농밀한 정애의 관찰 기록이다.

엔치 후미코는 1953년에 「배고픈 세월(ひもじい月日)」을 쓸 무렵부터 단숨에 충실기에 접어든다. 1956년에 마무리하게 되는 『주홍을 빼앗는 것(朱を奪うもの)』은 사실은 전쟁중에 썼던 장편을 개작한 작품이며, 같은 해의 「요(妖)」는 초로에 접어든 남편과 아주 냉정한 생활을 하고 있는 아내가 우연한 일로 몸 안에서 일어나는 성에 대한 갈망을 부드러운 필치로 쓴 단편이다. 1957년에는 8년 동안 집필했던 대표작 『온나자카』를 완성한다.

후쿠시마(福島) 현청에서 대서기관으로 일하는 방종한 남편의 명령으로 그의 아내 도모(倫)가 도쿄로 첩을 찾아가는 부분에서 시작되는 이 장편은 연극(芝居) 무대를 보는 듯한 구성으로 자유 민권 운동을 배경으로 도모가

엔치 후미코와 딸 모토코

갖고 있는 봉건적인 '정녀(貞女)'의 관념이 점차 붕괴되는 모습을 보여준다. 이혼을 단념하고 "이 도가니 속을 결연히 빠져나가려는 집념으로 도모의 표정은 노의 탈처럼 조용히 가라앉았다"고 묘사하고 있는 대목에서 여자의 내면에 간직된 결의을 읽을 수 있다.

　　도모는 받들어야 할 남편도 떠받들어야 할 집도 무자비하게 박탈당하면서
　　조그만 세쓰코(悦子)의 몸만을 꽉 움켜잡고 황량한 불모의 들판에 필사적으
　　로 서 있다.

바깥으로는 체면을 굳게 지키면서도 남편이 잇달아 끌어들이는 첩과 식모의 마음을 모두 장악하고 가정의 일을 모조리 떠맡게 될 때까지의 경위, 아이들에게 들였던 고생도 서서히 앞이 보이고, 만년이 되면서 겨우 부드러워지는 모습은 아이들에 대한 정만으로 살아가는 증거이다. 그녀는 임종의 자리에서 간호하는 조카와 며느리를 향해 "내가 죽어도 결코 장례식은 하지 말아라. 내 몸을 시나가와(品川)의 먼바다 쪽으로 가져가서 뿌려주면 고맙겠구나"라고 말한다. 남편은 이 말을 듣고 "그런 바보 같은 흉내는 내지 말라"고 말하지만 "사십 년 동안 참고 참았던 아내의 진정한 절규"를 "몸 하나 가득한 힘으로 받아들였다." "그것은 오만한 그의 자아를 찢어버리는 강한 울림을 주었다." 작품은 이렇게 끝난다.

같은 1957년에 발표한 「이세의 인연 습유(二世の縁 拾遺)」는 우에다 아키나리(上田秋成, 1734~1809)의 「하루사메 모노가타리(春雨物語)」에 나오는 작품에서 소재를 찾아 현대어로 번역을 하는 선생에게 구술 필기를 하러 다니는 여성이 미라가 되어 즉신성불(即身成佛)한 남자가 생환해서 보여주는 야비할 정도의 성의 망집에 촉발되어 모든 이성에게 몸을 여는 환상에 사로잡히게 되는 과정을 쓴 절품이라 할 수 있다. 엔치 후미코는 이런 고전과의

오하라 도미에와 『엔이라는 여자』

가교를 통해 『온나멘』(1958)에서 빙령 현상(憑靈現象)과 관련하여 정신의학과 「겐지 모노가타리」, 민속학 등 고대적인 것을 뒤섞고 노의 탈이 갖고 있는 상징성을 살리면서 깊은 내면에서 동요하는 여자의 성을 묘사하고 있으며, 다시 왕조적 세계로 깊숙이 기울어진 『나마미코 모노가타리(なまみこ物語)』(1965)로 나아간다.

오하라 도미에는 외계로부터 차단된 소리 없는 세계를 「청각장애(ストマイつんぼ)」(1956)에서 썼고 1960년에는 대표작 『엔이라는 여자』를 완성했다. 엔은 1660년 번(藩)의 정적들에 의해 도사(土佐)의 산골짜기에 유폐된 노나카(野中) 가문의 둘째딸이다. 문밖으로 한걸음도 나갈 수 없는 형벌을 받고 40년 동안 외부 세계의 분위기를 알지 못하던 그녀는 43살이 되면서 비로소 해금된다. 그러나 이성에 대한 욕망으로 자유분방한 꿈은 꿀 수 있지만 현실에서는 "눈썹을 깎지 않고 이를 물들이지 않는 이상하고 비정상적인 여자"로 생애를 보낸다. 슬프기 이를 데 없는 여자의 성을 내부에서 명반을 바른 그림처럼 불로 쬐어 비추어내고 있다. 나중에 고향 도사의 풍토에 옛날 이야기를 녹여넣은 단편 「도깨비 마을(鬼のくに)」(1965)과 역시 고향 도사를 무대로 크리스천 다이묘(大名)의 세계를 그린 「오유키—도사 이치조가의 붕괴(於雪—土佐一條家の崩壊)」(1970)로 나아가며, 다시 왕조에 대한 경사가 깊어진 『건예문원우경대부(建禮門院右京大夫)』(1975)에 이른다.

전통예(傳統藝)의 세계

시바키 요시코는 1960년, 메이지 시대의 변천하는 모습을 배경으로 간다(神田)에서 유바(湯葉)를 만드는 황실 납품업자 집에 어려서 시집을 갔던 여성의 반생을 더듬었던 장편 『유바』를 썼다. 괴로운 성의 고통을 참고 꿋꿋하게 가업에 힘쓰며 살아가는 여성의 모습을 마음의 주름을 섬세하게 잡아당기면서 윤이 나게 짠 붓의 명석함은 역시 명품이라 할 만하다. 문득 히구치 이치요(樋口一葉, 1872~1896)를 연상하게 한다. 시바키 요시코는 쇼와 40년 대에 「염채(染彩)」(1965), 「겨울의 동백(冬の椿)」(1968), 「환화(幻華)」 (1970), 「청자 다듬잇돌(靑瓷砧)」(1971) 등 전통 공예의 매력을 중심으로 작품 세계를 구축하게 된다. 전통 공예가 갖는 요염할 정도의 미에 목숨을 건 명인 기질, 장인 기질의 정열에 애욕을 휘감고 있는 그림 같은 작품이 많다. 특히 도예의 미에 매료당한 부녀와 온화한 작풍을 가진 대가, 그리고 속계를 벗어나 깊은 산에 도요지를 만든 신진 기예 도예가 두 명을 배치한 「청자 다듬잇돌」은 신작 도기를 둘러싸고 벌어지는 인간 모습을 통해 미의 창출에 생명을 건 정열과 긴박감을 느끼게 하는 걸작이다.

　유년기를 외지에서 보냈던 아리요시 사와코는 학생 시절부터 고전 예능에 관심을 갖고 연극 평론을 쓰면서 활약했고, 국제 결혼한 겐코(檢校)의 딸을 쓴 「지우타(地唄)」(1956), 가부키의 소품을 담당하는 사람의 세계를 다룬 「잘린 목 인형(キリクビ)」(1956), 전후 시대의 물결에 흔들리는 분라쿠(文樂)를 다룬 「인형 조루리(人形淨瑠璃)」(1958) 등 새로운 시대와 고전 예능의 교차점을 써서 각광을 받았다.

　「잘린 목 인형」에서 "우리들에게는 전통을 계승할 정도의 소질이 없는 것 같다"고 생각하는 연극의 소도구를 만드는 회사의 젊은 주인 구로이와(黑岩)에게 외국에서 자란 에이코(英子)는 이렇게 말한다.

　"미스터 구로이와의 나이는 가장 다감할 무렵이고, 전쟁이라는 문화의 단층 과 만났기 때문이에요. 전쟁을 머리로 받아들이지 않았던 우리들에게는 애매 모호해도 계승이 될 것 같아요. 하지만 가장 전후파라고 생각하고 있는 세대 도 이제는 선열하게 고전을 받아들이겠죠. 그들에게는 전혀 새롭다고 하는 의미에서."

환담하는 쇼노 준조, 아가와 히로유키,
오쿠노 다케오, 아리요시 사와코(왼쪽부터)

「에구치의 마을(江口の里)」(1958)은 기생에게 세례를 하게 된 신부가 그 기생이 추는 '시구레사이교(時雨西行)'를 보는 장면으로 끝난다. 기생을 보현보살(普賢菩薩)로 가정하는 장면에서 카톨릭 신앙과 겹쳐지는 부분을 겨냥하고 있음을 알 수 있다. 아리요시 사와코의 작품에는 외국인이 자주 등장하고 또 전후파의 젊은 여성이 활약하는데, 사와코는 외국인이 일본의 전통을 이해하는 문제와 일본 국내의 단절 계승 문제를 주로 다루었다.

아리요시 사와코는 또 고향인 기슈(紀州)를 무대로 기모토(紀本)의 명가에서 태어나 가와시타(川下)의 무소타니(六十谷)의 명가에 시집가서 메이지 · 다이쇼 · 쇼와 삼대를 사는 하나(花)라는 여성의 생애를 『기노가와(紀の川)』(1959)로 썼다. 자기 분수를 알고 몸이 부서져라 일하기를 싫어하지 않는 긍지가 높고 심지가 강한 여성상은 '일본 여성'의 한 전형일 것이다. 다이쇼 데모크라시 시대에 자랐던 하나의 딸, 전쟁중에 외지에서 자란 손녀, 이 뚜렷하게 대조되는 삼대 여성을 통해 여자들이 갖고 있는 생활 태도의 변화를 훌륭하게 보여주고 있다.

풍속과 역사

풍속을 쓰다

패전 후 10년 동안 폐허 · 암시장에서 일어나는 풍속적인 현상과 제대 군인, 전쟁 미망인 등을 소재로 한 소설이 무수하게 발표되었다. 세속으로 통하는 세태 인정이란 소설이 본래 갖고 있는 '사명'의 하나이긴 하겠지만, 상당히 저속으로 흘렀던 소설과 읽을 거리가 범람했다. 하지만 쇼와 30년대에 들어오면 풍속소설로 충분한 기량을 발휘했던 좋은 작품도 나온다.

오오카 쇼헤이의 「꽃 그림자(花影)」(1958)는 상대적 안정기에 접어들었던

미군과 일본 여성, 그 빛과 그림자

세상을 배경으로 하면서 쇼와 초기에 나가이 가후가 신풍속을 상대로 했던 이른바 '여급 소설'의 형태를 답습하고 있는 작품이다. 마흔 살이 다 된 긴자의 바 걸 요코(葉子)를 주인공으로 삼아 그녀의 남성 편력을 더듬는다. 이 작품은 어떤 남자와의 교제도 판에 박은 모습에 지나지 않는다고 생각하는 요코가 "모든 것은 그저 나른하다"는 감정에 빠져 끝내 자살할 때까지의 과정을 그렸다. 예를 들어 다이쇼 시대에 나가이 가후가 「솜씨 겨루기(腕くらべ)」에서 화류계를 마치 통째로 살아 있는 모습으로 조형하고 그럼에도 정치나 실업, 예술의 이른바 표피적인 세계를 들여다보려는 구성을 갖고 있었다면, 이 작품은 오히려 긴자의 바를 순례하는 남녀들의 인간 모습이 중심이 되고, 전쟁의 그림자도 전후 산업계의 모양도 틈 사이로 살짝 엿볼 수 있을 정도에 불과하며, 오히려 점차 살아갈 의욕을 잃는 주인공의 마음의 음영에 초점을 모으고 있는 점에 그 특징이 있다.

자기의 생활이 공허하다는 자각은 가령 지금처럼 대낮에 집에 돌아올 때 요코를 엄습하지만 그럴 때는 반드시 자기 주위의 남녀도 각자 허무를 갖고 있다고 생각된다. 모두 자기와 마찬가지로 죽은 것처럼 살아가고 있다는 생각이 그녀의 생활의 기둥인 셈이다.

전쟁과 전후의 혼란에 시달리고 있다고는 할 수 없고, 어느 의미에서는 범용한 여자의 내면에 깃들여 있는 허무감이 바로 이 소설의 주제이다. 따라서 풍속소설이라고 하기보다는 전후의 심리소설이라고 할 수 있을 것이다.

나가이 다쓰오는 1950년을 전후한 시기부터 단편소설에서 기량을 발휘하기 시작했고, 쇼와 30년대에 성숙기를 맞이한다. 신문의 삼면 기사의 배후를 예리하게 꿰뚫 듯이 세태 인정을 간명한 필치로 담은 「푸른 전차(青電車)」(1950), 「일 개(一個)」(1959), 「푸른 장마」(1965)나 혹은 「벼를 벤 논의 둑

1950년, 요코미쓰 리이치 상을 수상했을 때의
이부세 마스지, 마사무네 하쿠초,
나가이 다쓰오(왼쪽부터)

(刈田の畦)」(1973) 같은 수필풍의 소설에서 탁월한 기량을 보여주었다. 또 이를 종합해서 잃어버린 달동네 풍속이나 세태 인정을 회고의 정과 함께 두루마기 그림처럼 펼친『석판 도쿄 도회(石版東京圖繪)』(1967)를 썼다. 이 작품은 이미 간토 대지진을 전후한 시기까지가 시대소설의 범주에 들어가고 있음을 보여주고 있다.

쇼와 40년대에 들어오면 전후의 혼란기에 소년 시절을 보냈던 세대가 중간 소설을 주로 실은 잡지들을 발표 무대로 삼아 '폐허·암시장파'라는 이름을 내걸고 등장한다. 이쓰키 히로유키, 노사카 아키유키 등이 그들이다.

이쓰키 히로유키는「잘 있거라 모스크바 양아치들(さらばモスクワ愚連隊)」로 제6회 소설 현대 신인상(1966)을,「창백한 말을 보라」(1967)로 제56회 나오키 상을 수상했다. 소련을 무대로 그 전후 체제의 모순과 젊은이들의 행동과 심정을 묘사한 일종의 '청춘소설'인데, 마치 미국 흑인의 분노와 비애감의 산물인 블루스와 비슷한 터치는 60년 반안보 투쟁이 수습된 다음에도 남아 있던 반체제적인 심정과 시대에 감돌고 있던 공허감을 갖고 있어 젊은 독자들의 많은 공감을 받았다. 이후 이쓰키 히로유키는 얼핏 화려하게 보이는 음악업계나 방송업계의 내막을 소재로 한 일련의 작품을 쓰는 가운데 시대의 희망과 어쩔 수 없는 체념을 뒤섞은 심정을 묘사한 좋은 단편들을 썼다.

역사를 쓰다

풍속을 쓰는 일이 소설이라는 장르가 본래 갖고 있는 '사명'의 하나라면, '역사'를 쓰는 일 또한 그 하나일 것이다. 사회가 상대적 안정기에 들어섰던 쇼와 30년대 이후에 탁월한 역사소설이 잇달아 나오게 된 것은 극히 자연스러운 결과이다.

엔치 후미코, 시바키 요시코나 아리요시 사와코 등 여성 작가들이 여성의

노가미 야에코의 『히데요시와 릿큐』

생활 태도를 회고하면서 일본의 근·현대 동란기를 배경으로 한 소설을 썼고, 또 나가이 다쓰오가 대지진을 전후해서 잃어버리고 있는 도쿄의 달동네 풍속을 아쉬워하는 붓을 들었던 것도 역사에 대한 관심과 관계 있는 작업이라고 할 수 있다.

노가미 야에코는 『히데요시와 릿큐』(1964)에서 권력과 예술 사이의 미묘한 굴절을 독창적으로 해석하였다.

릿큐는 사죄를 빠뜨린 편지 때문에 히데요시가 터뜨렸던 분노를 자신도 똑같이 어딘가 수상쩍은 분노의 불길로 던졌는지도 모른다. 더구나 그는 최후까지 의심하지 않았던 것이다. 히데요시가 그를 죽인다고 해도 그에게 어떤 것 하나도 빼앗을 수 없다는 사실을.

그가 오늘까지 이룩한 것은 히데요시를 위해서였지만 사실은 그의 것이었다. 그가 아니면 결코 창조할 수 없었다는 의미에서, 다도실의 창호지 한 장도 엄연히 거기에 그가 살아 있다는 사실을, 살아 있을 때에도 히데요시에게 알려주는 것이었다. 릿큐의 죽은 얼굴에 감도는 위엄으로 가득한 창백한 정밀(靜謐)은 이 자신과 긍지가 부여했던 것이다.

1961년 오오카 쇼헤이가 '역사소설'의 바람직한 모습을 둘러싸고 이노우에 야스시의 「창백한 이리(蒼き狼)」를 비판하면서 역사적 사실을 채택하라고 주장해서 논쟁이 일어나기도 했다. 이 논쟁의 배후에도 이러한 동향이 존재했을 것이다.

오오카 쇼헤이는 나중에 대작 「레이테 전기」로 나아간다.

오사라기 지로는 파리 코뮌을 추적한 『파리 불타다』(1964), 『천황의 세기』(1969~1974)를 쓰면서 해외·일본의 근대사의 요체를 찾았다.

마쓰모토 세이초는 점령 치하의 암흑 사건을 소재로 한 추리소설 「일본의

이노우에 야스시와 오사라기 지로

검은 안개」(1960) 등을 거쳐 쇼와사의 숨겨진 이면을 발굴했고 멀리 고대사의 수수께끼에도 도전했다.

이노우에 야스시는 다케다 신겐(武田信玄, 1521~1573)을 묘사한『풍림화산(風林火山)』(1955), 고대 일본과 중국과의 교섭을 소재로 한『덴표의 용마루』(1957), 고대 중국의 잃어버린 왕국을 쓴『누란(樓蘭)』(1959), 그리고『돈황(敦煌)』(1959) 등을 쓰며 왕성하게 활약했으며,『창백한 이리』(1960)에서는 무장 칭기즈 칸(成吉思汗, 1162~1227)의 생애를 썼다.『풍도』(1963)는 13세기의 중국 · 동아시아를 다룬 장대한 역사소설이며, 이 작품들의 밑바닥에는 공통적으로 어떤 상실감이 남아 있었다.

제4장

55년 체제의 균열과 새로운 모색의 시작

1964년 일본이 도쿄 올림픽을 개최하고 도카이도(東海道) 신칸센(新幹線)이 개통하면서 보여준 전후에 부흥하는 몸짓은 세계에 깊은 인상을 주었다.

그러나 이미 미국의 베트남 개입이 시작되었다. 베트남 전쟁은 진흙탕으로 바뀌는 양상을 보여주었다. 일본, 특히 오키나와가 전선 기지로서의 역할을 담당하는 현상에 대해 '베평연(ベ平連)' 등에서 시민 운동을 전개하면서 반전 운동은 고양되었다. 1960년대를 통해 형성되고 분열·항쟁을 거듭하고 있던 신좌익은 혼미를 깨뜨릴 수 있는 '실력 투쟁'을 표방했고, 경찰 기동대와 싸우는 전술을 채택해서 사망자까지 나왔다.

미국의 베트남 개입은 실패했고 '팍스 아메리카나'의 균열은 명확해졌다. 한편 55년 체제의 왜곡은 세계 각국의 체제에 갖가지 국내 모순을 낳기도 했다. 미국의 반전 평화 운동의 고양, 프랑스의 학생 운동의 격화, 중국 공산당의 권력 투쟁이 '홍위병(紅衛兵)'이라는 이름의 청년 대중 운동으로 조직화되었으며, 젊은 세대의 축적된 불만은 세계 각국에서 폭발했다.

일본은 중화학 공업 중심에서 산업의 다종화와 자본의 유기적 구성의 고도화를 추진했고, 더구나 정보 산업 등 하이 테크놀러지를 중시하는 산업 구

야스다강당 공방전(1968)과
교토대(京大) 투쟁

조로 전환하는 일이 당면 과제가 되었다. 물론 고학력 사회로 편성하고 산학 협동 체제를 만드는 일도 서둘러야 했다. 이에 대해 탈이데올로기 상태로 누적되고 있던 일상적인 불만이 대학의 관리 운영을 둘러싸고 폭발한 결과 무정부적인 학생 반란 상태가 전국의 대학에서 일어났다. 신좌익 당파들은 대학 내부의 질서를 회복하려는 기운이 무르익고 일본 공산당 계열의 학생 운동과의 전투에서 패퇴 국면을 맞이하게 되자 1970년 반안보 투쟁으로 결집시키기 위한 소요 정세 조장을 겨냥하여 도쿄 대학 야스다(安田) 강당 결전 등 투쟁 상태를 단계적으로 확산했다.

급진주의의 계절

이는 55년 체제가 그 내부에 축적하고 있었던 모순을 스스로 해결하려는 과정에서 생긴 혼란이었으나, 전후의 진보적 지식인들이 만들었던 지식의 체계에 근본적으로 '아니다!'를 들이댔던 측면도 갖고 있으며, 그 결과 분위기에 편승한 급진주의 *radicalism*가 만연하게 된다.

1969년 1월, 노마 히로시, 홋타 요시에, 노사카 아키유키 등 61명의 문화인이 '도쿄 대학 전공투(東大戰共鬪)' 지지 성명을 발표했고, 2월 오다 마코토 등이 니혼(日本) 대학 투쟁 지지 성명을 냈다.

이시카와 준은 이런 정세 속에서 당파를 초월하는 반란의 사상 계보를 끊임없는 운동의 모습 밑에서 묘사한 「천마부(天馬賦)」(1969)를, 이노우에 미쓰하루는 『얌전한 반역자들(心優しき叛逆者たち)』(1971)을 썼다.

다카하시 가즈미는 일체의 권위나 전통에서 고립된 실존적인 사상에 서서 그것을 인간 존재의 부정성으로 육박해 들어가는 문학적인 작업을 계속했는데, 그 연장선상에서 '전공투' 운동을 만나면서 교토 대학의 교관으로 전열

연합 적군 사건(1972)

에 가담했다. '자기 부정'의 사상을 모색했던 그의 추구는 1970년 3월 오다 마코토, 시바타 쇼, 마쓰기 노부히코 등과 잡지 『인간으로서』의 창간으로 나아갔으나 이미 결장암을 얻었던 그는 1971년 5월에 사망했다.

구로이 센지는 1952년에 일어났던 메이 데이 사건의 피고가 15년 동안 변함없이 인내하는 모습을 노동의 일상에 매몰되어 자기를 상실하는 생의 시간과 대비하고 그 존재의 의미를 되물었던 「시간」을 썼는데, 이 또한 다가온 학생 소동의 계절과의 대치를 배경으로 했던 작품은 아니었을까.

1970년 안보 개정과 핵기지가 남아 있는 오키나와 반환에 대한 반대 운동으로 사회당·공산당의 지도력이 약화되었고 신좌익 각파가 과격해졌으며 운동의 물결이 물러감과 동시에 폭탄과 총기, 화기 사용, 비행기 납치로 치닫는 당파가 출현했으며, 또 당파간의 테러와 조직 내부의 린치 살인 등 비극이 되풀이되었다.

이렇게 보면 1955년부터 1970년에 이르는 국내·국제 정치 상황은 전체적으로 55년 체제가 성립할 때부터 붕괴의 조짐을 말해주고 있다. 쇼와 30년대 전반은 전후로 이어지는 '정치의 계절'이었음이 분명하며, 쇼와 40년대 전반은 전후적 시스템에 근본적인 비판을 가했던 급진주의의 계절이었다고 할 수 있다.

미시마 유키오의 최후

1970년 문단 최대의 사건은 미시마 유키오의 자결이었다. 주간지, 월간지, 문예 잡지를 불문하고 매스컴은 모조리 이 사건을 특집으로 꾸몄고 사회적으로 커다란 파문이 일어났다.

반안보 투쟁의 물결이 물러갔던 11월 25일 미시마 유키오는 스스로 조직

발코니의 미시마 유키오

한 '방패회(楯の曾)' 회장으로 동지 모리타 힛쇼(森田必勝) 외 3명과 이치카야(市ヶ谷) 육상 자위대 동부 방면 총감부에 침입했다. 총감을 감금하고, 저지하려는 자위대원 8명에게 중경상을 입히고 자위 대원을 집합시켜 발코니에서 헌법 개정의 쿠데타를 호소하는 연설을 한 다음 총감실에서 할복 자살했다. 모리타 힛쇼는 명검 세키노마고로쿠(關の孫六)로 미시마 유키오의 목을 친 다음 할복 자살했다.

신좌익의 학생 소란에 대비해 자위대가 치안 출동을 한 틈을 타서 거사를 일으키려고 했으나 정세가 진정되었기 때문에 선택했던 수단이었다고는 하지만, 정치적으로는 처음부터 어떤 효과도 얻을 수 없었던 것이 분명한 속이 뻔히 들여다보이는 연극에 지나지 않았다. 국제적으로도 명성이 높았던 미시마 유키오라는 작가가 아니라 한 사람의 행동적인 우익이 일으켰던 사건이라면, 파문은 분명 그만큼 크지 않았을 것이다.

그러나 사상적 의미까지 포함해서 검토할 때는 전혀 다른 모습으로 파악된다. 사건을 일으켰던 미시마 유키오의 '논리'는 직접적으로는 전후의 신헌법에서 부정하고 있는 자위대를 정규 군대로 부활시키려고 했던 것이며, 일본의 전후 시스템이 갖고 있는 모순을 대단히 기형적인 사상과 수단으로 공격했던 것이다. 그런 의미에서 이 사건은 전후 문단이 낳은 기형 혹은 괴물 *freak* 로서 미시마라는 작가의 존재를 훌륭하게 상징하고 있다.

문화적 천황주의

미시마 유키오는 스스로 '2·26 사건 3부작'이라고 불렀던 「우국(憂國)」(1961), 「열흘의 국화(十日の菊)」(1961), 「영령의 목소리」(1966)를 제작하는 과정에서, 특히 「영령의 목소리」를 집필하면서 패전 후 오랜 세월에 걸쳐 추구했던 미적 도취감의 대상을 천황주의로 순국하는 사상에서 '발견'했다. 단행본 『영령의 목소리』에 수록된 에세이 「2·26 사건과 나」에서 그는 패전

'방패회'의 동지들과 기념 촬영을
하는 미시마 유키오(1970. 10. 19)

과 천황의 '인간 선언' 때문에 둘로 분열된 자기의 아이덴티티 근거로 '천
황제의 암반'을 '발견'했다고 선언하였다.

결국 전쟁기에 자기가 느꼈던, 일체의 근원으로 군림하는 '순수 천황'의
이미지를 독자적인 문화적 천황주의 사상으로 「문화 방위론」(1968)에서 표
명하기에 이른다. 이것은 전후에 잃어버린 '문무양도(文武兩道)'의 미학을
통일하고 언론의 아나키즘을 통괄하는 '미의 총람자'로 천황을 꿈꾸는 것이
다.

패전은 미시마 유키오에게 '좌절' 이외의 다른 어떤 것도 아니었다. 전후
적 상황은 그를 소외시켰고 그 소외감과 허무주의적인 심정을 갖고 미시마
유키오는 로맨틱한 비창감과 고전적인 비극, 야성이 번쩍이는 미의 왕국을
찾아 방황하였다. 어디에서도 충족되지 않는 생각은 현실을 재단하는 아포
리즘을 불러일으켰고, 생의 숨길을 가지려고 하지 않았던 말은 온갖 수식을
다했다. '좌절'로 손에 넣은 상대주의 가치관은 아무리 찾아도 '절대'에 도
달할 수 없다. 60년 반안보 투쟁의 고양의 물결이 물러간 다음 그는 정치·
문화 상황을 둘러싼 우국의 정에 부딪히고, 2·26 사건의 하급 장교들이 갖고
있던 '유신 혁명' 사상의 순수를 만난다. 자기가 패전으로 깨달았던 '좌절'
이란 이 '절대'인 '순수 천황' 환상에 이끌려 도취했던 심성의 '좌절'이었
을 것이라고 헤아리게 된다.

이때 비로소 미시마 유키오는 자신을 밀봉했던 전쟁기의 심성에서 한걸음
내디딜 수 있었는지도 모른다. 그것이 쇼와 40년대에 부활하게 된 것은 다름
아니라 쇼와 40년대의 현실과 오랜 세월에 걸쳐 사랑하며 지냈던 행위로서
그 의미를 갖는다. 그 심정은 '순수 천황'을 더럽힌 일본 근대를 격파하는
것으로 나아간다. 혹은 서구 근대에 침식당하고 공산주의라는 질서의 사상
에 유린당하고 있는 곳에서 '우아'와 '공훈'의 문화 전통을 방위한다는 대
의를 주장하게 된다. 이런 측면에서 일본 근대의 흐름을 거스르는 비극적인

마루야마 마사오

죽음을 거두었던 청년들을 묘사하면서 자기의 모든 것을 주입한 총합소설 『풍요의 바다(豊饒の海)』(1965~1971)를 쓰게 된다.

그 대의는 결국 죽음과 에로스가 교차하는 지상 최대의 도취를 그 자신의 육체의 감각에서 실현하기 위한 것에 지나지 않았다고 할 수 있다. 그러나 그것 때문에 바로 대의는 필요한 것이었다.

전후 문단의 괴물

전후 민주주의가 전개되고 도시 대중 사회가 형성되고 있던 시대에 이런 심정의 진행 과정이 아무리 시대 착오로 보여진다고 해도, 그러나 미시마 유키오는 어디까지나 일본의 전후가 낳은 작가였다. 쇼와 30년대까지 그가 쓴 작품을 패전으로 느꼈던 '좌절' 과 전후 사회에 대한 위화감에서 비롯된 작품이라고 단정할 수만은 없다. 패전 후의 '근대화의 재출발' 사상에 서 있던 사람들에게 미시마 유키오는 전근대적인 사소설의 전통을 뛰어넘는 서구 근대적인 예술소설을 일본에서 실현했거나 혹은 그 가능성을 가진 작가로 비쳤고, 또 전후의 상대주의 가치관을 소유한 사람에게는 그 공유자로, 전후 사회에 대해 위화감을 느꼈던 사람들에게는 위화감의 공유자로 생각되기도 했다. 스스로의 행위로 그 기대의 전부를 배신했던 미시마 유키오는 그런 의미에서 전후 문학의 괴물에 다름아니다.

그리고 천황주의 또한 전후 사상의 흐름에서 생긴 것이었다. 미시마 유키오는 「문화 방위론」에서 마루야마 마사오(丸山眞男, 1914~1996)가 전쟁중에 '가치의 무한 유출' 을 보증하는 중심축이라고 묘사했던 천황의 이미지를 인용하기도 한다. 전쟁을 지탱했던 맹목적 애국주의는 바로 전후 사상의 한복판에서 이렇게 보편화되고 이론화되었던 것이다. 한편 '절대 천황' 의 이미지에서 군사 색을 벗겨내고 천황제를 고대부터 있던 일본의 문화적 전통의 중심으로 묘사하고 그리하여 전후의 상징 천황제를 합리화하려는 문화적 천

하야시 후사오(좌)
다케야마 미치오(우)

황주의 흐름이 있었다.

가장 빨리 대답을 내놓았던 사람은 하야시 후사오이다. 하야시 후사오는 1947년 「자유인의 노트」에서 천황은 애초에 현세적인 정치를 초월한 존재이며, 그런 의미에서 '상징'이며, 자신의 자유 사상은 '천황주의 아나키즘'이라고 말했다. 이어 1948년에 와쓰지 데쓰로가 천황은 법률을 초월해서 존재하는 전통적인 권위이며, 그것은 "국민의 전체성을 표현하기 때문에 생겼"으며, 동시에 "일본의 역사를 관류하며 존재하는 사실"이라고 말하기도 했다. 쇼와 30년대에 다케야먀 미치오가 이와 비슷한 문화적 천황주의를 표명했다. 그는 「천황제에 대하여」(1963)에서 천황은 "토속 신탁적이고, 옛날부터 국민 통일과 결합의 상징"이었던 존재라고 했으며, 「문화의 형태와 접촉」(1958)에서는 "메이지 시대에는 주체가 되는 유기적인 정신 체계가 있었지만, 다이쇼·쇼와 시대에 해체기에 들어갔다"는 역사관을 말하기도 했다.

이런 문화적 천황주의의 흐름에서 볼 때 미시마 유키오의 그것은 하야시 후사오가 말했던 '천황주의 아나키즘'과 대단히 가깝고, 정신사관으로는 다케야마 미치오의 그것에 가까움을 알 수 있다. 미시마 유키오의 문화적 천황주의는 물론 야스다 요주로에서 비롯된 사상의 계보를 잇고 있다.

미시마 유키오는 문무양도의 '미학'을 도입하고 상무의 정신을 강조함으로써 이런 전후적·문화적 천황주의도 배신한 것이 된다.

미시마 유키오의 존재가 그 문학적인 행위에서 얼마나 문단에 긴장을 초래했는가 하는 것은, 긍정하건 부정하건, 미시마 유키오에 대해 작가나 비평가들이 자기 문학관의 생명선을 걸고 글을 쓰고 있는 사실을 보면 알 수 있다. 따라서 미시마 유키오가 자결한 후 문단은 이완되지 않을 수 없었다.

그리고 미시마 유키오는 그 연기 *performance*로 저널리즘을 뒤흔들었다. 죽어서도 여전히 그렇고, 오늘날까지 그의 죽음은 출판 자본을 풍요롭게 만들고 있다. 사건 직후 청소년에 대한 영향을 기뻐하는 사람들이 있었다. 사

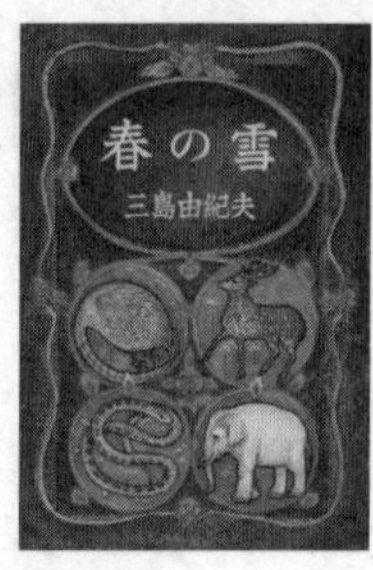

'풍요의 바다' 제1권 『봄눈』

건은 좌우의 급진주의에 약간 심정적인 영향을 미쳤을 정도이며 그 영향은 흔적도 없다. 아니, 오늘날로 말한다면 미시마 유키오 사건이 당시 청소년의 마음에 강렬하게 낙인을 찍었던 흔적은 있을 것이다. 그러나 그것은 반시대적 혹은 시대 착오의 연기가 대중 사회로 바뀌는 상황 속에서 거둔 충격에 대한 감탄 이외의 아무것도 아니었을 것이다. 혹은 사회적·문단적인 괴물 같은 짓거리를 재미있게 바라보는 태도였을 것이다. 나카가미 겐지나 시마다 마사히코(島田雅彦, 1961~) 등이 미시마 유키오에 대해 말하는 언사에서 이런 사실을 엿볼 수 있다.

문학 작품 속에서 사건의 소감을 기록했던 것은 오에 겐자부로이다. 단행본 『당신께서 눈물을 닦으시는 날』의 권두에 놓인 「두 개의 중편을 묶는 작가의 노트」에는 다음과 같은 시구가 보인다.

사병의 군복을 걸치고 할복한 목 없는 시체가 순수 천황의 양수(胎水)에서 물보라치며 암흑 성운을 하강한다.

순수 천황 이하의 한 구절은 이미 「정치 소년 죽다」에서 볼 수 있는 것이다. 오에 겐자부로는 적어도 '순수 천황'의 이미지만은 미시마 유키오와 공유하고 있다고 할 수 있다.

'풍요의 바다'

'풍요의 바다' 4부작은 미시마 유키오가 쇼와 40년대에 남긴 작품으로 언급하지 않을 수 없다. 이 작품은 당초 다이쇼, 쇼와 전전기, 전후기를 통해 잃어버리지 않고 추구했던 '미'의 이념을 등장인물들의 비극적인 죽음에 이르는 드라마로 쓰면서 윤회 전생이라는 장치에서 관통하고 일본 근대사에 대항하며 이의를 제기하는 대로망으로 구상되었다. 다이쇼 시대를 무대로

'풍요의 바다' 제2권 『분마』

한 제1권 『봄눈(春の雪)』(1965~1967)에서는 금기를 위반한 '우아'의 미를, 쇼와 전전기를 무대로 한 제2권 『분마(奔馬)』(1967~1968)에서는 황도 유신에 목숨을 건 '공훈'의 미를 형상화하고 있다. 여기에서 미시마 유키오는 성숙을 보여주고 있다. 혹은 또 최후의 단편 「난릉왕(蘭陵王)」(1969)에서 그의 문장은 희미한 감각을 형상화하는 데 이르고 있다. 그러나 전중에서 전후에 걸쳐 '유식(唯識)' 사상을 쓴 제1부와 시선의 에로티시즘의 제2부로 이루어지는 제3권 『새벽의 절(曉の寺)』(1968~1970)에서는 적당주의와 저속 취미가 횡행하기 시작했으며, 마지막에 진잔(ジン・ジャン)의 비업(非業)의 죽음은 쌍둥이 자매를 자칭하는 인물이 알려주고 있을 뿐이며, 더구나 그 죽음조차 의문이 남는 것처럼 씌어져 있다. 전후를 저속 취미의 시대라고 보는 것은 작가의 의도라면 그렇다고 할 수도 있겠지만, 윤회 전생은 이미 의혹으로 색이 바래기 시작했고, 제4권 『천인오쇠(天人五衰)』(1970~1971)에 이르면 도루(透)는 귀한 가문의 가짜 아들이며, 그 비업의 말로는 오물투성이가 되고 있다. 일본의 근대는 귀한 가문에서 태어난 사람을 쇠퇴로, 모조품으로 만들었던 것이다. 따라서 이야기는 몰락할 수밖에 없었다. 시종일관 인식자였던 혼다 시게오(本多繁邦)는 마지막에 "기억도 없다면 아무것도 없는 곳으로 나는 오고야 말았다"고 중얼거릴 수밖에 없는 곳으로 인도된다. 그것을 우리는 '아뢰야식(阿賴耶識)'이 '무아의 흐름'으로 떠돌다 닿았다고 읽을 수도 있겠지만, 전체를 살펴보면 이것은 전생(轉生)의 이야기가 쇠퇴에서 공과 무로 돌아가는 길을 스스로 걷고 있는 것에 다름아니다.

미시마 유키오가 이야기의 쇠약과 문체의 실조까지 방법화해서 전후를 썼다고 생각하지 않는 한, '풍요의 바다'는 파산을 고하고 있다고 하지 않을 수 없다. 미시마 유키오는 끝내 자신과 작가로 살았던 전후를 공략하는 데 실패했다. 그런 의미에서 미시마 유키오는 작품에서도 전후의 괴물로 자신을 보여주고 끝났던 것이다.

오니시 교진

이것 이외에 미시마 유키오의 죽음에는 그 어떤 의미도 없다. 과거 아쿠타카와 류노스케의 자살은 근대적 지성으로부터 탈출하려는 모색을 당대 문학에 가져다주었다. 마키노 신이치의 자살은 실존적 고뇌를 축제로 전환할수 없다는 사실을 후배들에게 가르쳐주었다. 그러나 미시마 유키오의 죽음은 이후의 문학에 아무것도 남기지 않았다. 미시마 유키오의 죽음을 뒷전으로 하고 쇼와 40년대는 새로운 단계로 방법을 모색하기 시작한다.

총합과 새로운 시행

1965년을 전후한 시기부터 이른바 전후파 작가들 가운데 자신의 방법적 시행을 총합해서 필생의 역작을 도모하려는 의지가 뚜렷해진다. 그것은 이른바 '전후 문학'이 집약된 모습을 보여주기 시작한 동향으로 볼 수 있다. 이 경향은 1980년을 전후하여 완성된 오니시 교진의 「신성희극」, 이시카와 준의 「광풍기」, 그리고 나카무라 신이치로의 '사계' 4부작까지 인정할 수 있다.

한편 '쇼와 문학' 그리고 '전후 문학'의 성숙기로 볼 수 있는 이 시기의 한복판에서 새로운 방법적인 시행을 출발점으로 삼고 있는 동향도 볼 수 있다.

후루이 요시키치, 구로이 센지, 고토 메이세이 그리고 오바 미나코 등의 문학적 출발이 그것이다. 이 시행의 전개는 1980년대에 이르러 하나의 도달점을 보여주게 된다. 이런 의미에서 전후 문학의 총합화와 새로운 시행의 전개가 1970년대부터 1980년대 소설 동향의 기본을 이룬다고 할 수 있다.

요시유키 준노스케

총합소설

여기에서 말하는 총합소설(總合小說)이란 작가가 자신이 추구했던 것을 총망라하여 자기의 세계를 구축한 소설을 말하며, 쇼와 전전기에는 나가이 가후의 「보쿠토키탄」 등이 그 좋은 예이다. 전후기의 소설에서는 패전 후부터 쇼와가 끝날 때까지 계속 썼던 하니야 유타카의 「사령」도 그 사상적 작업의 전부를 전개하려고 했던 점에서 일종의 총합소설이라고 할 수 있으며, 다케다 다이준이 「숲과 호수의 축제」에서 그때까지 그가 갖고 있던 사상과 방법을 총합하고 있다는 것은 이미 언급한 바 있다(제3부 제2장).

요시유키 준노스케의 「모래 위의 식물군」도 몇몇 단편을 흡수한 모습을 보여주고 있어 총합화의 방법이 반드시 이른바 전후파 작가들의 특징만이 아니라 일반적으로 볼 수 있는 경향이라고 할 수도 있겠지만, 쇼와 40년대부터 쇼와 60년대의 한 특징으로 전후파 작가를 중심으로 방법을 총합화하는 동향을 볼 수 있다는 사실을 지적하고자 한다.

1965년은 다니자키 준이치로, 우메자키 하루오, 에도가와 란포, 다카미 준, 안자이 후유에 등 쇼와 문학의 주요한 담당자들이 사망했으며, 또 전후 20년을 기념하여 잡지들이 특집을 꾸미면서 한 시대의 단락을 맺었던 해이다. 또한 이시카와 준이 「지복천년(至福千年)」에 착수하면서 전중부터 시작되었던 에도 문화에 대한 몰두와 혁명 사상을 총합했으며, 미시마 유키오가 '풍요의 바다' 4부작에 착수하여 1971년에 완결했다.

1966년의 나카무라 신이치로의 『오가는 구름』은 한 인간의 내적 우주의 전체상을 보여준다는 의미에서 내적 전체소설로 향하는 시도이며, 또 미적 체험과 교양의 총합소설로 생각할 수 있는 작품이다.

1966년 후쿠나가 다케히코가 「죽음의 섬」에 착수하였으며 그때까지의 미적·방법적 추구에 원폭의 문제 등을 총합하여 1971년에 완성했다. 노마 히

시마자키 도손

로시도 '전체소설'로 추구했던 「청년의 환」을 재구축하기 시작했으며 1971
년에 완성하였다.

1967년 후지에다 시즈오의 「공기두」는 노년의 성욕 문제와 아내의 죽음을
둘러싼 감정을 독자적으로 추구하면서 총합했고, 1968년 가이코 다케시의
『빛나는 어둠』은 베트남 전쟁의 르포르타주와 감성적인 표현의 총합을 도모
했던 작품이다.

이런 방법적 추구를 총합화하려는 움직임 자체가 '쇼와 문학'과 '전후 문
학'의 '완성'을 이야기하는 것이라고 할 수 있다.

흔들리는 가족

쇼와 40년대부터 쇼와 60년대를 향해 나가는 가운데 여러 작가들이 소설
의 테마 위에서 '가족'의 변용 문제에 몰두하는 모습을 보여주었다. '집'이
해체되는 상황이 문학에 반영되었던 것은 이미 메이지 말기에 시마자키 도
손의 『집』(1910, 1911) 등에서 전형적으로 나타난 이후 계속되었던 문제라고
하겠는데, 전후의 도시 대중 사회 속에서 이 문제는 다시 변용되면서 부상하
게 된다.

도시 대중 사회의 비대화, 농수산업 생산 조직의 재편성, 산촌의 해체가
서서히 진행되는 가운데 급속하게 진행된 도시형 핵가족화, 효율을 추구하
는 산업 사회 대 가족이라는 의식이 부상하는 시대가 그 배경으로 놓여 있
다. 이는 소설의 테마로는 물론 쇼와 30년대의 패전 체험에서 가족을 다시
응시하려는 경향과 연속되고 있으며, 이는 쇼노 준조의 추구에서 단적으로
볼 수 있다.

「풀 사이드 소경」에서 실로 선구적인 문제를 건드렸던 쇼노 준조는 「정
물」(1960) 등에서 가정 생활의 일상을 짐짓 아무렇지도 않게 묘사하는 가운
데 그 자체를 받아들이고 테마로 만들려는 자세를 보여주었으며, 이를 근교

116

'내향의 세대' 작가들.
왼쪽부터 사카가미 히로시,
구로이 센지, 고토 메이세이,
후루이 요시키치, 아베 아키라

의 토지 개발 위에 구축되었던 가족이 당하는 재난을 쓴 『저녁의 구름(夕べの雲)』(1965)까지 일관되게 추구하였다.

1965년에 발표한 고지마 노부오의 「포옹 가족(抱擁家族)」은 젊은 미국인과 연애에 빠진 아내를 어떻게 대처하면 좋을지 몰라 당황하는 남편의 눈을 통해 현대적인 건물 속에서 진행되는 가정 붕괴의 모습을 묘사하고 있다. 그러나 결국 아내는 암으로 죽고 슬픔 속에서 작품은 끝난다.

「아메리카 스쿨」에서 보여주었던 테마는 물론 도시화와 가족 해체 그리고 아내의 상실 테마가 총합되고 있는 이 소설은 전후 사회의 변모를 배경으로 놓은 가족소설을 대표하는 작품임에 틀림없다.

미우라 슈몬은 「모형 정원(箱庭)」(1967)에서 전후에 들어오면서 강자로서의 아버지 이미지가 붕괴하고 가정의 의미가 상실되어가는 모습을 그렸다.

'가족'이라는 말이 품고 있는 위태로움에 대해서는 단 가즈오의 「화택의 사람」(1965~1975)과 야스오카 쇼타로의 『막이 내리면서(幕が下りてから)』(1967) 등을 들 수 있다. 이 테마는 여성 작가들이 활약하면서 여자의 측면에서 본 관점을 획득했으며 상당히 오랫동안 문제로 남는다.

새로운 시행

1965년을 전후해서 등장했던 구로이 센지, 후루이 요시키치, 고토 메이세이 등을 오다기리 히데오가 '내향(內向)의 세대'로 명명했던 것은 1971년의 일이다. 사회적·사상적 테마를 추구하는 소설에 대해 이들은 내면에서 움직이는 미세한 의식의 동요에 초점을 모으고 있다. 이들의 추구는 의식의 쇄말주의 trivialism에 빠져 무엇을 주장하고 있는지 잘 알 수 없다는 비난으로 나타나기도 했다.

그러나 제4부 제2장 「상징적 현실의 구성」 특히 '의식'에서 보듯이, 의식의 변화에 초점을 맞추어 표현하는 경향은 이미 있었고, 「전후 사회와 '나'」

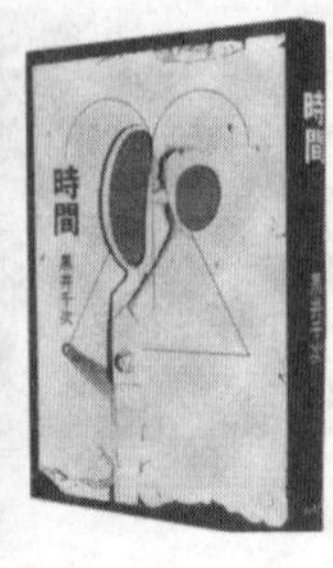

구로이 센지와 『시간』(1969)

에서 본 것처럼 전쟁 체험이나 전후 체험 속에서 작가가 자신의 현실을 문제로 삼지 않을 수 없는 상황이 있었다. 그럼에도 불구하고 이는 '객관적 현실'의 인식에 대한 의문이라는 20세기의 인식론 동향과 반드시 무관하지 않은 현대 문학의 자각적 추구로 크게 지지를 받고 있으며, 타자와의 관계에서 이루어지는 의식 그 자체의 움직임에 표현의 초점을 맞추는 흐름에서 필연적으로 나온 것이라고 할 수 있다.

이른바 '내향의 세대' 가운데 '전후파'와의 연속성을 가장 여실하게 보여주고 있는 작가는 구로이 센지이다.

구로이 센지는 쇼와 30년대에 기업 노동자의 소외 의식 문제 등을 다루면서 문학적 출발을 했고, 「시간」에서 그 완성을 보여준다. 그 일절을 살펴보면

말하자면 그 모임 이후 잠재하고 있던 남자의 뒷모습의 이미지가 낮 휴식 시간에 만나면서 단숨에 의식 속에 분출했던 것 같다. 하지만 그가 실제로는 볼 수 없었던 그 남자의 얼굴이나 뒷모습의 세부 등이 볼 수 있는 형태를 갖기 시작했다는 것은 아니다. 오히려 그것은 시간이 지남에 따라 점점 아득해지고 있다. 그러나 그와는 반대로 멀리 있었던 남자의 뒷모습이 그림자처럼 그의 내부에서 뚜렷하게 뚫고 나와 보여지는 것이다. 불가사의한 공간이 그 남자의 뒷모습 형태로 다시 가라앉았고 그 고요함이 그를 불러내기 시작했던 것이다. 귀로 들을 수 없는 그 외침은 그의 내면의 어둡고 부드러운 부분을 향해 조용하게 다가왔다.

학생 시절에 좌익 활동을 했던 남자가 기업에서의 출세에 당혹감을 느끼고 있는 가운데 메이 데이 사건의 피고를 보면서 현재 자신의 모습에 대한 의문을 느끼는 이 소설은 그러나 주인공의 가정 생활과 이런 의식의 세부 움

후루이 요시키치

직임을 함께 형상화하고 있는 사실에 눈을 돌려야 할 것이다. 이런 의식을 쓰는 방법은, 천황을 위에 모신 일본 군대 메커니즘 그 자체를 형상화했던 노마 히로시가 「진공 지대」를 의식의 리얼리즘의 수법으로 썼다는 사실을 상기한다면, '전후 문학'과의 연속성을 가지고 있다는 것을 분명하게 보여준다.

구로이 센지는 이런 문제를 계속 추구하는 한편 「달리는 가족」(1970), 「흔들리는 가족」(1971) 등 현대 도시의 '흔들리는 가족' 문제에 접근한다.

고토 메이세이의 문학적 출발은 러시아 문학의 고골리 등을 현대 일본의 입장에서 읽으면서 「관계」(1962), 「우스운 지옥(笑い地獄)」(1969) 등 존재의 그로테스크한 골계를 추구하는 것에서 시작된다. 여기에서 그는 관계의 상대성에서 존재의 기묘함이 웃음으로 터져나오는 의식의 움직임을 표현한다. 고토 메이세이가 다시 소설의 구조를 문제삼고 인간의 인식의 윤곽이 불분명한 쪽으로 과감하게 추구하는 방법을 보여주었던 것은 오히려 쇼와 50년대의 일이다.

후루이 요시키치의 경우 가장 자각적으로 의식의 양태를 추구하면서 출발했다고 할 수 있다. 이는 20세기 독일 문학 특히 브로흐나 무질이 추구했던 것을 일본어로 어떻게 추구할 수 있느냐는 물음을 자신에게 부여했던 것과 동일한 탐구라고 할 수 있다.

그리고 어느 날 빌딩의 긴 벽을 따라 담담하게 걸어오다가 문득 자신의 존재가 의식의 옆을 빠져나가 한걸음 앞에 걸어나가고 있는 듯한 우스운 느낌이 그를 엄습했다. 놀랍지도 무섭지도 않았다. 그의 의식은 마치 어둠 속의 잔상처럼 유난히 또렷하게 뒤에 남았고 습기가 없는 존재감이 깜박깜박 걸어가며 사라지는 모습을 조용히 전송하고 있었다.

이것은 「보라색 하늘에서(菫色の空に)」(1969)의 일절인데, 이런 존재감을

오바 미나코

표출한 표현이 후루이 요시키치의 출발점을 뚜렷하게 보여주고 있다. 1971 년 제64회 아쿠타가와 상을 수상했던 「요코(杳子)」에서는 여성의 광기와 공존하는 존재의 의식을 쓰면서 실로 미묘한 분위기를 표현하게 된다. 후루이 요시키치는 점차 민속의 해묵은 기층을 몸 안에 간직한 광기가 어떻게 표현되는가를 추구한다.

오바 미나코의 경우는 제2장 「상징적 현실의 구성」 가운데 특히 "상징적 현실과 일상을 파악하는 눈"이라고 말했던 표현이 일상에 대한 위화감으로 전개되는 국면에서 출발하고 있다고 할 수 있다. 그것은 존재 감각의 불분명함을 이미지로 적확하게 묘사하는 것이다. 이것은 제59회 아쿠타가와 상을 수상했던 「세 마리의 게」(1968)에서도 단적으로 나타나고 있다. 성의 영역을 추구하는 오바 미나코는 다시 소설의 구조로서의 산문 이야기성(物語性)을 추구하게 된다.

이들의 추구는 각각 개성적인 방법적 모험이며 시대로서의 '쇼와'를 초월하고 있다. 결국 '쇼와 문학'이나 '전후 문학'은 일본의 20세기 문학적 성격을 강하게 띠고 있기 때문에 전개되는 가운데 발생했고 또 결실을 약속받고 있는 것이다.

제5부

현대 문학의 현상
——미시마 유키오의 죽음에서 헤이세이까지

제1장

쇼와 말기의 시대와 엇갈림
—— 1970, 80년대의 문학 주제

미시마 유키오의 죽음

미시마 유키오는 1970년 11월 25일에 자결했다. 그 죽음에 어떤 의미가 있었던가. 그 당시는 참으로 논의가 백출하는 양상이었다. '자결' '할복' 또는 '절복(切腹)'이라는 제목을 내걸었던 당시의 신문을 훑어보아도 여기에는 충격으로 인한 혼란이 있을 뿐이다. '쇼와'라는 시대를 45년을 살다 죽은 미시마 유키오가 염결(廉潔)의 대상으로 한결같이 숭상했던 '천황'이 그보다 20년 더 살리라고 예상했는지 어떤지는 알 수 없다. '천황주의자'라고 야유를 담은 손가락질을 당했고, 자신도 그렇게 인정했던 미시마 유키오는 '대일본제국헌법'과 '일본국헌법'의 엇갈린 듯한 흐름 속에 몸을 눕히고 있던 '천황'에 대해 정면으로 맞서려는 자세를 가지려고 했다. "어째서 천황은 인간이 되셨는가." 거의 저주로 읽을 수도 있는 이런 마음을 갖고 '천황'과 맞서려고 했던 것이다. 미시마 유키오는 '현인신'에서 '인간'으로 전환했던 천황의 엇갈림을 가장 민감하게 받아들였던 표현자라고 할 수 있을 것이다.

자위대원들에게 봉기를 촉구하는
미시마 유키오의 최후 연설
(1970. 11. 25)
항복 문서 조인식(1945. 9. 2)

　흔히 '미시마 사건'이라고 말하지만 미시마 문학은 바로 '사건'과 미시마라는 '인간,' 그가 낳은 '작품'이 뒤틀리고 엇갈린 혼돈 속에 내던져서 오늘에 이르고 있는 것이 현재 상태이리라. 두 개의 헌법을 "마치 한몸으로 두 시대를 거치듯이 한 사람으로 두 몸을" 살았던 천황이 40여 년을 장수한 방법과는 대조적으로 참으로 서투른 천사처럼 살았던 미시마 유키오라는 존재가 선명하다. 미시마 문학은 역시 '사건' 속에 삽입된 '쇼와 45년'이라는 역사적 시간과 인간, 그리고 작품이 이루는 세 개의 소용돌이 무늬 속에 떠오르는 허실피막(虛實皮膜)의 세계에서만 그 진실을 찾을 수 있다.

　세월의 흐름은 사람을 망각의 세계에 빠뜨린다. 하지만 미시마 유키오의 작품은 시간을 초월해서 살아남았다. 미시마라는 작가는 죽었지만 작품은 살아 있는 것이다. '미시마 유키오 상'의 창설(1988)은 출판 저널리즘의 전략이 배후에 있기는 하지만, 미시마 사후 20년 동안 작품 수용의 과정이 그 밑바닥에 흐르고 있다. '미시마 상' 심사 위원의 면모를 보면 에토 준, 쓰쓰이 야스타카, 오에 겐자부로, 나카가미 겐지, 미야모토 데루(宮本輝, 1947~) 등인데, 이 중에 소장파인 나카가미, 미야모토는 미시마의 자결을 전후해서 등단했던 사람들이다. 오늘날, "한몸으로 두 시대를 거쳤던" '쇼와 문인'들이 갖고 있는 생활 태도의 틈새에 쐐기를 박아넣는 작업에 힘쓰고 있는 에토 준, 문단 문학을 역으로 취하면서 일본의 지식인을 계속 공격하고 있는 쓰쓰이 야스타카, 미시마 유키오와 대극적인 사상의 입장에 몸을 놓고 미시마와의 역 아이덴티티를 감추지 않는 오에 겐자부로와 소장파 두 사람의 입장은 큰 간격이 있는 것처럼 보인다.

　그러나 나카가미 겐지, 미야모토 데루는 미시마 유키오가 아버지 세대는 아니지만 미시마 문학을 선입관 없이 수용했던 문학 세대라는 점에서 그들과 미시마의 문학은 특별하게 결합되고 있다고 할 수 있다. 이것은 이들보다 훨씬 젊은 세대에 속하는 시마다 마사히코나 고바야시 교지(小林恭二,

'미시마 사건'을 보도하고 있는
아사히신문(1970. 11. 25)

1957~)를 예로 들면 한층 더 분명해진다. 1970년 이후에 문단 사람이 되었던 신세대가 눈앞에 있는 스승으로 모셨던 선배 작가로 미시마 유키오가 있었다고 할 수 있다.

　그런데 미시마 유키오라는 작가의 사령(死靈) 혹은 작품에 있는 생령(生靈)은 어떻게 배회했던 것일까. 미시마 유키오가 죽음의 결의를 한층 강화했던 것과 겹쳐지는 시간의 흐름은, 결과론이지만, '풍요의 바다' 4부작의 집필과 겹쳐진다. 『봄눈』(1969), 『분마』(1969), 『새벽의 절』(1970) 『천인오쇠』(1971)를 낳는 고통은 그대로 죽음의 결의를 재촉했다. 혹은 4부작을 집필한 시간 그 자체가 미시마 유키오의 죽음을 각인하고 있었다고 할 수 있다. 어쨌든 미시마의 죽음은 독자들에게는 당혹스럽게 다가왔지만, 미시마 자신은 계산한 대로 혹은 연출한 대로 거행했다. 허를 찔린 독자는 그의 연기에 넋이 빠졌다. 이 책의 서두에서 서술했던 아쿠타가와 류노스케의 자살이 다이쇼에서 쇼와로 넘어가는 시대의 전환에 큰 인상을 남겼던 사건이라면, 미시마의 죽음 또한 한 시대의 전환에 깊은 인상을 남겼다. 이미 '전후'와는 무관한 시대로 한창 경제 발전을 하고 있던 일본에 구헌법과 신헌법의 엇갈림 혹은 균열을 그대로 간직했던 미시마 유키오의 죽음이 느닷없이 그 엇갈림과 균열을 돌출시켰다고 할 수 있다. 미시마의 죽음이 언어 표현에 둔감한 소시민적인 자위대원들에게 육체의 언어를 갖고 반격했다고 말한다면, 미시마의 표현의 한 국면을 언급하는 것이 될까? 요시모토 다카아키가 말하듯이 아쿠타가와 류노스케의 죽음이 그 당시 사람들이 생각했던 시대의 죽음이라기보다는 단연코 개인적인 죽음이었다면, 미시마의 죽음 또한 동시대의 독자들이 이러쿵저러쿵 그 죽음의 의미를 파고들었던 것에 비해서 예상 밖으로 완전히 개인적인 동기로 귀속되는 죽음이었을지도 모른다. 독자는 그의 죽음을 기점으로 다시 그의 작품으로 돌아간다.

나카가미 겐지

나카가미 겐지와 쓰시마 유코의 등장

　문학 연표를 이리저리 넘기다 보면 다양한 사실을 알게 된다. 미시마 유키오가 처녀 소설집 『꽃피는 숲(花ざかりの森)』(1944)에 이어 전후 최초로 출판했던 소설집은 『곶에서의 이야기(岬にての物語)』(1947)이다. 이어 『도적』(1948), 『밤의 준비(夜の支度)』(1948), 『보석 판매』(1949)를 냈고, 신작 『가면의 고백』(1949)을 간행했다. 쇼와 연도 숫자가 더해질 때마다 미시마 유키오의 연령이 많아지고 있음을 기억한다면, 여기에서 우리는 20대 전반의 청년 미시마 유키오의 등장을 보게 된다. 미시마가 등단했던 시기에 나카가미 겐지, 쓰시마 유코, 미야모토 데루, 다테마쓰 와헤이(立松和平, 1947~), 미타 마사히로(三田誠廣, 1948~), 다카하시 미치쓰나(高橋三千綱, 1948~), 무라카미 하루키 등 미시마가 죽은 다음에 활약하는, 바로 전후에 태어난 작가들이 이 세상에 태어났다. 흔히 '덩어리 세대(團塊の世代)'라고 부르는 이 작가들의 입장에서 본다면, 미시마 유키오는 숙부 세대에 속한다고 할 수 있다.

　이 '헤이세이(平成)'의 중년 작가들은 오늘날 일제히 40대가 되어 미시마 유키오가 '풍요의 바다'를 집필했던 40대 전반의 나이와 겹쳐진다. 그 중에서도 나카가미 겐지와 쓰시마 유코의 등장은 훨씬 빠르며, 각자 문학 야스타카 도쿠조가 주재한 『문예수도』를 통해 문단에 나왔던 작가라는 점을 기억해두어야 할 것이다.

　나카가미 겐지는 「나, 18세(俺, 十八歲)」(1966. 3), 「바다로(海へ)」(1967. 9), 「불만족」(1968. 2), 「일본어에 대해서」(1968. 9) 등 여러 작품을 『문예수도』에 발표하였으며 「맨 처음 일어난 사건(一番はじめの出來事)」(『문예』, 1969. 8)으로 비로소 문단에 등장했다. 쓰시마 유코는 「어떤 탄생」(1967. 9.

나카가미 겐지의 『고목탄』과
쓰시마 유코의 『총아』

필명 아키 유코〔安藝柚子〕), 「물가의 풍경(汀の風景)」(1968. 6. 필명 유키 후미코〔柚木史子〕), 「유리화의 세계(硝子畵の世界)」(1968. 12. 필명 아시 유코〔芦佑子〕), 「반지(指輪)」(1969. 9. 필명 유키 후미코) 등을 『문예수도』에 발표했으며, 처녀 소설집 『사육제(謝肉祭)』(1971)로 문단에 등장했다.

그 후 나카가미 겐지는 첫 작품집 『19살의 지도(十九歲の地圖)』(1974), 소설집 『비둘기들의 집(鳩どもの家)』(1975), 『곶(岬)』(1976), 『사음(蛇淫)』(1976)을 거쳐 장편소설 『고목탄(枯木灘)』(1977)에 도달한다. 문학 수업을 시작한 지 10년, 『곶』을 빠져나오면서 나카가미 겐지는 생애의 주제로 볼 수 있는 '뒷골목' 이야기에 착지한다. 그의 작품에는 재즈와 노동과 청춘의 방황으로 지내면서 오에 겐자부로의 초기 작품의 그림자가 드리워져 있었지만 곧 차별을 받는 사람들의 일족 이야기로 급전해서 '기슈'를 이야기 공간이 펼쳐지는 근거지로 삼았다. 나카가미 겐지의 10년이 혈족과 일족의 발견 그리고 차별과 피차별의 일본적 전개로 접근했던 세월이라면, 쓰시마 유코의 주제는 초기부터 가족에 대한 배은(背恩)으로 일관되었다고 볼 수 있다. 제2 소설집 『어린아이의 그림자(童子の影)』(1973), 신작 장편소설 『생물이 모여 있는 집(生き物の集まる家)』(1973), 『우리 아버지들(私が父たち)』(1975), 『덩굴풀의 어머니(葎の母)』(1975) 등의 소설집을 거쳐 『총아(寵兒)』(1978)에 이르는 도정은 가족에 대한 배은을 기초로 하면서 가족이란 무엇인가라는 근원적인 물음을 계속 던지고 있다고 할 수 있다.

나카가미 겐지의 『고목탄』, 쓰시마 유코의 『총아』는 신세대 작가가 문단에 등장한 지 약 10년 동안의 소산으로 특기할 만한 작품이다. 특히 나카가미 겐지의 『고목탄』은 『땅 끝 지상 최대의 시간(地の果て至上の時)』(1983)과 『기적(奇蹟)』(1989)으로 연속되는 주제를 모색했던 기념비적인 작품이다. 작가 자신의 출신에 소설의 거점을 놓으면서 기슈의 풍토와 대대로 여기에서 살았던 가족의 피 이야기를 끝이 없는 형식 밑에서 묘사한 작품이라 할

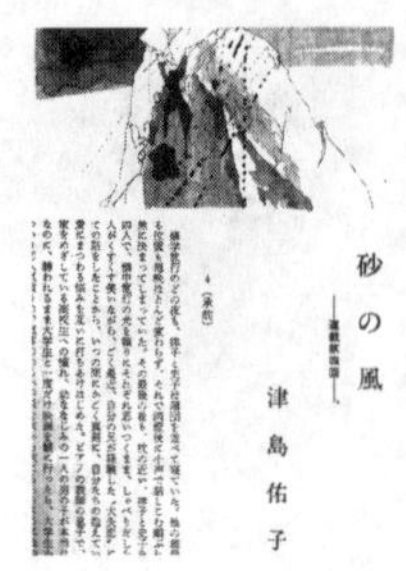

쓰시마 유코의
「모래바람」(『문학계』, 1991. 4)

수 있다. 가족의 이야기는 곧 일족의 이야기로 발전하고, 일족의 이야기는 민족이나 종족의 이야기로 발전된다. 나카가미는 이야기의 생성이 이야기의 소멸을 유도하고, 몇 번이나 같은 주제를 반복하면서 성장하는 방법을 사용하고 있다. 요모타 이누히코(四方田犬彦, 1953~)는 나카가미의 일련의 작품 계보를 평하면서 "다만 전위(轉位) 운동만이 현실이다. 우리들이 읽었던 나카가미 겐지의 작품들은, 이렇게 잇달아 태어나서 앙금 위로 떠오르는 포말처럼 스러지는 이야기의 의지가 드러난 데 지나지 않는다"(『귀종과 전생〔貴種と轉生〕』)라고 평가하고 있다.

"이야기의 의지가 드러난다"는 표현 속에 오늘에 이른 나카가미 겐지의 주제와 방법에 관한 고투가 잘 포착되고 있다고 할 수 있을 것이다.

왜 이 사람은 작가가 되지 않으면 안 되었는가라는 의문을 가진 경우, 우리 독자들은 탁월한 작가의 작품을 통해서 그 깊숙한 곳에 숨어 있는 숙명의 음률을 만날 것 같은 기분이 들게 된다. 사람은 각자 자기의 숙명을 갖고 있게 마련이지만 누구나 그 숙명을 표현할 수 있는 것은 아니다. 선택된 자, 표현을 할 수 있는 자의 영광과 비참의 현현이 우리 눈앞에 있는 작품이다. 나카가미 겐지의 작품 세계가 가족이나 일족의 주제에서 일본 민족이나 아시아 인종 문제로까지 발전하고 전개될 예감 밑에서 인간의 숙명을 전체소설로 만들려는 방향으로 나아가고 있음을 알 수 있다.

오일 쇼크와 출판계의 변용

1972년 7월, 다나카 가쿠에이(田中角榮, 1918~1994) 내각이 탄생하자 '서민 재상'이니 '이마다이코(今太閤)'라고 불렸던 다나카의 인기는 일본 전국을 휩쓸었다. 이 해의 베스트 셀러의 톱에 아리요시 사와코의 『황홀한 사람』

아리요시 사와코와 『황홀한 사람』

이 올랐고, 이어 다나카 가쿠에이의 『일본 열도 개조론』을 볼 수 있는 것은 역사의 우연이라고 하기에는 흥미롭다. 치매에 걸린 노인 문제를 소설로 다루면서 노인 문제를 가장 먼저 사회 문제로 다루었던 아리요시의 작품은 오늘날 고령화 사회의 복지 문제로 머리가 아픈 자민당 정부의 중요 과제를 앞지른 것이다. 한편 다나카 가쿠에이가 한껏 떠벌렸던 '열도 개조'의 기염은 일본의 부동산 업자들에게 활기를 불어넣고 땅값의 폭등을 불러 쇼와 말기의 땅값 올리기 일색으로 물들였던 도시 집중 시대를 앞질렀다고 할 수 있다. 노인 문제와 토지 문제라는, 언뜻 보면 아무 관계도 없는 듯한 사건이 10여 년 후에 마치 영구 정권처럼 보였던 자민당 정권을 뒤흔든 소비세 실시와 리쿠르트 사건으로 나타나리라고 그 누가 예상했겠는가. 자민당 정부는 노인 사회에 대비하여 소비세의 단행은 불가피한 일이라고 하면서, 다른 한편으로는 다카나 가쿠에이 이후 토지 전매가 실시된다는 소문으로 도시 땅값을 올렸고, 그 사이를 틈타 급성장을 했던 리쿠르트사를 이용해서 주식 전매에 나섰던 것이다. 이 두 개의 사실이 정권을 위태롭게 만든 현실의 근원을, 아리요시 사와코의 작품과 다나카 가쿠에이의 괴상한 저서가 출판계를 이분했다는 사실에서 주목하고 싶은 것이다.

열도 개조 따위라는, 고작해야 비좁은 일본 열도의 이야기에 화제가 국한되고 있을 때, 바다 건너에서 밀려온 생각하지도 못한 재앙인 오일 쇼크가 일본 열도를 거칠게 휩쓸었다. 때마침 고마쓰 사쿄가 쓴 『일본 침몰』(1973)이 엄청난 베스트 셀러가 되어 '열도 개조'의 휘황찬란한 이미지는 '열도 침몰'의 파멸적 이미지로 대치되었다. 중동 전쟁의 여파는 작게는 가정의 화장지 부족에서, 크게는 종합상사의 매점매석 현상을 낳아 광란적인 물가 폭등의 시대가 왔다. 출판계에서도 종이값의 폭등과 물품 부족에 빠져 잡지의 페이지를 줄이고 지질을 낮추는 일이 당연하게 되었으며, 질의 유지는 저절로 정가 상승을 부추기고 있었다. 또 오일 쇼크를 계기로 출판계와 출판물

체포되어 연행되는
다나카 가쿠에이(1976. 7)

의 양극화가 뚜렷해졌고, 염가로 대량 판매하는 출판물을 지향하는 경향과 고가로 소량 부수를 유지하는 경향으로 양분되지 않을 수 없었다. 이 경향은 잡지의 우세와 양장본의 열세라는 현상을 낳았고, 이러한 상황은 당분간 유지되었다. 그 결과 저절로 출판 효율을 따지게 되어 팔리는 책과 팔리지 않는 책이라는 이분법의 발상이 출판계의 새로운 분위기를 형성하였다.

오일 쇼크 이후 종이가 부족했던 출판계에 화제를 던졌던 것은 1974년에 나온 『문예춘추』 11월호였다. '다나카 가쿠에이 연구—그 금맥과 인맥'이라는 특집을 기획했던 『문예춘추』는 고다마 다카야(兒玉隆也, 1937~1975), 다치바나 다카시(立花隆, 1940~)에게 다나카 가쿠에이를 비판하게 해서 '이마다이코'의 기반을 흔들어놓은 것이다. 이른바 '다나카 금맥'을 추적하는 움직임은 자민당 내부에서도 비판을 낳아 다나카 내각은 총사퇴하지 않을 수 없었다. 일 년이 지난 1976년 7월, 록히드 사건 수탁 수뢰 혐의로 다나카 가쿠에이가 체포되기에 이른다. 흔히 금권 부패라고 하는 정치가의 체질은 다나카 가쿠에이 한 사람에게만 책임을 돌릴 수도 없는 것이지만, 다나카의 체포는 고도 경제 성장 밑에서 익숙해진 일본의 정치가들의 금전 감각을 근본부터 다시 묻지 않을 수 없었던 충격적인 사건이었다. 권력과 금력이 정치가에게 없어서는 안 되는 조건이라면, 문단 사회는 여기에서 가장 먼, 작가의 개인적인 작업과 그 결실인 작품으로 실력을 시험해야 하는 곳이다. 그러나 작가 또한 사회적 존재로 작품이라는 상품을 생산하는 개인이라는 사실에는 변함이 없다. 팔리는 작품을 쓰는 것이 문단에서의 작가 위치를 결정하게 된다.

1972년 4월 16일 노벨상 수상 작가이며 다이쇼 말기부터 일관되게 현역에서 활동했던 가와바타 야스나리가 즈시(逗子)의 작업장에서 가스 자살을 했다. 일본이 세계에 자랑할 만한 작가가 혼자 고독하게 죽지 않으면 안 되었다는 점에서 그 명성과 또 다른 노인 한 사람의 생과 사의 극한적인 광경을

가와바타 야스나리

볼 수 있다. 가와바타 야스나리의 죽음의 배후에는 다이쇼 말기부터 쇼와 고도 경제 성장기까지의 약 반세기의 흐름이 있다. 그 흐름과 실질적으로 다른 문단 사회가 새로운 시대를 열었다는 사실을 알아둘 필요가 있을 것이다. 말년에 접어들면서 존재감을 분명하게 나타냈던 가와사키 조타로, 와다 요시에, 야기 요시노리 등 중견 작가와는 다르게 시종 일관 현역 작가로 활약했던 가와바타 야스나리가 변질에서 변질로 이어지는 현상을 당연한 일로 보고 있던 문단 사회에서 과연 말년의 내면을 충분히 표현할 수 있었는지 어떤지 생각해볼 필요가 있다. 가와바타 야스나리의 죽음은 문단의 평상적인 변질과 격렬한 세대 교체를 명료하게 지적했던 사건이며, 이는 오일 쇼크 이후에 나타난 사회의 변질과 맞물리면서 오늘에 이르는 사회의 변환을 앞지른 듯한 예언으로 가득 찬 사건이었다고 할 수 있다.

후루이 요시키치와 아베 아키라의 작업

　오다기리 히데오가 에세이 「현대 문학의 쟁점」(도쿄신문, 1981. 5. 6~7)에서 ‘내향의 세대’라고 명명한 이후 후루이 요시키치, 고토 메이세이, 구로이 센지, 아베 아키라, 가시와바라 효조(柏原兵三, 1933~1972), 오가와 구니오 등은 일괄적으로 묶여지게 되었다. 전후 문학이 보여주었던 상황 참가의 정신을 일관되게 옳다고 보았던 오다기리 히데오는 후루이 요시키치 등의 작품에서 참가의 정신을 찾아낼 수 없었고, 그래서 그들의 문학을 ‘내향’으로 단정하고 이를 비판했던 것이다. 오늘날에 본다면 이는 오다의 억지 비평이라고 할 수밖에 없지만, 이후 ‘내향의 세대’라는 명칭은 문단에서 이들을 일괄해서 부르는 말이 되었다.
　‘내향의 세대’라고 불렸던 작가들의 공통점은 오가와 구니오를 별도로 한

『나팔꽃』과
1975년 후루이
요시키치(전면)

다면, 대개 1935년을 전후하여 태어났으며 오에 겐자부로와 같은 세대에 속한다. 문단 작가로 등장할 때까지 문학 수업을 하면서 유력한 직장을 가졌던 직업인이었다는 점도 그들의 작품에서 무관하지 않다. 가장 나이가 젊은 후루이 요시키치의 경우, 대학에서 독일어 교원으로 근무하는 한편 동인 잡지 『백묘(白猫)』에 「목요일에」(1968. 1), 「길잡이 짐승의 이야기(先導獸の話)」(1968. 11), 「눈 밑의 게(雪の下の蟹)」(1969. 11) 등을 썼다. 첫 창작집 『동그라미를 짓는 여자들(円陣を組む女たち)』(1970)을 시작으로 『남자들의 단란(男たちの円居)』(1970), 이어 『요코·아내 감추기(杳子·妻隱)』(1971)를 냈다. 「요코」(『문예』, 1970. 8)는 발표 다음해 1월에 아쿠타가와 상을 수상했는데, 외국 문학을 번역하면서 단련된 문학적 문체와 여주인공 '요코'가 내면에 감추고 있는 광기의 감수성으로 크게 주목을 받았다. 후에 다카하시 히데오는 후루이 요시키치의 초기 문체를 "실체적으로 상상하면 개개의 인간, 개개의 짐승, 개개의 수목을 감싼 집합적인 생의 뿌리, 공동성을 형성하는 마그마 상태의 생명 덩어리가 개체의 틀을 녹여 전체적인 공생 상태를 왕성하게 만들고 있다"고 평가하면서 그의 소설에서는 "문체적 현상이 끝없이 발생하고 있다"(「후루이 요시키치론──문체적 이상에 대하여」)고 지적했다. 계속 발생하는 '문체적 현상'은 『행방불명(行隱れ)』(1972), 『물』(1973), 『빗의 불(櫛の火)』(1974), 『성(聖)』(1976), 『홰(栖)』(1979), 『산조부(山躁賦)』(1983) 등 작품 혹은 작품집을 통과하면서 『나팔꽃(槿)』(1983)에서 하나의 정점을 맞이한다. 갱신하는 '문체적 현상'은 「나팔꽃」에서 '상징 서사시'(요시모토 다카아키)라고 평가되었던 것처럼 독특한 세계에 도달했다고 할 수 있다. 보통 산문과는 전혀 다른 후루이 요시키치의 고유한 이야기적인 공간에서 끈끈하게 달라붙어 떨어지지 않는 남녀의 에로스 향연이 전개된다. 일찍이 구키 슈조는 명저로 이름이 높았던 『'이키'의 구조('いき'の構造)』에서 일본 남녀의 뒤엉킴에서 조

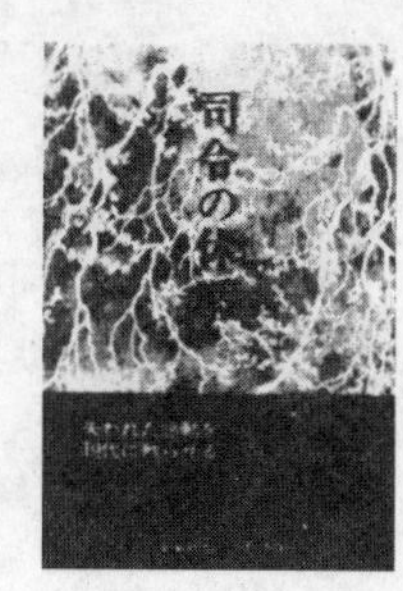

아베 아키라의『사령의 휴가』

성되는 기분과 분위기를 서양 철학으로 단련된 이념으로 해독하려고 했다. 후루이 요시키치의 변화하는 '문체적 현상'은 아마 구키 슈조가 할 수 없었던 일본인의 에로스의 궁극에 고유한 산문적 접근을 감행하고 있는 것이라 할 수 있다.

후루이 요시키치가 인식적인 문체라고 생각되는 동시에 일본인의 습관과 심성의 내면에 숨어 있는 감수성과 감성에 육박하려 했던 소설 수법을 썼다면, 아베 아키라는 시가 나오야 이후의 리얼리즘 문체에 맞닿아 있으면서도 약간 다른 문체로 일상 생활의 세부를 묘사하고 가족의 변모, 자신의 변모 그리고 인간을 감싸고 있는 환경과 사회의 변모를 정밀(静謐)한 필치에 정직한 비평성을 담아 묘사했다. 아베 아키라 또한 등단하기 전에는 라디오 도쿄(현 TSB)에 다녔던 직장인이며, 일찌감치「아이 방(子供部屋)」(『문학계』, 1962. 11)으로 문학계 신인상을 수상했으며, 구작을 모두 백지로 돌리고 재출발했다는 평가를 받았던「미성년」(『신조』, 1968. 7)을 포함한 첫 창작집 『미성년』(1968)을 간행하면서 작가적 지위를 확립했다. 그러나 아베 아키라라는 이름은 호방뇌락(豪放磊落)한 구제국 해군 사령이었던 아버지의 죽음을 다룬 처녀 장편소설 『사령의 휴가』(1971)로 결정적으로 널리 알려지게 되었다. 1945년 8월 15일을 경계로 제국 해군 군인에서 일개 민간인이 되어 전후의 혼란기를 무용지물처럼 살아갈 수밖에 없었던 아버지의 생과 사를 응시하는 아베 아키라의 눈빛에 일가족으로 국한된 대일본 제국의 흥망이 너무나 뚜렷하게 비쳤다고 할 수 있다. 아베 아키라는 "한몸으로 두 세상"을 살지 않을 수 없었던 아버지를 추체험하는 형태로 아버지에게 이끌려다녔던 가족을 묘사한다.「사령의 휴가」또한 두 개의 헌법에 의해 무너진 가족의 비극을 묘사했다고 할 수 있다. 작가 아베 아키라는 애석함과 배은망덕으로 가득 찬 아버지의 모습을 모티프로 한『위대한 날(大いなる日)』(1970), 『매일 친구(日日の友)』(1972), 『천년』(1973) 등의 창작집을

이시카와 준과 『광풍기』

낸 다음 『말이 있었다(言葉ありき)』(1980), 『열두 개의 풍경』(1981), 『별볼일 없는 하루(變哲もない一日)』(1984) 등 아베 스스로 "생활 기록이기도 하고 독자들에 대한 통신 기록"이라고 했던 에세이집에서 새로운 활로를 발견했다. 그러나 아베 아키라는 장편소설 『단순한 생활』(1982)을 마지막으로 한동안 소설의 붓을 꺾고 『단편소설 예찬』(1986) 등에서 볼 수 있듯이 훌륭한 독서가이며 소설가로 이름을 남기고 헤이세이 원년인 1989년 5월 애석하게도 타계했다.

이시카와 준의 문예 시평

이시카와 준의 『문림통신(文林通信)』(1972)은 그가 담당했던 아사히 신문의 '문예 시평'을 묶은 책이다. 이시카와 준이 문예 시평가로 등장하면서 종전의 문예란은 일신되었다. 히라노 겐은 마이니치 신문에서 20여 년 동안 시평가로 썼던 작업을 『문예시평』 전 2권(1969)으로 묶었으며, 가와무라 지로(川村二郎, 1928~)의 『문예시평』(1988), 에토 준의 『전문예시평(全文藝時評)』(1989) 역시 히라노 겐의 작품과 유사한 바가 있다. 어쨌거나 과거의 시평가들은 발표된 작품들을 두루 살펴보면서 대가부터 신인까지 공평하게 다루는 작업을 그 사명처럼 간주했었다. 문예지에 처음 등장한 신인이 시평 말미에 거론된 것만으로도 흥분하고 분발했다는 이야기는 이제는 옛날이야기가 되었지만, 시평가들의 산파역 의미를 전해주고도 남는다. 히라노 겐, 에토 준, 가와무라 지로, 아키야마 슌(秋山駿, 1930~), 시노다 하지메 등 '문예 시평'의 단골 손님들이 보여주었던 견실한 작업은 전후 문단사의 기간을 이루는 작업이었다고 할 수 있다. 작품을 폭넓게 살펴보는 일은 단지 신인 작가를 발굴하고 격려하는 것만이 아니라 문예 독자층

대담하고 있는
아키야마 슌(좌)과
오오카 쇼헤이

의 길 안내역으로도 중요한 역할을 담당하였다. '문예 시평'은 일종의 독서 카탈로그로서, 이것에 촉발되어 문예 잡지를 사는 일반 대중적 독자층이 존재했다.

그럼에도 대중 노선은 이시카와 준의 '문예 시평'으로 전환되었다. 그는 자신의 취미성과 기호를 앞세워 작품을 선택하면서 고답적인 시평으로 시종일관했다. 독자들은 이시카와 준의 고매하고 지당한 말씀을 읽게 된 셈이지만, 여기에서 논의했던 고급 작품과 문예 이론 등은 일반 독자의 교양을 훨씬 뛰어넘을 때도 있어 전체적으로 난해하고 고급스런 저작을 제시했다는 인상을 벗어날 수 없었다. 아사히신문에서 '문예 시평'의 노선을 변경한 것은 오일 쇼크 이후 형성된 경박단소(輕薄短小)라는 출판계 노선을 은밀히 앞지르고 상대화하고 있는 것으로 볼 수 있다. 경파(硬派)의 문예 노선이라고 생각하면 긍정되지 않는 것도 아니지만, 과거의 계몽적인 시평의 모습이 사라진 것만은 확실하다. 『문림통신』에 수록된 '문예 시평'은 1969년 12월부터 1971년 11월까지 전부 2년 분량이다. 오에 겐자부로의 『무너진 것으로서의 인간』, 홋타 요시에의 『교상환상(橋上幻像)』, 하니야 유타카의 『어둠 속의 검은 말』, 요시유키 준노스케의 『암실』, 요시다 겐이치의 『기와 속(瓦礫の中)』, 노마 히로시의 『청년의 환』 전 5권 가운데 『불꽃의 장소(炎の場所)』, 나카무라 신이치로의 『라이 산요와 그 시대』, 시부사와 다쓰히코의 『황금 시대』, 오오카 쇼헤이의 『레이테 전기』 등 쇼와 40년대의 명저가 잇달아 다루어졌다. 이 자체는 역사적 의미를 갖는다. 한편 이시카와 준은 미야자키 이치사다(宮崎市定, 1901~), 후지카와 에이지로(富士川英郎, 1909~), 스즈키 신타로(鈴木信太郎, 1895~1970), 간다 기이치로(神田喜一郎, 1897~1984), 나카무라 유키히코(中村幸彦, 1911~), 이마니시 긴지(今西錦司, 1902~1992), 후지사와 요시오(藤澤令夫, 1925~), 모리 센조, 하야시 다쓰오(林達夫, 1896~1984), 후쿠하라 린타로, 요시카와 고지로(吉川幸次郎,

대담하고 있는
나카야마 기슈(좌)와
히라노 겐

1904~1980), 사이고 노부쓰나(西鄕信綱, 1916~) 등이 쓴 논문이나 학예론·학문론 등 다양한 분야에 걸쳐 있는 작업을 논하면서 종전의 '문예 시평' 스타일을 제거했다. 잡지의 읽을 거리를 논한다기보다 간행된 단행본으로 논한다는 형식은 이후 시평자들이 배워야 할 점이 되었다.

1980년 10월 『광풍기(狂風記)』 상하 2권이 간행되었다. 1971년 2월 『스바루(すばる)』에 연재를 시작한 지 10년, 1980년 4월에 완결된 이 소설을 읽고 나중에 문고판의 해설을 쓴 다카하시 겐이치로(高橋源一郞, 1951~)는 "여기에는 모든 것이 존재한다. '잡(雜)'이라고 한다면 이렇게 철저하게 '잡'으로 가득 찬 소설을 근대 일본 문학은 한 권도 갖지 못했다"고 말했다. 다시 다카하시 겐이치로는 이 "거대한 논쟁의 책" "중심을 잃은 이 이야기에는 무릇 모든 문학적 요소가 기적처럼 동시에 존재하며, 포화 상태의 용액처럼 순식간에 결정되고 소거된다. SF이며 전기소설이며 고딕 로망이며 연약하며 포르노적이며 고전이며 미래소설이기도 한 이 도가니"로서의 『광풍기』는 다른 어떤 예술도 미칠 수 없는 '전감각적 체험'을 부여하는 특이한 소설이라고 단언하였다.

다카하시 겐이치로가 "철저하게 '잡'으로 가득한 소설"로 평가한 『광풍기』는 노대가가 쓴 '희화' 터치의 소설로 주목을 받기도 했으며, 철저하게 문단 바깥에서 전중·전후의 문학 상황을 낯설게 만들었던 이시카와 준을 젊은이들이 주도하는 '부차적 문화subculture' 상황에 단숨에 억지로 끌어들였다. 『광풍기』에 이어 『육도유행(六道遊行)』(1983), 『천문(天門)』(1986)이 간행되었다. 1987년 1월부터 계속된 장편 「뱀의 노래(蛇の歌)」를 『스바루』에 연재하고 16회까지 진행되었을 때 이시카와 준은 불귀의 객이 되고 말았다. 그의 나이 88살이었다.

쇼와 천황이 서거하기 약 1년 전에 이시카와 준이 죽었다는 사실은 결과적인 말이기는 하지만 '쇼와 시대'와 대립했던 이 작가의 불기자유(不羈自

由)한 정신을 연상하게 한다. 말년에 발표한 일련의 장편소설은 '중심을 잃은 이야기'라는 사실 때문에 오히려 시대를 냉정하게 바라보고 공동화(空洞化)해서 보여주었던 소산으로 이해되기도 한다.

이시카와 준과 천황

이시카와 준은 1899년 3월 7일에 태어났다. 쇼와 천황이 1901년 4월 29일 생이라는 점을 고려하면, 이시카와 준이 쇼와 천황만큼 살았다는 사실을 알 수 있다. 이시카와 준이 쇼와 천황에게 눈길을 주지 않으려고 '쇼와'라는 시대의 변천을 주시했다고는 생각할 수 없다.

이시카와 준 사후에 편집한 『스바루』 임시 증간 '이시카와 준 추도 기념호'(1988. 4)는 같은 해 1월 22일에 거행된 '이시카와 준과 헤어지는 모임' 당시 읽었던 '조사'를 싣고 있다. 가토 슈이치는 "에돗코의 기풍이 있어 평생 관에 나가지 않았고 직업을 갖지 않았으며 시정(市井)에서 술을 마셔 시원시원하고 또렷한 독설을 가졌던 실로 상쾌한 사람"이었다고 평가하면서, "대세에 순응하지 않는 정신의 자유"를 내포한 '게사쿠 문체'를 언급하였다. 나카무라 신이치로는 '선생의 존재의 본질'은 "그 과격하고 도전적인 정신의 운동"에 있었다고 평가했다. 아베 고보 또한 '정신의 운동'을 언급하면서 "문단이라는 촌락 구조에 이의를 계속 제기하면서 잠수 작업중인 고독한 작가에게 산소를 보내는 작업을 떠맡았던 이시카와 선생"을 평가했다. 이러한 평가는 이시카와 준을 선배나 스승으로 존경했던 사람들의 평가로 충분히 수긍된다.

'정신의 운동'가로서 이시카와 준이 마치 에도 문인 같은 스타일로 쇼와 60여 년을 살았다는 사실 자체에 '쇼와 시대'에 제약을 받았던 한 인간의

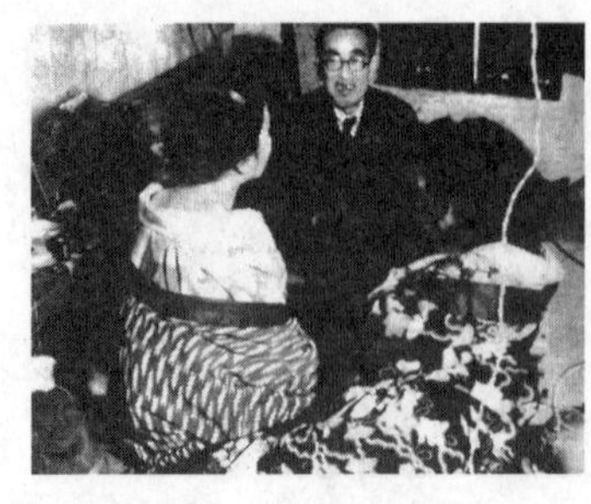

아사쿠사에서 게이샤와
이야기를 나누고 있는 나가이 가후

모습이 있다. 선배로 나가이 가후 같은 모델이 있었다고 하지만 이시카와 준은 가후보다 30년을 더 살아 다카하시 겐이치로 같은 젊은 문단 작가와 어깨를 나란히하지 않으면 안 되었다. 이는 마치 퇴위할 수도 없고 교체할 수도 없어 오래 살아야만 했던 쇼와 천황에 대한 배은망덕으로 보이기도 한다.

「안녕 갱들(さようなら, ギャングたち)」(1982)로 데뷔했던 다카하시 겐이치로는『우아하고 감상적인 일본 야구』(1988)로 제1회 '미시마 유키오 상'을 수상했다. 그 다카하시가 이시카와 준의 소설을 '중심을 잃은 이야기'로 평가한 사실이 재미있다. 이시카와 준을 존경한 전후 작가들이 '정신의 자유'나 문인성, 게사쿠성을 운위하는 한쪽에 " '잡' 으로 가득한" 이시카와 준의 작품을 간파한 다카하시 겐이치로 등이 존재하고 있다는 사실, 여기에 역사성이 현현하고 있음을 알 수 있다. 천황을 향해 질서를 수립하고 있는 시대의 흐름을 공동화해서 보여준 수법, 바로 '중심을 잃은 이야기'의 작가였던 이시카와 준은 새로운 동업자인 독자에게 재평가를 받았던 셈이다. 가토 슈이치 등이 게사쿠 정신을 평가할 때 이시카와 준의 그런 국면을 다카하시 겐이치로가 '잡' 이라는 것, 즉 거의 '개그 gag' 로 이해하고 있다는 것은 알아두어도 좋다. 시대에 제약을 받지 않음으로써 역으로 '중심을 잃은' 세대가 많았던 시대에 이시카와 준은 말년에 무엇을 위해 '정신의 운동' 을 계속했을까. 그것은 수수께끼처럼 보인다. 다만 말할 수 있는 것은 이시카와 준은 두 살 아래인 쇼와 천황의 최후를 지켜보지 않고 죽었다는 사실뿐이다.

쇼와 천황의 서거를 보지 않고 1988년 12월 25일에 죽었던 오오카 쇼헤이의 존재 또한 이시카와 준과는 다른 의미에서 주목된다. "나는 전선에서 천황의 이름 아래에서 죽은 전우를 매장했던 인간"이라는 사실을 완강하게 지켰던 오오카 쇼헤이는 생전에 「히로히토 천황에의 결별(裕仁天皇への訣別)」

퇴원하고 있는 히로히토

(『아사히 저널』, 1989. 1. 20)이라는 담화를 발표했다. 오오카는 그 첫머리에서 "히로히토 천황이 중태라는 소식을 듣고 우선 생각나는 것은 '가엾다'는 것"이라고 말했다. 히로히토 천황이 재위했던 시기가 "전전·전후를 통해 일본과 세계의 좌우 대립 항쟁이 심화된 시기와 겹쳤던" 사실에서 가엾음을 인정하는 오오카는 다시 "천황과 국민이 결과적으로 모두 역사의 어리석은 행위에 참가했고, 그 점에서 우리도 가엾다"고 했다. 천황이 서거하기 직전에 이러한 발언을 하고 있는 오오카 쇼헤이는 자신이 천황보다 앞서 죽는다는 사실을 몰랐던 것이다. '역사의 어리석은 행위'에 참가했다는 점에서 천황도 국민도 일시동인(一視同仁)으로 보는 오오카 쇼헤이의 견해가 그의 고유한 생활 태도를 제시한다. '좌우의 대립 항쟁'이라는 "양극 구조가 산출하는 여러 문제에 대응하며 쫓겼던" 천황이 겨우 '양극 대립의 종언'이 보이기 시작할 때 자기의 생명을 다하려고 하고 있다. 이것을 오오카 쇼헤이는 '운이 나쁜 가엾은 천황'이라고 불렀던 것이다. 그는 한걸음 두걸음 물러나 가엾다는 심정적인 언사로 천황에 대해 동정을 하면서도 자기 식으로 역시 쇼와 천황을 규탄하고 있는 점이 눈에 띈다. 그 밑바닥에는 자신이 천황의 병사로 전선에 나갔으나 죽지 않고 살아 돌아와 오늘날까지 나머지 목숨을 이어가고 있다는 부채 의식이 존재하고 있다. 우리는 여기에서 이시카와 준과 같은 게사쿠 작가 기질이 아니고, 소설가라는 표현자를 고집했던 정신의 순수를 보게 된다.

오오카 쇼헤이의 『레이테 전기』

1971년 9월, 천황과 국민이 모두 '역사의 어리석은 행위'에 참가했던 아픔을 흉중에 담고 이루어진 『레이테 전기』가 완성되었다. 이 작품은 1967년

미군의 레이테 섬 상륙(1944. 10)

1월부터 1969년 7월까지 31회에 걸쳐 『중앙공론』에 연재되었으며, 그 후 많은 가필과 수정을 거치면서 가까스로 완성되었던 작품이다. 이 작품에 집념을 갖고 있었던 오오카 쇼헤이는 그 후 보급판 『레이테 전기』 전 3권(1972)이나 중앙문고판 『레이테 전기』 전 3권(1974), 암파서점판 『오오카 쇼헤이집』 제9, 10권의 『레이테 전기』(1983) 등에서 새로운 조사 결과를 추가하거나 정정 가필을 하였고, 그 결과 갱신하는 텍스트로 계속 주목을 받았다. 『레이테 전기』에 착수한 지 10여 년, 그는 태평양 전쟁의 '판가름'이라고 불렀던 레이테전을 끈질기게 끌고 다니면서 이것을 전체화하는 작업에 계속 몰두했던 것이다. 오오카 쇼헤이는 1944년 7월 '제14군 보충 보병'으로 필리핀에 건너갔다. 그들이 주둔했던 장소는 미군이 레이테 섬 다음에 상륙했던 민도로 섬 산호세였다. 그 산호세에서 오오카 쇼헤이는 1945년 1월 25일 미군의 포로가 된다. 그리고 비행기로 레이테 섬에 호송되고 다나앙 수용소에 들어간다. 여기에는 많은 일본인 포로들이 수용되어 있었는데 주로 '제16사단의 병사'와 '니시무라 함대의 수병'들이었다. 오오카 쇼헤이는 그곳에서 "레이테 섬을 둘러싼 육군과 해군의 전투 이야기를 들었고, 그 비참함에 강한 인상"을 받게 된다. 귀환 후 '자기 경험 및 그 이야기들'에 바탕을 두고 「포로기」와 「야화(野火)」를 쓰게 된다. 이 작품들을 거치면서 "전쟁터의 사실은 병사에게는 우연처럼 작용하지만, 그 일부는 적군과 아군의 참모가 세우는 작전과 사령관의 결단에 지배되고 있다"는 사실을 인식하고, "레이테 섬에서의 결단, 작전, 전투 경과 및 그 결과 전부를 쓰는 일이 저자의 새로운 야심이 되었다"(「후기」, 『레이테 전기』, 중앙문고판)고 자기 작품을 해설하고 있다. 병사가 싸움터에서 장대한 현실로 전쟁을 만나고 있을 때, 참모들은 책상에서 작전을 세우고 있다. 그 작전을 실행에 옮기는 결단을 내리는 사령관들의 아집 때문에 전선의 병사들은 대량으로 죽어간다. 그가 『레이테 전기』에서 관철한 표현자로서의 실천은 한 병사가 서 있는 장소를

오오카 쇼헤이

견지하고, 거기에서 전쟁의 전체를 묘사하려는 참으로 전인미답의 '야심' 그 자체였다. 이를 위해 오오카 쇼헤이는 일본에서 간행한 전사는 말할 것도 없고 미국의 자료나 공식 보고서, 미일 양쪽 군인들의 회상록, 생환자들의 증언에 이르기까지 주어진 모든 자료를 구사하면서 레이테 섬의 사투를 재현하려고 노력하였다. 전쟁을 재현하는 일은 반드시 사실의 경과를 서술하는 것만을 의미하지 않는다. 참모들이나 사령관들의 고집, 상관들의 두려움과 약자 의식, 한 졸병의 내면의 불안 등에도 붓은 미치고 있으며, 소설 기능의 가능성을 주어진 한도 내에서 계속 시험한다. 『레이테 전기』에서는 모든 등장인물이 주인공이라고 할 수 있다. 그리고 또 여기에는 기존의 이데올로기적 발상을 전환하려는 시도가 담겨 있다. "구일본군의 군사 기구는 천황의 명목적 통수에 의한 '무책임 체계'(마루야마 마사오)라고 하지만 이는 반드시 천황제 국가의 특징만은 아닌 것 같다. 민주주의 국가에서도 군부라는 특수 집단에는 언제나 형해화된 관료 체계가 나타난다"고 지적했던 그는 '형해화된 관료 체계'에 의한 비밀주의와 분파주의 그리고 관료 동지들의 경쟁심과 질투의 결과로 나타나는 반목이 전쟁이라는 거대한 프로젝트를 둘러싸고 무의미해지는 양상을 묘사하게 된다. 그것은 '도쿄 재판'에서 연합국측 재판관들이 일본군 지도자들의 '공동 모의'를 고발하려고 했지만 끝내 고발할 수 없었던 사실을 상기시킨다. 본래 지도자들의 공동성을 문제삼을 때, 사태가 진척되는 과정에서 바로 관료 체계 자체가 그 공동성을 매장한다는 사실을 생각하게 된다. 그가 말년에 쇼와 천황에게 가엾음을 느꼈던 점의 하나는 천황이 그런 '형해화된 관료 체계'의 정상에 자리잡고 있었음을 간파했기 때문이다.

오오카 쇼헤이는 『레이테 전기』 이후 『유년』(1973)이나 『소년』(1975) 등 자전적인 작품을 쓰는 한편, 『나카하라 주야』(1974), 『도미나가 다로』(1974) 등 옛 친구들의 평전을 썼으며, 『사건』(1977), 『무죄』(1978) 등 재판을 다룬

모리 오가이

작품도 썼다. 또 말년에는 에토 준이 발표한 일련의 「나쓰메 소세키론」에 대한 비판이 포함되어 있는 『소설 나쓰메 소세키』(1988)를 간행했다. 더불어 사후 단행본으로 나온 「사카이미나토 양이시말(堺港洋夷始末)」에 영혼을 불어넣었던 작업은 특기할 만한 가치가 있다. 이 작품은 『중앙공론』의 문예 특집으로 1984년 가을부터 1988년 겨울까지 16회에 걸쳐 연재되었다.

하니야 유타카의 『사령』의 부활

오오카 쇼헤이의 『레이테 전기』와 「사카이미나토 양이시말」을 관류하는 것, 이는 전쟁을 헤쳐나온 병사들의 존재이다. 진주만을 야마모토 이소로쿠가 공격했다는 말은 옳지 않다. 항공대의 병사가 공격했던 것이다. 제1사단이 레이테 섬을 방위했다는 것은 옳지 않다. 방위했던 것은 보병 한사람 한사람이라는 발상의 외길로 그는 '사카이(堺) 사건'의 시말을 썼던 것이다. 게이오(慶應) 4년(1868) 2월 15일(음력) 사카이 항에 상륙했던 프랑스 해군 병사와 경비를 맡았던 도사 번 무사들 사이에 일어났던 분쟁은 왕정복고의 대호령을 발표했던 천황 신정부로서는 오점이라고 말할 수밖에 없는 불상사였다. 오오카 쇼헤이는 모리 오가이의 역사소설 「사카이 사건」의 '꾸밈과 날조'를 바로잡으면서 일불 외교 문제로까지 발전했던 이 사건의 경위 속에 경비 병사 미우라 이노키치(箕浦猪之吉)를 비롯한 비운의 병사들의 운명을 형상화하였다. 오오카 쇼헤이는 전선의 병사 한사람 한사람의 행동을 자세하게 입증하고 작전이나 결단을 내리는 상부 지도자들의 허점을 찌르면서 역사적 사실의 불모성을 묘사하였다. 이는 역사가나 역사를 찬술하는 사람과는 전혀 다른, 소설을 유일한 무기로 삼는 표현자만이 가질 수 있는 고유한 방법이라고 할 수 있다.

대담하고 있는
하니야 유타카와
오오카 쇼헤이

일찍이 『오오카 쇼헤이, 하니야 유타카 두 사람의 동시대사』(1984)라는 대담 형식의 '동시대사'를 간행했던 화자의 한 사람인 하니야 유타카는 오오카 쇼헤이의 '사후 1년'을 염두에 두고 「공정한 사람 오오카 쇼헤이(公正者 大岡昇平)」(마이니치 신문, 1989. 12. 25)라는 에세이를 썼다. '아퀴노 정권'에 대한 군의 반란에서 "군 수뇌와 협정하고 기지로 돌아가는 반란 병사들의 발걸음이 마치 개선 병사 같았던 사실은 무엇을 의미하는가" "우리 일본 군대 지배층의 무책임 체계를 알고 있었던 그는 군이란 무엇인가를 필리핀을 통해 보다 더 깊이 가르쳐주었던 것임에 틀림없다"고 하니야 유타카는 오오카 쇼헤이를 추모했던 것이다. 『레이테 전기』의 「에필로그」 말미에서 오오카 쇼헤이는 "필리핀은 미일 결전장이 되었기 때문에 많은 인민들이 죽었고 토지가 황폐해졌을 뿐 아니라, 전후에는 미국에 재점령되어 한층 지독한 식민지 지배의 명에 밑에 놓였다"고 말하면서 "오늘날 가장 전근대적인 반란과 혁명이 일어날 가능성이 있는 나라가 되었다"고 결론을 내렸다. 하니야 유타카는 이런 오오카의 말에 입각해서 아퀴노 정권에 대한 군의 반란에서 바로 '전근대적인 반란과 혁명'의 양상을 오오카 쇼헤이의 눈을 빌려서 보았던 것이다.

1975년 7월 하니야 유타카는 『사령』의 제5장에 해당하는 「몽마의 세계」를 『군상』에 발표했다. 1949년 11월 제4장 「안개 속에서(霧のなかて)」(『근대문학』) 이후 26년 만의 발표였는데 이것은 하나의 사건으로 받아들여졌다. 계속된 제6장 「'우수의 왕'」(1981. 4), 제7장 「'최후의 심판'」(1984. 10), 제8장 「월광 속에서」(1987. 9)를 『군상』에 발표했으며, 집필 시작부터 40년, 완결이 얼마 남지 않았음을 기대할 수 있었다.

하니야 유타카는 청년 시절의 좌익 체험에 뿌리를 두고 겨우 5일 동안의 시간의 흐름을 『사령』의 세계로 구축하려고 40여 년을 소비했던 것이다. 그는 마르크시즘, 도스토예프스키, 칸트, 포 등의 사고와 표현을 내부에

하니야 유타카

받아들여 이를 휘젓고 여과하는 형태로 이 장편소설 한 작품에 계속 몰두했다. 여기에서 추구하고 있는 것은 서양적인 신의 개념에 의지하지 않는 존재 그 자체이며, 누차 '영구 혁명자의 비애'라고 말하고 있듯이, 그 존재의 탐구 자체를 대단히 어려운 혁명처럼 간주하고 있는 것이다. 등장하는 미와 다카시, 미와 요시, 야바 데쓰고, 구비 다케오 등 네 명의 배다른 형제를 중심으로 인간의 관념과 '사령(死靈)'으로 집약되는 관념이 충돌하고 투쟁하는 가운데 점차 독특한 우주관이 발생하게 된다. 이것은 어떤 사고 모델로도 회수되지 않는, 그 자체의 존재성을 스스로 주장하고 있다고 보아도 좋을 것이다. 우리 독자들은 하니야 유타카라는 위대한 표현자의 무궁 혁명에 입회하고 있는 우주의 티끌 같은 존재로 생각되는 것이다.

　제5장 「몽마의 세계」에서 묘사한 '린치 사건' 등은 전전의 '공산당 린치 사건'을 근거로 삼으면서도 그러나 연합 적군(連合赤軍)의 린치 사건을 이중 이미지로 만든 듯한 수법으로 묘사하고 있다. 소설 진행 속에 동시대성이 들어 있고 관념의 표현은 한층 부풀어오른다. 또 제6장 「'우수의 왕'」에서 묘사한 '우수의 왕'은 읽는 순서에 따라서는 "자기 신하가 한 사람도 없는 천황"(오오카 쇼헤이), 바로 상징 천황 그 자체의 모습으로 볼 수도 있고, 작가 자신이 말한 바에 의하면 "현천황제에 대한 폭격"이라는 점에서 '전후의 허사(虛史)'로 읽을 수도 있다. 어쨌든 『사령』은 20세기말에 접어든 소련과 동구에서 일어난 정세의 대변화 그 한복판에서 지금도 여전히 시행착오적인 운동을 하고 있다.

마루야 사이이치

마루야 사이이치의 작업

마루야 사이이치의 『단 한 사람의 반란(たった一人の反亂)』은 1972년 4월에 간행되었다. 이보다 앞서 마루야 사이이치는 문단 등장기에 『대나무 베개』(1966)를 상재했는데, 「단 한 사람의 반란」은 이에 이어지는 문제작으로 화제가 되었다. 「대나무 베개」의 주인공은 이른바 '징병 기피'를 감행했던 인물로 그 행위 자체에서 결과적으로 반전의 기분과 의지를 인정하게 된다. 그러나 작가는 징병에서 도피했던 20살 청년의 반전 의지를 일부러 애매하게 만들고, 전시중과 전후라는 엇갈리는 시간 속에 주인공을 집어넣고 역으로 징병 기피라는 행위 그 자체의 엇갈린 의미를 추궁하고 있다. 전시중의 징병 기피는 단순히 국가 권력에 대한 반역을 의미할 뿐만 아니라, 가족과 친척에 대한 배신과 지역 공동성에 대한 배반을 의미해서 주인공의 행위와 행동은 예사롭지 않은 엇갈린 의미를 띠게 되는 것이다. 시대가 바뀌어서 민주주의 시대가 되었을 때, 과거에 그가 보여준 반역적 행동은 구설수에 오를지언정 뚜렷한 영웅담이 될 수는 없다. 민주주의라는 시민 사회의 현현은 결단 있는 한 남자의 개인적인 행동을 낮추어보지도 않지만 결코 높이 평가하지도 않는 것이다.

마루야 사이이치는 소위 '제3의 신인'들과 같은 세대에 속한다. '제3의 신인'이라 불리는 작가들이 이른바 '전후파' 작가들의 사회적인 목적 의식이 강한 주제와 대립하는 일상성을 고집하는 주제를 개척했던 것은 다 아는 사실이다. 마루야 사이이치가 그런 주제와 궤도를 같이하면서도 다시 그들과는 다른 주제를 추구하려 했던 것은 「대나무 베개」에서 「단 한 사람의 반란」으로 펼쳐지는 전개가 뚜렷하게 이야기해주고 있다.

『단 한 사람의 반란』이 간행되었던 해의 1월 24일, 신문들은 일제히 괌 섬

요코이 쇼이치의 귀환

에서 현지 경찰이 일본 병사 요코이 쇼이치(橫井庄一, 1915~1997)를 보호하고 있다고 보도했다. 전후 28년 동안 정글에 숨어 새우나 달팽이, 나무 열매를 먹고 살았던 56살의 구육군 오장(伍長)은 2월 2일 고국 땅을 밟자 "부끄럽게도 살아 돌아왔습니다"라고 연설했으며, '부끄럽게도'라는 말은 곧 유행어가 되었다. 틀림없이 구제국 군인이었던 요코이 오장은 마루야마 사이이치가 묘사한 징병 기피자와는 동공이곡(同工異曲)의 자세를 갖고 거의 30년 동안 구일본 제국에서 도망쳤던 보통 사람처럼 보였다. 그 후 그는 일본 시민 사회에 무리 없이 적응하고 결혼하여 보통 사람으로 돌아왔으며 일정 기간 동안 탤런트로 활약하면서 인기도 얻었다.

관료 출신의 기업인이 주인공인 「단 한 사람의 반란」은 젊은 아내와 그의 아버지인 대학 교수, 도치기 형무소에서 출감한 활동적인 노파인 교수의 장모를 중심으로 한 이야기성과 우의성으로 가득한 장편소설로 시민소설의 전형이다. 아키야마 슌은 간행 10년 후에 이 작품이 문고본으로 나왔을 때 「해설」에서 자신의 평가를 시정하면서 "1970년대에 시작되어 80년대인 오늘로 이어지는 새로운 문학의 지평"을 생각한다면 이 작품은 "최초로 그 가능성을 증명했던 작품, 즉 새로운 물결의 시작을 알려주었던 작품이다"라고 평가했다. 1975년 이후 나카가미 겐지, 무라카미 류(村上龍, 1952~), 미타 마사히로, 무라카미 하루키, 다나카 야스오(田中康夫, 1956~) 등 젊은 세대 작가들이 묘사하는 '현대 도시 속의 인간'은 「단 한 사람의 반란」의 작가가 개척했던 수맥의 흐름을 따라서 묘사한 것이다. 아키야마 슌은 말하자면 신세대 작가의 주제를 앞지른 점에서 「단 한 사람의 반란」이 존립하는 의의를 인정했던 것이다.

'현대 도시' 군상을 현상적으로 관찰하면 아키야마 슌의 평가 그대로이겠지만, 자주 나오는 부주인공격인 대학교수의 발언에는 신세대 작가들이 도저히 흉내낼 수 없는 근대 비판과 현대 비평이 삽입되어 있어 마루야마 사이

1933년 요코미쓰 리이치(좌)와
모리 아쓰시

이치 고유의 압권이 되었다. "현대 문명의 최대 폐악의 하나는 관료주의이
다. 이것은 미국이건 소비에트이건 변하지 않는, 요컨대 자본주의 체제에도
공산주의 체제에도 공통적으로 있는 것을 보아도 그 폐악이 얼마나 큰지 알
수 있다"는 비평은 관료들이 얽혀 있던 리쿠루트 사건이나 소비세 문제를
보았던 오늘, 혹은 관료적 관리 체제의 파탄을 폭로했던 천안문 사건이나 동
구 문제, 소련의 페레스트로이카를 보았던 오늘, 얼마나 궁극적이고 예리한
비평성을 내포하고 있는지 이해되는 것이다. 한 대학 교수가 "일본에서 가
장 나쁜 것은 대학의 관료주의"이며 그것은 "규칙과 전례와 무사안일주의와
우두머리와 부하라는 관계와 체면과 얼굴 세우기와 억지 이론" 등이 만연하
는 '악덕의 소굴'이라고 대학의 관료주의를 혹평하고 있는 부분에서 이 작
품의 개성이 배어나오고 있다. 총체적으로 「단 한 사람의 반란」이란 근대
120년, 오늘에 이른 시민 사회 전체에 대해 마루야마 사이이치가 보여준 비
평 정신 총체의 '반란'처럼 읽히게 되는 것이다.

　이런 비평 정신을 한층 강화해서 국민으로서의 시민 문제를 국가의 수준
으로 끌어올렸던 작품으로는 『가성으로 노래하라 기미가요(裏聲で歌へ君が
代)』(1983)가 있다. 「단 한 사람의 반란」에서 10년을 거친 후에 썼던 이 작
품에는 문자 그대로 1970년대부터 1980년대로의 시대적 전환이 담겨 있다.

모리 아쓰시의 방랑

　모리 아쓰시(森敦, 1912~1989)의 「월산(月山)」(『계간예술』 여름호, 1973)
은 1973년 하반기 아쿠타가와 상을 수상했다. 60살이나 된 문학 노인의 등
장은 적지 않은 화제를 불러일으켰다. 1934년 3월, 20대의 모리 아쓰시는 사
사하고 있던 요코미쓰 리이치의 추천을 받아 「명정선(酩酊船)」을 마이니치

모리 아쓰시의 『월산』

신문에 연재하면서 문단에 데뷔했다. 문학 청년에서 문학 노인으로, 40년의 공백은 이 작가의 존재 자체에 왠지 모르는 신비감이 감돌게 했다. 독특한 문체를 갖고 영혼의 비경(秘境)을 떠다닐 때, 「월산」의 소설 공간은 오일 쇼크 후의 서민 생활과는 언뜻 보면 아무 관계도 없는 세계였지만, 에너지 절약을 시끄럽게 떠들고 이를 실행하지 않을 수 없었던 사람들의 마음속에 분명 단순해서 소박하고, 소박해서 단순한 모리 문학의 주인공의 살아가는 자세를 아름답게 심어주었다. 작가 자신의 캐릭터가 화제가 되면서 방랑인 혹은 방랑의 세계가 각광을 받게 되었다. 그러나 문학은 시대성이나 사회 현상에 구애받지 않을 수 없는 상황 아래에 있었고 「월산」은 수행승 같은 주인공의 폐쇄된 생활의 세부를 묘사했던 세계였기 때문에 화장지 사재기에 광분하지 않을 수 없는 도시형 생활자들에게는 현실과는 완전히 동떨어진 세계처럼 보였을 따름이다.

　1974년 3월 「월산」과 「천소(天沼)」(『문예』, 1974. 1)를 묶은 소설집 『월산』이 같은 해 5월에는 「첫 참외(初眞桑)」(『문학계』, 1974. 3), 「기러기(鷗)」(『문예』, 1974. 3), 「가테노하나(かての花)」(『군상』, 1974. 3), 「광음(光陰)」(『신조』, 1974. 4), 「천상의 조감(天上の眺め)」(『문예』, 1974. 5)을 묶은 소설집 『조해산(鳥海山)』이 출간되면서 순식간에 모리 아쓰시 붐이 불었다. 문단 소설가라고 하기보다도 소탈한 인생의 달인이라는 이미지가 모리의 인기에 박차를 가했다고 할 수 있다. 텔레비전이나 라디오는 물론 모든 미디어들이 그를 조명하게 되면서 모리 아쓰시의 인생 상담자로서의 일면이 부각되었다. 그의 모든 작품에 공통적으로 등장하는 방랑의 주인공들은 산악 신앙이나 수도의 성소와 같은 산들을 동경하여 그 세계에 들어가 의지를 갖고 누에고치 속에 파묻혀 있는 듯한 생활을 하였다. 그러나 단순히 속세를 떠나 독자적인 세계를 만들었다는 점보다는 그치지 않는 탐구심에서 배어나오는 맛이 사람들의 마음을 끌어당겼다고 할 수 있을 것이다. 작품과 작가 자신이 효율

주의의 현세를 암묵적으로 상대화하고 있었다고 해도 좋다. 혹은 암묵적으로 현세 공리의 세계를 떠도는 보통 사람들에게 구제의 손을 내밀었는지도 모른다.

소설집 『월산』과 『조해산』 이후 모리 아쓰시는 『나의 청춘 나의 방랑』 (1982), 『나의 풍토기』(1982), 『문단 의외사(文壇意外史)』(1984) 등 회고적 에세이로 자신의 존재를 계속 뚜렷하게 보여주었지만, 이를 별도의 작업이라고 한다면, 독특한 언어·우주론을 묶은 『의미의 변용』(1984)은 특기할 만한 작업이라고 할 수 있다. 이 책은 당시 괴델K. Gödel이나 수학 기초론 문제에 집중하고 있던 가라타니 고진(柄谷行人, 1941~)에 의해 주목을 받았다. 모리 아쓰시와 가라타니 고진이라는 콤비에 의해 순식간에 청년 독자층 사이에서 모리 아쓰시가 전파되었다고 할 수 있다. 가라타니 고진은 역사적 회로를 도외시하면서도 서로 통하는 모리 아쓰시의 구조적인 사고에 대해 공감을 보여주는 동시에 1935년 전후의 일본 지식인의 지적 분위기를 자신에게 이끌어들여 평가했던 것이다.

가라타니 고진은 그 후 모리 아쓰시를 추도하는 글에서 "분명 모리 아쓰시는 희유한 사람이지만 그것은 그가 1935년 무렵에 있었던 어떤 지적인 분위기를 순수하게 결정해서 30년 후의 시공에 슬쩍 떨어뜨렸기 때문이 아닐까. 모리 아쓰시의 세계에는 전쟁이 빠져 있다. 따라서 전후와 전전의 구별도 없다. 여기에는 '역사'가 없고 '구조'만 있다"(「죽은 자의 눈(死者の眼)」)고 평가했다. "전후와 전전의 구별도 없다"는 평가는 지당하다고 할 것이다. 전중·전후의 시대성에 손발이 묶였던 작가들의 악전고투에는 생과 사라는 이분법이 반드시 작용하고 있다. 전중·전후라는 발상 자체가 말하자면 생과 사, 사와 생이라는 경계선을 구분하는 발상이 되고 있는 것이다. 그러나 모리 아쓰시의 발상에는 이런 이분법이 없다. 「월산」이나 「조해산」에 등장하는 주인공들은 언제나 살면서 죽고, 혹은 죽으면서 산다는 경계선이 제거

아베 고보

된 세계에서 존재하고 있다. 모리 아쓰시는 거의 생리라고 할 수 있는 이런 습성 때문에 말년에 접어들면서 마쓰오 바쇼에게 집착했으며 자신을 바쇼에게 가탁하는 경지에 도달한다. 말년의 총결산 작품의 하나라고도 할 수 있는 소설 『우리가 떠나듯이(われ逝くもののごとく)』(1987)에서 그는 '돌아간다(行きて歸る)'는 바쇼의 발상을 근거로 삼아 자신의 방랑 인생을 종결지었다. "'역사'가 없고 '구조'만 있다"는 가라타니 고진의 말을 납득하면서도 다시 다른 견해로 본다면, 모리 아쓰시는 전중·전후라는 역사의 이분법, 시간의 이분법을 무화하기 위해 방랑했던 자신을 표현하지 않을 수 없었던 쇼와인의 한 사람이었다고 할 수 있을 것이다.

아베 고보의 파멸과 재생

1973년 1월 아베 고보는 연극 집단 '아베 고보 스튜디오'를 결성하였다. 5월에는 『사랑의 안경은 색유리』를 간행했는데 이 희곡은 아베 자신이 연출해서 이 해 9월에 상연되었으며 '스튜디오'의 제1회 공연이 되었다. 이후 아베 고보는 왕성한 연극 활동을 전개하였다. 1974년, 「친구」와 「녹색 스타킹」을 연출·상연한 것을 비롯해서 1975년에 「웨이―(신 노예 사냥)」「유령은 여기에 있다」 등 연극인으로서의 활동은 쇼와 50년대 전반까지 계속된다. 이 동안의 연극 활동은 『아베 고보의 극장―7년의 행보』에 상세하다.

이런 연극 활동과 병행해서 신작 장편소설 『상자 남자(箱男)』(1973)와 『밀회』(1977)를 간행해서 화제가 되었다. 『상자 남자』는 머리부터 골판지를 푹 뒤집어쓰고 도시를 방황하는 남자의 이야기이다. 이 기묘한 착상은 그 자체가 연극적이라 할 수 있는데 골판지 상자를 뒤집어쓴 주인공은 '구멍'으로 엿보는 것처럼 자신이 살고 있는 도시 공간을 보고 있다. 이것은 관리되

도쿄에 원자력 발전소를!(컴퓨터 그래픽)

고 있는 도시 생활을 자기 식으로 뒤집어보는 행위로서 골판지 상자 속은 관리가 배제된 공간이 되는 것이다. 주인공은 인간은 아무도 '상자 남자'를 비웃을 수 없다고 말하면서 "한번만이라도 익명의 시민이기 위해서 익명의 도시, 즉 문이란 문은 누구를 위해서나 차별 없이 열려 있고, 타인 누구도 유별나게 몸을 사릴 필요가 없고, 물구나무를 서서 걸어도, 길가에서 잠들어도 욕먹지 않고, 사람들을 불러세우기 위해 특별한 허가가 있을 수 없고, 노래자랑을 하고 싶으면 아무리 마음대로 불러도 자유롭고 그것이 끝나면 언제라도 제가 좋을 때 이름없는 사람들 틈에 섞여들어가는 것이 가능한 그런 거리"를 꿈꾸는 자라면 '상자 남자'의 입장에 서볼 것을 시사하고 있다. 이것은 바로 '익명의 시민'의 입장에만 설 수 있는 한 시민의 사소한 몽상 이야기인 동시에 '익명의 도시'로 사라지지 않을 수 없는 한 시민의 비참한 이야기이기도 하다. 『상자 남자』의 땅바닥을 기는 듯한 행동은 소설가를 포함한 표현자들이 현대 사회를 구조적으로 낯설게 만드는 표현 행위와 아주 흡사하다고 할 수 있다.

　『밀회』는 『상자 남자』와 밀접한 관련과 연속 관계를 갖는다. 돌연 구급차에 끌려간 아내를 구출하려는 남자는 '병원'이라는 미로 속으로 들어간다. 이 미로 같은 거대한 공간은 『상자 남자』에 나오는 '익명의 도시'가 축소된 모습이다. '병원'은 우리 혹은 감옥이라는 발상으로서 아베 고보의 착상에서는 '도시'의 내장을 상징하는 장소로 투시되고 있다. 의사는 이곳에서 무소불능의 권위이며, 순진한 젊은 여성 환자는 색광으로 변화한다. "한마디로 말하자면 『상자 남자』는 엿보는 집의 소설이며 『밀회』는 도청자의 소설"이라는 히라오카 도쿠요시(平岡篤賴, 1929~)의 평가도 있으나 그렇다면 주인공들은 무엇을 엿보고 무엇을 도청하고 있는 것일까. 또한 그는 『도시에의 회로(都市への回路)』(1980)라는 탁월한 도시론을 썼다. 몇 년 뒤에 도쿄를 중심으로 도시 공간을 분석하는 논의가 다양하게 유행하게 되는데 아베

의 도시론은 이미 이러한 논의들을 훌륭하게 초월한 것이었다. 아베의 주인공들은 착취당하는 도시 생활자의 모습을 엿보고 또 착취당하는 도시 생활자의 비명을 도청하는 기능을 발휘하였다. 아베 고보에게 도시 공간이란 착취와 피착취 관계의 구도로 볼 수 있는 공간인 것이다.

그는 1984년 11월 신작 장편소설 『방주 사쿠라마루(方舟さくら丸)』를 간행했다. 『상자 남자』와 『밀회』를 거쳐 조형된 이 소설의 주인공은 도시의 변두리에 있는 거대한 채석장에 혼자 틀어박혀 있는 남자이다. '핵 방공호'로 설정된 이 공간은 확대된 『상자 남자』의 상자라고 할 수 있다. '유프케처'라는 제 똥을 먹고 사는 곤충을 기르면서 독신 생활을 하고 있는 주인공은 자기 경력을 피해 착취당하는 도시 생활에서 도망쳐 쓰레기 더미 속에 파묻힌 채석장의 광대한 공간에서 살고 있다. 핵전쟁의 공포에서 몸을 숨기려는 것처럼 보이는 이 남자의 내면에서 아베 고보는 무엇을 보고 있는 것일까. 그러나 그는 파멸적인 도시 생활에서 도망쳐서 어떻게 해서라도 신상의 안전을 확보하려는 주인공의 내면에서 역으로 파멸 원망(願望)이 계속 작용하고 있는 것을 간과하지 않았다.

1981년 10월 서독의 본에서 개최된 '반핵 집회'는 유럽 각지에서 약 30만 명이 모인 공전의 집회였다. 1982년 1월, 일본에서는 뜻있는 문학자들이 모여 핵전쟁의 위기를 호소하는 성명을 내기도 했다. 아베 고보의 『방주 사쿠라마루』는 이렇게 세계적으로 고양된 '반핵' 운동을 익명의 한 시민으로 국한하고, 역으로 그의 내부에 숨어 있는 파멸의 충동을 건드렸다는 점에 특색이 있다. 피안을 바라보는 아베는 파멸이 없으면 재생도 없다는 주제를 내다보고 있다고 할 수 있다.

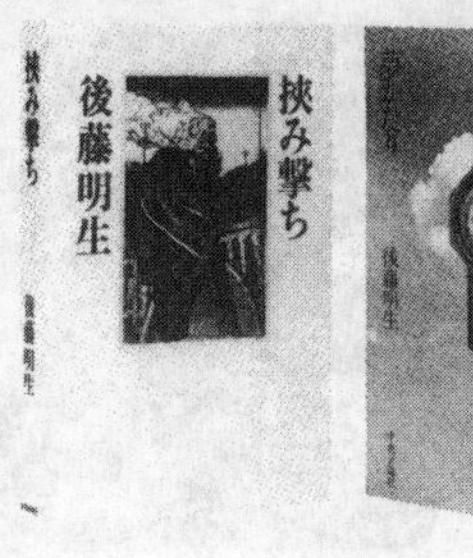

고토 메이세이의 『협공』과 『꿈 이야기』

고토 메이세이와 고향 상실

아베 고보는 도쿄에서 태어났지만 다음해 만주 의과대학에 적을 둔 아버지와 함께 만주로 건너가 봉천시(현 심양시)에서 살았고, 세이조(成城) 고등학교에 진학했던 16살 되던 해까지 그곳에서 자랐다. 그는 일종의 식민지인이라고 할 수 있는 것이다. 장편소설『짐승들은 고향을 향하고』(1957)는 아베 자신의 청소년 시절의 체험을 바탕에 깔고 있으며 전중·전후의 식민지 사람들의 움직임을 반영하고 있다. 아이덴티티가 단절된 일본인이나 조선인들이 우왕좌왕하면서 자신이 가야 할 길을 찾으며 거의 동물과도 같은 폭주와 둔주를 거듭하는 모습에서 우리는 이 작가가 이후에 보여주는 주제의 원리를 도출해낼 수 있다. 국가를 상실한 인간들은 아무리 도망쳐도 국경이라는 경계선을 얻지 못하며, 벽에 갇혀 있는 상황에 자기 몸을 놓고 그 존재를 확인하려고 한다. 이것은 일종의 실존주의적인 수법인데, 주인공들은 열심히 추구하지만 결과는 끝내 얻을 수 없고 역전과 자기 상실만이 진실처럼 현전한다. 초기 이후 아베 고보의 주인공들은 어떤 때에는 벽으로 막힌 방에 갇히고, 또 어떤 때에는 모래 구멍에 파묻히고, 또는 골판지 상자를 뒤집어쓰고 방황하며, 그리고 채석장에서 살아남을 수 있는 유일한 공간을 발견하려고 한다. 전란을 헤쳐나온 체험이 몸 안에 깃들여 있고 일종의 자기 운동이 유전자로 바뀐 이 주인공들의 움직임은 바로 식민지인이 갖고 있는 숙명의 반사처럼 보여진다.

고토 메이세이는 아베 고보와 세대도 다르고 환경도 많이 다르지만 증조부가 궁성 대목(大木)으로 한일합병 후 한국에 건너갔기 때문에 함경남도 영흥군(永興郡)에서 태어났으며, 거기에서 초등학교를 마치고 중학교 일학년이 되었을 때 패전이 되었다. 따라서 그는 아베 고보와 마찬가지로 그 순

천황의 무조건 항복 선언 방송에
귀를 기울이는 국민들

간부터 고향 상실자가 되었다. 여기에도 식민지인의 한 전형이 있다.

고토 메이세이는 쇼와 40년대초에는 오카마쓰 가즈오, 가가 오토히코, 다카이 유이치, 다치하라 마사아키 등과 동인 잡지 『무소(犀)』에 가담하여 이미 문단에 이름이 알려져 있었다. 작품집 『사적 생활』(1969), 『우스운 지옥』(1969)은 문단의 지위를 굳힌 기념비적인 소설이지만 고토 메이세이 몸 안에 각인된 주제가 결실의 단서를 열게 되었던 것은 신작 장편 『협공(挾み擊ち)』(1973)과 『꿈 이야기(夢かたり)』(1976)라고 할 수 있다.

『협공』은 20년 전에 소유했던 외투를 찾아서 방황하는 '나'가 주인공이다. 말하자면 자기의 아이덴티티의 화신 같은 외투를 찾아 여행하면서 과거의 기억을 떠올린 '나'는 과거와 연결되어 있는 현재의 의미를 날카롭게 질문한다. 돌연 일어난 과거의 큰 사건, 즉 '패전'은 고향이라 생각하고 있던 장소에서 '나'를 쫓아낸다. "카키색의 구육군 보병용 외투"는 '보병 중위' 였던 아버지를 떠올리게 하며, 전쟁과 여기에 이어진 패전의 역사를 현전화하는, 부동(浮動)하는 동일성이라는 중요 상징이 된다. 고향 상실자에게 철수할 때 반입된 한 장의 모포와 도시락통 한 개는 그 자체가 끝내 볼 수 없는, 부동하는 고향이라는 존재가 된다. 고토는 이 수법으로 고향을 상실한 식민지인의 일상 생활을 훌륭하게 살려냈다.

『꿈 이야기』는 연작소설로 이루어져 있는데 여기에서 주인공의 기억은 패전으로 거슬러 올라간다. "나는 '대일본 제국의 신민'이며 영흥은 내가 태어난 고향이다. 분명한 것은 그것이었다. 그것은 나에게 확고한 사실이었다"고 주인공은 말한다. '대일본 제국'이 패망하는 동시에 그가 '태어난 고향'도 사라진다. 그는 사실이 사실이 아닌 것으로 되었다는 사실을 완만한 체험이 아니라 뺨을 후려맞고 땅바닥에 내던져지듯이 체험하였다. 사실의 내부에서 살지 않을 수 없었던 '나'는 결국 '꿈 이야기'라는, 묻지 않고 이야기하는 수법으로 자기를 말할 수밖에 없다.

히노 게이조의 『피안의 집』

   고토 메이세이 역시 식민지인으로서의 넋두리를 가지고 있다고 해도 과언이 아니다. 고토 메이세이는 『꿈 이야기』의 「후기」에서 "현재에서 볼 때 과거가 꿈이라는 것은 아니다. 또 반대로 과거에서 볼 때 현재가 꿈이라는 것도 아니다" "과거에서 현재로 향하는 시간과 현재에서 과거로 향하는 시간의 복합," 즉 "두 가지 색깔로 인쇄된 시간"을 쓰는 것이 이 소설의 수법이었다고 말하고 있다. 소설에서 허실피막의 세계는 이렇게 출현했다고 해야 할 것이다. 연작 장편 『거짓말 같은 일상(嘘のような日常)』(1979)은 전후 30년, 부친의 제사를 둘러싸고 일가 권속이 각자 아이덴티티를 다시 시험받으면서 찾아가는 후일담이며, 『벽 속(壁の中)』(1986)은 허실피막의 세계를 그때까지의 고토류의 소설 방법 일체를 쏟아부어 만든 하나의 도달점이다. 또 우리는 『도스토예프스키의 페테르부르크』(1987), 『카프카의 미궁—악몽의 방법』(1987) 등에서 탁월한 독자 고토 메이세이를 볼 수 있다.

히노 게이조와 피의 섞임

   아베 고보와 고토 메이세이가 국경이나 고향을 상실함으로써 그들은 표현으로 혹은 소설가라는 사실로 자기 존속의 근거를 확인할 수밖에 없었던 것으로 보인다. 그들은 국가의 변전을 강요받고 표현자가 되지 않을 수 없는 숙명을 짊어졌던 것이다. 식민지인이었기 때문에 필연적으로 무국적자가 되지 않을 수 없었던 사람들의 진정한 국적은 표현하는 행위 이외에는 없다고 하면 과장일까.

   히노 게이조는 도쿄 주택가의 한 중산층의 장남으로 태어나 5살 때 한국의 경상북도로 이사가 그곳에서 학교를 다녔으며 16살 때 패전을 맞았다. "아버지 쪽에서 서일본의 야요이(彌生) 문화적 개명성을, 어머니 쪽에서 조

대담하는 오쿠노 다케오(좌)와
이토 세이

몬적(繩文的) 환상성의 이중 문화적인 피를 받았다"(「자필 연보」)고 쓰면서
일본인이란 사실의 피 섞임을 고백하고 있는 히노 게이조는 사춘기 때 깊은
생각에 매달려 괴테나 아쿠타가와 류노스케를 거듭 읽으면서 "여러 번 자살
을 생각"했던 청년으로 성장한다. 그런 인생의 옴짝달싹할 수 없는 중대한
시기에 뜻하지 않게 패전이 들이닥쳤다. 비정한 국가의 전환으로 민감한 청
년은 설상가상으로 시대의 엇갈림을 체험해야 했다. 여기에 또 한 식민지인
의 모습이 현현되어 있는 것이다. 노마 히로시 등 전후 문학을 중심으로 도
스토예프스키나 사르트르에 열중했던 청년 시절의 히노 게이조는 요미우리
신문에 입사하는 한편 오쿠노 다케오, 핫토리 다쓰, 무라마쓰 다케시, 요시
모토 다카아키, 사코 준이치로(佐古純一郎, 1919~), 시마오 도시오, 엔도
슈사쿠, 야마구치 히토미(山口瞳, 1926~1995) 등과 평론 동인지 『현대평론』
을 발행하고 평론 활동에 전념한다. 히노 게이조는 초기에 신문 기자로 『베
트남 보도──특파원의 증언』(1966) 외에 『존재의 예술』(1967), 『환시의 문
학』(1968), 『허점의 사상』(1968) 등 영화 평론을 포함하는 광범위한 문학 평
론을 썼다. 그의 평론에는 언제나 자기 탐구의 절차로 보이는 환상과 현실의
틈새를 집요하게 환시(幻視)하려는 경향으로 가득한데, 이는 피의 섞임과
시대의 엇갈림이 저절로 드러난 것이 아닌가 생각된다. 이런 초기의 작업을
자기 언급성이 강한 평론으로 인정한다면, 그의 작품이 사적인 사건을 소설
적으로 언급하는 방향으로 나아갔던 점도 납득하게 된다. 히노 게이조의 평
론은 무리 없이 소설의 세계로 개화되었다. 단편 「피안의 집(彼岸の家)」(『문
예』, 1973. 8)으로 제2회 히라바야시 다이코 상을 수상했고, 이어 「어떤 석
양」(『신조』, 1974. 9)으로 제72회 아쿠타가와 상을 수상했다. 1960년 이승만
(李承晩, 1875~1965) 독재 정권이 붕괴된 직후 히노 게이조는 요미우리 신
문사 특파원으로 서울에 상주하게 된다. 그는 일본 제국이 붕괴한 지 15년이
지난 후 과거에 살았던 한국에서 국가의 전환을 보았던 것이다. 그 후 공적

1951년 대구역의 피난민들

인 작업과 사적인 감정 생활의 양면에 끼였던 히노의 내부에서 점차 탁월한 단편의 싹이 텄다.

『피안의 집』(1974)은 히노 게이조의 첫 작품집이다. 도쿄에 아내가 있는 주인공은 특파원으로 한국에 부임해서 한국 여성과 알게 된다. 그 후 아내와 헤어지고 그 한국 여성과 결혼한다. 이후의 생활은 밀월을 지나서 혼란에 가깝다. "나라가 다르고 습관이 다르며 부친이 어떤 일을 했는지 알 수 없지만 상당히 사치스럽게 자란 듯한 그녀와의 생활 정도의 차이"가 주인공을 괴롭힌다. 그는 "밤새도록 이불 위에 정좌하고 무릎에 양손을 끼고 '힘을 주십시오'라고 어둠 속에서 머리를 숙이기"조차 하는 것이다. 정권 교체 후의 한국, 그리고 베트남 전쟁 말기를 저널리스트로서 소상하게 목격했던 그의 눈은 국가의 동란을 예리하게 분석하는 눈이며, 반전해서 이혼과 결혼 그리고 이국인 아내와의 내면적인 갈등을 파악했던 눈이기도 하다. 히노 게이조의 초기 작품에 나오는 주인공은 틀림없이 작가의 분신이며, 그들은 역사상의 동란에서 자신의 내부의 동란으로 눈길을 돌리고 '어둠'을 향해서 자신의 구제를 간청하고 있다. 여기에는 사소설성이 발휘되고 있으며, 또한 저널리스트로 활약한 작가의 왕성한 체력도 느끼게 한다.

『피안의 집』 이후 일련의 성과인 『어떤 석양』(1975), 『바람의 지평(風の地平)』(1976)이 잇달아 나왔으며 『포옹』(1982)에 이르러 히노 게이조의 주제는 크게 변화하게 된다. 도쿄의 도시 공간에서 이야기를 찾으려는 의지에서 나온 이 소설은 에도가와 란포나 유메노 규사쿠의 분위기가 감돌고 있는 독특한 작품이다. 이후 『성 가족(聖家族)』(1983)을 통해 『꿈의 섬(夢の島)』(1985)에 이르며, 도시의 폐허를 존재의 근거로 삼지 않을 수 없는 중년 남자가 등장한다. 한때 유행했던 도시 공간 소설의 전형처럼 평가되는 이 소설에서는 마치 아베 고보의 『방주 사쿠라마루』의 한 남자를 쓰레기 더미로 덮인 채석장에 살고 있는 것과 같은 원리로 움직이고 있는 한 남자를 볼 수 있

다. 식민지 체험의 엇갈림을 흔적으로 간직한 히노 게이조의 내부에서 표류하고 있었던 주인공은 페허에서 살 수밖에 없는 것처럼 보인다.

기요오카 다카유키
── 대련 · 자연의 미

기요오카 다카유키의 「아카시아의 대련(アカシヤの大連)」(『군상』, 1969. 12)은 시인이며 평론가였던 기요오카를 40대 중반을 지나 소설가로 만들었던 작품이다. 때늦은 소설가의 출현이었다. 그 첫머리를 보면 "과거 일본의 식민지 중에서 아마 가장 아름다운 도시였음에 틀림없는 대련"이라는 감회에 젖은 표현을 만나게 된다. 그 대련(중국 요녕성)을 "또 한번 보고 싶어서 찾는다면 그는 오랫동안 주저한 다음 머리를 조용히 가로 저을 것이다. 보고 싶지 않은 것이 아니다. 보는 것이 불안한 것이다"라고 이어지는 이 작품은 바로 과거의 식민지인의 아이덴티티를 서정적으로 그러나 불안하게 묘사했던 걸출한 작품이다. 기요오카 다카유키는 '대련'을 묘사할 뜻을 결정하고 소설을 쓰려고 했던 것으로 보인다. 대련에서 태어나 유년 시절과 소년 시절을 거기에서 보냈으며, "제2차 세계 대전의 종전이 5개월 정도 남았을 무렵 도쿄의 어느 대학의 일년생이었던 그가 억누르기 어려운 향수에 사로잡혀 휴학하고 돌아온 집이 있던 마을, 그리고 결국 조국의 패전을 체험하고 그 다음 삼 년 동안 속절없이 머물게 되고 뜻하지 않게 결혼했던 마을"이라고 기요오카 다카유키는 자신의 경력을 작품에서 빈틈없이 서술하고 있다. '대련'을 고향으로 정하면 일본을 '조국'이라는 추상성으로 부를 수밖에 없는 장소에, 고향과 조국을 왕복하는 장소에 청년 기요오카는 서 있어야 했던 것이다.

기요오카 다카유키

　기요오카 다카유키는 미시마 유키오보다 세 살 위로 미시마 유키오가 죽었던 나이에 소설가가 되었다. 오로지 ‘일본’과 ‘천황’에 구애되었던 미시마 유키오와 기요오카 다카유키의 작품 주제는 아무 관계도 없다. 그러나 대련이라는 고향을 상실한 기요오카 다카유키는 자연히 일본을 고향으로 선택하지 않으면 안 되었다. 일본이라는 추상적인 조국을 현실화하는 일이 표현자의 작업이 된 것이다. 미시마 유키오가 현인신 ‘천황’을 현실로 확신하고 역으로 인간화한 ‘천황’을 비현실로 생각하는 장소에 있었다면, 기요오카 다카유키는 대련이라는 현실에 비하면 훨씬 비현실 같은 일본이라는 장소에 있었다고 할 수 있다. 같은 세대인 그들은 결과적으로 두 천황과 두 고향을 갖지 않을 수 없는 나이에 속하며, 그럼에도 거기에서 뿌리를 내리고 사상을 형성하지 않으면 안 되었던 것이다.

　기요오카 다카유키의 『아카시아의 대련』(1970), 『플루트와 오보에』(1971), 『고래도 있는 가을 하늘(鯨もいる秋の空)』(1972)은 모두 고향과 조국의 엇갈림 안에서 나온 중요한 소설집이라 할 수 있다. 우리는 그가 ‘아카시아의 대련’ 4부작(1971)에 죽은 아내와 나누는 즐거움을 묘사한 『아침의 슬픔(朝の悲しみ)』과 『아카시아의 대련』 『플루트와 오보에』 『연둣빛 시간(萌黃の時間)』을 배치하고 ‘4부작’으로 못박고 있다는 사실을 주목하지 않으면 안 된다. 고향 상실과 기요오카 자신의 청춘의 풍요와 그 상실이 무리 없이 겹쳐져 있으며, 그 배후에 큰 역사적 전환이 깔려 있다. 그는 급박한 역사의 변전에 휘둘리는 감수성이 풍부한 청년을 역사의 흐름 속에서 동시에 포착하는 수법을 일단 내던지고, 자신의 감성과 감수성의 원리로 되돌아가 느긋하게 ‘4부작’에 붓을 들었다.

　1982년 11월 기요오카 다카유키는 중일문화교류협회단의 중국 여행에 참가하고, 돌아오던 길에 34년 만에 대련을 방문한다. 소설집 『대련 소경집(大連小景集)』(1983)은 이때의 산물이라 할 수 있다. 이어 『이두의 나라(李杜の

기요오카 다카유키의
『아카시아의 대련』

國)』(1986), 『대련 항에서』(1987) 등 대련을 중심으로 중국으로 회귀하는 일련의 작업에 몰두한다. 청년 시절을 보냈던 향수의 나라를 초로의 노인이 된 필자가 다시 되돌아가는 부분이 작품의 중심이다. 향수를 현실화하는 수법은 저절로 역사의 변전을 추적하는 작업을 떠맡게 된다. '대련'의 변모를 역사적으로 읽는 작업을 기요오카 다카유키 스스로 떠맡았다고 할 수 있다.

기요오카 다카유키가 대련을 다시 쓸 때 그 동기의 중심에는 대련이라는 '특수한 역사를 가진 땅'에 대한 끝없는 호기심의 눈이 작용하고 있다. 1860년 제2차 아편 전쟁 당시의 영불 연합국과 대련의 관계, 1894, 95년 청일 전쟁 당시의 대련과 일본의 관계, 1898년 러시아가 대련만과 여순을 포함한 관동주(關東州)를 청나라로부터 조차(租借)한 사실, 1904년 러일 전쟁 때 러시아가 새로 건설중인 도시 다리니를 포기하고, 일본이 이를 점령해서 대련이라고 불렀던 사실, 1905년 러일 강화 조약 조인 후 일본이 관동주를 청나라에게 조차하고, 만철(滿鐵)을 중심으로 대련 항 등을 40년 간 통치했던 사실, 1945년 일본의 패배로 대련이 중국 영토로 회복된 사실, 그리고 그 이후의 대련의 변모 등을 냉정하게 추적하고 있는 것이다. 기요오카 다카유키는 이런 역사의 변모를 '초월하는 존재'로서 대련의 '아름다운 자연'을 본 것이다. 대련 재방문을 모티프로 삼은 일련의 작업은 역사를 초월하는 이런 아름다움에 대한 탐구로 뒷받침되고 있다고 해도 좋을 것이다.

미키 다쿠

——전쟁에서 유예된 소년들

기요오카 다카유키가 초기 대련 4부작을 통해서 "가장 아름다운 도시였음에 틀림없는 대련"(「아카시아의 대련」)을 모티프로 삼았다면, 그로부터 30여

160

미키 다쿠

년이 지나 다시 방문한 다음에 나온 일련의 작품은 '자연의 아름다움'이라는 모티프로 묘사되고 있다. 그는 대련, 즉 아름다움 그 자체로 전쟁의 혼돈과 역사의 변전을 초월하는 눈을 획득했던 것이다. 어쨌든 시인이며 비평가이자 소설가인 기요오카 다카유키의 작업은 대련의 역사적 변모에 자신을 겹쳐놓으면서, 그러나 변화와 변모를 유유히 초월하는 존재를 변화하는 전체의 내부에서 풍요로운 눈으로 발견했다는 측면에 그 특색이 있다. 기요오카 다카유키는 최근의 대련을 둘러싼 여러 작품을 통해서 다시 한번 성숙한 시인의 자각을 가졌던 것이다. 그것은 변화하면서도 움직이지 않는 아름다움의 발견이며, 혹은 변화하는 가운데 볼 수 있는 아름다움의 발견이었다고 할 것이다. 어쨌든 그 열쇠를 '대련'이 움켜쥐고 있는 것이다.

기요오카 다카유키보다는 10여 살 아래이지만 유사한 생활 환경을 가졌던 미키 다쿠 또한 이른바 식민지인의 한 사람이라고 할 수 있다. 두 살 때 도쿄를 떠나 만주 대련으로 이주했던 미키 다쿠, 그의 아버지는 기요오카 다카유키의 아버지처럼 남만주 철도(만철)의 사원이었다. 미키 다쿠는 시인, 동화 작가로 출발했으며 시집 『나의 키티 랜드』(1970)로 제1회 다카미 준 상을 수상했다. 일찍이 장편 동화 『멸망한 나라의 여행(ほろびた國の旅)』(1969)에서 만주를 묘사하면서 모티프의 소재를 보여준 바 있다. 단편소설 「검은 방울새(鵺)」(『스바루』, 1962. 12)로 제19회 아쿠타가와 상을 수상한 미키 다쿠는 이 작품을 포함한 연작 단편집 『포격 다음에(砲撃のあとで)』(1973), 소설집 『우리 아시아의 아이(われらアジアの子)』(1973) 등에서 식민지 생활을 겪은 소년을 다루고 있다. 「우리 아시아의 아이」의 첫머리는 "여기저기 시로자(しろざ) 수풀이 무성했지만 그 밖의 땅은 복사뼈가 파묻힐 정도로 낮은 풀에 가려 있었다. 붉고 큰 불덩어리가 지평 근처에서 흔들리면서 떨어지는 것이었다. 풀은 짙은 그림자를 이끌고, 송전선은 철탑에서 철탑까지 긴 거리를 축 늘어지면서 철도 노선을 따라 달리며 지평으로 사라졌다"고 시작된

다. '문관둔(文官屯)'에서 "봉천 시내로 들어오는 철로"를 걷는 소년 네 명의 모습은 스티븐 킹의 작품을 영화로 만든 「스탠바이 미」를 방불케 한다. '붉고 큰 불덩어리'가 '지평'으로 떨어지는 모습은 흔히 말하는 붉은 석양이 지평선으로 사라지는 만주의 황야를 상징하는 장면이다. 유소년기의 체험을 허구화한 묘사로 의미가 깊다.

만주의 유년기 체험에서 출발했던 미키 다쿠의 작품에는 소년들의 놀이가 언제나 작품을 장악하고 있다. 하타야마 히로시(畑山博, 1935~)의 평가에 따르면 "어른들은 아이들에게 간섭할 틈도 없이 전쟁에 열중하고 있다. 그 전쟁에 무작정 끌려들어간다는 사실만을 기준으로 한다면 소년들은 아직은 유예 기간을 살고 있는 것이다. 미키 다쿠의 소설에서 주인공들이 언제나 탐닉하듯이 열심히 놀고 있는 것은 그 때문"(「해설」, 『우리 아시아의 아이』, 집영사문고)이라는 전시하에 놓인 보잘것없는 아이들의 '유예 기간'이 문제가 된다. 소년들은 그 유예된 시간 속에서 여러 가지 놀이를 한다. 물론 그 중에는 금지된 놀이도 포함되어 있다.

「검은 방울새」의 클라이맥스는 팔려가는 작은 새를 죽이는 장면이다. "울컥 불타오르는 감정이 일어났다. 소년은 눈꺼풀을 떨면서도 양발을 꾹 딛고 온몸의 힘을 모아 검은 방울새를 꽉 쥐어 터뜨렸다"는 장면은 전시하에 유예되어 있는 소년의 놀이의 극치를 묘사하고 있다. 빼앗기는 애완물을 스스로 꽉 쥐어 터뜨림으로써 자신의 아이덴티티를 관철하는 소년의 모습은 예감된 죽음의 관념으로 뒷받침되고 있다. 미키 다쿠의 소설은 생명의 위상과 소년의 결합, 작은 동물을 배치하면서 이미지가 풍부한 이야기로 이어나간다.

미키 다쿠는 『떨리는 혀(震える舌)』(1975), 『그들이 앞질러 달렸던 날(かれらが走りぬけた日)』(1978), 『들장미의 옷(野いばらの衣)』(1979), 『마부의 가을(馭者の秋)』(1985), 『불곰좌의 남자(仔熊座の男)』(1989) 등의 긴 호흡의

살아남은 여교사와 아동들

장편소설로 유명하다. 한 작가의 행보는 선택할 여지도 없이 던져진 역사 상황 속에서 표현의 힘으로 기어나가는 과정이라고 할 수 있다. 지평선으로 떨어지는 '불덩어리'를 눈 안에 새겨넣었던 시인은 황폐한 식민지를 달려나와 육친을 잃고 궁핍과 싸우게 되고, 자기 육체의 일부가 없어진 것을 알게 된다. 생명에 대한 집착은 죽음과 육체의 훼손을 보았던 표현자의 빠뜨릴 수 없는 출발점이며, 그 주제에서 사랑과 성, 늙음의 주제가 나오며 결국 또 죽음으로 환류하는 주제가 우뚝 서게 되는 것이다.

제2장

언어 공간의 변모와 그 주제
— 1970, 80년대의 변용

노마 히로시의 '청년의 환' 완성

1971년 1월, 노마 히로시의 '청년의 환' 제6부에 해당하는 『불꽃의 장소』가 간행되고 6부작 전 5권 8,000매에 달하는 '전체소설'이 완성되었다. '청년의 환' 제1부의 제1장으로 썼던 「화려한 색채(華やかな色どり)」는 일찍이 1947년 6월에 『근대문학』에 발표했다. 1949년 4월 '청년의 환' 제1부를 간행했고, 제2부는 다음해인 1950년 6월에 간행되었다. 그로부터 12년 동안 중단되었던 '청년의 환' 제3부 「무대의 얼굴(舞臺の顔)」이후의 장을 『문예』에 발표했다. 1966년 1월 이미 간행된 제1부, 제2부를 대폭 수정해서 한 권으로 만든 『화려한 색채』를 간행하였다. 같은 해 3월 제3부 『무대의 얼굴』, 6월 제4부 『겉과 안과 겉(表と裏と表)』을 각각 간행했다. 1968년 10월 제5부 『그림자의 영역(影の領域)』을, 1971년 1월에는 제6부 『불꽃의 장소』를 간행하였다.

잡지에 발표하기 시작했던 1947년부터 헤아려보면 실로 23년의 세월을 소비해서 전후 문학 최대의 장편소설이 탄생했다. '청년의 환'은 1970년 9월

노마 히로시와
후타바테이 시메이의 『부운』

에 6부작 전 5권의 완성을 보았는데, 같은 해 11월에 '풍요의 바다' 제4부 『천인오쇠』를 완성하고 자결했던 미시마 유키오가 '청년의 환' 완결을 어떤 극복의 대상으로 삼고 노마 히로시에 대해 은밀한 관심을 쏟고 있었다는 것은 상상하기 어렵지 않다. 묘하게도 노마 히로시가 '청년의 환' 제6부 『불꽃의 장소』를 완결하고 간행한 다음달인 1971년 2월에 미시마 유키오의 '풍요의 바다' 제4부 『천인오쇠』가 완결 간행되었다. 이것은 단순한 우연으로 이루어진 일이겠지만, 자질도 줄거리도 전혀 다른 두 작품, 전후파 작가로 불렸던 두 작가의 작품이 잇달아 완성되면서 한 시대의 결말이 이루어진 것으로 볼 수 있다.

'청년의 환'을 완성하기 위해 노마 히로시가 염두에 두고 있었던 작가와 작품은 일본 근대 문학의 창시자인 후타바테이 시메이와 그 미완성 작품인 「부운」이며, 사르트르의 미완성 작품인 「자유에의 길」이었다고 한다. 노마 히로시는 사르트르가 개척했던 세계 문학의 방법을 주목하는 한편, 일본 문학 창시자의 방법을 바탕으로 전중·전후 체험을 자기 의중에 간직하면서 두 개로 분열된 시대와 이후에 형성된 사회의 전모를 묘사하려고 하였다.

노마 히로시는 자기 작품을 언급하면서 "'청년의 환'이라는 작품의 앞에는 미해방 부락 등의 문제, 전쟁의 문제, 집의 문제, 성의 문제, 생사의 문제라는 여러 문제가 놓여 있다. 그 문제를 나는 소설로, 소설을 쓴다는 사실로 추궁하지 않으면 안 되었다"(「소설의 전체란 무엇인가」)라고 말하고 있다. 노마 히로시는 이미 『어두운 그림』(1947), 『붕해감각』(1948), 『얼굴 속의 붉은 달(顔の中の赤い月)』(1951), 『진공지대』(1952) 등 선행 작품을 통해서 '전쟁'이나 '집,' '성'이나 '생사' 문제를 주제로 끌어들인 바 있다. 또 평론집 『감각과 욕망과 사물에 대해서』(1959)에 이르는 각각의 문학론·소설론에서 근대 문학의 전위자들을 언급했으며, 시마자키 도손의 「파계」를 끈질기게 분석하면서 '미해방 부락'의 문제를 전후 문학의 주요한 추구 주제

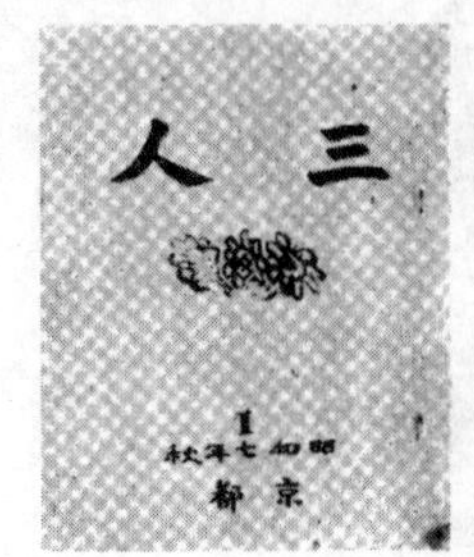

노마 히로시가 학생 시절에 참여했던
동인지 『삼인』 창간호(1932)

로 도마 위에 올려놓았다. 그 위에서 '청년의 환'은 어떤 소설로 계획되었던 것인가. 다시 노마 히로시의 말을 빌리면 "그것은 소설의 말과 문장이 놓인 바로 그 아래에 있는 자장(磁場) 같은 물리적인 것이며, 또 그럼에도 자장과 같은 물리적인 것을 초월하는 허의 대해"라는 말에 해당한다. 노마 히로시의 염두에는 '허의 대해(大海)'로서 '전체소설'이라는 명제가 있었다. 정치학이나 역사학, 사회학이 일제히 들고일어나도 결코 해명할 수 없는 정치나 역사, 사회의 구조를 눈에 각인했던 표현자가 그 전부를 상대로 하면서 끝까지 묘사하려고 했던 자세를 알 수 있다. 어쩌면 8,000매의 '허의 대해'는 시대가 진행하고 역사가 바뀌면서 완결이 연장되고 8,000매라는 미완의 늪에 서게 되었을 것이다. 아직 성취되지 않은 소설로서 '전체소설'이라는 것을 노마 히로시의 자기 언급에서 분명하게 알 수 있다. 이 말은 거의 소설의 숙명, 소설의 운명을 스스로 증명했던 언급으로 이해되기도 한다.

시노다 하지메는 문고판 '청년의 환' 전 5권의 「해설」에서 노마 히로시는 단련된 "상징주의 시적 수법"으로 '내면'을 철저하게 발굴하고 있으며 여기에 '외계의 현상'이 전부 모여 "강렬한 구심력을 가진 세계"를 지향하고 있다고 지적했으며, 그 대극에서 '15년 전쟁'을 강행하고 "피차별 부락을 떠맡고 있던 저주스러운 천황제 체제의 1930년대 일본국"을 정면에서 응시함으로써 현상과 본질이 잘 어우러지고 있다고 간파했다.

구로이 센지와 다카이 유이치

구로이 센지의 제1창작집 『시간』(1969), 제2창작집 『시간의 사슬(時の鎖)』(1970), 제3창작집 『알 수 없는 귀로(見知らぬ家路)』(1970) 등에는 모두 샐러리맨이 주인공으로 등장하며, 그들의 자기 상실, 자기 붕괴를 상징적으

『시간』 출판 기념회에서
인사하는 구로이 센지

로 묘사하고 있다. 이 작품들은 노동자의 비애를 다룬 한 세대 전의 묘사와
는 달리 기업 상황을 메마른 눈으로 바라보는 특징을 지니고 있다. 구로이
센지는 "시대적으로는 오일 쇼크 몇 해 전에 해당하기 때문에 아직 고도 경
제 성장기의 한복판이었다. 기업은 삐걱거리면서도 계속 성장을 거듭했고,
사람들은 불만과 꿈을 품으면서도 오로지 일에만 몰두하였다"라고 술회하
고 있는데, '고도 경제 성장'의 '그늘'에서 발생하는 내재화된 위험을 선명
하게 볼 수 있다. 기업인이었던 작가는 예언적인 심미안을 가지고 현실을 바
라보고 있었다고 할 수 있다.

초기 작품에서 이후의 전개를 미리 보여주었던 작품으로 신작 장편소설
『오월 순례』(1977)가 있다. 초기 단편 「시간」에서 잠시 나오는 '메이 데이
사건'을 둘러싸고 재판 투쟁을 강행하게 하는 인물과 그 인물의 거취를 지
켜보는 기업 엘리트의 상관 관계 속에서 한 시대의 명암을 묘사하고 있다.
우리는 여기에서 '내향의 세대'의 한 사람으로 간주되었고, 내부를 고집해
서 상황성이 결여되었다고 비판을 받았던 구로이 센지의 시대와 역사를 부
조하는 자세를 또렷하게 볼 수 있다. 시대의 변화를 위상 차이가 있는 시점
으로 포착하는 것을 구로이 센지의 표현 방법이라고 생각한다면, 『오월 순
례』와 이를 잇는 자전적 작품 『금역(禁域)』(1977), 『봄의 도표(春の道標)』
(1978), 『황금의 나무(黃金の樹)』(1989)도 하나의 계보를 이룬다.

시간의 변화, 즉 시대나 역사 상황의 변화를 보통 사람들의 생활의 변화
속에서 묘사했던 연작소설 『군서(群棲)』(1984)는 도시론 붐과 경합했던 도
시변모소설의 하나로 볼 수 있는데, 이는 「시간」이나 「시간의 사슬」 등 초기
주제가 풍요롭게 재생될 것으로 생각할 수 있으며, 상황이 변화하는 가운데
자기를 상실하고 붕괴하는 보통 사람들의 생태를 치밀하게 그려냈다. 「군
서」는 그 표제에서도 암시하듯이, 가족이 단위가 되며 시대의 변화에 희롱
을 당하는 사실을 포착하고 있다. 네 가족의 이야기인 이 작품은 결말이 없

다카이 유이치의 『꿈의 비석』

다. 결말이 나지 않는 세계에 던져진 보통 사람들의 생활을 보는 눈 속에 작가의 엄연한 시대 인식이 있는 것이다.

다카이 유이치의 첫 창작집 『북쪽 강』(1966)의 표제작 「북쪽 강」은 다치하라 마사아키, 가가 오토히코, 오카마쓰 가즈오, 고토 메이세이, 사에 슈이치(佐江衆一, 1934~) 등과 참가했던 동인지 『무소』(1965. 10)에 실렸던 작품으로 1966년 1월 제54회 아쿠타가와 상을 수상했다. 전쟁을 견디고 헤쳐 나왔던 어머니가 막상 전쟁이 끝나고 자유와 해방을 구가하는 세상이 되자, 북쪽 강에 몸을 던져 죽는다. 「북쪽 강」은 소년 다카이 유이치의 눈을 통해 가족의 무참한 죽음을 묘사했던 출중한 작품이다. 소년과 전쟁, 이 주제는 다카이 유이치의 초기 문학의 주제이다. 아버지의 죽음, 어머니의 죽음이라는 가족의 상실로 소년과 전쟁은 비로소 진실하게 연결된다. 소개지(疎開地)의 아동을 묘사한 『소년들의 전쟁터(少年たちの戰場)』(1968)도 소년과 전쟁을 묘사했던 특이한 작품이다. 어른들이 전쟁터에 갈 때 소년들 또한 소개지라는 전쟁터로 가는 이 이야기는 소개 아동 세대의 체험을 보편화한 작품으로 짚고 넘어간다. 그 후 그는 『벌레들이 사는 집(蟲たちの棲家)』(1973)을 발표하고 조부 다구치 기쿠테이(田口掬汀, 1875~1943)를 모델로 한 『꿈의 비석(夢の碑)』(1976)을 완성한다. 다구치는 아키타 현 가쿠노다테(角館) 출신의 소설가이며 극작가이자 미술 비평가이다. 같은 현의 신조사──당시는 신성사──사장이었던 사토 기리요에게 발탁되어 『신성』(『신조』의 전신)을 편집했고, 나중에 「사람의 죄」와 가정소설이라고 불렸던 「백작 부인」 등을 썼다. 그 다구치 기쿠테이의 손자인 다카이 유이치가 추적하는 방법을 소설화했던 「꿈의 비석」은 이른바 평전과는 달리 허구화된 메이지의 문인 모습을 현대에 되살렸다. 그는 「북쪽 강」 이후 가족이나 일족을 향한 시선으로 도호쿠의 작은 교토라고 부르기도 하는 가쿠노다테의 풍광과 문인들의 기질을 살린 모델을 만들었고, 이는 다카이 문학의 한 정점이 되었다. 「꿈의 비

미우라 아야코

석」과 한 쌍을 이룬다고 해도 좋은 신작 장편소설 『진실의 학교』(1980) 역시 아키타에 사는 한 두부집 주인을 모델로 한 일종의 논픽션 소설이다. 쇼와 초기의 도호쿠에 부흥했던 '북방 교육' 운동을 면밀하게 조사하고, 사재를 털어 가난한 도호쿠 농촌의 자제 교육에 진력했던 나리타 주큐(成田忠久, 1897~1960) 일대의 사적을 묘사하고 있다. 「꿈의 비석」「진실의 학교」 모두 다카이 유이치가 조부의 땅에 대한 애착을 갖고 썼던 작품이라 할 수 있다. 그는 이후 신작 장편소설 『바다로 들어가는 날(海の入り日)』(1981), 『이 고장의 하늘(この國の空)』(1983), 단편소설집 『아롱(俄瀧)』(1984), 『장미의 침상』(1985)을 발표하였으며 『티끌의 도시에서(塵の都に)』(1988)는 메이지의 문인 사이토 료쿠(齊藤綠雨, 1867~1904)를 의식의 밑바닥에 놓은 작품으로 화제가 되었다.

1975년 전후의 출판계

  1970년 이후 약 10년 동안의 출판계와 출판 사정을 잠시 살펴보기로 하자. 1970년도의 출판 통계에 의하면 발행 숫자는 서적이 약 19,000권, 잡지가 2,300권, 서적의 평균 정가는 약 1,300엔, 잡지는 165엔이다. 이것이 10년 후인 1979년에는 서적 27,000권, 잡지는 3,200권, 서적의 평균 정가는 2,500엔 잡지는 310엔이 된다. 그 동안 1973년의 오일 쇼크를 시작으로 달러 쇼크, 광란적인 인플레와 불황이라는 외압으로 정가가 상승했고, 이와는 별도로 문고본이나 신서, 코믹 등의 염가본의 발행 증가라는 현상이 일어났으며 따라서 신간은 더욱 증가했다.

  약 10년 간의 문예 출판계의 두드러진 토픽의 벽두에는 1970년 11월의 미시마 유키오의 죽음이 있었고, 다음해부터 미시마 붐이 일었다. 이와 호응하

소노 아야코(좌)
야마자키 도요코(우)

듯이 1971년 5월에 죽은 다카하시 가즈미 붐이 일었고, 미시마의「풍요의 바다」「행동학 입문」「상무심(尙武のこころ)」, 다카하시의「나의 해체」「인간으로서」 등이 베스트 셀러가 되었다. 두 사람의 사상은 전혀 이질적이었지만 그 비업(非業)의 죽음이라고도 할 최후가 일종의 붐을 만들었다고 할 수 있다. 같은 해인 1971년에는 강담사가 창업 60주년 기념 사업으로 강담사문고를 창간하여 암파문고 · 신조문고 · 각천문고 등과 함께 4대 문고 시대가 출현하였다. 이 해 베스트 셀러 가운데 소노 아야코의『누구를 위해서 사랑하는가』, 시바타 쇼의『혼자 서 있는 내일(立ち盡す明日)』이 들어 있는 것이 눈에 띈다. 마찬가지로 1972년 이후의 베스트 셀러의 주요 문예서들을 뽑아 보면 아리요시 사와코의『황홀한 사람』(1972, 1973), 시바 료타로의『언덕 위의 구름』5, 6권(1972), 오다 마코토의『세상을 바꾸는 윤리와 논리(世直しの倫理と論理)』상 · 하(1972), 쇼지 가오루(庄司薫, 1937~)의『늑대 따윈 무섭지 않다(狼なんかこわくない)』(1972), 고마쓰 사쿄의『일본 침몰』상 · 하(1973), 엔도 슈사쿠의『흐릿한 인간학(ぐうたら人間學)』(1972),『흐릿한 애정학』(1973),『흐릿한 교유록』(1973), 야마자키 도요코의『화려한 일족』(1973~1974), 시바 료타로의『나라 훔치는 이야기(國盗り物語)』전 · 후(1973), 와타나베 준이치(渡邊淳一, 1923~)의『무영등(無影灯)』(1973), 소노 아야코의『허구의 집』(1974), 시바 료타로의『파마탄 이야기(播磨灘物語)』상 · 중 · 하(1975), 아리요시 사와코의『복합 오염』상 · 하(1975), 시바 료타로의『날아가듯이(翔ぶが如く)』1~7(1976), 무라카미 류의『한없이 투명에 가까운 블루』(1976), 야마자키 도요코의『불모 지대』1 · 2(1976), 단 가즈오의『화택의 사람』(1976), 이쓰키 히로유키의『청춘의 문 타락 편』상(1976), 이케다 마스오(池田滿壽夫, 1934~)의『에게 해에 바친다(エゲ海に捧ぐ)』(1977), 닛타 지로의『하쓰고다산 죽음의 방황(八甲田山死の彷徨)』(1977), 우스이 요시미의『사고의 전말』(1977), 이쓰키 히로유키의『계엄령

시바 료타로

의 밤』상·하(1977), 마루야 사이이치의 『문장독본』(1977), 아리요시 사와
코의 『가즈노미야사마온토메(和宮樣御留)』(1978), 야마자키 도요코의 『불모
지대』1～4(1978), 나카자와 게이(中澤けい, 1955～)의 『바다를 느낄 때』
(1978), 시로야마 사부로의 『황금의 나날』(1978), 이쓰키 히로유키의 『사
계·나쓰코(四季·那津子)』상·하(1979), 미노베 노리코(見延典子, 1955～)
의 『이제 턱을 괴지는 않겠다(もう頬づえはつかない)』(1979), 시바 료타로의
『호접몽(胡蝶の夢)』1(1979), 아가와 히로유키의 『요나이 미쓰마사(米內光
政)』상·하 등이 눈에 띈다. 시바 료타로, 아리요시 사와코, 야마자키 도요
코, 이쓰키 히로유키 등의 작품은 간행될 때마다 베스트 셀러가 되었던 것을
알 수 있다.

　1974년 오랜 역사를 자랑하는 출판사 삼성당(三省堂)이, 또 1988년 7월
지쿠마(筑摩)서방이 도산해서 화제가 되었는데, 이와는 달리 1977년 이후
각천서점의 2세인 가도가와 하루키(角川春樹, 1942～)의 상법이 출판계를
석권한다. 여기에는 모리무라 세이이치(森村誠一, 1933～)의 『인간의 증명』
(각천문고)을 영화로 만들어 문고와 영화를 동시 병행해서 대량 판매를 한
다는 전략이 있었는데 '읽고 볼까, 보고 읽을까'라는 케치프레이즈로 독자
와 관객을 동시에 끌어당긴 전략이 화제를 불러일으켰고 여기에 걸맞는 실
적을 올렸다. 가도가와 상법은 다시 소설·영화·음악을 일체화해서 미디어
믹스의 확실한 선구가 되었다.

　미디어 믹스에 박차를 가하게 된 것은 각종의 정보를 다양하게 받아들인
잡지류의 창간이었다고 할 수 있다. 『an·an』(1970), 『논노』(1971), 『미소』
(1971), 『피아』(1972), 『GORO』(1974), 『놀람의 집(ビックリハウス)』(1974),
『야성시대』(1974), 『월간 PLAY BOY』(1974), 『FM 레코팔』(1974), 『주간 TV
fan』(1974), 『유행통신』(1975), 『크루아상』(1977), 『모어』(1977), 『핫도그 프
레스』(1979), 『광고비평』(1979), 『영 점프』(1979) 등이 창간되면서 미디어의

사카가미 히로시

기능은 총망라되어 활성화되었고, 출판계는 잡지 중심의 시대로 전환되었다. 서적 문화가 잡지 문화에 의해 그 기능을 시험받게 되는 시대가 출현한 것이다. 이렇게 되자 판매층도 당연히 변화했고, 출판계는 이제까지 잠자고 있던 젊은 독자층의 구매력을 표적으로 삼게 되었다. 이는 쇼와가 끝나고 헤이세이가 된 오늘에 이르기까지 오랫동안 미디어 믹스와 젊은 독자층의 밀월 시대가 지속되고 있는 사실과도 관계된다.

사카가미 히로시와 다쿠보 히데오

사카가미 히로시는 19살이라는 이른 나이에 소설가로 등단했는데 게이오 대학의 선배이자 『미타문학』편집에 관계하고 있던 야마카와 마사오(山川方夫, 1930~1965)의 권유로 「아들과 연인」(『미타문학』, 1955. 6)을 발표했고, 이 작품은 이 해에 아쿠타가와 상 후보로 올랐다. 첫 창작집 『어느 가을의 사건』(1960)의 표제작은 제4회 『중앙공론』 신인상을 수상했다. 가라타니 고진은 사카가미의 방법을 언급하면서 "그가 이른바 실생활과는 다른 '세계'를 작품 속에 만들어낸 것처럼 보인다면 그것은 그의 구성력 때문에 그런 것이 아니라 본래 실생활 그 자체를 하나의 허구로 보는 그의 눈 때문이며, 실생활 자체가 그 안에 있는 인간에게 이해하기 어려운 것이기 때문이다"(「해설」, 『어느 가을의 사건』, 왕문사문고)라고 하면서 실생활을 "하나의 픽션으로 보는" 사카가미의 눈을 강조하였다. 이후 그는 1970년 3월에 간행한 창작집 『야채 파는 소리(野菜賣りの聲)』를 거쳐 『이른 봄의 기억(早春の記憶)』 (1976), 『아침 마을(朝の村)』(1976), 『짚의 함정(藁のおとし穴)』(1974), 『비파의 계절』(1974), 『아름다운 사람들(優しい人人)』(1976), 『고인』(1979)에 이른다. 「고인」은 고토 메이세이, 다카이 유이치, 후루이 요시키치 등과 함

172

다쿠보 히데오의 『촉매』

께 발간했던 계간 동인지 『문체』(1977. 9 창간)에 연재했던 작품이다. 이 작품은 사카가미 히로시가 소설을 쓴 지 20년, 그 작가 도정을 상대화하고 있는 듯한 작품으로 특기할 만하다. 1965년 2월 야마카와 마사오는 교통 사고로 사망했다. 기대되는 신진 작가였던 야마카와의 권유로 작가의 길을 걷게 되었던 사카가미 히로시의 비탄은 예상 외로 깊었다.「고인」은 그런 야마카와 마사오의 죽음을 계기로 씌여졌으며, 1965년을 전후한 시대에 죽는 사람들을 주인공의 눈을 통해 묘사하고 있다. 그것은 마치 선구자 기타무라 도코쿠(北村透谷, 1868~1894)를 잃었던 시마자키 도손의 시선에 필적한다고 할 수 있다. 이 작품은 도손의「봄」과「버찌가 익을 무렵(櫻の實の熟するころ)」을 현대의 계산된 수법으로 재현한 느낌이다. 어쨌든 자기의 확립을 갈망하는 청년의 모습은 옛날이나 지금이나 마찬가지이리라. 사카가미 히로시는 『기우몽(杞憂夢)』(1974)에서 야마카와 마사오를 언급하면서 "대단히 엄격하게 말을 고르고 호흡을 가다듬는다. 하지만 관념 쪽이 자꾸 앞으로 나아간다. 그러나 그것이 아름답다"고 쓰고 있다. 여기에서는 사카가미 스스로 분석철학을 습득했던 철학도로서 '말' 과 '관념'의 싸움 한가운데 몸을 두고 있었던 과거를 회고하고 있다. 이는 죽음과 삶과의 싸움으로 언제나 환원되는 사카가미 문학의 기조를 이루는 문제였다.

다쿠보 히데오도 게이오 대학 출신으로『미타문학』의 편집에 관계하는 한편 작가로서 활동하였다. 전후 제2차, 제3차『미타문학』을 야마카와 마사오 등과 함께 편집했으며「금혼식」(1944. 1)과 다수의 시를 발표했다. 그는 쇼와 30년대에 들어와「초록의 해(綠の年)」(『신조』, 1959. 10),「부두」(『신조』, 1961. 4),「해금」(『신조』, 1961. 8),「수음(樹蔭)」(『신조』, 1961. 11),「해후」(『풍경』, 1962. 3),「수련(睡蓮)」(『문학계』, 1962. 5),「사치스런 봄(奢りの春)」(『문학계』, 1962. 12) 등 잇달아 좋은 작품을 발표했다. 아쿠타가와 상 후보로 세 번이나 올랐던 그는 1969년 6월『신조』에 발표한「깊은 강(深い

河)」으로 제61회 아쿠타가와 상을 수상했다. 『해금』(1963), 『깊은 강』(1969), 『수중화(水中花)』(1970), 『장미의 잠(薔薇の眠り)』(1972), 『무지개 시계(虹時計)』(1972) 등의 작품집이 잇달아 나왔으며 마이니치 출판 문화상을 수상한 『발환(髮の環)』(1976)의 완성하면서 하나의 정점을 맞이했다. 오케타니 히데아키(桶谷秀昭, 1932~)는 다쿠보의 처녀작 「해금」 이후의 작품 계보를 염두에 넣고 "다쿠보 씨는 여자를 묘사할 때 손에 꼽히는 작가인데 그가 묘사하는 여자는 어떤 위험한 매혹적인 분위기를 감돌게 한다"고 평가하면서, "그 매혹적인 탐닉은 이 세계 외부의, 죽음에 대한 소망"(「해설」, 『쇼와 문학 전집』 24, 소학관)이라고 지적하고 있다. 이 경우의 '죽음에 대한 소망'이란 "모체로 회귀해서 거기에서 잠들고 싶은 충동"과 겹쳐지기도 하는 까닭에 생명의 시원(始源)을 향한 회귀와 죽음이 겹쳐지는 감각과 그것을 표현하는 감수성은 특기할 만하다. 「발환」에 이어 발표된 『촉매』(1978)는 전시의 중동 지나 해에서 전사한 형에 대한 진혼을 모티프로 하는 소설이다. 외무성 직원으로 일하는 주인공을 중심으로 아카사카(赤坂)의 요정의 여장부인 그의 어머니와 전시중에 수송선에 승선했다가 순직한 형의 면영 등이 교차되면서 드라마가 진행된다. 에토 준은 이 소설을 나쓰메 소세키의 「명암」에 비유하면서 "다쿠보 씨는 이 작품에서 분명 소세키가 훌륭하게 묘사하면서 거듭 보여주었던 일본 가정 소설의 전통에 도전하고 그것을 되살리려고 한다"(『전문에 시평』 하권)고 지적했다. 다쿠보 히데오는 이후 『여인제(女人祭)』(1979)를 거쳐 연작소설 『해도(海圖)』(1985)를 발표하기에 이른다. 주체가 되는 인물의 인칭을 제거한 자칭 '무인칭 소설'의 배후에도 "적의 잠수함에 침몰당한" 형의 존재가 개재되어 있음을 간과할 수 없다.

문예 평론의 위상
—— 1975년 전후

1970년 이후 약 10년 동안의 문학계 내부와 문예 평론의 세계를 잠시 보도록 하자. 에토 준의 『소세키와 그 시대』 I · II (1970)는 우리로 하여금 이 비평가가 『나쓰메 소세키』(1956)로 등단했고, 이 책이 한 시대의 소세키 연구계를 석권했던 원숙한 작업이라는 사실을 이해하게 만든다. 메이지라는 시대를 고집하는 에토 준은 시대를 분석하는 순간부터 소세키를 정복하려고 한다. 그는 『소세키와 아더 왕 전설』(1975)이라는 학술 논문집도 냈는데, 오오카 쇼헤이는 이 논문집과 다른 의견을 주장하기도 했다. 이것은 오오카의 『소설가 나쓰메 소세키』(1988)에서 살펴볼 수 있다. 에토 준에 이어 오치 요시오(越智治雄, 1929~1983)의 『소세키 사론(漱石私論)』(1971), 오케타니 히데아키의 『나쓰메 소세키론』(1972), 아라 마사히토의 『소세키 연구 연표』(1974), 가지키 고(梶木剛, 1937~)의 『나쓰메 소세키론』, 하스미 시게히코(蓮實重彦, 1936~)의 『나쓰메 소세키론』(1978) 등 다양한 소세키론 및 연구가 쏟아져나왔다. 아라 마사히토의 작업은 나쓰메 연구를 총망라한 정밀한 연보 체제를 갖춘 전인미답의 연구서이며, 이후에 나오는 나쓰메 소세키 연구에 지대한 영향을 미치게 된다. 소세키 연구 · 평론이 성황을 이루었던 것처럼 야마자키 마사카즈(山崎正和, 1934~)의 『오가이 싸우는 가장(鷗外鬪う家長)』(1972)은 좋은 평가를 받았다. 은인자중하는 가장형 인격을 갖고 있던 모리 오가이의 체질과 내면에 예리한 분석을 가해 모리 오가이론의 한 전형을 만들었다고 할 수 있다. 메이지 40년(1907)대의 청년들과 소설의 주인공들에게 나타났던 기분으로 '언짢음(不機嫌)'을 상세하게 논했던 야마자키의 『언짢음의 시대(不機嫌の時代)』(1976)도 지나칠 수 없다. 그리고 근대 작

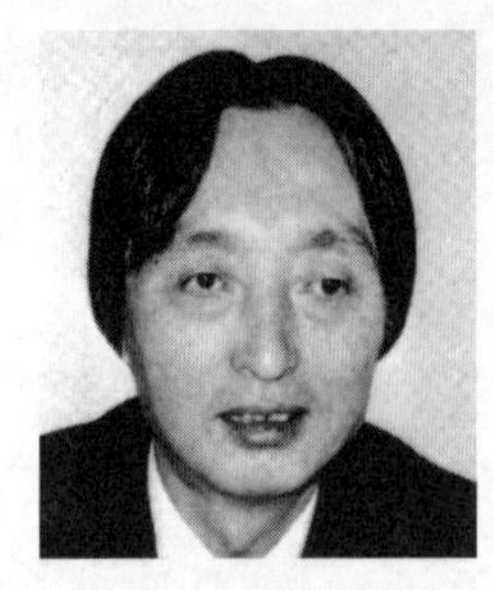

무라마쓰 다케시

가를 논한 작업으로는 노구치 다케히코(野口武彦, 1937~)의 『다니자키 준이치로』(1973), 고노 다에코의 『다니자키 문학과 긍정의 욕망』(1976), 하타 고헤이(秦恒平, 1935~)의 『신과 장난감 사이(神と玩具の間)』(1977) 등 다니자키론이 두드러진다. 나카노 요시오(中野好夫, 1903~1985)의 『로카 도쿠토미 겐지로(蘆花德富健次郎)』 전 3권(1974), 기타가와 도오루(北川透, 1935~)의 『기타무라 도코쿠』 전 3권(1974, 1976, 1977), 다카하시 히데오의 『시가 나오야——근대와 신화』(1981)도 주목되는 작업이다. 다카하시는 풍부한 학식으로 신화학 등을 구사하면서 시가 나오야의 표현과 인격의 상관 관계를 논하였다. 한편 고전 작가론도 많이 간행되었다. 나카무라 신이치로의 『라이 산요와 그 시대』(1971), 요시모토 다카아키의 『미나모토노 사네토모(源實朝)』(1971), 『초기 가요론』(1977), 오오카 마코토의 『기노 쓰라유키(紀貫之)』(1971), 『오카쿠라 덴신(岡倉天心)』(1975), 마루야 사이이치의 『고토바인(後鳥羽院)』(1973), 데라다 도오루의 『도겐의 언어 우주(道元の言語宇宙)』, 고바야시 히데오의 『모토오리 노리나가(本居宣長)』(1977) 등이 간행되었다. 모두 대가의 작업다운 품격으로 가득하며, 그 중에서도 고바야시 히데오의 노리나가론은 잡지에 실었던 글을 대폭 개정했던 필생의 역작이다. 또 문학사 혹은 문학사론에 관한 작업으로 혼다 슈고의 『전후 문학사론』(1971), 시노다 하지메의 『일본의 근대 소설』(1973), 『속 일본의 근대 소설』(1975), 마에다 아이(前田愛, 1931~1987)의 『근대 독자의 성립』(1973), 가토 슈이치의 『일본 문학사 서설』 상·하(1975, 1980), 무라마쓰 다케시의 『죽음의 일본 문학사』(1975), 오다기리 히데오의 『현대 문학사』 상·하(1975), 마쓰바라 신이치(松原新一, 1940~), 이소다 고이치, 아키야마 슌의 『전후 일본 문학사·연표』(1978), 마루야 사이이치의 『일본 문학사 속해(日本文學史早わかり)』(1978), 이소다 고이치의 『사상으로서의 도쿄』(1978), 야마모토 겐키치의 『시의 자각의 역사』(1979), 이노 겐지(猪野謙二, 1913~)의 『현대

고바야시 히데오

일본 문학사——메이지 문학사』(1979)가 간행되었다. 이노 겐지의 작업은 강담사 판 '일본 현대 문학 전집' 별권으로 새로 쓴『메이지 문학사』이며, 근대 문학 연구의 선구자의 한 사람인 야나기타 이즈미(柳田泉, 1894~1969)와 가쓰모토 세이이치로의 정통적인 학문을 수용하고 망라했던 문학사이다. 또 같은 별권으로『다이쇼 문학사』(1985)를 새로 썼던 세누마 시게키가 이토 세이의『일본 문단사』를 계승해서『일본 문단사』전 6권(1977~1978)을 완결했던 것도 주목된다. 어쨌거나 이 시기의 문학사 작업의 성과는 오늘날에도 큰 의미를 지닌다. 이 밖에 10년 동안에 간행된 평론의 성과는 다음과 같다. 요시다 겐이치의『유럽의 세기말』(1970), 다카하시 히데오의『비평의 정신』(1970),『역할로서의 신』(1975), 마쓰바라 신이치의『다케다 다이준론』(1970), 마쓰모토 겐이치(松本健一, 1943~)의『젊은 기타 잇키(若き北一輝)』(1971), 니시오 간지(西尾幹二, 1935~)의『비극인의 자세』(1971), 가지키 고 편,『이노우에 요시오 평론집』(1971), 오쿠노 다케오의『문학의 원풍경(文學における原風景)』(1972), 아에바 다카오(饗庭孝男, 1930~)의『반역 사주의 문학』(1972),『비평과 표현』(1979), 와타나베 히로시의『위기의 문학』(1972), 고지마 노부오의『나의 작가 평전』Ⅰ·Ⅱ·Ⅲ(1972~1975), 홋타 요시에의『고야(ゴヤ)』전 4권(1973~1977), 가메이 히데오(龜井秀雄, 1937~)의『현대의 표현 사상』(1974),『감성의 변혁』(1983), 사에키 쇼이치(佐伯彰一, 1922~)의『일본인의 자전(日本人の自傳)』(1974),『일본의 '나'를 찾아서』(1974),『이야기 예술론(物語藝術論)』(1979), 쓰키무라 도시유키(月村敏行, 1935~)의『비평의 원리』(1974), 이리에 다카노리(入江隆則, 1935~)의『견자 로렌스(見者ロレンス)』(1974), 요시모토 다카아키의『책의 해체학(書物の解體學)』(1975),『전후 시사론(戰後詩史論)』(1978),『비극의 해독(悲劇の解讀)』(1979), 히라노 겐의『'린치 공산당 사건'의 추억』(1976), 하스미 시게히코의『반＝일본어론』(1977),『표층 비평 선언』(1979), 아키야

오오카 마코토

마 슌의 나카하라 주야 평전 『알 수 없는 불꽃(知れざる炎)』, 나카지마 겐조의 『회상의 문학』 전 5권(1977), 나카지마 아즈사(中島梓, 1953~)의 『문학의 윤곽』(1977), 가와무라 지로의 요시유키 준노스케론 『감각의 거울(感覺の鏡)』(1978), 오케타니 히데아키의 『도스토예프스키』(1978), 우에다 미요지(上田三四二, 1923~1989)의 『현신(現身)』(1978), 미야우치 유타카(宮內豊, 1939~)의 『어느 순사——하나다 기요테루론(ある殉死——花田淸輝論)』(1979) 등이 눈에 띈다. 이러한 총체적인 비평의 작업을 살펴보면 전후파와 후발 주자들의 작업이 많고 아직 쇼와 두자리 세대 사람들의 작업이 많지 않은 것을 알 수 있다.

가라타니 고진의 작업

가라카니 고진의 등장은 쇼와 두 자리 세대 평론가의 출현으로 크게 주목을 받았다. 1979년, 『군상』 신인상 평론 부문에 입선한 「 '의식' 과 '자연'——소세키 시론('意識' と '自然'——漱石試論)」(『군상』, 1979. 6)은 에토 준 이후의 새로운 소세키론이며, 종래의 연구·평론을 단숨에 뒤엎을 정도의 위력으로 가득한 역작이었다. 가라타니 고진은 소세키의 비극을 이 작가와 동시대를 살았던 자연주의자들의 '자연' 관과 소세키의 교양의 내부에 개재한 유교적인 '자연' 혹은 '천(天)' 관념과 구별하고, '의식' 과 '자연' 이 대립하고 엇갈리는 구조 속에서 포착하려고 했다. 나중에 본인이 말한 바에 의하면 "소세키가 말하는 '비극' 이란 과잉과 다양성으로서의 생을 억압하고 배제함으로써 성립하는 '의식' (질서·제도·이성)에, 배제되었던 '자연' (혼돈·무의식·이인[異人])이 귀환하는 것이라고 해도 좋다" 는 것이다. 그는 1972년 2월, 소세키론을 포함한 제1평론집 『두려움에 떠는 인간(畏怖する人間)』을

간행했다. 소세키론에 이어 주목을 받았던 것은 『의미라는 병(意味という病)』(1975)의 권두에 수록된 「맥베스론」(『문예』, 1973. 3)이다. 이 평론도 소세키론의 한 변용이다. 인간의 외부에 있는 '자연'이 아니라 정신 세계(내적 세계)를 '자연' 그 자체로 가정했던 이 평론은 셰익스피어의 비극『맥베스』와 정면에서 대결했던 이색적인 평론이다. 가라타니 고진은 장군 맥베스가 우연히 만났던 마녀의 예언에 끌려다니게 되면서 말의 마력에 사로잡히는 사실에 주목한다. 단순한 말에 지나지 않는 '있지도 않은 사실'에 사로잡힌 인간은 모든 것을 그 말로부터 시작하게 되며, 현실 그 자체를 언어를 시원으로 삼아 조립하게 된다. 결국 마녀의 예언은 맥베스의 전부가 된다. "사람이 관념을 탕진하는 것이 아니라 관념이 사람을 탕진한다"는 것이다. 있지도 않은 사실에 조종을 당하면서 말의 의미에 들린 인간은 자유로운 자신의 의지를 가질 수 없다. 이렇게 막다른 골목에 몰린 인식의 끝에서 맥베스는 일체의 의미를 거절하고 어떤 형식으로도 자기에게 의미 부여를 하는 일을 그만둔다. 자기 존재의 무의미는 물론 죽음의 의미조차도 물리치는 것이다. 그리고 "그가 최후에 빠져나왔던 것은 이른바 '비극'이라는 올가미, 자기와 세계 사이에 그럴듯한 거리를 설정한 다음 화해로 유도하는 계략에 다름아니다"라고 결론짓는다. 가라타니 고진의 「맥베스론」의 배후에는 "1972년초에 일어났던 이른바 '연합 적군 사건'"이 깔려 있다. '의미라는 병'에 들린 혁명가들의 '계략'에 대한 통찰이 작용하였던 것이다.

「맥베스론」에 이어 발표된 「마르크스 그 가능성의 중심」(『군상』, 1974. 4~9)은 문예 잡지에 싣는 평론으로는 상당히 이질적인 저작이지만, 가라타니 고진에게는 「소세키론」「맥베스론」「마르크스론」과 한 가닥으로 이어진다. 고진은 고바야시 히데오가 "마르크스라는 상품이 사물도 관념도 아니고 이른바 말이라는 것, 그럼에도 그 '마력'을 갖게 되면 사물이나 관념, 즉

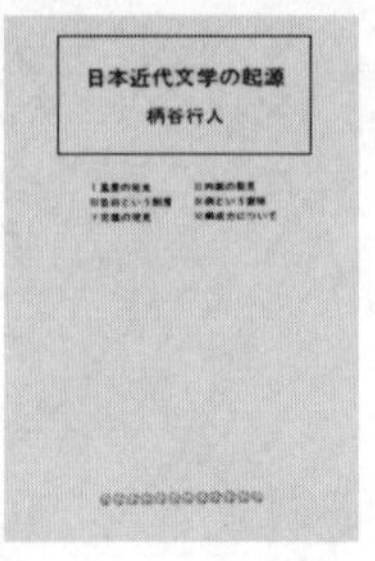

가라타니 고진의
『의미라는 병』
『마르크스 그 가능성의 중심』
『일본 근대 문학의 기원』

'그림자'로 발견할 수밖에 없다는 것"을 말하고 있다면서 "이 성찰은 지금도 빛나고 있다. 이것은 『자본론』을 언어학적으로 읽으려는 구조주의의 시도와는 전혀 다르다. 언어학자에게는 말에 대한 경이가 없고, 경제학자에게는 상품에 대한 경이가 없다. 그 '마력' 앞에 멈추어 섰던 적이 없는 자가 무엇을 말할 수 있겠는가"라고 반문하면서 마르크스의 '가치 형태'론을 독자적으로 추구할 것을 선언한다. 우리는 여기에서 마녀의 예언에 구애를 받는 맥베스의 변주를 볼 수 있다. 그리고 고진은 '상품' '화폐' '언어'를 하나의 원 안에 있는 세 개의 소용돌이 무늬로 논하면서 '가치 형태'의 환영을 폭로하고, 인간의 사고 중심으로 바짝 다가선다.

가라타니 고진은 『마르크스 그 가능성의 중심』(1978)에 이어 '문예 시평' 집인 『반문학론』(1979), 대화집 『다이얼로그』(1979), 나카가미 겐지와 대담한 『고바야시 히데오를 넘어서』(1979)를 간행한 다음 『일본 근대 문학의 기원』(1980)을 완성한다. 이 책에서 그는 일본 근대 문학의 내면에서 현현하는 '풍경' '내면' '고백' '병' '아동' 등이 어떻게 발견되고 어떻게 정착했으며 어떻게 환상이 되었는가에 대해서, 바로 그 생성의 기원을 풀면서 근대 작가와 근대 문학 연구자들의 허망성을 공격한다. 이후 『은유로서의 건축』(1983), 『비평과 포스트모던』(1985), 『내성과 소행(內省と遡行)』(1985), 『탐구 I』(1986), 하스미 시게히코와 대담한 『투쟁의 에티카』(1988), 『탐구 II』(1989) 등을 잇달아 발표한다. 특히 '탐구'로 정리된 가라타니 고진의 철학적 사고의 지속은 결국 '가치 형태'는 "모든 상이한 상품의 상대적 관계의 연쇄"에서 성립하는 '중심 없는 관계의 체계'로 존재한다는 「마르크스론」 이후의 실천으로 보인다.

노구치 후지오와
『도쿠다 슈세이의 문학』

원로 세대의 전개

전전부터 착실하게 문학 활동을 계속했던 작가는 누구라도 두 개의 엇갈린 시대를 체험하지 않을 수 없었다. 쇼와 40년대 후반부터 쇼와 50년대 전반에 걸친 문학 상황 속에서 노구치 후지오, 와다 요시에, 야기 요시노리, 후지에다 시즈오, 고 하루토(耕治人, 1906~1988), 유키 신이치(結城信一, 1916~1984), 시마무라 도시마사(島村利正, 1912~1981), 오누마 단(小沼丹, 1918~) 같은 작가들은 문단 상황이 매스컴 저널리즘의 효율성에 희롱을 당하는 가운데 수수하지만 부동의 문학 자세를 견지하면서 활약했다. 잡지 저널리즘이 신인상에 하나의 이벤트 성격을 부여해서 신인들을 대대적으로 팔아먹는 상혼과는 대조적으로 유황에 그을린 은과 같은 노숙한 작가들의 작업이 주목을 받았다. 이런 작가들은 문학적 초심을 고집하면서 자신의 원숙한 감각이나 세상의 변화에서 탈락한 감각을 바탕으로 놓고 정통적인 사소설성에서 근거를 찾았다.

노구치 후지오는 반생을 걸었던 슈세이 연구 『도쿠다 슈세이전』(1975)을 완성하고, 쇼와 10년대의 시대 의식을 자신에게 집중한 『어두운 밤의 나』(1970)를 쓰면서 소설가로서의 건재를 과시했다. 이 작품은 자전적인 소설 『이렇게 있었다(かくてありけり)』(1978)로 발전·승화되었으며 '어두운 밤'이라는 말로 상징되는 시대에 대한 반역을 한층 강화하였다. 도쿄의 번화가에서 태어났던 노구치 후지오는 급속하게 변모하는 도쿄의 모습을 애석해하며 『나의 가후(わが荷風)』(1975)와 『내 마음속의 도쿄(私のなかの東京)』(1978)를 썼다. 가와바타 야스나리 상을 수상했던 작품을 포함한 『죽엽고(なぎの葉考)』(1980)에서 원숙한 문체의 극치를 보여주었으며, 『감촉적 쇼와 문단사(感觸的昭和文壇史)』(1986)에서는 예전의 저널리스트적 감각을 십

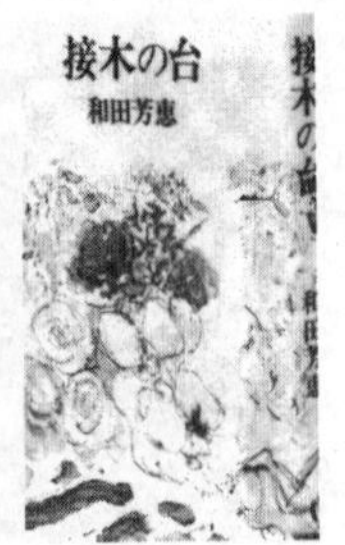

와다 요시에와 『접목대』

분 발휘하였다.

와다 요시에는 히구치 이치요 연구의 백미 『이치요의 일기』(1956)로 알려졌으나 『접목대(接木の台)』(1974)를 쓰면서 소설가로 등장했고, 노년의 감각 내부에서 지속되는 에로티시즘을 보여주면서 독자들을 압도했다. 일종의 성숙한 비타 섹슈얼리스 *vita sexualis*이기도 했던 자전적 소설 『어두운 흐름(暗い流れ)』(1977)은 노경의 관능성에 요기마저 감돈다고 평가되었을 정도이다. 독자들은 생명 감각의 현현에서 많은 감동을 받았다. 가와바타 야스나리 상 수상작을 포함한 『설녀(雪女)』(1978)는 그의 최후의 작품이다.

야기 요시노리는 전전에 요코미쓰 리이치에게 사사하고 아쿠타가와 상을 수상했던 작가였으나 중국 대륙에 출정했다가 처자를 잃고 상심한 끝에 사소설성이 짙은 작품을 잇달아 발표했다. 그 집대성이라 할 수 있는 『풍제(風祭)』(1976)로 요미우리 문학상을 수상했다. 이후 『해돋이(海明け)』(1978), 『한 장의 그림(一枚の繪)』(1981), 『아득한 지평(遠い地平)』(1983), 『표운(漂雲)』(1984) 등 필력의 쇠퇴를 느낄 수 없이 작품을 계속 발표했다.

후지에다 시즈오는 히라노 겐과 혼다 슈고의 동료로 전쟁 전부터 문학 활동을 계속했다. 시가 나오야를 사숙했으며 그 영향을 강하게 받았다. 『공기두』(1967)로 예술선장(藝術選奬)을 수상했던 후지에다는 일상 생활을 응시하면서도 형이상학적인 세계를 보여주는 수법으로 독자적인 경지를 개척했다. 『혼구정토』(1970)에서 그는 소년 시절의 기억과 늙어서 치매 세계가 확대되는 모습, 마지막에는 죽은 다음 먼저 정토로 떠났던 가족들과 단란하게 지낸다는 이야기를 전개하고 있다. 이어 『애국자들』(1973), 『이상동몽(異床同夢)』(1975), 『전신유락(田紳有樂)』(1976)을 썼으며, 죽은 아내에 대한 진혼을 담은 『슬플 뿐』(1979)은 이 시기의 정점이라 할 수 있다.

고 하루토는 전쟁 전에 시인으로 출발했고 전쟁중에 소설을 쓰기 시작했다. 전후 『한 줄기의 빛(一條の光)』(1969)으로 요미우리 문학상을 수상했다.

오누마 단

『시인에게 죽음이 찾아올 때』(1971), 『소용돌이(うずまき)』(1975), 『어머니의 영혼(母の靈)』(1977) 등의 소설집을 냈던 고 하루토는 『천장에서 떨어지는 슬픈 소리(天井から降る哀しい音)』(1986), 『그럴지도 모른다(そうかもしれない)』(1988) 등에서 말년의 절박한 심경과 해방감을 묘사해서 평판이 높았다.

유키 신이치는 전쟁의 상흔을 묘사했던 『진혼곡』(1967) 이후 노화의 문제를 다룬 『밤의 종(夜の鐘)』(1971), 일본 문학 대상을 수상한 『하늘의 오솔길(空の細道)』(1980), 아이즈 야이치(會津八一, 1881~1956)의 면영을 더듬은 『석류초(石榴抄)』(1981) 등을 썼다.

시마무라 도시마사는 전쟁 전에 시가 나오야와 다키이 고사쿠에게 사사했으며, 전후에 세번째 창작집 『나라 등대로정(奈良登大路町)』(1972)을 내면서 15년 만에 대중들의 이목을 끌었다. 나라(奈良) 아스카엔(飛鳥院)의 오가와 세이요(小川晴暘, 1894~1960)에게 제자로 들어가 미술 사진가를 지망했던 젊은 시절을 잔재주 부리지 않는 필치로 묘사해서 호감을 받았다. 이후 『푸른 연못(靑い沼)』(1975), 『질부추색(秩父秋色)』(1977), 그리고 요미우리 문학상을 수상한 『묘코의 가을(妙高の秋)』(1983)을 냈으며 수상집 『다마가와 단상(多摩川斷想)』(1983)은 깊은 맛이 있는 작품이다.

오누마 단은 습작 시절에 이부세 마스지에게 사사했고 쇼와 30년대부터 본격적인 단편 작가로 인정을 받았다. 『회중시계(懷中時計)』(1969), 『은색방울(銀色の鈴)』(1971)을 출간했으며 영국 체재기 『찌르래기 일기(椋鳥日記)』는 이국 문화에 접하는 일상 생활을 극명하게 더듬었던 독자적인 수법으로 높은 평가를 받았다.

야스오카 쇼타로

야스오카 쇼타로의 「유리담」

　야스오카 쇼타로의 「유리담(流離譚)」은 1976년 3월부터 1981년 4월까지 5년에 걸쳐 『신조』에 연재되었다. 정성을 들여 개정하고 퇴고한 다음 완결된 그 해 11월에 『유리담』 상·하를 간행했다. 막부 말기에서 메이지라는 근대의 태동과 일족의 역사를 근대사의 문맥에서 길항하는 형식으로 표현했던 대작이다. '유리담'이라는 제목은 귀한 가문에서 태어난 사람들의 유랑을 일컫는다. 그러나 이 경우의 유랑은 보통 사람들의 유랑을 현전화함으로써 소설가의 고유한 역사적인 눈을 만든다. 군인의 아들로 태평양 전쟁을 헤쳐 나왔던 야스오카 쇼타로는 이보다 앞서 『해변의 광경』(1959)에서 정신 질환을 앓다 불쌍하게 죽은 어머니와 귀환병으로 가족 품에 돌아온 아버지의 풀죽은 모습과 풍모를 그리면서 보통 사람들의 유랑을 묘사했다. 전쟁과 가족, 이것은 야스오카 쇼타로의 역사적인 눈의 뿌리라고 할 수 있다. 일본 제국의 군인이며 천황의 적자라는 영광으로 가득 찼던 보통 사람들의 허구성은 패전 후 마치 무용지물처럼 가족들에게 돌아왔던 아버지의 모습으로 보기 좋게 깨지고 만다. 한몸으로 두 시대를 살 수밖에 없었던 사람들의 모습을 보았던 야스오카 쇼타로는 단숨에 시대를 막부 말기에서 찾고, 아버지의 모습으로 대표되는 유랑민들의 원류를 탐색하기라도 하듯이 「유리담」에 착수했다.

　「유리담」은 전반은 야스오카 후미노스케(安岡文助)의 일기를, 후반은 후미노스케의 장남 가쿠노스케(覺之助)가 보신 전쟁(戊辰役) 전선에서 고향 사람들에게 보낸 편지를 재료로 삼아 씌어진 역사소설이다. 야스오카는 "일반인들에게 역사로 인정을 받았던 사서(史書)를 공사라고 한다면, 개인의 집에 전해내려오는 문서는 사사(私史)인데, 왠지 사사는 공사를 따르게 마야스오카 쇼타로의 『유리담』

련이라고 생각한다"라고 말한다. "그러나 무엇이 공사이고 무엇이 사사인지 과연 어느 정도까지 선명하게 분류되고 있을까. 일반 사서에서 말하고 있는 것을 공사라고 판단했던 것은 요컨대 그것이 사서에 실릴 때까지 어떤 사람의 눈에 띄어 검토되고 역사적 사실로 인정받은 것이라고 생각했기 때문이다" "다만 역사적 사실이란 무엇인가 말한다면 구체적으로 고문서를 말하며, 그것도 처음부터 '역사적 사실'로 썼던 것은 있을 수 없고 단순한 편지나 일기, 비망록이 역사적 사건이 일어났을 때 우연히 그것을 보증하는 자료가 되는 경우 역사적 사실로 채택되었던 것"(「후서」, 『야스오카 쇼타로집』 9, 암파서점)이라고 말하면서 스스로 「유리담」을 집필한 입장을 피력하고 있다. '공사'와 '사사'로 구별하는 일의 위험을 말했던 야스오카 쇼타로는 일족의 '편지나 일기, 비망록'을 하나의 '역사적 사실'로 '공사'도 '사사'도 아닌 소설(허구)이라는 방법으로 '역사'를 써서 보여주었다. 그 밑바닥에서 우리는 언제나 보통 사람들의 삶을 볼 수 있다. 「유리담」의 대단원에서 크리스천이기도 한 일족의 한 사람은 죽으면서 "망할 놈의 이 세상/썩어가는 이 내 몸/무엇을 믿으랴……"라며 찬미가를 흥얼거린다. 작가는 이 말을 적으면서 "특히 임종의 자리에 있던 사람들 입에서 흘러나온 것을 상상하면 참으로 처참한 바 있으며 옆에 앉아 있는 사람들은 참을 수 없는 생각을 했을지도 모른다. 여기에는 기독교 신도라기보다 이 세상에서 무엇인가를 찾았지만 끝내 찾을 수 없었던 사람들의 무념지상(無念之想)이 담겨 있는 것처럼 느껴지기 때문"이라고 쓰고 있다. 「유리담」은 바로 "이 세상에서 무엇인가를 찾았지만 끝내 그것을 찾을 수 없었던 사람들의 무념지상"의 역사였다고 할 수 있다. 돌이켜 생각하면 야스오카 쇼타로는 초기 이후 어느 때는 열등생을 묘사하고, 또 어느 때는 흐리멍덩한 인물을 묘사하면서 도회성(韜晦性)이 강한 패배의 인물, 그리고 상승 지향형 인물보다는 하향 지향형 인물을 즐겨 묘사했다. 군인이었던 아버지의 전임에 따라 이리저리 학교를 전학

요시다 도요의 초상화

하지 않을 수 없었던 소년 시절을 묘사한 작품부터 청년 시절에 이르는 일련의 사소설성이 짙은 작품들(「서커스의 말」「꽃 축제〔花祭〕」「나쁜 친구」)을 보면, 여기에는 그 시대의 흐름에 편승하지 못하고 오히려 탈락하기 시작했던 주인공들의 심정이 생생하게 묘사되어 있다. 혹은 군대 생활에서 탈락한 낙제생을 묘사한 작품(「둔주」)도 있다. 「유리담」 등장인물의 한 사람인 야스오카 가스케(安岡嘉助)는 도사 번의 가노(家老) 요시다 도요(吉田東洋, 1815~1862)의 목을 베고 탈번(脫藩)하며, 그 후 암살 단체인 덴추쿠미(天誅組)에 가담했다가 참수를 당한다. 야스오카 쇼타로는 전쟁중에 이 인물의 일을 염두에 두고 「참수 이야기(首斬り話)」를 썼다. 그는 소심하기 때문에 시대의 격랑에 빠져 운명을 그르치게 되는 보통 사람의 전형을 이미 그때 보았던 것이다. 「유리담」은 야스오카 쇼타로가 문필업의 총결산으로 묘사했던 대하소설이라고 할 수 있다. 「유리담」의 후속 편처럼 썼던 그의 『나의 쇼와사(僕の昭和史)』 전 3권(1984), 『대세기말 서커스(大世紀末サーカス)』(1984)도 짚고 넘어가야 할 것이다.

나 · 가족 · 일족
──미우라 데쓰오와 야마구치 히토미

소설가가 자신의 개인성에서 벗어날 수 없는 것은 당연하다. 어떤 인물을 묘사해도 '보바리 부인은 나이다'라는 구조가 각 작품에는 마련되어 있는 것이다. 나를 묘사하고, 가족을 묘사하고, 일족을 묘사하는 과정은 여러 명의 '나'를 모아 뒤섞고 여과함으로써 표현의 세계로 정착하게 된다. 서로 싸우는 여러 명의 '나'를 묘사하는 일 그 자체가 역사를 서술하는 행위와 비슷하다. 야스오카 쇼타로가 「유리담」에서 사용한 서술법의 특색은 보통 사람

야마노우치 요도의 초상화

들의 '무념지상'을 모티프로 해서 눈앞에 태산처럼 쌓인 '고문서'의 언설을 서술하는 부분에 있다. 사실 인간의 일생은 어떤 고귀한 사람이라도 죽음 전에 마음속에 '무념지상'을 갖지 않을 수는 없다. 그 '무념지상'을 바로 '무념지상'의 주름을 잡듯이 표현하는 측면에 역사가가 아닌 소설가의 역할이 있다. '무념지상'의 역사가 「유리담」의 세계라면, 이 소설에서는 새삼 주인공을 따로 정할 것도 없다. 야스오카 가스케에게 암살당하는 요시다 도요, 도사 지방의 무사(鄕士)들이 존경했던 사카모토 료마(坂本龍馬, 1835~1867), 혹은 도사 번주(藩主)인 야마노우치 요도(山內容堂, 1827~1872), 찬미가를 부르며 죽었던 야스오카 일족의 노부인, 메이지 시대까지 살아남는 젊은 일족들, 그리고 야스오카 쇼타로의 아버지와 어머니, 그리고 야스오카 자신 모두 주인공으로 볼 수 있다. '국민' '인민' '민중' '대중' '상민' 등등 다양하게 불리게 되는 보통 사람들을 표현 세계에 담을 수 있는가 없는가. 소설가는 그 능력을 시험받으면서 자신도 시험하고 있다는 사실을 알게 되는 것이다.

미우라 데쓰오의 소설 세계도 사소설성이 강한 작품 계보에서 시작되었다. 그의 작품은 가족을 묘사하면서 작가의 출신지 주변 사람들의 세계에 미치고 있다. 아오모리와 하코다테(函館)를 왕복하는 세이칸(靑函) 연락선에서 바다에 뛰어들어 죽은 누이가 있고, 수면제를 먹고 자살한 누이가 있으며, 실종되고 행방불명된 두 형이 있다. 이런 여섯 남매의 막내로 태어난 미우라 데쓰오는 '피의 문제'를 잊으려고 했지만 끝내 허사라는 것을 확인한 후 "그 피를 가공의 시험관에 모아 연구하고 이해하는 일이 내 자신이 살아가는 길에 얽혀 있다"는 사실을 이해했다고 「자필 연보」에서 말하고 있다. 숙명의 특권화, 혹은 몸을 버려야 출세할 때도 있다는 표현자의 자세는 형제들의 '무념지상'을 자신에게 이끌어들였던 자세로 납득할 수 있다. 연작소설집 『야(野)』(1974)는 도호쿠 지방의 보통 사람들을 묘사했던 가작으로 평

야마구치 히토미와 『혈족』

판이 높다. 이 작품은 가난한 사람, 무지한 사람, 마음이 약한 사람, 미친 사람 등 「야」의 세계에서 태어나고 거기에서 흘러나오고 그리고 소멸·소실되는 그런 사람들의 소박하고 그럼에도 뚜렷한 이미지를 집대성한 것으로서 이 시기의 미우라 문학의 한 정점을 보여준다. 이어 단편 연작 『권총과 15편의 단편』(1976)도 「야」의 자매 편이라는 느낌이 든다. 또 미우라 데쓰오가 인육까지 팔게 되었던 덴메이(天明) 대기근을 묘사했던 작품으로 『오로오로 소시(おろおろ草紙)』(1982) 같은 역사소설을 쓰고 있다는 점도 간과할 수 없다. 또 하나의 역사소설 『소년 찬가』(1982)는 덴세이(天正) 시대의 기독교 소년 로마 사절단을 묘사한 작품으로 제15회 일본 문학 대상을 받았다. 이 밖에 『사랑스런 여자(愛しい女)』(1979), 『시즈온나의 생애(しづ女の生涯)』(1979), 『목마의 기수』(1979), 『겨울 기러기(冬の雁)』(1980) 등을 거쳐 장편 소설 『백야를 여행하는 사람들(白夜を旅する人人)』(1984)을 완성한다. 이어 '자멸의 길'을 걸었던 형제들과 아버지가 죽은 일가족을 떠받치면서 우뚝 선 어머니, 문자 그대로 가족의 유리담을 묘사하고 있다. 미우라 문학의 작품 여러 곳에서 등장하는 '어머니'의 임종하기 전후를 묘사했던 『수월기(愁月記)』(1989)는 인간의 삶과 죽음을 냉정한 필치로 묘사하고 있는 작품이다.

야마구치 히토미의 『혈족』(1979)도 제목 자체가 보여주는 대로 일족 이야기이다. 이 소설은 자신의 출생에 대한 회의에서 시작된다. 부모의 결혼식이나 어머니의 신부 모습을 담은 사진이 한 장도 없는 사실에 대한 의문을, 일종의 수수께끼 풀이처럼, 어머니의 출생과 주인공 작자 자신의 출생을 파헤쳐나간다. 결국 어머니의 친정이 여관을 겸한 유곽이었다는 사실을 알게 된 주인공은 그 장소에 서서 "어머니는 여기에서 태어났고 여기에서 자랐으며, 여기에서 소녀가 되고, 여기에서 아가씨가 되었던 것이다. 그래서 어머니는 55살로 돌아가실 때까지 그 사실을 나에게 말하지 않았던 것"이라고 밝히고

있는 것이다. 집안 식구들에게 힐난을 받으면서까지 어째서 어머니가 비밀로 간직했던 출신을 조사하고 발굴해서 소설로 쓰지 않으면 안 되었을까. 여기에는 표현자의 본성이라고 할 작가 의식과 스스로 선택할 수 없었던 출생에 대한 극히 평범한 탐구 자세가 작용하고 있다. 미우라 데쓰오의 문학에서 '어머니'의 이미지를 아로새겼던 역학과 마찬가지로 「혈족」 또한 '어머니'를 기점으로 해서 일족을 탐구하고 있다. 야마모토 겐키치는 이어 발표한 『가족』(1983)을 읽고 야스오카 쇼타로의 「유리담」을 인용하면서 "비문의 이끼를 닦고 고문서의 먼지를 털어 부모의 가계를 부상시킨" 의미에서 그의 소설은 '소태소설(掃苔小說)'이라고 부를 수 있다고 말했다.

하야시 교코 · 다케니시 히로코 · 구라하시 유미코

문학사에서 말하는 '대가의 부활'이나 '여류 작가의 부활'이라는 말 그 자체는 가치를 추출하려는 표현이다. 문학사를 서술하는 어려움은 무릇 개별적인 개인 작업의 실적을 총람하기 위해 이질적인 작업을 같은 평면 위에 나란히 놓고 평균화할 때 생긴다. '대가'란 일정 연령을 넘은 그리고 오래 활동한 작가를 일반적으로 말하는 언사이며, '여류'란 때로는 남성 작가가 아닌 여성 작가들을 일반적으로 일괄하는 언사로 통용된다. 여성 작가를 일괄해서 한 부분에 서술하는 것은 해당 여성 작가들에게도 기쁜 일은 아닐 것이다. 어떤 작가도 다른 직업을 가질 수 있었음에도 불구하고 작가를 선택했다는 극도로 촉박한 정신의 한 부분을 갖고 있다. 다시 말하자면 어떤 상태와 다른 어떤 상태의 상극과 엇갈림 속에 몸을 놓았을 때 발생하는 멈출 수 없는 목소리를 우리 독자들 앞에 놓인 표현 세계로 생각할 수 있다. 그리고 이미 유사한 주제가 많이 묘사되었지만 처음부터 그 전부를 복습하듯이 자

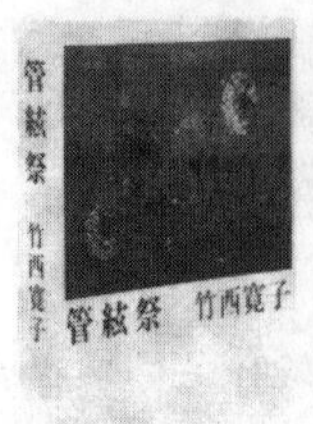

다케니시 히로코의『관현제』

기 표현 세계로 재현하지 않을 수 없는 작가 고유의 내부의 사정이 있게 마련인 것이다.

이런 의미에서 하야시 교코와 다케니시 히로코의 책이 우연히 나란히 꽂혀 있는 것을 보았다고 하자. 그러면 우리는 이들이 모두 여성 작가임을 알게 되고, 한 사람은 나가사키 사람이고 또 한 사람은 히로시마 사람이라는 사실을 떠올리게 된다. 그리고 피폭의 도시 히로시마와 나가사키가 겪어야 했던 충격은 하라 다미키나 오타 요코, 이부세 마스지, 이노우에 미쓰하루, 오에 겐자부로라는 사람들의 선행 작품으로 이미 집적되어 있지만, 두 작가 역시 각자 그 당시의 언어 표현으로 세상에 묻고자 했던 자세에서 뛰어난 점을 갖고 있음을 알 수 있다.

하야시 교코의『유리 세공』(1978)의 표제작은「축제의 장(祭りの場)」(『군상』, 1975. 6)이다. 여기에는 이미『군상』신인상과 제73회 아쿠타가와 상을 한꺼번에 수상했던 이 작가가 다음에 전개할 세계가 결정되어 있다.「축제의 장」이 기록적 성격이 가미된 리얼리즘 작품이라면,「유리 세공」은 눈에 보이지 않는 상흔을 극도로 억제한 필치로 보여주고 있다는 점에서 특색을 드러낸다. 유리 그릇의 반흔상(瘢痕狀)과 찻잔의 실굽에 나 있는 금의 상대화된 이미지를 어떻게 받아들이는가. 이는 표현하는 사람의 문제라기보다는 읽는 쪽의 문제로 부여되는 것이다. 하야시 교코의 이러한 일련의 작품을 읽고 마음이 편치 않았던 독자들이 적지 않다. 마음이 편치 않다는 사실 자체에 작품의 존재 가치와 낯설게 하기의 효과가 드러나 있다고 할 수 있다. 다음 주제를 소녀 시절의 중국 체험에서 이끌어냈던 하야시 교코는『미셸의 입술 연지(ミシェルの口紅)』(1980)와 30년 만의 중국 방문을 묘사한『상해』(1983)를 발표하였다.

다케니시 히로코의『관현제』(1978)는 히로시마의 전통 행사인 '관현제'를 배경으로 역시 히로시마와 나가사키가 겪어야 했던 충격을 묘사한 소설이

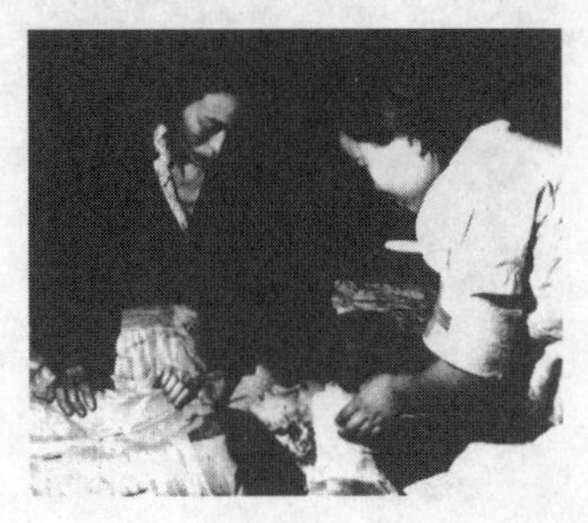

피폭당한 모자

다. 여름의 햇살로 가득한 광경을 눈에 아로새기고 있던 여주인공은 한 순간 번쩍이는 빛을 본 후에 "부근을 물들이고 있던 여름의 색이란 색이 모두 바래고 전혀 멀리 바라볼 수 없는 그림자 세계" 속에 내던져진다. 색채가 모두 바랜 '그림자 세계'에 살게 된 주인공은 '관현제'의 화려함 속에서 상실했던 세계가 소생하는 것을 느낀다. 그와 동시에 한 순간의 번쩍이는 빛으로 죽었던 사람들, 병을 앓으며 죽지 않을 수 없었던 사람들과 즐거움을 나누고 있는 것도 간과할 수 없다. 단편 연작 『병사 숙소(兵隊宿)』(1982)도 전쟁의 시대를 각인했던 말의 세계로 귀중한 작품이다.

구라하시 유미코와 하야시 교코, 다케니시 히로코는 나란히 놓고 보면 아무런 공통점도 없는 작가이다. 『스미야키스트Q의 모험』(1969)의 우의성과 히로시마나 나가사키가 토하게 하는 언어성이란 애당초 아무 관계도 없다고 생각하는 것은 극히 당연하다. 그러나 우의성을 무기로 삼아 언어의 바다에 나아가는 것과 히로시마나 나가사키의 현실에서 언어의 집적을 도모하는 것, 이는 그렇게 큰 차이라고 할 수는 없다. '스미야키스트'나 '스미야키즘'이라는 말의 집적은 독자로 하여금 연상의 늪에 서게 한다. '마르키스트'나 '마르크시즘'이 이미 역사적인 현실을 내포하고 있는 표현이라는 사실을 알고 있는 작가는 그 역사적 표현을 버리고 '어디에도 없는 장소'의 이야기로 소설에 도전한다. 그러나 이 도전의 저변에는 언제나 역사적 현실에 배신을 당하고 타격을 받았던 작가 자신이 존재하고 있다는 사실도 부정할 수 없다. 하야시 교코와 다케니시 히로코 그리고 구라하시 유미코는 모두 동시대의 공기를 마시고 그 공기에 촉발되어 표현하고 있다는 공통점을 갖고 있다. 시대가 쓰게 했던 말을 일단 자기 몸에서 뽑아버리고 자기 식으로 표현하고 있는 것이다. 구라하시 유미코의 『아마논국 왕환기(アマノン國往還記)』(1986)는 초월적 국가론으로 읽을 수 있다.

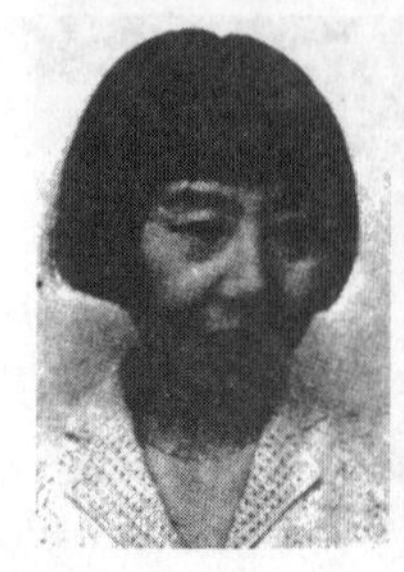

고노 다에코

고노 다에코 · 오바 미나코 ·
도미오카 다에코 · 다카하시 다카코

　고노 다에코는 「게(蟹)」(『문학계』, 1963. 6)로 제49회 아쿠타가와 상을 수상했다. 그 후 쇼와 40년대 후반에 보여준 그녀의 작업은 다채로웠고 『뜻밖의의 소리』(1969)로 제20회 요미우리 문학상을 수상했다. 에밀리 브론테 원작 『폭풍의 언덕』(1970)을 각색해서 상연했고, 신작 장편소설 『회전문』(1970)도 좋은 평가를 받았다. 부부 교환을 묘사하면서 남녀 관계를 실존적으로 추구하려고 했던 이 작품은 종래의 문단 문학에는 없었던 여성 작가의 성취를 보여준다. 단편집 『골육』(1971)의 표제작도 쉬르리얼리즘을 느낄 수 있는 성적인 환상이 특이하다. 에세이집 『문학의 기적』(1974)은 문학론 에세이로 가득하며, 평론 『다니자키 문학과 긍정의 욕망』(1976)은 요미우리 문학상의 평론 부문을 수상해서 널리 알려졌다. 작가가 쓴 다니자키론답게 다니자키 문학의 창조의 비밀스런 장소를 해명하려는 의욕과 그 절차는 오랫동안 평가의 대상이 될 것이다. 그 후 『일 년의 목가(一年の牧歌)』(1980)로 제16회 다니자키 준이치로 상을 수상한 고노 다에코는 다니자키 문학의 계승자 같은 인상을 굳혔다. 그녀의 문학에는 가학적인 성적 이야기나, 유아를 학대하는 이야기, 혹은 사드, 마조식의 이야기가 있어 비정상 혹은 그로테스크한 분위기로 가득한 것처럼 보인다. 그 정도로 인간을 극한까지 몰아넣는, 진정한 의미의 추구 능력은 탈일본적인 수준으로 이해되기도 한다. 어쨌든 음습한 일본인의 감성을 강하게 자극하였다.

　오바 미나코는 『군상』 신인상을 수상했던 「세 마리의 게」(『군상』, 1968. 6)로 아쿠타가와 상을 수상해서 대형 여성 신인 작가가 등장을 예고했다. 오랫동안 외국 생활을 경험했기 때문에 일본이라는 아이덴티티와 인종에 대한

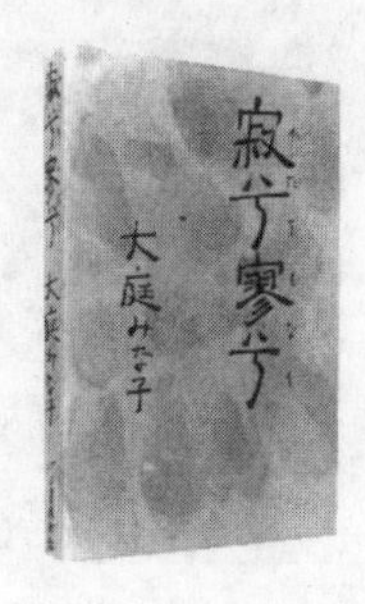

오바 미나코의 『적혜요혜』

편견에서 자유롭다는 사실이 그대로 그녀의 문학에 나타났으며 해방된 새로운 일본 문학의 탄생을 생각하게 하였다. 최초의 소설 『세 마리의 게』(1968)를 간행한 다음 기대에 어긋나지 않게 『선식충(ふなくい蟲)』(1970), 『유령들의 부활제』(1970), 『상록수의 꿈(栂の夢)』(1971), 『푸른 여우(青い狐)』(1975), 『우라시마쿠사(浦島草)』(1977), 『오레곤 꿈 열흘 밤(オレゴン夢十夜)』(1980) 『안개 여행(霧の旅)』 I, II(1980) 등의 역작을 냈다. 일찍이 60년대의 미국에서 견문을 쌓았던 오바 미나코가 70년대 말엽 오레곤 대학의 교환교수로 갔던 체험을 통해 미국의 변모를 바탕에 놓고 동서 문화의 상대성을 성숙한 시야로 묘사했던 이색적인 작품들이다. 「오레곤 꿈 열흘 밤」을 집필할 때부터 무엇인가 마음의 내부에서 잉태되었다는 『적혜요혜(寂兮寥兮)』(1982)는 『노자』 25장에 나오는 "혼돈하면서도 이루어지는 무엇이(有物混成)/천지보다 먼저 있었다(先天地生)/그것은 소리가 없어 들을 수도 없고 볼 수도 없으나(寂兮寥兮)/홀로 우뚝 서 있으며 언제나 변하지 않고(獨立不改)/두루 어디에나 번져나가며 절대 멈추는 일이 없어(周行而不殆)/천하 만물의 어머니라 할 수 있다(可以爲天下母)"는 구절에서 모티프를 얻은 철학성과 신화성을 품고 있는 작품으로 남녀가 서로 빨아들이는 모습의 근원에 있는 '적요(寂寥)'를 파헤쳐서 화제를 불러일으켰으며 다니자키 준이치로 상을 수상했다. 남녀의 성애를 통한 인간 탐구는 「안개 여행」에 이어지는 『우는 새의(啼く鳥の)』(1985)에서도 볼 수 있다.

도미오카 다에코는 시인, 번역가, 희곡 작가, 시나리오 작가로 활약하였으며 『언덕을 향해 사람은 나란히(丘に向つてひとは並ぶ)』(1971), 『결혼 기념일』(1973)을 거쳐 『식물제(植物祭)』(1974)로 제14회 다무라 도시코 상을 수상하면서 소설 분야에서도 뚜렷한 흔적을 남겼다. 그 후 여류 문학상을 받은 『명도의 가족(冥途の家族)』(1974), 『호중암이문(壺中庵異聞)』(1974), 『당세범인전(當世凡人傳)』(1977), 『가뢰(斑猫)』(1979), 『추구(芻狗)』(1980) 등

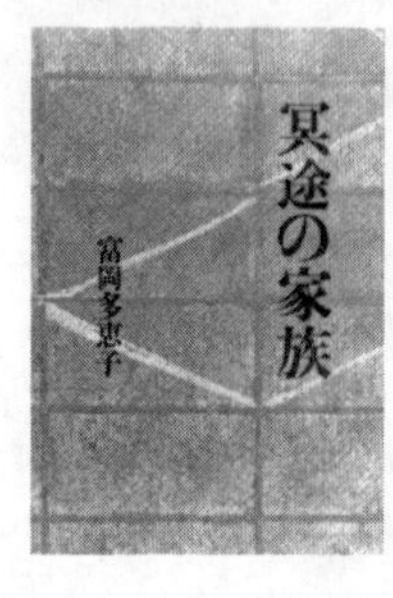

도미오카 다에코의 『명도의 가족』

작품 경향을 잇달아 바꾸면서 부모를 중심으로 하는 가족 내부에서 일본인의 전근대성을 파헤치고, 자신이 태어나고 자랐던 오사카라는 땅과 그 문화의 탐구로 나아갔다. 우리는 『지카마쓰 조루리고(近松淨瑠璃考)』(1979), 『만담 작가 아키타 미노루(漫才作者秋田實)』(1986), 『사이카쿠의 이야기(西鶴のかたり)』(1987) 등에서 그 편린을 엿볼 수 있다. 한편 『표현의 풍경』(1985), 『이런 시대의 소설』(1989) 등에서 소설가로서 일가견이 있는 개성적인 표현론과 소설론을 주장하여 경파(硬派) 이미지로 널리 알려졌던 도미오카 다에코는 아사히 신문의 '문예 시평'을 중심으로 편집한 논집 「이런 시대의 소설」에서 근래의 젊은 작가들의 소설이 동료들 말로 '내륜화(內輪化)' 하고 있는 점을 예리하게 비판하였다.

다카하시 다카코(高橋たか子, 1932~)는 모리아크, 먼데이아르그 A. Mandiargues의 번역자로 유명하며, 작품집 『쌍면(双面)』(1972), 신작 장편소설 『하늘 끝까지(空の果てまで)』(1973), 『공생 공간』(1973), 신작 장편소설 『몰락 풍경』(1974)을 썼으며 신작 장편소설 『유혹자』(1976)로 제4회 이즈미 교카 상을 수상했다. 1975년 카톨릭 세례를 받았던 다카하시 다카코는 10년 후인 1986년부터 수도 생활에 들어갔다. 장편소설 『황야』(1980), 신작 장편소설 『꾸며라, 나의 영혼이여(裝いせよ, わが魂よ)』(1982), 작품집 『멀리, 고통의 계곡을 걷고 있을 때』(1983), 신작 장편소설 『화난 아이』(1985) 등은 종교자로 방황하는 작가의 영혼을 서구적 교양성이 강한 문체로 묘사했으며, 그 너머로 그리스도 예수의 모습이 숨었다 보였다 하는 모습이 인상 깊다.

애타는 모정

'중국 잔류 고아'가 하는 말

히로시마나 나가사키가 토하게 하는 말이란 무엇인가. 이렇게 소리 높여 말하면 많은 사람들은 고개를 돌린다. 하야시 교코나 다케니시 히로코의 작품이 간직하고 있는 것은 보통 사람들이 역사의 극점에 직면했을 때 일어나는 감수성의 문제, 아무래도 둔감해질 수 없는 언어 감각의 문제이다. 이는 고노 다에코의 성애에 관한 감수성의 언어화, 오바 미나코의 이국 문화 사이의 차이에 관한 감수성의 언어화 등과 함께 그리고 여기에 여성의 감각의 차이가 뚜렷하게 드러나는 문제이다.

1981년 3월 2일, 후생성의 초대로 '중국 잔류 고아'라고 부르는 중국인 47명이 일본에 왔다. 고아가 되었던 두세 살 당시의 기억에 의지하면서 일본에 생존해 있을 육친을 찾았던 그들은 대개 30대 후반의 사람들이었다. 중국 동북 지구, 과거 만주에서 온 45명을 중심으로 조직된 고아들은 전후 30여 년이라는 시간의 벽에 가로막혀 47명 가운데 26명만이 육친에게 친자로 확인되었다. 이보다 앞서 1978년 10월 23일, 일본과 중국의 평화 우호 조약의 비준서를 교환하기 위해 일본을 방문했던 덩샤오핑(鄧小平, 1904~1997) 부수상이 황궁으로 천황을 방문하고 10여 분 간 회견했다. 이후 궁내청의 발표에 의하면 덩샤오핑은 과거의 일은 과거의 일이며, 일중 평화 우호에 노력하고 싶다고 말했다고 한다. 이에 대해 천황은 "양국의 역사 속에는 일시 불행한 일이 있었지만, 이는 말씀하신 대로 과거의 일이며, 이후의 평화와 친선을 희망합니다"라는 취지의 말을 하였다. 천황이 외국의 국빈과 회견할 경우 연설은 사전 합의하에 결정된 사항을 말하는 것이 통례인데, 이 경우는 이를 뛰어넘어 예정 이외의 사항을 말해 인간 천황의 육성이 아닌가 하여 화제가 되었다. 중국측에서는 이를 천황에 의한 사죄라고 보도해서 일본 정

덩샤오핑

부를 당황하게 만들었다. '중국 잔류 고아' 제1진의 일본 방문은 이로부터 2년 반 후의 일이었다. 이후 오늘날까지 중국 잔류 고아의 일본 방문은 연중 행사가 되었다. 일본의 천황이나 중국의 요인이 역사의 '과거' 는 과거라고 했던 말과 달리 이들의 유년기 기억은 과거를 언제라도 현재화하는 것이었다. "일시 불행한 일이 있었"기는커녕 전생애가 불행했다고 할 수 있다.

이데 마고로쿠(井出孫六, 1931~)의 『끝나지 않은 여행 — '중국 잔류 고아' 의 역사와 현재』(1987)는 '구만주 개척 이민단' 의 역사적 의미와 그 비극을 추적했던 귀중한 작업인데, 이데는 이 책에서 '중국 잔류 일본인 고아' 라는 호칭은 "말의 엄밀성을 현저히 결여하고 있다. 그대로 읽으면 '중국에 잔류한 일본인 고아' 라고 하겠지만 그들은 패전의 혼란기에 대부분 어린아이였으며 패전 당시의 혼란 속에서 태어난 사람들마저 있다. 스스로의 의지로 '잔류했던' 사람이란 있을 수 없으며, 여러 사정으로 '내버려진' 사람들이었다. '잔류' 라는 말로 수동태가 흔적도 없이 사라진 셈이다. '내버려진' 사정은 각자 다르겠지만 '내버렸던' 상황은 일본의 패전이었던 만큼 내버린 주체는 국가라고 할 수 있다. '잔류' 라는 말로 주체의 모습이 사라진 것이 아닐까"라는 지론을 전개하였다. 중국에 키워준 '양부모' 가 존재하고 고국 일본에 "양친 혹은 그 한쪽이 건재할 가능성"을 갖고 있는 그들을 일괄해서 '고아' 로 지칭하려는 언어 감각의 둔감함에 대해서도 이데 마고로쿠가 보여주는 추적의 손길은 예리하다. 후생성의 직원은 물론 매스컴 저널리스트의 언어 감각을 공격하고 있는 것은 두말할 나위도 없다. 이데는 다시 상해에서 중국 작가와의 대화를 통해, '중국 잔류 일본인 고아' 는 그들에게는 중국의 50여 소수 민족 중에서 '일본계 일본인' 일 뿐이라는 사실을 알고 놀랐다는 삽화도 첨가하였다. 언어 감각의 협착성은 저절로 국제 감각의 결여를 가져왔고, '잔류 고아' 라는 호칭으로 '내버린 주체' 였던 '국가' 의 입장을 애매

196

다테마쓰 와헤이

하게 은폐하고 있으며, 설상가상으로 그 호칭 때문에 일종의 인종 격리가 도모되고 있다는 사실에 우리는 과연 어느 정도 자각적이었을까. 서양화가 가와카미 도가이(川上冬崖, 1827~1881)를 묘사한 『아트라스 전설』(1974)로 나오키 상을 수상했던 이데 마고로쿠는 사쿠마 쇼잔(佐久間象山, 1811~1864)을 중심으로 막부 말기에서 개국에 이르는 시대의 엇갈림을 『행화난만(杏花爛漫)』상·하(1983)로 묘사하는 한편, 두 개로 분열된 쇼와 시대의 초점을 중국에 내버리고 온 아이들에게 맞추면서 이른바 '중국 잔류 고아'가 남긴 주제를 이끌어냈다. 이데 마고로쿠는 이와는 별도로 『쇼와의 말년』상·하(1989)에서 "전후의 역사란 어떤 것인가. 그 전후의 연원인 쇼와란 어떤 시대였는가. 그리고 또 그 쇼와를 낳은 일본의 근대, 즉 메이지 유신으로 시작되는 이 120년의 역사란 무엇인가" 자문하면서 쇼와 60여 년과 근대 120년이 시키는 말에 대한 추궁을 소홀히 끝내려고 하지 않는다.

다테마쓰 와헤이의 작업
──경계선의 이동

　역사의 전환점에 서는 것이 그 당시를 살았던 사람의 특권이라고 할 수는 없다. 작가는 근대 120년을 종횡으로 치달을 수 있으며, 나중에 온 사람이 전중·전후의 사람들을 추체험할 수도 있으며, 제1 천황에게 우리 몸을 가탁하는 것을 말할 수도 있다. 죽은 사람의 입을 빌릴 수도 있으며 이국인이 될 수도 있다. 소설가는 우주의 티끌 속에 자신을 감추고 산산이 부서진 '나'를 자유롭게 묘사하면서 보여준다. 독자는 그들의 솜씨를 볼 수 있는 장소에 서게 되며, 어느 때는 자기 일처럼 감동하거나, 또 어느 때는 너무 작가 위주의 도취경을 보고 분개하기도 한다. 독자는 언제나 속는 쪽에 있고

다고노우리(田子の浦) 항의 어민대회

작가와 자신을 이어주는 비평가의 유도에 쭈뼛거리면서 따라가게 된다. 고급스런 해독술을 전수받는 것보다 저속하고 알기 쉬운 스토리를 좋아하는 습성은 독자라는 정체 불명의 괴물 같은 존재들이 언제나 갖고 있는 평균값이다.

다테마쓰 와헤이는 첫 창작집『어쩔 줄 모르고(途方にくれて)』(1988) 이후, 갱신하는 이야기성으로 결코 현실에서 지나치게 비약하지 않는 독자적인 소설 공간을 만들었다. 장편소설『원뢰(遠雷)』(1980)는 북관동(北關東)의 변모하는 토지와 여기에서 살고 있는 인간들이 자기를 상실하는 모습을 바라보면서 일본의 기업주의의 지역 파괴를 균형 있게 묘사했던 특색 있는 작품이며『춘뢰(春雷)』(1983)는 그 연장선 위에서 발표되었다. 다테마쓰 와헤이는 "경계선이 점점 이동했다. 농촌과 도시가 혼재했던 곳은 경계선의 이동으로 도시가 되었다"라고 말하고 있다. 그리고 "소설가인 내가 할 일은 이 경계선의 행방을 응시하는 것"이라고 말하기도 한다. '경계선의 이동'이란 이른바 '지가 상승'의 단행이라는 사실과 동일하다. 이런 역사적 사실을 정확하게 목격하고 응시하는 역할을 다테마쓰 와헤이는 선언하고 있는 것이다.『환희의 시장(歡喜の市)』상·하(1981)에 이르면 진행하는 역사적 현실을 응시하던 눈길은 느닷없이 이동해서 다테마쓰 와헤이의 동시대를 초월하여 전후 수년이 지난 북관동의 한 지역에 머물고 있다. 그는 자신이 태어났던 시대를 무대로 설정하고, 부친의 세대를 등장시키고 있다. 전쟁 이후의 지방 도시에서 일어났던 흥망을 역시 '경계선의 이동'이라는 시점을 받아들여 묘사하려는 것이다. 여기에는 만주에서 철수한 암거래 상인이 등장하며 그 역사성은 이 남자를 통해 단숨에 전전과 전후로 이어진다.『환희의 시장』속편으로 볼 수 있는『천지의 꿈(天地の夢)』(1987)에서는 소멸된 전후의 암시장 바라크 거리가 다시 살아나 지령(地靈)에게 수호를 받고 재생한 것 같은 인상을 준다. 전후의 현실을 독자적인 수법으로 이야기하려는 의지가 상

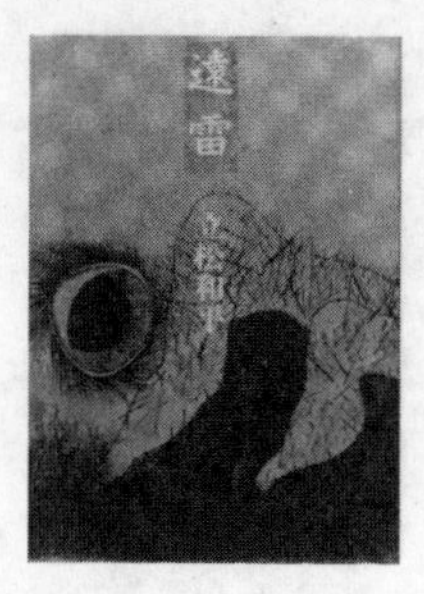

다테마쓰 와헤이의 『원뢰』

당히 왕성하다. '만몽(滿蒙) 개척 의용군'을 솔선해서 조직화하려다 죽었던 광신적인 국가주의자가 등장하며, 이 또한 전전과 전후 현실을 하나의 시간의 도가니 속에 내던지고 있다. 다테마쓰 와헤이의 주제는 시간과 시간의 경계를 뒤섞어 흔들고, 공간과 공간의 갈등을 없애면서 하나의 이야기 왕국으로 향한다. 일찍이 아베 고보가 「동물들은 고향을 향하고」에서 패전 직후 만주에서 탈출한 주인공이 아무리 도망쳐도 '국경'이라는 경계선을 헤어나지 못하는 모습을 묘사하면서 '경계선상의 충동'을 응시했던 사실을 연상하게 한다. 아베 고보가 보았던 만주 제국의 붕괴와 다테마쓰 와헤이가 목격했던 1960년대 이후의 지역 사회의 해체·소멸은 그 규모나 추이는 전혀 다르지만 역사의 뿌리는 같다고 하지 않을 수 없다. 다테마쓰 와헤이가 살았던 북관동 한 지역의 내측에 '만주'를 끌어들였던 부분에 이 작가의 깨어 있는 역사적 안목이 존재하는 것이다. 「원뢰」「춘뢰」『뇌수(雷獸)』(1988)로 이어지는 계보와 『환희의 시장』『천지의 꿈』으로 연결되는 계보와는 별도로 『성적 묵시록(性的默示錄)』(1985)도 간과할 수 없다. 인간이 태어나 스스로 발을 디뎠던 땅과 그 주위를 둘러싸고 있는 자연 환경과 역사는 아무리 몸부림쳐도 상실하는 쪽으로 움직인다. 현실을 사는 인간은 과거에 살았던 인간, 이미 죽은 인간과 교감할 때만 원시로 돌아갈 수 있다. 다테마쓰 와헤이는 점차 자신을 그런 경지로 몰아넣는다. "언제나 팽이처럼 돌고 있다. 멈추면 쓰러질 것만 같다"는 것은 이 작가의 입버릇이다. 전쟁의 불길에 싸인 레바논에서 보낸 『레바논 극사전(レバノン極私戰)』(1984) 같은 리포트가 있고, 케나를 종단하는 사파리 랠리에 참가하면서 열전 *dead heat*을 스스로 보여준 논픽션 『영혼으로의 열전(魂へのデッドヒート)』(1984)이 있으며, 로터스 상 수상작이며 일본 열도를 구석구석까지 걸어다니면서 썼던 기행문 『야포네시아의 여행(ヤポネシアの旅)』(1986)이 있다. 더구나 아시아에 대한 편집광적인 구애를 감추지 않았던 『아시아 혼돈 기행』(1987)도 있다. 북관동에서

미즈카미 쓰토무

야포네시아로 그리고 환상의 만주로, 다시 아시아로 혹은 또 세계의 원시 비경으로, 다테마쓰 와헤이의 허구 공간은 틈을 두지 않고 '경계선상'을 달리고 있는 것이다.

미즈카미 쓰토무와 미야모토 데루
— 인생 방황 · 인생 유전

쇼와 50년대 이후 미즈카미 쓰토무의 주목할 작품으로는 『잇큐(一休)』(1975), 『금각염상(金閣炎上)』(1979), 『료칸(良寬)』(1984), 『찢어진 신발(破鞋)』(1986) 등이 있다. 이와는 달리 소품이지만 『심양의 달(瀋陽の月)』(1986)을 주목하고자 한다. 미즈카미 쓰토무는 10살 때 교토의 절에서 불목하니가 된다. 수행의 고통을 참을 수 없었던 그는 도피해서 방랑을 거듭한다. 점원이 되거나 행상인들에게 가담했던 생활을 전전한 끝에 1938년 19살 때 만주로 건너가 봉천(현재의 심양)에 있던 운수회사의 쿨리(苦力) 감독이 된다. 그러나 병을 얻어 반년도 채우지 못하고 귀국한다. 그는 한때의 짧은 만주 체험을 바탕으로 『심양의 달』을 썼다. 미즈카미 문학의 뿌리에 있는 것, 이는 표박(漂泊)과 방랑이다. 영혼의 방황을 하면서 이 작가는 인생의 형식을 깨달았고, 작품들은 그 형상화의 과정을 이야기해주고 있다. "아내나 아이들에게도 자세히 말하지 못했던 나만의 48년, 그 시대에 나는 나름대로 되돌아가 잊어버린 채 살고 있었지만, 의식적으로 잊으려고 했던 일들로 가득한 만주 시대라는 공백 부분을 이제는 확실히 해놓고 싶다"고 술회한다. 그리고 "사람은 일흔이 가까우면 각자 죽을 준비를 시작한다. 이런저런 묵은 일들로 구애받는 것도 그 증거일지도 모른다"고 말한다. 끝까지 숨길 수도 없는 인생의 비밀스런 부분을 스스로 폭로하기 위해 과거의 지나간 반

미야모토 데루

년의 시간과 그 장소로 나아간다. 이것이 그대로 소설로 되었다. 하역 노동을 하던 화물역에서, 또 여러 날 밤을 함께 보냈던 조선인 창녀가 있던 유곽에서 회고와 추상에 빠져 있는 주인공의 모습은 그 자체가 역사적 존재임을 보여준다. 인간은 분명 늙고 결국은 죽는 존재이지만, 이 작가는 죽는다는 사실에서 애상이나 애절함을 느끼려고 하지 않는다. 살아 있는 것, 살았던 세월 속에서 인간 본래의 모습을 보려고 한다. 잠깐 동안 관계했던 중국 쿨리와 창녀, 일본에서 흘러들어왔던 이름없는 사람들을 향한 속죄감과 그들에 대한 진혼의 심정은 표현자를 직업으로 삼았던 인간이 저절로 도착했던 추이로 읽을 수 있다. 미즈카미 쓰토무는 쇼와 천황의 말을 빌리면 '과거'의 '불행한 한 시기'로 지나가버린 세월을, 아무도 은폐할 수 없는 장소로 몰아넣었다고 해도 좋을 것이다. 표현력이 있는 사람은 그 표현 속으로 자신을 계속 몰아넣는 것이다.

미즈카미 쓰토무의 소설에서 표박·방랑·방황이라는 주제가 다시 일어나는 것은 이 작가의 인생 자체와 그 인생관에서 유래하고 있다고 할 수 있다. 연대도 다르고 인생의 양상도 다르지만, 미야모토 데루의 소설 또한 인생의 방황, 인생의 유전이라는 주제로 엮어져 있다. 『유전의 바다(流轉の海)』(1984)는 다테마쓰 와헤이가 아버지 세대를 등장시켜 전후 사회의 변전을 크게 파악했던 것과 마찬가지로, 미야모토 데루도 자신의 아버지를 모델로 하고 있으며, 전중·전후의 혼란에서 재기해서 지위를 쌓고 다음 세대인 아이에게 시대를 인계하는 것을 주제로 삼고 있다. 아버지에서 아들로 흘러가는 인생과 아들이 성장하면서 늙음을 자각하게 되는 아버지 모습의 형상화에 이 작가의 인생에 대한 깊은 성찰이 담겨 있다. 미야모토 데루를 일약 유명하게 만든 「진흙탕의 내(泥の河)」(『문예전망』, 1977. 7)는 제13회 다자이 오사무 상을 수상한 작품이다. 「반딧불 내(螢川)」(『문예전망』, 1977. 10)는 제78회 아쿠타가와 상 수상작인데, 「도톤보리카와(道頓堀川)」(『문예전망』,

미야모토 데루의 「반딧불 내」
영화의 한 장면(1976)

1978. 4)를 합쳐서 '강' 삼부작이라고 한다. 그는 여기에서 '강'으로 표상되는 인생의 흐름, 그리고 각자의 인생을 때로는 격렬하고 때로는 요사스럽게 묘사한다. 「진흙탕의 내」에 등장하는 부친은 10살 안팎의 아이에게 자신의 전쟁 체험을 간절하게 말해준다. 아이는 그 말을 듣는 역할을 연출하고 부모 세대의 변전을 전수받는 쪽에 서게 된다. 우연히 알게 된, 배 위에서 생활하는 소년의 어머니는 놀잇배에서 손님을 끄는 안내를 한다. 쇼와 30년대의 오사카, 이미 전후가 아니라고 했던 그 시대를 묘사하면서 참으로 전중·전후를 벗어나지 못하는 보통 사람들의 생활을 여실하게 보여주었다. 「진흙탕의 내」가 포함되어 있는 첫 소설집 『반딧불 내』(1978) 이후 『환광(幻の光)』(1979), 『금수(錦繡)』(1982) 등에서 그는 독특한 사생관을 갖고 이야기성이 강한 작풍을 확립해서 화제가 되었다. 『푸름이 흩어지다(青が散る)』(1982)나 『춘몽(春の夢)』(1984)에서는 청년의 화려함과 우울을 묘사해서 청춘 소설의 새로운 방향을 보여주었고, 『도나우의 여행자(ドナウの旅人)』 상·하(1985)에서는 연령·성별·국적을 초월한 군상을 묘사하는 데 성공했으며, 『준마(優駿)』 상·하(1986)에서는 한 경주마의 탄생에서 그 성장과 승리에 이르는 길을 묘사하면서 새로운 경지로 나아갔다. 또 「도나우의 여행자」의 동구권에서 급전해서 상하(常夏)의 도시 방콕을 무대로 한 『유락의 정원(愉樂の園)』(1989)에 이르면서 스토리 텔러의 원숙함을 보여주었다.

제3장

세기말 문학에 대한 전망
― 1980년대의 소설과 비평

원로 세대의 다양한 작업

미시마 유키오가 45살로 죽은 것은 누구나 알고 있는 사실이며, 그 추도사에서 에토 준이 저 활발한 육체의 소유자도 만년에 목에 주름이 생겼다고 지적했던 대목이 묘하게도 기억에 생생하다. 그 에토 준이 1990년에 57살이 되었고, 미시마보다 10여 년을 더 살아 머리가 하얗게 벗겨져 나이보다 더 들어 보이는 사진을 볼 때, 독자는 시대의 추이를 단숨에 느끼게 된다. 20대 전반에 문단에 등장했고 환력을 눈앞에 두고 병으로 쓰러져 영원히 돌아올 수 없는 사람이 된 가이코 다케시, 그보다 5살 아래인 오에 겐자부로, 오에보다 3살 위로 아들과 함께 정치에 바쁜 이시하라 신타로 등의 활약을 볼 때, 그들의 책을 애독했던 청소년 시절을 이리저리 생각해보는 사람들이 많을 것이다. 이렇게 말하는 필자도 십대 시절에 가이코, 이시하라, 오에의 소설을 읽거나 에토 준의 시원시원한 평론을 읽으면서 이 사람들과 같이 살았으면 좋겠다, 이 사람들이야말로 우리 시대를 대변해주는 사람들이라고 막연하게 느꼈다. 이에 반해 문예 잡지의 목차를 곰곰이 바라볼 때 미시마 유

사기사와 메구무(좌)
단 가즈오(우)

키오보다 10살 정도 위인 오하라 도미에나 기노시타 준지, 고지마 노부오, 혹은 그들보다 5살 정도 아래로 1990년에 70살이 되는 후루야마 고마오, 하기와라 요코(萩原葉子, 1920~), 아가와 히로유키, 곤도 게이타로 등이 서른 살이 되기 직전인 시마다 마사히코나 20대 후반인 요시모토 바나나(吉本ばなな, 1964~), 스무 살을 갓 넘긴 사기사와 메구무(鷺澤萠, 1968~) 등과 어깨를 겨루면서 문단의 성황을 만들고 있는 모습을 보면, 시가 나오야의 소설에 나오는 어떤 장면이 떠오른다. 전차인가 어디에서 아버지와 어머니 아이 셋이 같이 자리에 앉아 있다. 아버지와 아들의 얼굴을 비교하면 어딘가 닮았다. 그리고 마지막에 아버지와 어머니를 비교해보면 조금도 닮지 않았다. 그런 에피소드였다. 문예 잡지의 목차는 이런 광경이 확대된 세계를 느끼게 한다. 오하라 도미에와 사기사와 메구무는 50여 살, 고지마 노부오와 시마다 마사히코는 50살 정도 차이가 나는 것이다. 이를 독자 쪽에서 본다면 반세기나 세대가 다른 작가의 작품을 그때마다 맥락도 없이 읽기 때문에 아무리 닥치는 대로 읽기라고는 하지만 너무 질리는 것이다. 문예 잡지의 부수가 감소하는 원인의 하나로 이른바 대상의 확산이라는 것이 있다. 그래서 남녀노소 이웃이 무엇을 하는 사람인가라는 재미있는 상황이 발생하게 되는 것이 아닐까. 프로그램과 프로그램 사이에 아무 관계도 없는 시간만이 이어지는 텔레비전 시간과 비슷한 현상이 문단 상황에도 일어나고 있는 것일까. 작가에 대한 관심은 몇 번이고 파상적으로 일어날 수 있지만 역사의 선상에 그 관심을 정렬하게 되면 보통 일이 아니다. 지금 시험삼아 미시마 유키오보다 연장자인 작가들의 작업을 잠시 살펴보기로 하자.

군대 생활은 물론 만주나 중국을 편력했던 시절이 있던 작가의 사생활을 반영하고 있는 단 가즈오의 『화택의 사람』(1975)은 다자이 오사무나 사카구치 안고의 이른바 무뢰의 핏줄을 이은 소설가다운 천성적인 호인 성품과 함게 높은 평가를 받은 작품이다. 그는 시대의 추세나 기호에 흔들리지 않고 술을 사랑하고 여성을 사랑하는 개인성이 강한 작풍에 가라앉아 있는 것처럼 보이지만, 그 밑바닥에서 가끔은 시대에 대한 번쩍이는 반역 정신을 보여준다.

오하라 도미에는 노나카 겐잔(野中兼山, 1615~1663)의 딸을 묘사한 『엔이라는 여자』(1960) 이후 『오유키(於雪)』(1970), 『건예문원우경대부(建禮門院右京大夫)』(1975), 『나의 이즈미 시키부(わたしの和泉式部)』(1983) 등 고전에서 제재를 취하거나 고풍스런 여성의 생활 태도를 현대로 소생시킨 작풍을 특색으로 갖고 있다. 카톨릭에 입문한 후 『예루살렘의 밤』(1980), 『신도의 바다』(1977), 『아브라함의 막사』(1981) 등 기독교를 통해 인간의 진실을 확인하려는 주제를 심화하고 있다. 같은 카톨릭 신자인 소노 아야코, 다카하시 다카코와는 달리 『지상을 여행하는 자』(1983) 등에서 볼 수 있듯이, 메이지 여성의 생활 태도를 답습하고 은인(隱忍)의 기개를 응시하려는 부분에서 이 작가가 아니면 볼 수 없는 생활 태도를 볼 수 있다.

후지 마사하루(富士正晴, 1913~1987)는 병사를 다룬 작품을 많이 썼는데, 일찍이 『가짜·구사카 요코전(贋·久坂葉子傳)』(1956)으로 그 이름을 떨쳤다. 『왕생기(往生記)』(1972)나 『성자의 행진』(1988) 등 유명한 작품과는 별도로 『가쓰라 하루단지』(1967), 『오코치 덴지로』(1987) 등의 평전 소설에서 그 본령을 발휘했다고 할 수 있다. 또한 재치 있는 말투로 가쓰라 하루단지(桂春團治, 1878~1934)나 오코치 덴지로(大河內傳次郎, 1898~1962)를 살려내고 말하게 하는 재주가 있어 사람들에게 흥미를 불러일으킨다.

기노시타 준지는 전후 일찍 극작가로 등장했던 소설가이다. 소설 『무한궤도』(1966)와 희곡 「자오선의 축제」(1978)를 거쳐 소설 『혼코(本鄕)』(1983)에 이른다. 도쿄의 혼코에서 태어나고 자랐던 기노시타 준지는 그 땅의 변화하는 역사의 동향을 읽어내고, 자전소설풍의 소재를 메이지·다이쇼·쇼와의

기노시타 준지

무로 아사코(좌)와 대담하는
하기와라 요코

근대 120년을 조망하는 스케일로 묘사했다. 폭넓은 역사적 안목으로 많은 걸작 희곡을 썼으며 무게 있는 사회적 발언을 하였다.

아리마 요리치카는 제7차 『와세다 문학』의 편집장(1970. 2~1971. 12)을 지냈고 다테마쓰 와헤이 등을 적극적으로 지도하면서 후진에게 길을 열어주 었으며, 만년에는 『도쿄 대공습 · 전재지(東京大空襲 · 戰災誌)』(1973~1975) 전 5권의 편집에 종사하는 일에 대단한 자부심을 가졌으며 충실하게 그 임 무를 완수했다. 가와바타 야스나리의 자살에 충격을 받았던 아리마도 가스 자살을 시도했으나 미수에 그쳐 창작의 붓을 놓은 것이나 다름없는 생활을 했다.

후루야마 고마오는 한국의 신의주에서 태어나 고등학교에 진학할 때까지 그곳에서 자랐다. 전쟁중에는 말레이시아, 버마(현 미얀마), 중국, 캄보디 아, 베트남, 라오스 등으로 이동했다. 포로수용소에서 근무했던 체험과 전범 용의자로 구속되었던 체험을 바탕으로 「프레오 8의 여명」(1970)을 썼고, 이 작품으로 아쿠타가와 상을 수상했다. 그의 나이 50살이었다. 미키 다쿠는 "이 작품의 핵심은 강대한 것이며, 책임의 소재였던 일본 제국도 제국 군대 도 붕괴하고 그 결과 겉마음도 속마음도 어기지 않을 수 없었던 사람들만이 살아남았던 상황을 묘사한, 아마 이 사실을 가장 날카롭게 의식했던 한 사람 이었을 것이다. 후루야마 씨의 굴절된, 자학적이라고 할 수도 있는 심정이리 라"(「해설」, 『쇼와 문학 전집 29』)라고 이 작품을 평가하였다. 전후 전범이 되어 사이공의 형무소에 들어갔던 후루야마 고마오의 체험과 문학의 열정을 말해주고 있는 작품이라 할 수 있다. 식민지와 전쟁터를 벗어나지 못하고 있 는 후루야마의 주제는 『작은 시가도(小さな市街圖)』(1972)와 『신세타령(身 世打令)』(1980) 등에도 흐르고 있다. 또 『기시다 구니오와 나』(1976)도 기시 다 구니오에 대한 논평으로 간과할 수 없는 작품이다.

하기와라 요코는 『아버지 · 하기와라 사쿠타로』(1959)로 인정을 받았고,

206

아가와 히로유키

미요시 다쓰지와의 추억에 얽힌『천상의 꽃(天上の花)』(1966)을 썼으며, 시인을 아버지로 가졌던 성장 과정을 살린 작품을 썼다.『쐐기풀의 집(刺草の家)』(1976)과 이어 나온『닫힌 뜰(閉ざされた庭)』(1984)은 자신의 출생과 가족의 불화 그리고 결혼의 어두운 부분을 종래의 사소설과 다른 대담한 리얼리즘으로 묘사하였다.

아가와 히로유키는 일찍이『봄의 성(春の城)』(1952)과『구름의 묘표』(1956) 등 자신의 전쟁 체험을 뒷받침하는 작품으로 인정을 받았다. 그 후『야마모토 이소로쿠』(1965)나『현등(舷灯)』(1966) 등 태평양 전쟁의 의미를 성숙한 시점으로 포착했던 작품을 썼으며,『검은 파도』상·하(1974)에서는 다시 역사적 시야를 넓혀서 전쟁을 형상화했다. 이 지속성에서 집념으로 바뀐 작가의 혼을 느낄 수 있으며, 어떤 전사가도 어떤 역사가도 용납하지 않으려는 의지와 그가 사사하고 사숙했던 시가 나오야에게 물려받은 강인한 문체로『군함 조몬의 생애(軍艦長門の生涯)』상·하(1975),『요나이 미쓰마사(米內光政)』상·하(1978)를 거쳐『이노우에 시게요시』(1986)를 쓰게 된다. 청렴결백한 해군 군인의 모범이던 이노우에 시게요시(井上成美, 1889~1975)에 대한 아가와 히로유키의 시선은 견해에 따라서는 시가 나오야에 대한 존경의 마음으로 뒷받침되고 있다고 볼 수도 있다. 또 군인의 생애를 서술하는 수법은 점차 서사시 경지에 도달한 것이 아닌가 생각된다.

곤도 게이타로는 보소(房總) 반도의 인정과 생활을 묘사한「해녀 배」(1956)로 아쿠타가와 상을 수상했고,『미소』(1974)에서는 암으로 죽은 아내의 최후를 깊은 애정으로 묘사해서 화제가 되었다. 이와는 별도로 그의 본령이라고 할 수 있는 작업은『다이칸전(大觀傳)』(1974)이나『오쿠무라 도규(奧村土牛)』(1987) 등 경애하는 일본 화가의 인품과 그림의 본질을 추구한 화인전(畵人傳)이었다.

세토우치 하루미

쇼노 준조가 쇼와 40년대 후반 이후에 보여준 작업은 한결같이 호흡이 길다. 예술선장(藝術選獎)을 수상한 『곤노 기업장(紺野機業場)』(1969)을 비롯하여 『조각 그림 맞추기(繪合せ)』(1971), 아동을 위한 『아키오와 료지(明夫と良二)』(1972), 단편집 『대장간의 말(鍛冶屋の馬)』(1976), 일찍이 유학했던 하와이 주 간비아를 20년 만에 다시 방문해서 쓴 『간비아의 봄』(1980), 그리고 자신의 청춘을 염두에 두었던 『이른 봄(早春)』(1982) 등 자신이 갖고 있는 생활의 긍지를 소홀히하지 않는 평범하고 명쾌한 문체로 다시 한번 자신의 인생을 응시한 작품이 많다. 문학 기행 『화창한 크라운 법률 사무실(陽氣なクラウン・オフィス・ロウ)』(1974), 영국 19세기 후반의 길버트 설리번 오페라 Gilbert Sullivan Opera의 발생을 연구했던 『사보이 오페라』(1986) 등은 여유롭게 썼던 문학 외적인 작업이라 하겠다.

세토우치 하루미는 1973년 곤 도코를 모시고 수행하다가 중존사(中尊寺)에서 득도했으며 법명은 적청(寂聽)이다. 다음해에는 교토의 사가(嵯峨)에 암자를 짓고 많은 사람들에게 설법하는 한편 신작 장편소설 『히에(比叡)』(1979)를 발표했다. 세토우치는 불교에 입문한 자신을 "문학을 하고 있는 이상 나는 기법이나 수법 이외에 자신의 근본적인 사상을 좀더 밝혀내고 싶었다. 감성과 미의식에 맡겨 쓰는 것이 불안했다. 단 하나의 내 마음이란 무엇인가를 나는 펜으로 더듬는 것뿐만 아니라 온몸으로 묻고 싶었다. 이런 나에게 불교가 문을 열어주었다"고 말하였다.

미우라 아야코는 아사히 신문의 1,000만 엔 현상 소설에 『빙점』(1965)이 입선하면서 등장했으며, 기독교의 원죄를 주된 제재로 삼아 일종의 '빙점 붐'이 일어났다. 『나무 블록 상자(積木の箱)』(1968), 『시오가리도우게(塩狩峠)』(1968), 『호소카와 가라샤 부인(細川ガラシャ夫人)』(1975) 등 모두 기독교에서 파생하는 사랑의 문제나 인생에 대한 질문이 그 주제를 관통하고 있으며, 『해령(海嶺)』 상·하(1981)에서는 일본 최초의 번역 성서인 귀츠

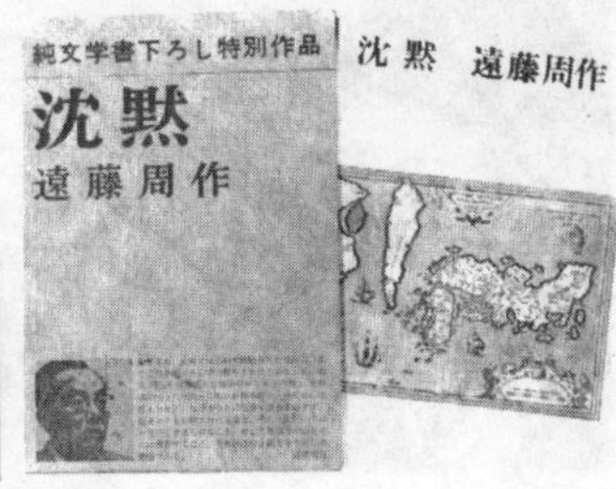

엔도 슈사쿠와 『침묵』

라프 K. F. Gütslaff의 『성서』가 성립하는 과정을 하나의 역사소설로 보여주었다.

　엔도 슈사쿠는 유년기에 만주 대련으로 이주해서 초등 학교 시절을 그곳에서 보냈다. 소년 시절에 카톨릭 신자가 된 엔도 슈사쿠는 인생론식으로 종교를 말하는 것보다 종교에 대한 회의를 전면에 내세우면서 화제작을 발표했다. 『침묵』(1966) 이후의 작품으로는 『사해 부근(死海のほとり)』(1973), 『예수의 생애』(1973), 『그리스도의 탄생』(1988) 등 기독교가 성립했던 원점으로 되돌아가려는 작품을 썼다. 이처럼 그리스도 예수에 접근하면서 고니시 유키나가(小西行長, ? ~1600)를 묘사한 『철의 칼(鐵の首枷)』(1977), 야마다 나가마사(山田長政, ? ~1633)를 묘사한 『왕국에의 길(王國への道)』(1981), 혹은 다테 마사무네(伊達政宗, 1567~1636)가 게이초(慶長)의 견구 사절(遺歐使節)로 유럽에 파견했던 하세쿠라 쓰네나가(支倉常長, 1571~1622)의 생애를 묘사한 『사무라이(侍)』(1980) 등 일본의 기독교도들을 탐구했다. 『여자의 일생』(1982), 『스캔들』(1986)도 주목을 받았다. 한편 일반 독자들이 즐겨 읽는 가볍고 재치 있는 에세이를 많이 썼다.

‘쇼와’ 세대의 다양한 작업

　‘쇼와’ 라는 연호는 천황의 생물학적 수명에 의해 구분되면서 그 시작과 끝이 존재한다. 다이쇼 천황이 서거하면서 ‘쇼와’ 가 시작되었고, 쇼와 천황이 서거하면서 ‘쇼와’ 가 끝났던 것이다. 이렇게 생각하면 실로 어처구니없는 이야기가 되지만, 다이쇼 생인가 쇼와 생인가라는 암묵적인 구분 방법은 쇼와 한 자리 생인가 두 자리 생인가, 전전 생인가 전후 생인가, 혹은 이른바 덩어리 세대인가 아닌가 하는 세대 구분 방법, 나아가 신인류인가 구인류

미우라 슈몬

인가 하는 다양한 방법으로 형식을 바꾸면서 사람들 속에서 거듭 살아났다. 세대가 이렇게 전개되는 모습에도 실은 미묘하게 연호가 적용되고 있다는 사실을 간과할 수는 없다. 실제로 이 '일본 현대 문학사' 자체가 '쇼와 문학사'라고 못을 박고 있는 이상, 시작과 끝이 천황의 거취에 따라 명확하게 구분되고 있다는 사실을 간과할 수는 없다. 서력으로 말하면 1925년(다이쇼 14)부터 2, 3년 후인 1927, 28년 무렵까지 태어났던 사람들은, 연령이 많아짐에 따라 '쇼와사'의 대변동에서 오는 공동 체험이겠지만, 나이를 먹는다는 실감을 갖지 않을 수 없을 것이다. 쇼와와 함께 나이를 먹는다는 실감은 그 개인의 문제로 돌아가겠지만 '쇼와' 개원을 전후한 1, 2년 사이에 태어났던 소설가들을 열거해보면 다음과 같다. 나카노 고지(中野孝次, 1925~), 사카타 히로오(阪田寛夫, 1925~), 오시로 다쓰히로(大城立裕, 1925~), 다나카 고미마사(田中小實昌, 1925~), 이노우에 미쓰하루, 우도 도시오(右遠俊郎, 1926~), 미우라 슈몬, 미야오 도미코(宮尾登美子, 1926~), 오가와 구니오, 쓰지이 다카시(辻井喬, 1927~), 무코다 구니코(向田邦子, 1928~1981), 기타 모리오, 시게카네 요시코(重兼芳子, 1927~), 시로야마 사부로, 요시무라 아키라, 다카하시 기이치로(高橋揆一郎, 1928~), 모리 레이코(森禮子, 1928~) 등이다. 물론 미시마 유키오도 여기에 들어간다. 이들은 '쇼와'가 종언을 고했을 때 환력을 맞은 사람들이다. 이 작가들의 작품에서 공통항을 묶어보는 무모한 일은 피한다고 해도, 패전을 맞았을 때 20대 중반이었고 전중·전후의 엇갈린 체험을 했던 사람들, 현인신 천황에서 인간 천황으로 옷을 바꾸어 입는 것을 가장 민감하게 받아들였던 사람들로서 갖고 있는 공통항, 혹은 민주주의 체제를 이념적·실감적으로 몹시 강력하게 파악하지 않을 수 없었던 사람들로서 갖고 있는 공통항은 큰 것이 아닐 수 없다. 이런 사실들이 드러났던 전형을 잠시 살펴보기로 하자.

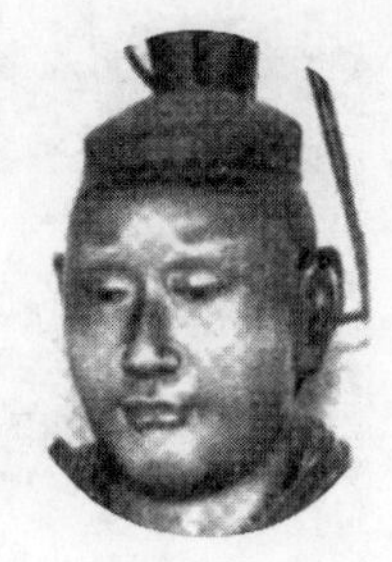

미나모토노 사네토모(목상)

나카노 고지는 초기에는 카프카, 프리쉬, 호프만, 귄터 그라스, 노자크 등을 번역했으나 나중에 『사네토모고(實朝考)』(1972), 『브뤼겔에의 여행』(1976), 오오카 쇼헤이론인 『절대 영도의 문학』(1976) 등의 평론집을 내고 첫 창작집 『보리 익는 날에(麥熟るる日に)』(1978)와 그 속편인 『괴로운 여름(苦い夏)』(1980)을 간행하였다. 이것은 자전적 자기 검증성이 강한 소설로 쇼와사를 사는 자각을 반영한 것이며, 그는 1982년 2월 '문학자의 반핵 성명'의 리더의 한 사람으로 반핵 운동에 일종의 조리를 세우고 있다. 『나의 체험적 교육론』(1975), 『어느 중국 잔류 고아의 경우』(1987) 등에도 시대를 바르게 사는 나카노 고지의 자세가 깊이 투영되어 있다.

사카타 히로오는 시대의 엇갈림 속에서 살다 죽은 육친을 그린 『토기(土の器)』(1974)로 아쿠타가와 상을 수상했으며, 중국 대륙에서의 전쟁 체험을 살린 단편집 『전우』(1986)를 발표했다. 크리스천 가정에서 자란 사카타 히로오는 청결한 기품에서 생긴 은일한 인격으로 시대의 물결과 함께 사라지고 있는 것들에 대한 통렬한 생각과 감각을 작품에서 살려내고 있다.

오시로 다쓰히로는 오키나와에서 태어났고, 전전에는 상해에 있던 동아동문서원(東亞同文書院)에서 수학했으며 군인이 되었다. 중국 대륙에서 패전을 체험했고, 그 후 오키나와로 돌아와 류큐(琉球) 정부의 직원이 되었다. 미국의 점령 정책 밑에서 일본인들이 겪었던 굴욕을 묘사한 『칵테일 파티』(1968)로 아쿠타가와 상을 수상했으며, 그 후 『소설 · 류큐 처분』(1968)을 썼다. 그는 오키나와의 전중 · 전후를 쓰고 있는 이야기꾼과 같은 작가로 특이한 위치에 있다.

다나카 고미마사는 아버지가 미국에서 세례를 받은 목사였는데 고등학교 재학중에 소집되어 남만주로 갔다가 그곳에서 패전을 맞고 포로가 되었다. 추리소설을 번역하면서 첫 창작집 『우에노 창기대(上野娼妓隊)』(1968)를 냈으며 이어 『자동 시계의 하루』(1971), 『뚝뚝(ボロボロ)』(1979), 『이자베라로

이노우에 미쓰하루의 『얌전한 반역자들』

군요(イザベラね)』(1981), 『아멘 아버지(アメン父)』(1988) 등을 간행하였다. 이케우치 오사무(池內紀, 1940~)는 다나카 고미마사의 문학을 '무용자(無用者)의 문학'으로 평가하면서 "무의미하면서도 의미가 깊은 이야기. 언제, 어디에서 살았던 저자가 구별해서 쓴 생이라는 기괴한 힘에 독자들이 망연해질 때 그 인색하고 째째한 살아 있는 것들이 갑자기 다이아몬드처럼 반짝반짝 빛나지 않을까"라고 평가했다.

이노우에 미쓰하루는 만주 여순에서 태어났다. 7살에 나가사키의 사세보(佐世保)로 이주하였으며, "1945년 2월에 실시한 대일본 제국 최후의 징병 검사(제일 을종 합격)에서는 징집 연기," 그 후 "8월 15일까지 탄광 기술자 양성소 교사를"(「자필 연보」) 지냈다. 쇼와 40년대 후반 이후부터 『얌전한 반역자들』상·하(1973), 『마루야마란스이로의 유녀들(丸山蘭水樓の遊女たち)』(1976), 『예인선의 남자(曳船の男)』상·하(1980), 『내일』(1982), 『황토색 하구(黃色い河口)』(1984), 『지하수도』(1987) 등의 장편소설을 중심으로 잇달아 역작을 발표하였다. 「내일」은 나가사키의 원폭 투하 전날을 묘사했고, 서민의 '평범한' 일상 생활 시간이 단숨에 뒤집혀지는 모습을 극한적으로 묘사해서 좋은 평판을 받았다. 계간지 『변경(邊境)』(1970. 6)을 창간하고 '문학 전습소'를 창설하는 등 문학 운동으로 현실을 변혁하려는 패기와 자세에서 우리는 일종의 영구혁명주의를 살펴볼 수 있다.

우도 도시오는 국립 오카야마(岡山) 요양소에서 아사히 시게루(朝日茂, 1913~1964)와 우연히 만나면서 자신의 주제를 한층 심화했고, 아쿠타가와상 후보로 오르기도 했던 작품을 포함한 『무상의 논리(無傷の論理)』(1969)를 간행하면서 일반인들에게 알려졌다. 『인간·아사히 시게루』(1988)는 이른바 '아사히 소송'이라 부르는, 요양 환자의 인권과 권리를 주장하며 국가를 상대로 싸웠던 재판 투쟁의 중심 인물을 극명하게 묘사했던 작품으로 일반인들에게 좋은 평가를 받았다.

오가와 구니오

　미우라 슈몬의 쇼와 40년대 후반 이후의 작업으로는 『까마귀(鴉)』(1971), 『바벨탑(バベルの塔)』(1971), 『타원』(1974), 『정사면체』(1980), 「무사시노 인디언(武藏野インディアン)」(1982), 『풍요의 신』(1985) 등이 있다. '무사시노 인디언'이라는 의표를 찌르는 제목의 소설로 예술선장을 받았던 그는 이 작품에서 도쿄의 땅에 살고 있는 토착민들을 인디언(원주민)으로 가정하고 근대가 되면서 이곳에서 살기 시작했던 사람들을 인디언에 대한 백인으로 보는 대조 속에서 근대화의 의미를 읽는 묘미를 살렸다.

　미야오 도미코는 '예기(藝妓)와 창녀 소개'를 생업으로 삼았던 집에서 태어났으며 1945년 봄 만주로 건너갔다. 자기의 성장을 하나의 모티프로 삼아 『노(櫂)』상·하(1973, 1974)를 냈고, 만주 체험은 『붉은 여름(朱夏)』상·하(1985)로 형상화했다. 이 밖에 『양휘루(陽暉樓)』(1976), 『한춘(寒椿)』(1977), 『한 가닥의 실(一絃の絲)』(1978), 『기류인 하나코의 생애(鬼龍院花子の生涯)』(1980), 『가라의 향(伽羅の香)』(1981), 『서무(序の舞)』상·하(1982), 『덴쇼인 아쓰히네(天璋院篤姬)』상·하(1984), 『춘등(春灯)』(1988) 등 의욕적인 집필 활동으로 잇달아 장편소설을 발표했다. 특히 「노」 「붉은 여름」 「춘등」은 미야오 도미코 자신의 20살 때까지를 묘사한 자전 3부작으로 쇼와사에서 차지하는 여성의 의미를 생각하게 한다. 미야오 도미코는 이 작품뿐만 아니라 다른 작품에서도 역사에 희롱을 당하면서 살아가는 여성의 모습을 일관되게 묘사하였으며, 많은 독자들을 받아들이는 도량 또한 크고 깊다. 작가 자신의 성장과 체험을 초월해서 쇼와를 살았던 사람들의 공감을 불러일으킨다.

　오가와 구니오는 전후 20살 때 카톨릭 세례를 받고 신앙과 창작 양면에서 자기 탐구로 나아갔다. 오가와 스스로 자기의 작품 계보를 언급하면서 "나는 장래 써야 할 소설의 흐름을 세 줄기로 나누기로 결심했다. 첫째 줄기는 성서의 세계를 확대하든가 변형하는 이야기의 흐름으로 하고, 둘째 줄기는

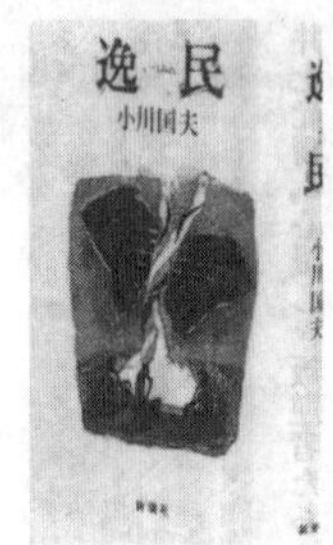

오가와 구니오의 『일민』

고향 오이카와(大井川) 유역을 무대로 한 허구의 드라마 흐름에서, 셋째 줄기는 실제 체험, 교제, 견문에 다소 윤색을 가한 사소설풍의 흐름으로 하려고 한다"(「후기」, 『일민(逸民)』)고 말하였다. 그는 25년 정도 이전부터 이렇게 창작하려고 했다는 것이다. 그 전개의 둘째 줄기에 해당하는 『시도의 강가(試みの岸)』(1972)는 전쟁의 난기류를 예감하면서도 마치 한 지역에 묶여 있는 것처럼 살아가는 사람들의 숙명을 마소 거간꾼의 비극을 통해서 묘사했던 작품으로 독자들의 공감을 이끌어내고 있다. 쇼와의 역사를 딛고 서 있으면서도 역사의 시간을 무고한 백성의 시간으로 응집하는 수법에서 오가와 구니오의 압도적인 힘을 느끼게 된다. 이후 그는 『그의 고향』(1974), 『유역(流域)』(1975), 『피와 환상(血と幻)』(1979), 『아프리카의 죽음』(1980), 『일민』(1986) 등을 계속 발표했다.

시인으로 이름을 떨쳤던 쓰지이 다카시는 소설 『방황의 계절 속에서』(1969), 『언제나 같은 봄』(1983), 『암야편력』(1987) 등을 발간하면서 비로소 독자들에게 깊은 인상을 남기게 되었다. '암야편력'이나 '방황의 계절'의 제목에서 알 수 있듯이, 그는 자신의 출신과 시대의 흐름을 조합한 자전적인 작품을 일관되게 추구하였다.

방송 작가로 활약한 바 있었던 무코다 구니코는 『추억의 카드(思い出トランプ)』(1980)로 나오키 상을 수상했다. 『아·응(あ·うん)』(1981)과 평판이 높았던 에세이집 『아버지의 사죄문(父の詫び狀)』(1988) 등에는 서민과 시대를 보는 작가의 눈이 빛나고 있다. 쇼와의 서민 열전이라면 좋을까. 가족이나 형제자매, 부부라는 구색에서 우러나오는 인간적인 맛과 가구 집기, 먹거리 등을 미세하게 묘사하고 그 끝에서 역사의 세부를 살려내고 있는 그는 둘도 없이 귀중한 작가의 한 사람으로 생각된다.

의학생이면서 소설가였던 기타 모리오는 나카가미 겐지와 쓰시마 유코의 문학 도장이기도 했던 야스타카 도쿠조의 『문예수도』에서 수업을 받았으며

시로야마 사부로

그 데뷔도 빨랐다. 쇼와 40년대 후반부터 지금까지 소설집『별이 없는 거리(星のない街路)』(1969),『만취선(酔いどれ船)』(1972),『목정(木精)』(1975),『적광(寂光)』(1981) 등을 간행하였다. 이 사이에 기행문이나 곤충기 등도 틈틈이 썼는데, 남미 이민의 비극을 역사의 파동 속에서 꼼꼼하게 보여주었던『빛나는 푸른 하늘 밑에서(輝ける碧き空の下で)』제1부 (1982), 제2부(1986)는 압권이라 할 만하다.『유가의 사람들』(1964)에서는 사이토 모키치 일가의 사람들을 묘사하면서 군상소설·가족소설의 묘미를 발휘했는데, 이 남미 이민의 군상 또한 감칠맛을 보여주었다.

시게카네 요시코는 아사히 문화 센터 출신으로 아쿠타가와 상을 수상해서 더욱 유명해진 작가이기도 하다. 수상작『산골짝의 연기(やまあいの煙)』(1979)는 화장터 직원과 양로원 간호사와의 관계를 통해 평범한 사람들의 사랑과 망집을 묘사한 가작이다.『투명한 귓불(透けた耳朶)』(1979),『얇은 조가비(うすい貝殻)』(1980)를 간행했다.

시로야마 사부로는 히도쓰바시(一橋) 대학을 나왔으며 일본의 전후사나 경제 발전을 역사적으로 파악하면서 여러 장편들을 썼다. 도쿄 재판에서 A급 전범자로 처형당한 히로타 고키(廣田弘毅, 1878~1948)를 묘사한『지는 해 불타다(落日燃ゆ)』(1974)를 비롯, 소위 수험 전쟁을 묘사한『순진한 전사들(素直な戰士たち)』(1978), 하마구치 오사치(浜口雄幸, 1870~1931)와 이노우에 준노스케(井上準之助, 1869~1932)를 묘사한『남자의 본마음(男子の本懷)』(1980),『남자들의 좋은 날(男たちの好日)』(1981),『외식 왕의 굶주림(外食王の飢え)』(1982),『용감한 자는 말하지 않는다(勇者は語らず)』(1982),『히데요시와 다케키치(秀吉と武吉)』(1986) 등을 썼다. 순진하게 수험 전쟁을 치르는 아이들을 '전사'로 가정했던 시로야마 사부로는 그 발전과 연장 시점에서 일본의 고도 경제 성장을 떠받쳤던 사람들을 경제 전사로 가정하기도 한다. 한편 일본의 근대를 건설했던 메이지 시대 사람들의 지혜와 전후

요시무라 아키라와『파옥』

부터 오늘에 이르는 지도자들의 타락과 퇴폐를 추적하는 시로야마 사부로의 치밀한 묘사도 간과할 수 없다.

요시무라 아키라는『전함 무사시』(1966),『제로식 전투기(零式戰鬪機)』(1968),『무쓰 폭침(陸奧爆沈)』(1970) 등 전기(戰記)소설 작가로 알려졌으며, 홋카이도 개척 역사를 염두에 두고 썼던『구마아라시(羆嵐)』(1977),『아이누 사람(赤い人)』(1977),『폰 지볼트의 딸(ふぉん・しいほるとの娘)』상・하(1978),『포스머드의 깃발』(1979),『파옥(破獄)』(1983) 등의 장편을 간행했다.『차가운 여름, 뜨거운 여름』(1984)은 태평양 전쟁의 의미를 다시 한번 물어보려고 했던 집념의 작품으로 평판이 높다.

다카하시 기이치로는 뒤늦게 출발했지만, 아쿠타가와 상 수상작『노부요(伸予)』(1978)로 등단했으며, 홋카이도의 지역성을 살린 성숙한 문체로 고풍스런 작품을 잇달아 발표했다.『북의 깃대 구름(北の旗雲)』(1979),『호택몽환(狐澤夢幻)』(1979),『만뢰(晩籟)』(1982) 등 평범한 사람들에 대한 시선을 그 특색으로 볼 수 있다.

모리 레이코는 외국에서 살았던 체험을 묘사한「모킹 버드가 있는 거리(モッキングバードのいる町)」(1979)로 아쿠타가와 상을 수상했고,『하늘의 사냥개・타인의 피(天の獵犬・他人の血)』(1980),『오도붕괴(五島崩れ)』(1980) 등을 발간했다. 그의 작품은 기독교 신자로서의 생활 태도가 반영된 특색이 있다.

쇼와와 함께 나이를 먹었던 작가들의 주제는 다종다양하며, 그 작품에는 전쟁의 시대를 살았던 사람들이 시대를 벗어나는 모습이 묘사되어 있다.

오니시 교진의 『신성희극』

장편소설 · 일본어 포름과의 투쟁

──고지마 노부오 · 나카무라 신이치로 · 오니시 교진 · 김석범 · 이회성

미시마 유키오는 『문화 방위론』(1969)에서 "문화는 사물로 귀결되지만 그 살아 있는 양태에서 보면 사물은 아니며, 또 발현 이전의 무형의 국민 정신도 아니며 다만 하나의 형태이다. 아무리 혼탁한 형태를 갖고 있어도 그것은 이미 '형태'에서 영혼을 비출 정도로 투명도를 갖고 있다고 생각되며, 따라서 예술 작품뿐만 아니라 행동 및 행동 양식도 포함한다"고 논하고 있다. 다양하게 논의되고 있는 미시마의 이 에세이는 '문화'는 '사물'의 '형태 *forme*'라는 인식을 제기하고 있다. 그럼에도 불구하고 일본을 "특수한 국가 인격과 역사와 지리적 위치와 풍토를 가진 나라"라고 상정하고, 어떻게 해서라도 그 정점에 '천황'을 세우고 유형의 '국민 정신'을 신봉하지 않을 수 없는 국면으로 자신을 몰아넣은 점에 이 글의 한계가 있다. 그렇지만 일본의 근대 소설이 '자연주의' 이후 "그때마다 소설적 형태를 형성하기 위해 치렀던 노력은 무의식적으로 사상을 형성하기 위해 치렀던 노력의 몇 배나 된다"는 인식도 미시마라는 한 소설가의 인식으로 치워버리기는 어렵다.

소설가가 일본어라는 '포름'을 통해서 소설의 생성에 몰두하는 모습은 결과적으로 투쟁과 비슷하다고 할 수 있다. 이미 말했던 하니야 유타카의 「사령」, 노마 히로시의 「청년의 환」, 미시마 유키오의 「풍요의 바다」 등은 말할 것도 없지만 고지마 노부오의 「헤어진 이유」, 나카무라 신이치로의 '사계' 4부작, 오니시 교진의 「신성희극」, 김석범의 「화산도(火山島)」, 이회성의 「못다 꾼 꿈(見果てぬ夢)」 등 장편소설의 지속적인 흐름에서 우리는 완결 · 미완결을 포함해서 일본어라는 형식과의 투쟁이 크게 드러나면서 부상하고 있

고지마 노부오의
「헤어진 이유」(『군상』, 1968. 10)

는 모습을 보게 된다. 노마 히로시가 대작을 완결한 후 완결이란 바로 '허의 대해'로 나아가는 끝없는 방황이 아닐까라고 지적했다면, 미시마 유키오는 장편 완결 후 예상되는 '허'와의 투쟁을 견딜 수 없어 소설가의 목숨을 스스로 끊은 것으로 볼 수도 있다. 그러면 장편소설이 형식과 벌였던 투쟁의 역사를 더듬어보기로 하자.

고지마 노부오의 「헤어진 이유」는 1968년 1월부터 1981년 3월까지 13년 3개월에 걸쳐 『군상』에 연재되었다. 처음에 이 작품은 '거리(町)'라는 큰 제목 밑에 일종의 연작소설로 연재됐는데, 작품이 진행되면서 작품 자체가 제목을 박차고 나가 점차 자기 증식을 한 것 같은 느낌을 드러내고 있다. 한 쌍의 부부를 둘러싼 이야기가 몇 번이고 해체되면서 마치 의식이 계속 증식하는 것처럼 이야기의 순서는 일탈에 일탈을 거듭한다. 독자들은 거의 줄거리가 없는 세계에 내던져지며, 무대와 관객과의 경계가 없는 듯한 연극의 세계로 초대된다. 『헤어진 이유』 전 3권(1982)의 「해제」를 쓴 센고쿠 히데요 (千石英世, 1949~)는 이 소설이 완결되었을 때 "우리나라 근대 문학의, 또 전후 문학의 문학적 상식을 완전히 따돌리는 이상한 작품이 되었다"고 평가했다. 고지마 노부오가 썼던 것은 지금 보면 일본어와 벌였던 격투 그 자체였던 것으로 보인다. 마치 일탈에 일탈을 거듭하고 있는 소설의 방법으로 볼 수 있는데, 일본어의 형식에서 끝내 일탈할 수 없다는 당혹과 돌변과 자조가 장대한 혼돈을 드러내고 있다고 할 수 있다.

일본어로 조직화하고 구조화하려고 할 때 일본어 자체가 목적을 배신한다는 것, 그런 사실을 알았기 때문에 미시마 유키오는 단숨에 혼란을 치유하는 방법으로 '천황'이라는 '문화 개념'을 꺼냈고, 여기에 의지하려고 했던 것이 아닐까. 그는 초법규적이고 초월적 존재자로서의 '문화 개념'이 필요했던 것이다. 견해에 따라서는 고지마 노부오 역시 이런 '문화 개념'에서 일탈하려고 도망에 도망을 거듭한 결과로 「헤어진 이유」를 썼다고 할 수 있을 것

나카무라 신이치로

이다.

나카무라 신이치로의 '사계' 4부작은 『사계』(1975), 『여름』(1978), 『가을』(1981), 『겨울』(1984)로 이어지며 약 10년에 걸쳐 완결되었다. 나카무라는 이 밖에 『라이 산요와 그 시대』(1971), 『가키자키 하쿄의 생애(蠣崎波響の生涯)』(1990) 등 한시(漢詩)의 문학적 소양을 살렸던 계보의 작품도 썼으나 '사계' 4부작 완결은 이것을 포함해서 역시 특기할 만한 업적이다. 해박한 교양을 갖고 있는 나카무라는 문단이 주도하는 문학에서 약간 길을 달리하면서도 언제나 소설의 방법과 문체를 갱신하면서 나아갔다. 4부작은 바로 춘하추동의 사계절을 인간의 삶의 사계절에 비교해서 원숙한 문체로 구성했던 일종의 정신사이다. 이 작품은 나카무라 신이치로가 자신의 청춘 시절을 투영하는 부분에서 시작해서 노년의 조짐과 그 불안을 객체화하는 부분에 이르는, 인간의 생의 궤적에서 비켜 지나갈 수 없는 주제로 가득하다. 이것은 성찰로 가득한 사중주의 화려함이라 해도 좋을 것이다. 나카무라 신이치로의 장편 4권에서 떠오르는 하나의 기조는 언어를 다루는 그 사람이 갖고 있는 교양의 지적 경도(硬度)가 일본어에 의한 혼탁과 혼란을 제압하는 능력이라는 점이다. 일찍이 소세키와 오가이가 그랬듯이 화한양(和漢洋)이라는 지적 소양의 상관성과 이 세 가지 언어가 벌이는 알력은 일본어를 고집할 때 필연적으로 발생하는 혼탁과 혼돈을 벗어나게 만든다. 방법의 명쾌함과 문체의 명석함, 이는 그 어느 쪽이건 어렸을 때부터 키워서 간직하고 있던 화한양의 세 언어가 충돌하면서 발생한 결과라는 사실을 이해하게 된다.

오니시 교진의 『신성희극』 전 5권(1968~1980)도 완결될 때까지 곡절이 많아 역시 문단 문학을 벗어난 지평에서 홀로 외롭게 했던 작업임을 알 수 있다. 오니시 교진은 특수한 일본어로 뒤얽혀 있는 제도로 탈바꿈한 군대라는 조직과 정면에서 투쟁하면서, 왜곡되고 기계화되고 있는 보통 사람들을

김석범과 「화산도」(『문학계』, 1991. 4)

철저한 리얼리즘 수법으로 묘사하였다. 여기에서는 비참과 골계가 표리를 이루며, 성과 속이 질서와 퇴폐가 뒤섞여 있다. '신성'이자 '희극'이라고 할 수 없는, 보통 사람들이 미루어 알 수 없는 군대라는 제도를 전후 30년에 걸쳐 묘사했다는 것 자체가 진정한 투쟁임을 알 수 있다. 이미 사라진 구제국 육군에서 사용했으나 사라진 언어, 그리고 그 언어로 만들었던 조직을 재현해서 소생시킨 이 작업은 역사의 추억을 회고하면서 신나게 떠들고 있는 전기류와는 다를 수밖에 없다. 『신성희극』은 일본어, 군대, 그리고 일본 제국, 그 정상에 존재하는 천황을 한 줄기의 지평에서 확인하면서 계속 투쟁을 감행했다. 그 후 오니시 교진은 1950년을 시대 배경으로 하면서 일본 공산당을 모델로 한 일종의 우의로 가득한 정치소설 『천로의 나락(天路の奈落)(1984)을 발표했다. 이소다 고이치는 "『천로의 나락』의 세계는 반시대적인, 혹은 시대착오 때문에 사상성을 갖고 있는 세계라는 일면을 가져오지 않을 수 없었다. 이제 공산주의 혁명이 필요하지 않은 일본 사회는 작품 속의 '일본 인민당'을 아무리 개선하려고 해도 정치적인 의미를 갖고 있지 않은 곳으로 오고 말았다. 그것은 전후라는 시대의 귀결이기 때문이다"(「어느 이상주의자의 운명」, 『좌익이 사요쿠가 될 때〔左翼がサヨクになるとき〕』)라고 평가하면서 오니시 교진의 '이상주의'가 1980년대의 시대에서 탈락하리라는 사실을 지적하였다. 이소다는 오니시의 소설을 동시대성의 내부에서 해체하고 역사의 경과를 비춘 나머지 오니시 교진의 우의성과 언어성을 비평할 수 없었다. 실제로는 『신성희극』의 내부에서 언어화된 계급 조직 *hierarchy*을 일본의 혁명당으로 전용·전화했을 때, '천로의 나락'이 생겼던 것이다.

일본에서 나고 자랐던 김석범은 소년 시절 자신은 틀림없이 '황국' 신민이었다고 말하고 있다. 그러나 태평양 전쟁이 일어나기 일 년 전에 할아버지의 땅 '한국 최남단의 화산도──제주도'로 갔을 때 소년 김석범에게 '조그

만 '민족주의자'의 자각이 생겼다고 말한다. 『화산도』전 3권(1983)은 아직 완결되지 않은 장편소설이지만 스스로 '민족주의자'라고 자칭하는 김석범의 반생과 그 반생에서 충돌하지 않을 수 없었던 일본어가 만드는 일본의 체제와 제도가 엇갈리는 체험 속에서 나온 작품으로 일본 문학에서 특이한 위치에 서 있다. 일본어로 자기 고향 땅의 역사적 사건과 여기에 말려들어 투쟁을 해야 했던 사람들을 묘사하는 것, 그 자체가 김석범의 투쟁이었다. 민족의 투쟁을 민족어가 아닌 다른 언어로 묘사할 것을 강요하는 투쟁이 『화산도』의 무궁한 운동 형식을 낳은 것이다.

이회성은 가라후토(사할린)에서 태어났다. 아버지는 한국의 북쪽에서 일본에 돈을 벌러 나왔던 사람이며, 어머니는 남쪽 출신으로 그가 9살 때 사망했다. 패전 후 의붓어머니를 맞이했던 가족은 조부모와 헤어져 사할린을 떠났고, 삿포로에 정착하게 된다. 그는 고국에 대한 귀소 심리를 탄식하면서 청년이 된다. 『또다시 이 길을』(1969), 『가야코를 위해서(伽倻子のために)』(1970), 『다듬이질을 하는 여인(砧をうつ女)』(1972), 『유민전(流民傳)』(1980)은 모두 '사할린' '조선' '일본'이라는 세 개의 소용돌이 무늬가 일으키는 갈등이 상상력의 원리가 되어 분출했던 이회성 고유의 문학 세계이다. 그 집대성이자 총결산으로 『못다 꾼 꿈』 전 6권, 『금지된 땅(禁じられた土地)』(1977), 『찢긴 나날들(引き裂かれる日日)』(1978), 『동포의 하늘(はらからの空)』(1978), 『7월의 서커스』(1978), 『제비여 왜 안 오는가(燕よ, なぜ來ない)』(1978), 『영혼이 부르는 황야』(1979) 등이 있다. 망향의 생각은 누르기 어렵고 그러나 돌아갈 고향은 없는, 바로 '못다 꾼 꿈'으로 묘사할 수밖에 없는 환상의 고향을 그는 결코 본의일 수 없는 일본어라는 언어 공간으로 실현하고 있다. 이 과정에서 생기는 애끓는 생각과 애절함 그리고 투쟁심이 이회성의 문학을 풍요롭게 만들고 있다.

좌로부터 요시유키 준노스케,
야스오카 쇼타로, 소노 아야코

다양한 소설 공간 1
──요시유키 준노스케 · 시부사와 다쓰히코 · 나카이 히데오 · 이로카와 다케히로 · 쓰쓰이 야스타카

일본어라는 언어를 다루면서 독특한 언어 공간이 만들어진다. 어떤 사람은 환상이나 기이한 생각에 사로잡히고, 또 어떤 사람은 언어 너머에서 어둠이나 허무를 발견하고, 또 어떤 사람은 서구풍의 무대 장치나 일본의 중세 · 근세에서 제재를 찾고, 그리고 또 어떤 사람은 풍자로 가득한 우의담을 지향하며, 혹은 또 어떤 사람은 못다 꾼 꿈으로 이상 국가를 보여주며, 그리고 또 어떤 사람은 인간의 광기의 궁극을 언어로 보여주는 등, 일본어로 만드는 소설 공간은 예사롭지 않은 성황을 보여주고 있다. 다음에서는 이런 이질적인 소설 공간이 교차하는 현상을 펼쳐보기로 하자.

요시유키 준노스케의 『암실』은 창부의 세계를 묘사하고 있으며, 시대를 한바퀴 돌아서 생긴 여유와 조망력이 있는 문체로 역사의 저편으로 사라진 여성들의 육성을 다큐멘터리처럼 묘사하고 있다. 요시유키 준노스케의 고유성은 도어를 열면 그 앞에 캄캄한 어둠만이 있는 듯한 입장에 주인공을 세워 놓고 있는 부분에서 찾아볼 수 있다. '허'를 응시하는 눈의 움직임이라고 해도 좋을 것이다. 『젖은 하늘 메마른 하늘』(1972), 『가방의 내용물(鞄の中身)』(1974), 『무서운 장소』(1976), 『석양까지』(1978) 등 과작이면서 풍격이 있는 작품을 썼던 그는 『호색일대남(好色一代男)』(1981)을 현대어로 번역했다. 요시유키 준노스케는 이 작품을 현대어로 번역하면서 자신의 일본어와 에도 시대의 이하라 사이카쿠의 일본어를 마주 비벼서 불꽃처럼 다시 살아나는 일본어를 획득하려고 했다. 단순한 축자역(逐字譯)이 아니라 일본어의 전통을 잇는 번역을 시도했던 것이다.

시부사와 다쓰히코

시부사와 다쓰히코는 사드의 번역자로 유명하며 다방면에 걸쳐 활약을 했는데 『당초물어(唐草物語)』(1981), 『잠자는 시녀(ねむり姫)』(1983) 등을 쓰면서 소설의 새로운 경지를 개척했다. 다네무라 스에히로(種村季弘, 1933~)는 "시간이 먹어치우는 대로 썩을 수밖에 없는" 존재가 인간이라면 "시간의 외부에 있는 유토피아에 대한 몽상은 역사의 숙명인 시간의 부식 작용에 길항하기 위해 몽상되고 발명되었다고 할 수밖에 없다"고 하면서 시부사와 다쓰히코의 작품 또한 "이런 종류의 말의 오브제 또는 형식"이라고 평가하고 있다. 『텅 빈 배(うつろ舟)』(1987) 이후, 『고구친왕 항해기(高丘親王航海記)』(1988)가 그의 사후에 나왔다.

나카이 히데오(中井英夫, 1922~) 또한 '말의 오브제 또는 형식'을 자각했던 작가로 주목을 받았다. 『환상 박물관』(1972), 『악몽의 마작패(惡夢の骨牌)』(1973), 『흑조의 속삭임(黑鳥の囁き)』(1974), 『인형들의 밤』(1976), 『빛의 아담(光のアダム)』(1978), 『월식령 선언』(1979), 『밤에 나는 여자(夜翔ぶ女)』(1983), 『이름없는 숲(名なしの森)』(1985), 『노을 소년(夕映少年)』(1985) 등 환상성이 강한 작품을 잇달아 발표했다. 데구치 유코(出口裕弘, 1928~)는 "나카이 히데오의 문장은 노골적인 것을 말하지 않으며 노출을 용납하지 않는다. 살인·독약·광기를 말할 때에도 그의 문장은 결코 '미'의 규범에서 벗어나려고 하지 않는다"고 평가하고 있다. 일본어를 통해서 스스로의 심미성을 객체화하는 그 지속력에 주목해야 할 것이다.

이로카와 다케히로(色川武大, 1929~1989)는 아사다 데쓰야(阿佐田哲也)라는 필명으로 널리 알려졌으며, 전후 일찍부터 문학에 뜻을 두고 『마작 방랑기·청춘 편』(1969), 『마작패의 마술사(牌の魔術師)』(1969) 등 대중적인 작품을 썼다. 『괴상한 손님 수첩(怪しい來客簿)』(1977)을 거쳐 사소설적인 작품 『이혼』(1978)의 표제작으로 나오키 상을 수상했으며, 이후 『생가로(生家へ)』(1979), 『소설 아사다 데쓰야』(1979), 『백(百)』(1982) 등의 좋은 작품

이로카와 다케히로

을 발표했으며 『광인 일기』(1988)에서 하나의 정점에 도달했다. 「광인 일기」는 인간 관계에 지쳐 병원에 입원한 '광인'의 눈을 통해 자신의 주위를 둘러싼 인간들의 본질을 볼 수 있는 작품이다. 다케히로는 '광인,' 즉 병이라는 상식을 뒤엎고 변화하고 변용하는 눈에 비친 인간의 소용돌이로 판에 박인 인간관을 뒤집으면서 새로운 활로를 개척했다.

20대부터 추리소설 작가로 두각을 나타낸 쓰쓰이 야스타카는 우의와 풍자가 뛰어난 작품을 잇달아 발표했다. 『베트남 관광 공사』(1967), 『알파르파 작전』(1978) 등 뛰어난 작품으로 문단의 주목을 받았으며, 이후 우의(寓意)의 세계성이라는 작풍은 이 작가의 특질로 간주되었다. 일족을 묘사한 『쓰쓰이 슌케이(筒井順慶)』(1969) 등도 냈으며 『속물도감(俗物圖鑑)』(1972), 『위대한 도움닫기(大いなる助走)』(1979) 등에서는 직간접으로 문단과 문단 사람들의 배타적 성격을 공격해서 반향을 불러일으켰다. 문단이라는 제도화된 공동체를 외부의 세계에서 공격하는 수법은 문학의 최대의 힘으로 믿어지고 있는 낯설게 하기이며, 이는 단순한 패러디나 개그의 영역을 초월하고 있다고 할 수 있다. 그 증거로 다음에 쓴 『허인들(虛人たち)』(1981), 『허항선단(虛航船團)』(1984), 『꿈의 목판 분기점(夢の木坂分岐點)』(1987) 등에서는 말과 소설의 방법을 훌륭하게 융합해서 '낯설게 하기'의 왕국을 만들고 있으며, 『문학부 다다노 교수(文學部唯野敎授)』(1990)는 그들이 사용하는 지적인 언어를 통해서 일본을 지배하는 지식인과 지식에 대한 낯설게 하기를 상대화하고 있는 점에서 압권이다.

오에 겐자부로

다양한 소설 공간 2
──오에 겐자부로 · 이노우에 히사시 · 고바야시 노부히코 · 오쓰지 가쓰히코 · 쓰지 구니오 · 가가 오토히코 · 가이코 다케시

오에 겐자부로의 장편 에세이 『무너진 것으로서의 인간』(1970)은 원래 '활자 너머의 암흑(活字のむこうの暗黒)' 이라는 제목을 갖고 있었다. 일본어 때문에 형식화되고 있는 작가의 주제 너머로 다시 '암흑' 또는 '허' 의 공간이 확대되는 것을 인식했던 이 작가는 『당신께서 눈물을 닦으시는 날』(1972), 『홍수는 나의 영혼에 넘쳐흘러』 상 · 하(1973), 『동시대 게임』(1979), 『'레인 트리' 를 듣는 여인(雨の木'を聽く女たち)』(1982), 『새로운 인간이여, 눈을 떠라』(1983), 『M/T와 이상한 숲의 이야기』(1986), 『그리운 해에게로 띄우는 편지(懐しい年への手紙)』(1987), 『키르프 군단(キルプの軍團)』(1988), 『인생의 친척』(1989) 등을 내면서 허구의 공간을 잇달아 확대해 나갔다. 전후부터 계속 동시대에 대한 깊은 인식을 가졌던 그의 작품에는 천황 문제, 핵전쟁 문제, 종말 문제 그리고 인간이 이상으로 삼고 있는 국가 문제, 혹은 소설가의 사명 문제 등이 각각 교차하는 주제로 아로새겨져 있다. 언제나 윤리적인 자세를 무너뜨리지 않는 오에 겐자부로는 그의 작품 총체를 장대하고 낯선 교향곡 세계로 만들어 현실을 살고 있는 우리들 앞에 제시한다.

이노우에 히사시는 『키리키리진(吉里吉里人)』(1981)을 쓰면서 일본이라는 나라 안에 '키리키리국' 이라는 가공의 국가를 만든다. 그는 이 나라의 독립에서 쇠망에 이르는 48시간의 드라마를 정치학 · 법률학 · 의학 · 경제학 등 제반 학설을 구사하면서 묘사하였다. 이 소설이 존재하는 그 자체가 오늘의 일본에 대한 야유로 가득한 낯설게 하기의 소산으로 주목된다. 이노우에 히

이노우에 히사시와 『키리키리진』

사시의 작업 영역과 그 작업량은 거의 열거할 틈이 없을 정도이다. 그는 나오키 상을 수상한 『수갑 동반 자살(手鎖心中)』(1972) 이후 야나기타 구니오의 책 제목에서 따온 『신석 엔야모노가타리(新釋遠野物語)』(1986), 소년 시절을 회상하게 하는 『나막신 위의 달걀(下駄の上の卵)』(1982), 『불충신장(不忠臣藏)』(1985), 『사천만 보의 남자』 상·하(1986), 『사가판 일본어 문법』(1981)과 기타 일본어론·언어론·서적론·사전론은 물론 『나는 소세키이다(吾輩は漱石である)』(1982), 『두통 견비통 히구치 이치요(頭痛肩こり樋口一葉)』(1984)를 비롯한 수많은 희곡과 일본의 농업 정책에 대한 발언 등 참으로 헤아릴 수 없는 작업을 세상에 내놓았다.

고바야시 노부히코(小林信彦, 1932~)는 편집자로 또는 나카하라 유미히코(中原弓彦)란 필명으로 미스터리 비평 등을 쓰면서 연극·영화의 논객 세계에서도 이름이 나 있는 사람이다. 그는 『겨울의 신화』(1966), 『집의 깃발(家の旗)』(1977)에 이어 『꿈의 성채(夢の砦)』(1983), 『우리들이 좋아하는 전쟁』(1986) 등에서 전쟁이나 전후의 시대성을 각인하고 있는 주제를 전개해 나갔다. 이색적인 작품으로 『사설 도쿄 번창기(私說東京繁昌記)』(1984)를 들 수 있다. '자전으로서의 도쿄'라는 발상에서 쓴 이 작품은 소설은 아니지만 오래 살아 정이 든 도쿄의 도시 공간이 도쿄 올림픽을 경계로 변화·변모하는 시대를 주목하면서 도쿄에 노출되어 있는 역사의 차이를 추출한다. 부감적이고 조망적인 혹은 오락적인 도시론이 수없이 나오는 가운데 고바야시 노부히코의 이 작품은 마치 벌레가 땅바닥을 기어가듯이 미시적이며 또 애정으로 가득 찬 도쿄론이라고 할 수 있다. 놀이와 오락으로 물든 도시론에 비하면 사람들의 생활 태도나 사는 모습이 있는 도시론이라고 할 수 있다.

오쓰지 가쓰히코(尾辻克彦, 1937~)는 아카세카와 겐페이(赤瀬川原平)라는 이름으로 알려진 화가이며 『촉감(肌ざわり)』(1980)을 쓰면서 소설가로

쓰지 구니오의 『봄의 대관』

인정을 받았다. 『아버지가 사라졌다(父が消えた)』(1981)의 표제작으로 아쿠타가와 상을 수상하면서 일약 유명해졌다. 약간 능청스런 묘미를 갖고 일상성에 숨어 있는 색다른 공간이나 인간의 생활 세부에 잠재하는 유머나 비애를 비추어내는 수법은 쉬르리얼리즘 회화를 소설로 형상화한 것이 아닌가 생각하게 된다. 한편 그는 아카세카와 겐페이라는 이름으로 이색적인 도쿄론을 잇달아 발표하였다. 건축학을 전공한 후지모리 데루노부(藤森照信, 1946~) 등과 '노상관찰학회(路上觀察學會)'라는 집단을 조직하고 『초예술 토머슨(超藝術トマソン)』(1985), 『노상 관찰학 입문』(후지모리 데루노부, 미나미 신보〔南伸坊, 1947~ 〕와 공저, 1986), 『도쿄 노상 탐험기』(글 오쓰지 가쓰히코/그림 아카세카와 겐페이, 1986) 등을 냈다. 곤 와지로(今和次郎, 1894~1973)의 고현학 *modernologie*을 원류로 삼는 아카세카와 겐페이의 작업은 도시 재개발이라는 명목하에서 땅값이 오르고 고층 빌딩으로 바뀌는 도쿄의 세부를 목격하면서 파악하는 그 행위 자체가 역사의 행동적인 운동화(運動化)라고 할 수 있다.

쓰지 구니오의 본령이 역사를 제재로 한 장편소설에 있다는 것은 여러 사람들이 알고 있는 대로이다. 그는 『덴쿠사의 아가(天草の雅歌)』(1971), 『사가노 명월기(嵯峨野明月記)』(1971), 『배교자 유리아누스』(1972), 『봄의 대관(春の戴冠)』(1977) 등 일본의 중세와 근세에서 제재를 가져오는 한편 고대 로마에서 제재를 갖고 오는 등 참으로 종횡무진한 역량을 보여주었다. 그리고 『나무 소리 바다 소리』(1982), 『어떤 생애의 일곱 장소』(1988), 『푸세 혁명력(フシエ革命曆)』 상·하(1989) 등을 냈다. 쓰지 구니오는 이 장대한 작품들을 통해 역사의 한가운데 서려고 한다. 단순히 현재에서 과거로 돌아가는 것이 아니라 역사의 현장에서 역사를 사는 것이 근본 취지임을 알게 된다. 그의 소설에서는 역사상의 인물과 그들을 떠받쳤던 군상이 형상화되는 동시에 그들의 생의 형태가 떠올라 인간의 생의 본질이 독자들에

가이코 다케시와 『귀의 이야기』

게 작용하게 된다. 역사소설이 그대로 생의 본질을 기록한 역사가 되는 것이다.

가가 오토히코 또한 장편소설 작가로 정평이 나 있다. 평론집 『일본의 장편소설』(1976)에서 근대 문학의 장편소설을 구조적으로 해명했던 가가 오토히코는 인간이 살고 있는 환경·사회·정치·역사의 총합체로 장편소설을 논의하려는 특색을 갖고 있다. 『황무지를 여행하는 사람들』(1971), 『돌아오지 않는 여름』(1973), 『선고』(1978), 『닻 없는 배(錨のない船)』상·하(1982), 『습원(濕原)』상·하(1985), 『기로』상·하(1988)에서 묘사했던 주제는 문자 그대로 다양하게 걸쳐 있다. 언제나 일본인의 생활 태도를 역사의 흐름 속에서 포착하였던 그의 작품은 저절로 '전쟁'이 큰 주제로 저류를 이루고 있으며, 『돌아오지 않는 여름』은 국가를 주도했던 군국 사상 때문에 순국하지 않을 수 없었던 소년의 고뇌를 간절하게 말하고 있다. 『닻 없는 배』는 전쟁으로 빚어진 크나큰 엇갈림 속에 내던져진 지식인의 비극을 묘사하고 있다. 또 범죄자, 특히 사형수를 향한 가가 오토히코의 인간적인 자세는 많은 반향을 일으키고 있다.

가이코 다케시는 1965년 2월 14일 베트남의 전쟁을 취재하기 위해 전선을 종군하던 중 베트콩에게 포위되었으나 구원 부대에 의해 사지를 탈출했던 죽음의 체험을 맛본 바 있다. 『빛나는 어둠』(1968), 『여름의 어둠』(1972), 사후 출판된 『꽃이 지는 어둠』(1990)은 베트남 체험에서 인간과 전쟁이라는 큰 주제를 이끌어내어 추구했던 3부작이다. '어둠'으로 통일된 제목이 보여주듯이 가이코 다케시가 응시하는 눈의 너머에는 생사의 끝을 초월하는 무엇인가가 늘 개입되어 있다. 『오버!』(1978), 『좀더 멀리!!』『좀더 넓게!』(1978), 『일엽편주에서 ── 오버, 오버!』(1985), 『왕과 나 ── 오버, 오버!』(1987) 등 세계의 변경을 탐험하면서 환상의 물고기를 찾아 방황하는 논픽션에 정착했던 가이코 다케시의 문장과 영상은 그 자체가 작품이다. 또 『찢

쓰루가(敦賀) 원자력 발전소

진 누에 귀의 이야기 1(破れた繭 耳の物語 1)』『밤과 아지랑이 귀의 이야기 2(夜と陽炎 耳の物語 2)』(1986)는 소리의 세계를 찾는 개인사로서 의표를 찌르는 주제였다. 병을 얻은 가이코 다케시가 죽음의 침상에서 이를 악물고 끝내 완성했던 『주옥(珠玉)』(1991)은 영혼의 방황과 '완물상지(玩物喪志)' 하는 인간을 과격하게 부정하는 정신이 그 밑바닥에 흐르고 있으며 소설가의 뜻을 높이 내걸었던, 참으로 소설가의 기상을 남겼던 작품으로 주목된다. 베트남의 '어둠'과 환상의 물고기, 미식과 미주(美酒) 그리고 아름다운 여성의 궁극을 찾아서 '허'의 절정에 진정으로 도달하려고 했던 소설가의 생애는 아직도 기억에 새롭다.

1980년대의 다양한 의장

태평양 전쟁이 끝나기 전에 태어났던 작가들은 그 연령 때문이기도 하지만 전중과 전후라는 시대의 엇갈림을 스스로 소년과 소녀의 눈으로 체험하거나 혹은 부모들이 받았던 상흔을 추체험하는 입장에 서게 된다. '쇼와'라는 시대의 종결을 지켜보았던 이 세대의 작가들은 시대의 변화에 대응하면서 자신의 언어 표현에 부심하였고 그 밑바닥에서 늘 시대의 엇갈림을 부둥켜안았다.

사에구사 가즈코(三枝和子, 1929~)는 『뜻하지 않은 바람의 나비(思いがけず風の蝶)』(1980), 『스미타가와하라(隅田川原)』(1985), 『도깨비들의 밤은 깊어(鬼どもの夜は深い)』(1983), 『붕괴 고지(崩壞告知)』(1985), 『빛나는 연못에 있던 여자』(1985) 등 이야기성이 강한 작품을 거쳐 『그날의 여름』(1987), 『그 겨울의 죽음』(1989), 『그 밤의 끝에서』(1990)의 3부작에서 패전 직후의 일본의 상황을 여성의 입장에서 묘사하였다. 노사카 아키유키는 공

이시하라 신타로와 『혐오의 저격자』

습의 체험을 『1945 · 여름 · 고베(1945 · 夏 · 神戸)』(1966) 등으로 집약했으며, 『사소설(死小說)』(1979), 『인칭대명사』(1985) 등을 쓰면서 새로운 경지를 개척했다. 야마다 미노루(山田稔, 1930~)는 대학 분쟁에서 제재를 얻은 『교수의 방(教授の部屋)』(1972)을 썼고, 『코마르탄 부근(コーマルタン界隈)』(1981)에서 하나의 정점을 이룬다. 미우라 기요히로(三浦晴宏, 1930~)는 『장남의 출가』(1989)에서 메마른 인간미를 제시했다. 오카마쓰 가즈오는 『시가노시마(志賀島)』(1975)에서 패전 전야를 썼으며, 이후 『주발을 뒤집어 쓴 여자(鉢をかずく女)』(1977), 『이향의 노래(異郷の歌)』(1985) 등을 발표했다. 소노 아야코는 전쟁 범죄를 추적한 『땅을 적시는 것(地を潤すもの)』(1976), 신의 문제를 다루면서 전후를 추궁했던 『부재의 방(不在の部屋)』(1979)에 이어 『신의 더러워진 손』(1979~1980)을 발표했다. 미야하라 아키오(宮原昭夫, 1932~)는 『누군가 만졌다(誰かが觸った)』(1972) 이후 『이매망량(魑魅魍魎)』(1982), 『땅과 불의 무녀(地と火の巫女)』(1983)를 썼다. 마쓰기 노부히코는 『상어』(1963)의 속편인 『무명(無明)』(1970)에서 신앙 때문에 고뇌하는 인간을 묘사했고, 이어 자전소설 『사과 밑의 얼굴(林檎の下の顔)』(1974)을 발표했다. 이시하라 신타로는 1968년 참의원 의원으로 당선된 후 다시 중의원이 되어 정치가로 활약하는 한편 『화석의 숲』 상 · 하(1970), 『빛보다 빠른 우리』(1976), 『혐오의 저격자』(1978), 『비제(秘祭)』(1984), 『생환』(1987), 『내 인생의 시시각각(わが人生の時の時)』(1989) 등을 발표했다. 이쓰키 히로유키는 『청춘의 문』 전 6편 12권(1970~1980)을 쓰면서 청춘의 의미를 총체적으로 되물었고, 『계엄령의 밤』 상 · 하(1976), 『사계 · 나쓰코』 상 · 하(1979) 등 국제적 주제를 묘사하는 한편 현대 여성에 질문을 던지는 작품을 발표했다. 오다 마코토는 '베평연'('베트남에 평화를!' 시민 운동)의 조직자로 평화 운동을 전개하였으며 전쟁과 전후의 일본인에게 물음을 던진 『가도(ガ島)』(1973)와 『동그란 히피(円いひっぴい)』 상 · 하(1978), 역시 베

사에 슈이치(좌)
이쓰키 히로유키(우)

트남을 금세기 최대의 모티프로 삼은 『베트남에서 멀리 떠나』(『군상』, 1981. 8~1989. 9)에서 이 작가의 영구 혁명 같은 주제를 거듭 제시하였다. 이사와 다카(石和鷹, 1933~)는 편집자를 그만두고 아내의 죽음을 묘사한 『다한 날(果つる日)』(1986)을 쓰면서 좋은 평가를 받았다. 이어 『폭풍 술집(野分酒場)』(1988)에서는 애수에 가득한 인간 모습을 묘사했으며, 시세에 알랑거리지 않는 인간의 본질적인 생활 태도를 물었다. 모리 마키코(森万紀子, 1934~)는 『설녀(雪女)』(1980)로 좋은 평가를 받고 여자의 집념을 추구했으며, 이어 『운하가 있는 마을』(1985)을 발표했다. 요시다 도모코(吉田知子, 1934~)는 『무명장야(無明長夜)』(1970)에서 인간의 삶을 응시했고, 『아버지의 무덤』(1980), 『만주는 모른다』(1985), 『오리(鴨)』(1985) 등을 쓰면서 주제를 확대시켜나갔다. 이와하시 구니에(岩橋邦枝, 1934~)는 데뷔가 빨라 이시하라 신타로와 비교할 수도 있는데 『조용하고 짧은 오후』(1976)로 문단에 복귀하고 『얕은 잠(淺い眠り)』(1981)에서 남녀 문제를 부부로 집약해서 추구했으며, 이는 『사랑과 반역』(1984), 『반려』(1985)로 이어진다. 오사베 히데오(長部日出雄, 1934~)는 「스가루존카라부시(津輕じょんから節)」(1970), 「스가루요사레부시(津輕世去れ節)」(1971) 등 스가루를 주제로 삼은 작품을 썼고, 이후 『악어를 끌고 온 남자(鰐を連れた男)』(1973), 『웃는 사냥꾼(笑いの狩人)』(1980), 『미완 반어파(未完反語派)』(1982), 『영화감독』(1985)을 발표했으며, 무나카타 시코(棟方志功, 1903~1975)를 쓴 평전 『도깨비가 왔다(鬼が來た)』 상·하(1979)는 도호쿠 사람들을 집약적으로 다루었던 작품으로 압권이다. 사에 슈이치는 『태양이여 분노를 비추어라』(1971), 『어둠 너머로 뛰는 자는(闇の向うへ跳ぶ者は)』(1973) 등 사회성이 풍부한 주제를 계속 추구했으며, 『아사쿠사 미궁 사건(淺草迷宮事件)』(1982)을 빠져나와 『요코하마 스트리트 라이프』(1983)에 이른다. 사회의 변질에 뒤따르는 소년의 문제는 국한되지 않는 광범위한 문제를 제기하고 있다. 이

이케다 마스오 부부와
『에게 해에 바친다』

후 『기묘한 혹성』(1984), 『노숙 가족(老熟家族)』(1985), 『사라진 아이(消えた子供)』(1985) 등을 썼다. 이케다 마스오는 판화가로도 널리 알려진 사람이며 『에게 해에 바친다』(1977)로 아쿠타가와 상을 수상하면서 등단했고, 『맨해튼 랩소디』(1982) 등 고유한 에로티시즘으로 주목을 받았다. 아라이 만(新井滿, 1946~)은 『베크사시옹(ヴェクサシオン)』(1987)에서 새로운 감성을 보여주어 주목을 받았고, 『행방 불명자의 시간(尋ね人の時間)』(1988)으로 아쿠타가와 상을 수상했다. 하타야마 히로시는 「언젠가 기적을 울게 하여」(1972)로 아쿠타가와 상을 수상했고, 『어머니를 씻어드리는 밤(母を拭く夜)』(1972), 『돌의 어머니(石の母)』(1977) 등 모성을 영혼의 근거지로 삼고 있는 작품과 자전풍의 소설 『어느덧 스무 살(つかのまの二十歳)』(1972) 등을 썼다. 시바타 쇼는 『그래도 우리들의 나날』(1964)에서 다루었던 주제를 『혼자 서 있는 내일』(1964), 『새 그림자(鳥の影)』(1971), 『우리의 전사들』(1973) 등을 쓰면서 다시 전개했다. 다카하시 마사오(高橋昌男, 1935~)는 『꿀잠(蜜の眠り)』(1977)에서 남녀의 사랑을 추구했고, 이후 『낮술(晝酒)』(1980), 『오토나시가와에즈(晉無川繪圖)』(1982), 『마을의 가을(町の秋)』(1983)을 냈다. 야마다 도모히코(山田智彦, 1936~)는 회사에서 샐러리맨으로 일하면서 『아버지의 사육제』(1971), 『결혼 생활』(1971), 『실험실』(1972) 등 현대인의 일상을 형상화하였으며 『수중 정원(水中庭園)』(1976)에서 하나의 정점을 구축하였다. 가토 유키코(加藤幸子, 1936~)는 『꿈의 벽(夢の壁)』(1972)의 표제작으로 아쿠타가와 상을 수상했고 『비취색의 메시지』(1983), 『북경 해당화의 거리』(1985), 『자연연도(自然連禱)』(1987) 등을 발표했다. 그의 작품에는 식민지 체험을 살리고 자연을 보호하는 입장에서 인간의 본질을 보는 눈이 빛나고 있다. 야마모토 미치코(山本道子, 1936~)는 외국 생활에서 경험한 이국 문화 체험을 『마법』(1972), 『베티 씨의 정원(ベディさんの庭)』 등으로 발표하고 주목을 받았다. 이후 『천사여 바다에서 춤추어라』(1981), 『사람

쇼지 가오루(좌)
아라이 만(우)

의 나무(ひとの樹)』(1985), 『뱀딸기(蛇苺)』(1986), 『혼자 그윽하리(ひとり幽けき)』(1987), 『마을의 비(ヴィレッジに雨)』(1988)를 썼다. 모리우치 도시오(森內俊雄, 1936~)는 『젊은이는 당나귀를 타고(幼き者は驢馬に乘って)』(1969)로 인정을 받았고, 『호네가와에 간다(骨川に行く)』(1971), 『날아가는 그림자(翔ぶ影)』(1972) 등 인간의 고독과 불안을 기독교인의 입장에서 추구했으며, 이후 『마라나 · 타 종편(マラナ · タ終篇)』(1974), 『돌이 살아나는 날(石よみがえる日)』(1975), 『골화(骨の火)』(1987) 등을 썼다. 노로 구니노부(野呂邦暢, 1937~1980)는 『신의 칼(草のつるぎ)』(1972)에서 자위대 체험을 써서 아쿠타가와 상을 수상했으며, 나가사키를 무대로 『이자하야 창포 일기(諫早菖蒲日記)』(1977)를 썼다. 그러나 『낙성기(落城記)』(1980)와 『언덕의 불(丘の火)』(1980)을 쓰면서 단정한 문체로 새로운 면을 개척하던 도중 급사했다. 고히야마 하쿠(小檜山博, 1937~)는 『부엌칼(出刃)』(1976)에서 홋카이도 사람들이 갖고 있는 주제를 형상화했고, 『어두운 발소리(黯い足音)』(1979), 『천녀들(天女たち)』(1980), 『생명체(生ものたち)』(1980), 『눈보라(地吹雪)』(1982), 『거친 바다(荒海)』(1982), 『빛나는 여자(光る女)』(1982), 『땅소리(地の音)』(1985), 『눈 폭풍(雪嵐)』(1986) 등 북국의 자연과 야생 속에서 사는 사람들의 주제를 추구하였다. 쇼지 가오루는 『빨간 모자 아가씨 조심해요(赤頭巾ちゃん氣をつけて)』(1969) 이후 『안녕 쾌걸 흑두건(さよなら快傑黑頭巾)』(1969), 『백조의 노래 따위는 들리지 않고(白鳥の歌なんか聞えない)』(1971), 『내가 제일 좋아하는 푸른 수염(ぼくの大好きな青髭)』(1977) 등 동시대 청년들의 사고와 기분을 묘사한 작품을 쓰면서 공감을 얻었다. 사키 류조(佐木隆三, 1937~)는 『복수는 내가 한다(復讐するは我にあり)』상 · 하(1975)에서 범죄자들의 행동 논리를 묘사했으며, 이후 사회성을 담고 있는 많은 작품과 다큐멘터리를 발표했다. 쓰카사 오사무(司修, 1936~)는 장정가와 화가로 알려졌지만 한편 소년 시절에 겪었던 시대의 변화를 묘사한

가라 주로(좌)와 가토 유키코

『기차 먹히고(汽車喰われ)』(1983) 등의 작품으로 인정을 받았다. 김학영은
『얼어붙은 입』(1970) 이후『끌(鑿)』(1978), 『향수는 끝나고 그리고 우리들』
(1983) 등으로 '재일 교포' 2세의 문제를 추구하던 도중 스스로 목숨을 끊었
다. 요시유키 리에(吉行理惠, 1939~)는『작은 귀부인(小さな貴婦人)』(1971)
으로 아쿠타가와 상을 수상했고, 이후『미로의 쌍둥이(迷路の双子)』(1985)
등을 발표했다. 기자키 사토코(木崎さと子, 1939~)는『벽오동(靑桐)』
(1984)으로 아쿠타가와 상을 수상했다. 그의 작품은 죽음을 정밀한 필치로
포착하는 특색을 갖고 있다. 메이오 마사코(冥王まさ子, 1939~)는「흘끗 본
어떤 여자(ある女のグリンプス)」(1979)로 인정을 받았고『눈 맞이(雪むか
え)』(1982), 『천마 하늘을 가다』(1985)를 발표했다. 가라 주로는 연출가 · 극
작가 · 배우로 활약하는 한편 파리에서 일어난 사건을 소설로 쓴『사가와 군
에게 온 편지(佐川君からの手紙)』(1983)로 화제를 불러일으켰다. 후마 모토
히코(夫馬基彦, 1943~)는『몽현(夢現)』(1980), 『라쿠헤이 · 신지 그리고 두
개의 단편(樂平 · シンジそして二つの短篇)』(1985) 등에서 오랜 수련을 거친
문체를 인정받았다. 무라마쓰 도모미(村松友視, 1940~)는『지다이야의 여
인(時代屋の女房)』(1982)으로 나오키 상을 수상했으며, 『밤의 낙서(夜のグラ
フティ)』(1984), 『상해 라라바이(上海ララバイ)』(1984)를 잇달아 발표했다.
『꿈의 시말서』(1984)는 자전소설로 주목을 받았다. 미야우치 가쓰스케(宮內
勝典, 1944~)는『그리니치의 빛을 벗어나(グリニッジの光を離れて)』(1980)
로 데뷔한 다음『금색 코끼리(金色の象)』(1981), 『불이 떨어지는 날(火の降
る日)』(1983) 등의 작품을 발표했다. 그의 작품에는 외국에서 일본을 되돌아
보는 시선으로 가득하다. 이케자와 나쓰키(池澤夏樹, 1945~)는『스틸 라이
프』(1987)로 인정을 받았고『백주의 프리니우스(眞晝のプリニウス)』(1989),
『바이론에 가서 노래하라』(1990) 등을 발표했다.
　이케자와 나쓰키를 예로 든다면 '쇼와'가 '헤이세이'로 바뀌었을 때 꼭

40세 중반이 되었고, 전중·전후 시대를 부모 세대에게 들어서 기억하는 세대의 마지막 사람에 속한다는 사실을 알 수 있다.

쇼와의 역사가 60여 년으로 종식되었다는 사실은 새삼스럽게 말할 필요도 없다. 요코미쓰 리이치는 『여수』라는 장편소설을 시대에 대응하면서 썼고, '전쟁'의 시대를 지나 '평화'의 시대로 접어들었을 때 세상을 떠났다. 시대의 엇갈림을 각인하고 있는 『여수』의 착상은 톨스토이를 흉내내서 말한다면 바로 '전쟁과 평화'에 다름아니었다. '평화'의 시대, 이른바 '전후'의 시대에 생명을 받았던 작가들의 작업을 간단하게 살펴보기로 하자.

이와사카 게이코(岩阪惠子, 1946~)의 『매미 소리 있어(蟬の聲がして)』(1981), 『미모사의 숲을』(1986), 다카기 노부코(高樹のぶ子, 1946~)의 『그 오솔길(その細き道)』(1983), 『빛을 품은 친구여(光抱く友よ)』(1984), 『물결이 반짝이는 끝에(波光きらめく果て)』(1985), 가나이 미에코의 『꿈의 시간』(1970), 『토끼(兎)』(1973), 『해변이 없는 바다』(1974), 『플라톤적 연애』(1979), 『환한 방에서(あかるい部屋のなかで)』(1986), 가쿠 신야(岳眞也, 1947~)의 『물의 여행길(水の旅立ち)』(1990), 다키 슈조(高城修三, 1947~)의 『비자나무 축제(榧の木祭り)』(1978), 『어둠을 안은 전사들이여』(1979), 『뒤엉킨 숲(紅の森)』(1979), 『약속의 땅』(1982), 아카가와 지로(赤川次郎, 1948~)의 『얼룩고양이 홈즈의 추리(三毛猫ホームズの推理)』(1978), 『악처에게 바치는 레퀴엠』(1980), 『버진 로드』(1983), 다카하시 미치쓰나의 『심심풀이(退屈しのぎ)』(1974), 『9월의 하늘』(1978), 『사랑을 부탁해요(よろしく愛して)』(1980), 마스다 미즈코(增田みず子, 1948~)의 『광대의 계절(道化の季節)』(1981), 『자살 지원』(1982), 『독신병』(1983), 『자유시간』(1984), 『집의 향기』(1985), 『싱글 세일』(1987), 쓰카 고헤이(つか こうへい, 1948~)의 『가마다 행진곡(蒲田行進曲)』(1981), 기리야마 가사네(桐山襲, 1949~)의 『빨치산 전설』(1984), 『바람의 연대기(風のクロニクル)』(1985), 나기 게이시

야마다 에이미(좌)
이양지(우)

(南木桂士, 1951~)의『에티오피아에서 온 편지』(1986),『다이아몬드 더스트』(1988), 야마카와 겐이치(山川健一, 1953~)의『거울 속의 유리배』『창문에 남아 있는 바람』(1982),『산타가 있는 하늘』(1983),『기라성(綺羅星)』(1983),『수정의 밤(水晶の夜)』(1984), 마쓰우라 리에코(松浦理英子, 1958~)의『장례일』(1980),『세바스찬』(1981), 나카자와 게이의『바다를 느낄 때』(1978),『여자 친구』(1981),『수평선 위에서』(1985),『정밀의 날(靜謐の日)』(1986), 가와니시 란(川西蘭, 1960~)의『하늘에서 만날 때』(1980),『해적에게 안부를 전해줘(パイレーツによろしく)』(1984),『요정 이야기』(1986), 야마다 에이미(山田詠美, 1959~)의『베드 타임 아이즈』(1985),『제시의 척추(ジェシの背骨)』(1986),『캠퍼스의 관(カンヴァスの柩)』(1987), 이양지(李良枝, 1955~1994)의『각(刻)』(1985) 등이 있다.

'전쟁'의 그림자는 자취도 없이 사라졌고, 자신의 생활 태도나 내면의 문제가 각자의 표현을 창출하기 위한 격투 문제로 바뀌면서 주제는 다양하게 전개되었다. '쇼와 문학'의 다양성은 그대로 1990년대부터 세기말의 문학 주제로 확산되는 형태로 계승되었다.

신세대 작가들의 전개
—— 무라카미 류 · 무라카미 하루키 · 시마다 마사히코

어느 시대에도 그 시대의 젊은이들이 갖고 있는 기분이나 사고를 대변하는 작가가 등장한다. 이시하라 신타로의『태양의 계절』(1956), 오에 겐자부로의『죽은 자의 사치』(1958), 시바타 쇼의『그래도 우리들의 나날』(1964), 쇼지 가오루의『빨간 모자 아가씨 조심해요』(1969), 미타 마사히로의『나는 뭐야(僕って何)』(1977) 등, 시대의 표현자로서 각자 시대의 한 획을 그었던

무라카미 류

사실이 기억에 새롭다. 무라카미 류나 무라카미 하루키 또한 이런 신세대 작가로 등장했다.

　무라카미 류의 『한없이 투명에 가까운 블루』(1976)는 『군상』 신인상과 아쿠타가와 상을 휩쓸어 화제가 되었다. 이때 무라카미 류는 24살이었다. 이 소설에는 과거 문학 세대들이 흔히 갖고 있던 관념적 사변을 배제하고 철저하게 보는 것에 끊임없이 정열을 기울이고 있는 청년이 등장한다. 오에 겐자부로의 세대가 전중·전후의 시대 상황을 벗어나지 못했다면, 무라카미 류는 그런 상황을 차단·배제하고 미군 기지가 있는 훗사(福生)를 모델로 해서 허구의 거리를 만들고 그곳에서 살고 있는 인간들을 깨어 있는 눈으로 묘사한다. 주인공이 보고 있는 세계는 전중이나 전후의 세계가 아니라 여기에서 준비하고 있는 전쟁, 즉 미래의 전쟁 세계이다. 청년은 미래의 전쟁을 예감하면서 살고 있는 것이다. 무라카미 류의 두번째 작품 『바다 너머에서 전쟁이 시작된다』(1977)에서는 "모든 것은 추접스런 구토물이다. 모든 것은 모친의 저 부스럼이다. 더럽게 냄새나며 썩고 있는 가려움을 찢어버릴 필요가 있다. 축제 따윈 필요없다. 전쟁이 시작되었으면 좋겠다"라고 하면서 전쟁이 일어나기를 바라는 주인공이 등장한다. 이때까지의 문학이 '전쟁'과 '평화'라는 이분법으로 구분되었다면, 무라카미의 문학은 이런 구도를 의식적으로 해체하고 오히려 '평화'라는 무질서를 지겨워하는 의식을 축으로 성립한다. 그리고 그 밑바닥에는 지금 자신이 존재하고 있는 이 세상 일체가 가상이라는 의식과 이 가상을 뿌리째 뽑아버리는 '전쟁'의 이미지가 감돌고 있다고 할 수 있다. 무라카미 류는 이후 『코인로커·베이비즈(コインロッカ·ベイビズ)』상·하(1980)에서 아이덴티티가 단절된 청년의 행방을 묘사했으며, 『사랑과 환상의 파시즘』상·하(1987)에서는 가공의 혁명을 묘사한다. 『토파즈』(1988)와 『라풀즈 호텔』(1989)에서 남성 노선을 여성 노선으로 바꾸면서 인기를 끌었던 그는 무라카미 하루키와 여성 팬들을 양분하게 되

무라카미 하루키

었다.

무라카미 하루키는『바람의 노래를 들어라(風の歌を聽け)』(1979)로 문단에 데뷔했다. 그의 문학을 가장 먼저 평가했던 가와모토 사부로(川本三郎, 1944~)는 "도시의 아들다운 경쾌한 회화, 이야기를 과장되게 표현하지 않으려는 자연스러운 노력, 그리고 자기 자신의 젊음에 대한 억제된 수치" 등이 뒤섞여 있는 측면에서 무라카미 하루키 소설의 특색을 찾았다. 청년 특유의 심각함과 피해자 의식, 자의식 과잉을 주도면밀하게 배제하고 있는 무라카미 하루키의 소설은 샐린저 J. D Salinger나 보네구트 K. Vonnegut의 작품과 대비되기도 한다. 그는 장편소설『1973년의 핀볼』(1980),『양을 둘러싼 모험』(1982)을 거쳐 신작 장편소설『세계의 끝과 하드보일드 원더랜드』(1985)를 발행하였다. 두 개의 다른 이야기가 동시에 진행되는 형식으로 씌어진 이 소설은 '나(僕)' 와 '나(私)' 가 각자 장대한 여행 도중에 있으며 의식 속에서 해후하는 구조로 이루어지고 있다. 이야기의 줄거리 속에 들어 있는 자기 탐구성 때문에 나약하고 동시에 성실한 느낌이 들며, 소설의 낯설게 하기 수법을 약간 뒤로 후퇴하면서 쾌적한 공감을 이끌어내는 수법은 이 작가의 장기이다.『노르웨이의 숲』상 · 하(1987)는 밀리언 셀러로 쇼와 문학 말기를 장식한 하나의 사건이었다. 1980년대의 나쓰메 소세키라고 불려졌던 무라카미 하루키는 이 소설 때문에 '연애소설' 의 명수로 주목을 받았다.『노르웨이의 숲』의 주인공 '나' 는 37살이며 굳이 말한다면 중년 초반이다. 이 소설은 주인공이 회상하는 70년대 바로 직전 말하자면 60년 안보 시대를 한바퀴 돌았던 70년대 정치의 계절을 배경으로 하면서 시대에 익숙하지 않은 방황성을 이야기 중심에 놓았기 때문에 젊은 여성들에게 환호를 받았다고 할 수 있다. 질풍노도와 같은 시절에 휩쓸리지 않았던 주인공을 중심으로 일어나는 인간관계가 물질 과잉의 80년대 젊은이들의 심성 회로에 겹쳐지면서 공감을 받고 있는 현상 그 자체에 80년대 젊은이들의 방황이 반영되고 있다고 할 수

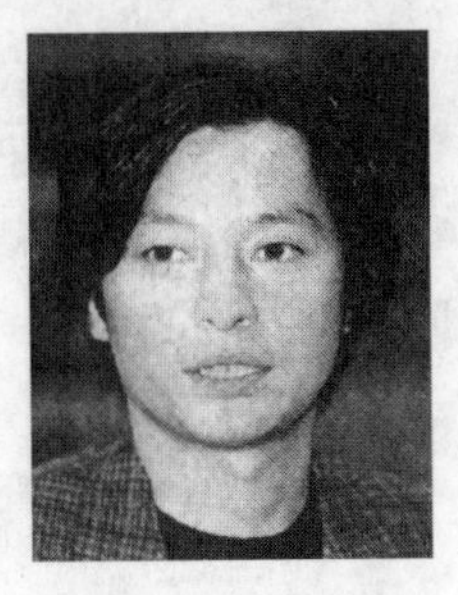

시마다 마사히코

있다. 70년 세대, 이른바 '전공투(全共鬪)' 세대로 불렸던 시대의 한 청년인 무라카미 하루키가 이런 세대적인 명칭에서 일탈해서 자신의 아이덴티티 모색을 주제로 삼았기 때문에 80년대 젊은이들의 많은 공감을 받았던 것이다. 아마 이런 현실에서 다시 일탈하는 것이 무라카미 문학의 이후의 과제가 되리라. 무라카미 하루키 현상은 이 작가의 문학 주제를 임시 거처로 삼았던 사람들의 심성 현상으로 보여진다.

시마다 마사히코는 무라카미 류보다 9살 어리고, 무라카미 하루키보다는 12살이나 어린 1961년생으로 도쿄 외국어 대학에 다닐 때 『부드러운 좌익을 위한 희유곡(優しいサヨクのための嬉遊曲)』(1983)을 쓰면서 문단에 등단했다. 이 작품을 하나의 모티프로 삼아 평론집 『좌익이 사요쿠가 될 때』(1986)를 발표한 이소다 고이치는 '고도 성장기 현실'을 '자명한 기성 사실'로, "미시마 유키오의 자결도, 대학 분쟁도, 소년 시절에 찾아온 이상한 사건일 수밖에 없었던" 시마다 마사히코를 가리켜 "그의 소설 제목의 하나인 '캡슐 속의 모모타로(カプセルの中の桃太郎)'라는 말에 덧붙여 말한다면 시마다 자신도 사실은 '캡슐 속의 모모타로'에 지나지 않는다"라고 평가했다. 그리고 이어 "그러나 시대가 '캡슐 속의 모모타로'와 똑같은 청소년들을 대량으로 산출하고 있을 때, 그런 형태의 '청춘'을 묘사하는 일이 반드시 현실에 매몰되는 것을 의미하지는 않는다. 오히려 현대의 청춘상이 그런 형태를 벗어나 성립하기 어렵다는 사실을 묘사하는 것, 그 자체가 비평적 행위의 하나이다"(「시마다 마사히코라는 장치」)라고 평가했다. 이소다 고이치는 시마다 마사히코를 전중·전후 그리고 60년 안보 시대, 고도 경제 성장기 시대라는 역사적 시간의 흐름을 계산에 집어넣은 문맥에 놓고 이런 평가를 했겠지만, 이에 대한 시마다 마사히코의 회답은 다음과 같았다. "그런데 창조력이란 어느 정도 무의미하게 장난칠 수 있느냐 하는 것으로 드러나지 않을까? 〔……〕 오늘날 시대 상황은 이중 구속 *double-bind*이라는 은유로 표현되고

무라카미 하루키의
『세계의 끝과 하드보일드 원더랜드』

있지만 이중 구속에서 벗어나려면 의미를 초월해서 무의미를 창조하지 않으면 안 된다고 생각한다. 끝까지 생각해서 문제를 해결하려는 것이 아니라 생각하지 않고 문제를 해소하는 것이다"(「'무의미'를 창조한다」). 이 역설로 가득한 입장에 서 있는 시마다 마사히코는 『망명 여행자는 외치며 중얼거린다』(1984), 『몽유 왕국을 위한 음악』(1984) 등을 발표한 다음 장편소설 『천국이 내려온다』(1975)를 발표했다. '나'라는 1인칭과 '진리남(眞理男)'이라는 3인칭을 교대로 쓰면서 진행되는 이 소설은 '시마다 마사히코'가 직접 등장하는 다층 화법이 겹쳐지고 있어 마치 소설 자체가 해체되는 장치로 이루어진 사물과 같고 그때까지의 작품을 집대성한 작품으로 보인다. 이후 그는 『나는 모조 인간』(1986), 『돈나 안나』(1986), 『미확인 미행 물체(未確認尾行物體)』(1987)를 거쳐 『꿈의 사자 —— 렌더 찰드의 새로운 두 도시 이야기(夢使い —— レンタルチャルドの新二都物語)』(1991)를 썼다.

감수성과 감성의 역사
—— 히카리 아가타 · 아오노 소 · 마루야마 겐지 · 미타 마사히로 · 고바야시 교지 · 요시모토 바나나

새로운 작가의 작품에는 언제나 동시대 인간들의 감수성이나 감성의 주제가 가득하다. 일본어의 형식에서 불거져나오는 듯한 형세로 자신의 주제를 표현하는 사람, 약간 경사진 각도에서 세태와 시대의 추이를 찍어내는 사람, 일본 그 자체에서 뛰쳐나와 국적을 이탈하려는 듯한 기세를 갖고 있는 사람, 도시 중심의 생활을 부정하는 측면에서 주제를 찾고 있는 사람, 역으로 도시 가족의 동향을 고집하는 사람 등 그 주제는 다양하다. 이러한 다양한 주제 속에 감수성과 감성의 역사가 숨쉬고 있는 것이다.

아오노 소와
『어머니와 아들의 계약』

히카리 아가타(干刈あがた, 1943~)는 『나무 밑의 가족(樹下の家族)』(1983)으로 제1회 『해연(海燕)』 신인상을 수상하며 등단했다. 도시 속의 가족이라는 주제는 마침 '도시론' 붐 현상과 겹치면서 새로운 소설 주제로 좋은 평판을 받았다. 이어 『호호호 탐험대(ウホッホ探險隊)』(1983), 『천천히 도쿄 여자 마라톤(ゆっくり東京女子マラソン)』(1983) 등 모두 여성 도시 생활자 입장에서 본 일상 생활을 적확하게 반영하였다. 또한 부부 별거, 이혼, 자식 양육, 아이 교육 등 보통 사람들이 생활과 격투하며 보여주는 재치 있는 회화와 유머가 넘치는 작품으로 전환해서 주목을 받았다. 이후 『원룸』(1985), 『조용히 건네는 금가락지』(1986), 『돼지 족발의 큰 구두』(1987), 『노랑 머리카락』(1987) 등을 발표했다. 등교를 거부하는 중학생과 어머니의 갈등을 묘사하면서 사회 문제로 지적되고 있는 주제를 정면으로 다룸으로써 사회 문제를 자극하고 그 본질을 파헤쳤다.

아오노 소(靑野聰, 1943~)는 『어머니와 아들의 계약』(1979)으로 주목을 받았으며 『바보의 밤(愚者の夜)』(1979)으로 아쿠타가와 상을 수상하면서 등단했다. 전자는 어머니와 아들을 묘사한 사소설적 경향이 짙은 작품으로, 아버지 아오노 스에키치의 존재가 의식의 내부에 놓여 있는 것으로 보아 가족 소설의 한 유형으로 보아도 무방하다. 후자는 일본을 탈출하기 위해 세계를 방랑하는 청년을 묘사했는데, 네덜란드 여성과 결혼하면서 자기 아이덴티티의 혼란을 깨닫게 되는 일본인이라는 주제를 부상시켰다. 일본인이라는 사실의 뿌리를 끊으려고 일본을 탈출해야 했던 주인공이 이국 문화 속에 자신을 내던지지만 그곳에서 자기 동일성의 습성에 괴로워한다는 벗어나기 어려운 주제에서 우리는 새로운 문학 주제를 예감하게 된다. 이어 『여자가 들려준 목소리(女からの聲)』(1984), 『태양의 소식이 코에서 올라오고(太陽の便り鼻から昇る)』(1985) 등을 거쳐 『말하는 까마귀(カタリ鴉)』(1986)로 주목을 받았다. 세계 방랑이라는 주제를 갖고 있는 이 소설은 '까마귀'가 말한다는

마루야마 겐지

의표를 찌르는 새로운 수법으로 주제와 방법의 자기 변혁을 이루었던 작품으로 주목을 받았다.

마루야마 겐지는 『여름의 흐름』으로 아쿠타가와 상을 수상했으며 이후 『정오가 되다(正午なり)』(1968), 『아침 햇살이 들어오는 집(朝日のあたる家)』(1970), 『검은 바다의 방문자(黒い海への訪問者)』(1972) 등 장편소설을 내면서 행동하는 작가로 인정을 받았다. 그는 소설의 주제나 배경이 도시로 집중되는 가운데 도시에서 지방으로 소설의 주제를 찾아 방랑하게 된다. 단순한 자연 신앙 때문에 그렇게 된 것이 아니라 틀에 박힌 도시 생활과 여기에서 비롯되는 정형화된 소설의 주제를 혐오했기 때문에 탈출하고 방랑했다고 할 수 있다. 이후 그는 『비의 드래곤(雨のドラゴン)』(1973), 『붉은 눈』(1974), 『우뢰신, 날다(雷神, 翔ぶ)』(1984), 『방황하는 비의 허수아비(さすらう雨のかかし)』(1988), 『혹성의 샘(惑星の泉)』(1988) 등을 발표했다. 『무리짓지 않고(群居せず)』(1980)라는 표제의 에세이집에서 읽을 수 있듯이, 현대 사회의 개인 문제를 '무리짓지 않는다' 는 자세로 해명하려는 그의 고유성은 주목되어 마땅하다.

미타 마사히로는 일찍이 『M의 세계』(1966)가 『문예』 학생소설 콩쿠르에서 당선되면서 인정을 받았고 그 철학적 사고로 많은 사람들의 주목을 받았다. 무라카미 하루키 등과 같은 세대, 이른바 '전공투' 세대에 속하는 미타 마사히로는 『나는 뭐야』(1977)에서 대학 시절의 자기 투쟁을 패러디적인 문체로 묘사했고, 이 작품으로 아쿠타가와 상을 수상했다. 70년대 세대들이 공감할 수 있도록 과거의 철학성이 강한 문체에서 변환했던 점에 미타 마사히로의 재능이 드러나고 있다고 할 수 있다. 이후 그는 『아가의 태어나지 않은 날』(1977), 『용을 보았는가』(1979), 『결국 피리가 울고 우리들의 청춘은 끝났다』(1980), 『장송가(野邊送りの唄)』(1981), 『하늘은 하루종일 흐리지 않고』(1982), 『표류기 1972』(1984), 『데이 드림 빌리버』(1988) 등의 장편소설

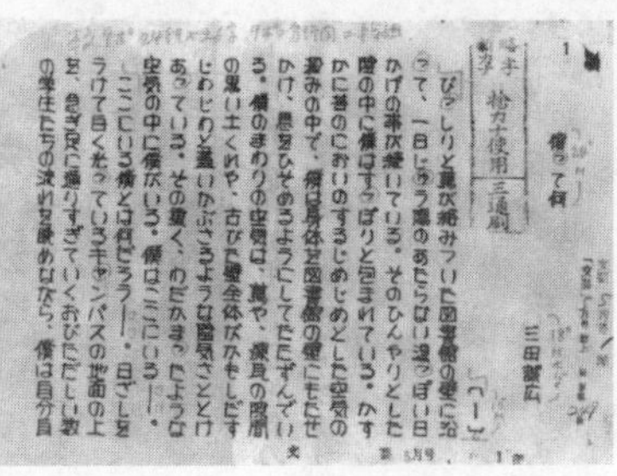

미타 마사히로와
「나는 뭐야」 원고

을 발표했으며, 1979년부터 5부작 5,000매로 구상해서 제2부에 이르고 있는 「귀향」은 60년 세대, 70년 세대를 완전히 묘사할 야심을 갖고 진행되고 있는 작업으로 주목을 요한다.

고바야시 교지는 「전화남(電話男)」으로 『해연(海燕)』 문학상을 수상하면서 문단에 데뷔했다. 이 작품은 '전화남'이라는 기상천외한 존재, 요컨대 누구인가에게 걸려오는 전화에 귀를 기울이면서 하루종일 불특정 다수들이 하고 있는 전화 내용을 듣는 존재를 설정해서 현대인의 고독을 파헤치고 있다. 거의 유희와 비슷한 일에 열중하면서 포로가 되고 여기에서 도망칠 수 없게 된다는 점에서 도시 생활은 대체로 이 '전화남'의 습성을 계승하고 있다고 할 수 있다. 현대인의 습성과 고독을 보는 눈은 몹시 비평적이지만 그 비평성을 죽이고 깨어 있는 눈을 자처하고 있는 점에 이 작가의 특성이 있다. 『제우스 가든 쇠망사』(1987)는 '제우스 가든'이라는 유희장의 흥망을 묘사하고 있는데, 이 또한 현대인의 욕망으로서의 유희에 하나의 조명을 비추고 있다. 아베 고보와 이노우에 히사시의 소설의 편린을 볼 수 있는 고바야시 교지의 작품은 이 밖에 『소설전 순애전(小說傳·純愛傳)』(1986), 『반도기 군도기(半島記·群島記)』(1988) 등이 있다.

요시모토 바나나는 『키친(キッチン)』(1988)으로 『해연』 문학상을 수상했으며, 이어 『포말/성역(うたかた/サンクチュアリ)』(1988), 『Tugumi』(1989) 등을 내면서 단숨에 최고 인기 작가가 되었다. 대개 젊은 여성들이 화자로 나오는 요시모토 바나나의 작품은 소설이라기보다는 현대인의 이야기 또는 우화로, 이단이나 이화성(異化性)을 제거한 지극히 평범한 감성과 기분이 일반인들의 감성이나 기분에 아무런 간격도 없이 받아들여진다고 하는 점에 그 특색이 있다. 1980년대 말엽, 쇼와 문학의 말기는 바로 '요시모토 바나나' 현상으로 그 도미를 장식했다고 할 수 있다. 젊은 여성의 평범한 감수성이 세상을 움직이는 원동력의 기간으로 하나의 힘을 갖고 있었다는

요시모토 바나나와 『키친』

의미에서 요시모토 바나나의 소설은 사회적인 의미를 가지고 있는 것이다. 작가의 개성이 탁월하다기보다 작가 개성의 확산과 평균화가 이 시대의 보편성이었다는 점에서 이만큼 특색 있는 작가는 없다고 해도 좋을 것이다.

1980년대 비평의 여러 양상

쇼와 50년대 후반 이후의 비평, 요컨대 1980년대부터 1990년대에 걸쳐 나온 비평에 대해 생각해보자. 출판계가 변질되면서 이와 함께 문예 잡지가 부진하다는 말이 나돌았으며, 쇼와 30년대 중엽에 이른바 '순문학 변질'을 운운했을 때보다 심각하게 문학이 변질되는 상황이 일어났다. 소설가들은 예능 텔런트처럼 많은 재능을 요구받았고, 그 결과 그들이 문예 잡지의 틀을 벗어나서 활약하는 시대가 되었다. 문예 잡지는 팔리지 않는 상품의 대명사가 되었고, 마치 문화재를 보호하는 아성 같은 인상으로 근근히 지속할 수밖에 없는 존재가 되었다. 문예의 불을 끌 수 없다는 마음가짐 혹은 의지의 문제로 문예 잡지는 존속하고 있는 것이다.

출판계의 변질과 변용, 문학 작품의 변질과 변용은 당연히 문예 비평의 변질과 변용을 초래하였다. 문예 평론가라는 식으로 묶을 수 없는 사람들의 비평, 가령 아사다 아키라(淺田彰, 1957~), 우에노 지즈코(上野千鶴子, 1948~), 마루야마 게이자부로(丸山圭三郎, 1933~), 야마구치 마사오, 기시다 슈(岸田秀, 1933~), 나카자와 신이치(中澤新一, 1940~), 하스미 시게히코 등의 비평에서 문화·문명론·상황론·언어론 등을 읽는 편이 훨씬 현실과 일치할 것이라는 식의 비평적 상황이 문예 평론을 제한된 장소에 머물

가와니시 마사아키의
『리라 차가운 전설』

러 있을 수 없게 만들었다. 요시모토 다카아키의 '매스 미디어' '매스 이미지'에 관한 일련의 작업, 에토 준의 일본의 '보수 정치'와 '천황,' '황실'에 관한 일련의 작업 등은 전후 문예 비평을 지속적으로 영위하기 위한 필연적인 과정 혹은 당연히 그렇게 되지 않으면 안 되는 귀결이었다. 요시모토 다카아키나 에토 준의 작업을 선배들의 작업으로 판단했던 젊은 비평가들이 계속 작업을 할 수 있는 정세가 되었던 것이다. 가와모토 사부로는 『동시대의 문학』(1979), 『감각의 변용』(1984) 등 동시대의 기분을 분석하는 과정에서 무라카미 하루키 문학이 갖고 있는 의미를 강하게 내세우고 있으며, 한편으로는 영화론을 비평의 대상으로 삼았다. 가와니시 마사아키(川西政明, 1941~)는 『오에 겐자부로론』(1979), 『평전 다카하시 가즈미』(1981) 등 정통적인 문예 평론을 고집하였다. 전후 문학에서 시작된 문학사적 전개를 응시하는 가와니시의 비평성은 히라노 겐이나 이소다 고이치의 계보를 잇고 있는 것으로 주목된다. 미우라 마사시(三浦雅士, 1946~)는 『나라는 현상』(1981), 『주체의 변용』(1982), 『멜랑콜리의 수맥』(1984) 등에서 현대 작가와 그 작품들을 언급하고 있으며, 언제나 내재적인 비평성을 중시하는 그는 비평의 대계(大系)를 만들기 위해 정력적으로 작업에 몰두하였다. 스가 히데미(絓秀實, 1949~)는 『하나다 기요테루』(1982), 『복제의 폐허』(1986) 등 관념의 성립 과정과 언어의 진위 등을 집요하게 질문하면서 비평의 원리를 추구하기 위해 일관된 힘을 쏟았다. 가와무라 미나토는 『이양의 영역(異樣の領域)』(1983), 『'만취선'의 청춘('醉いどれ船'の青春)』(1985), 『아시아라는 거울』(1988) 등을 통해 일본의 고전론을 기축으로 하는 비평을 주장하는 한편, 비평의 영역을 넓혀 아시아 문제로까지 확대되는 스케일이 큰 문학론의 확립을 시도하였다. 다케다 세이지(竹田青嗣, 1947~)는 『'재일'이라는 근거』(1983)에서 '재일' 교포 2세 표현자들의 문제를 검토하면서 전후 일본 사회의 허실을 추구했다. 또한 철학적인 사고의 확립을 지향하면서 언제나

아사다 아키라(좌)
가와무라 미나토(우)

신선한 명제를 제공하였다. 가사이 기요시(笠井潔, 1948~)는 추리소설 작가로 활약하는 한편『테러의 현상학』(1984) 등 평론 활동을 전개하였다. 도미오카 고이치로(富岡幸一郎, 1957~)는『전후 문학의 고고학(戰後文學のアルケオロジ)』(1986)에서 젊은 신인 세대 입장에서 '전후 문학'에 대한 반역을 거듭하면서 에토 준을 하나의 지표로 삼는 문예 평론가의 길을 모색하였다. 또『우치무라 간조(內村鑑三)』(1988)는 그 개성 있는 읽기로 높은 평가를 받았다. 가토 노리히로(加藤典洋, 1946~)는『'아메리카'의 그림자』(1985)에서 일본의 전후와 전후 문학 그리고 그 후계를 상대화하면서 독자적인 비평성을 확립했다.『비평으로』(1987)와『일본 풍경론』(1990) 등에서는 시대와 시대 사이의 엇갈림과 신구의 구조에 대한 눈이 작용하고 있어 설득력이 있다.

80년대의 비평으로 주목하지 않으면 안 되는 문예 평론가들의 작업으로는 혼다 슈고의『시가 나오야』상·하(1990), 오다기리 히데오의『내가 본 쇼와의 사상과 문학 50년』상·하(1988), 우에다 미요지의『이승 현생(この世この生)』(1984),『시마기 아카히코(島木赤彦)』(1986), 요시모토 다카아키의『'반핵' 이론』(1982),『겐지 모노가타리론』(1982),『매스 이미지론』(1984), 오쿠노 다케오의『'사이'의 구조('間'の構造)』(1983), 아와즈 노리오의『고바야시 히데오론』(1981),『마사오카 시키(正岡子規)』(1982), 오자키 호쓰키의『나카자토 가이잔──고고한 사색자』(1980), 가와무라 지로의『이야기의 우주(語り物の宇宙)』(1981),『우치타 햣켄론』(1983), 시부사와 다카스케(澁澤孝輔, 1930~)의『간바라 아리아케론(蒲原有明論)』(1980), 간노 아키마사(菅野昭正, 1930~)의『시학 창조』(1984),『스테판 말라르메』(1985), 다카하시 히데오의『고바야시 히데오──행보와 사색』(1980),『시가 나오야──근대와 신화』(1981),『이향에서 죽다──마사무네 하쿠초론(1986), 아키야마 슌의『영혼과 의장──고바야시 히데오』(1985), 아에바 다카오의『문학의 현

246

재』(1983), 오케타니 히데아키의 『나카노 시게하루——자책의 문학』(1981), 『야스다 요주로』(1983), 야마자키 마사카즈의 『유연한 개인주의의 탄생』(1984), 이리에 다카노리의 『문학의 사막 속에서』(1985), 기타가와 도오루의 『황무지론(荒地論)』(1983), 하스미 시게히코의 『감독 오즈 야스지로(監督小津安二郎)』(1983), 『이야기 비판 서설(物語批判序説)』(1985), 『소설에서 멀리 벗어나』(1987), 가메이 히데오의 『감성의 변혁』(1983)『후타바테이 시메이』(1986), 노구치 다케히코의 『'겐지모노가타리'를 에도에서 읽다』(1985), 기쿠타 히토시(菊田均, 1948~)의 『에토 준론』(1979), 스즈키 사다미(鈴木貞美, 1947~)의 『인간의 영도, 혹은 표현의 탈근대』(1987), 요모타 이누히코의 『귀종과 전생』(1987), 시마 히로유키(島弘之, 1956~)의 『'감상'이라는 장르』(1988) 등이 있다.

에토 준과 이소다 고이치
——비평과 역사

일찍이 비평가로 출발했던 에토 준이 1956년 11월 간행한 『나쓰메 소세키』는 그가 23살 때 썼던 책이다. 이후 『고바야시 히데오』(1961), 『아메리카와 나』(1965), 『성숙과 상실——어머니의 붕괴』(1967), 『소세키와 그 시대』 제1, 2부(1970) 등 이 비평가의 정신의 도정을 찾기 위해서 결코 지나칠 수 없는 평론을 잇달아 내놓았다. 그때까지의 문예론이라면, 가령 히라노 겐으로 대표되는 문단 시평가 식의 작업에 중심이 기울어져 있었으나, 에토 준은 그런 '문예 시평'을 위주로 하는 문단 비평에 동의하면서도 비평의 원리나 문학 이론을 위주로 하는 비평 세계로 나아갔다. 이는 서로 잘 어울리는 상

에토 준과 『소세키와 그 시대』

보적인 작업이다. 더불어 『일족 재회』(1973), 『가이슈 여파—나의 독사여적(海舟餘波——わが讀史余滴)』(1974) 등에서 시작된 일본 근대 국가의 생성에 대한 에토 준의 집착은 새로운 작업의 전개를 재촉하게 된다. 조부에 대해 생각하면서 메이지 국가를 형성했던 근대 지식 계급 1세대들의 사고와 에너지에 탄복했던 그는 메이지 2세대인 나쓰메 소세키의 사고 원리를 『소세키와 아더 왕 전설—'해로행'의 비교 문학적 연구(漱石とアーサー王傳說——薤露行 の比較文學的研究)』(1975) 등에서 추구하기도 한다. 『바다는 소생한다(海は甦える)』전 5권(1976~1978)은 그 파급 효과가 선명하게 드러난 작품이라고 할 수 있다. 그는 메이지의 군인이나 정치가에 대해 집착하면서 일본 국가의 전후적 전개에 대한 격렬한 비판 정신을 갖게 된다. 점령 전과 점령 후의 국가 형태의 변용에 대한 에토 준의 비평 정신은 점점 더 급격하게 예리해진다. 『또 하나의 전후사』(1979), 『1946년 헌법——그 구속』(1980), 『낙엽의 낙수——패전·점령·검열과 문학(落葉の掃き寄せ——敗戰·占領·檢閱と文學)』(1981) 등을 읽으면 미국의 점령 정책을 총체적으로 논의하면서 일본의 내셔널리즘을 고취하는 방향으로 논리를 굳히고 있는 역사가 에토 준의 모습이 선명하게 떠오른다. 그 사이에 『근대 이전』(1985)이라는 일본 문학사의 기본 구상을 주장했던 책도 간행한다. 또 그 여파로 볼 수도 있는 『자유와 금기』(1984)에서는 문단 작가의 동시대적인 작품을 예리하게 부정해서 거의 여론 주도적인 비평가의 지위를 확립하였다. 이와는 별도로 에토 준이 혼다 슈고와 '무조건 항복'을 둘러싸고 논쟁을 벌였던 것도 기억에 남는다. 혼다 슈고가 전후의 국민 감정에 비춘 논리를 갖고 거의 관습적인 말투로 '무조건 항복'을 언급했다면, 에토 준은 법 논리는 물론 전쟁 종결을 위한 국가 사이의 조약적 규정으로 말하더라도 '무조건 항복'이란 있을 수 없다면서 '항복'에도 국가의 주체성이 지켜져야 한다고 주장했다. 그가 말한 참뜻의 밑바닥에는 '천황'과 그 위광으로 떠받치고 있는 국가 주

체에 대한 에토 준 일류의 심정성이 작용하고 있다는 사실도 간과할 수 없다. '대일본제국헌법'과 '일본국헌법'의 엇갈림과 분열 속에 몸을 눕히고 있는 국가 주체를 회복하고 수정하기 위해서는 어떻게 해야 할 것인가 하는 논리는 '쇼와 천황'의 서거 전후를 둘러싼 에토 준의 여러 논의에서 정점에 도달했다고 볼 수 있다.

『순교의 미학(殉敎の美學)』(1964)은 이소다 고이치의 처녀 평론집으로 크게 세 개의 기둥으로 이루어져 있다. 하나는 「미시마 유키오와 현대」, 또 하나는 「전후 문학의 여러 문제」, 다른 하나는 「현대사 속의 작가들」이라는 세 가지 비평 공간으로 나누어져 있는 것이다. 다 아는 대로 「미시마 유키오론」(『군상』, 1960. 10)을 쓰면서 비평가로 출발했던 이소다 고이치는 일찌감치 '일본'과 격투하는 미시마 유키오라는 동시대의 낭만주의자의 내면에서 '전후' 아니 '현대사'의 내부에 숨어 있는, 지적 선량들의 말하려고 해도 말하기 어려웠던, 정신의 갈등을 간파했다. 따라서 미시마 유키오를 철저하게 논의하면서 '전후 문학의 정신'과 '현대사'로 향하고 있는 『순교의 미학』이 보여주는 비평성은 전혀 모순되지 않으며, 오히려 미시마를 핵으로 삼아 다른 작가 군상들을 수놓는 경향을 모색하고 있다. 미시마 유키오가 그의 비평의 핵심 부분에 놓였다고 할 수 있다. 큰 틀에서 본다면 이소다 고이치의 비평은 초기부터 '쇼와사'와 벌였던 경합 속에 있다고 할 수 있다. 히라노 겐이 죽었을 때 문예 시평가로서의 측면과 문학사 연구가의 측면이 잘 어우러졌던 그의 모습을 지적했던 이소다 고이치가 시평가의 측면은 가와무라 지로에게 맡기고, 문학사 연구가의 측면은 자신이 계승하고 있다는 식으로 발언했던 것은 기억에 새롭다. 『파토스의 신화』(1968), 『비교 전향론 서설 ― 낭만주의의 정신 형성』(1968), 『문학·이 가면적인 것』(1969) 등에는 미시마 유키오는 물론 고바야시 히데오, 이토 시즈오, 야스다 요주로 등이 '쇼와사'에서 갖고 있던 정신 구조를 활발하게 해명하려는 비평성이 잘 나타나

이소다 고이치와
『사상으로서의 도쿄―근대 문학사론 노트』

있다. 이어 나온『전후 비평가론』(1969)에서 그는 후쿠다 쓰네아리, 히라노 겐, 하나다 기요테루, 하니야 유타카, 나카무라 미쓰오, 이토 세이, 요시모토 다카아키, 에토 준 등을 논의하면서 이 비평가들의 발언에서 전후의 비평 의식을 크게 파악하고 자신의 근거로 삼는 입장을 굳혔다. 이어『요시모토 다카아키론』(1971)에서는 눈앞에 우뚝 서 있는 선배 비평가의 전모를 파악 하고 비평 구조와 정신 구조를 훌륭하게 해명하였다. 다시『모래 위의 향연 (砂上の饗宴)』(1972),『사악한 정신』(1973),『근대의 미궁』(1975) 등에서 그 는 동시대 작가를 논하는 시평가로 왕성한 작업을 하였으며『쇼와에의 진혼 ―현대 정신사 논집』(1976),『현대의 문학 별권 전후 일본 문학사 · 연표』 (1978) 등을 쓰면서 '쇼와 문학사' 연구를 향한 큰 단서를 확인하게 된다. 이런 자세를 확인하면서 관점을 바꾸었던 그는『사상으로서의 도쿄―근대 문학사론 노트』(1978)에서 에도에서 도쿄로 이동된 역사의 전환에 착안했던 '도시론'적 문학론도 달성하게 된다. 스케일은 '쇼와사'에서 단숨에 '근대 사'로 확대되었고『나가이 가후』(1979)나『로쿠메이칸의 계보―근대 일본 문예사지(鹿鳴館の系譜―近代日本文藝史誌)』(1983) 등 실증적인 연구로 이 어졌다. 그리고 이 작업을 잇고 있는『전후사의 공간』(1983)도 지나칠 수 없 다. 또『좌익이 사요쿠가 될 때』(1986)에서 그는 오니시 교진에서 시마다 마 사히코에 이르는, 전후에 전개된 언어관과 관념적 균열 혹은 단절을 확인한 다.『인공 정원의 질서 ― 예술 · 사상 논집』(1987),『근대의 감정 혁명』 (1987)에 이어『하기와라 사쿠타로』(1987)가 미완성으로 사후에 간행된다. 그 사이에 소학관 판『쇼와 문학 전집』기획에 참가하는 동시에 '쇼와 문학 사'를 구상하고 집필에 착수했기 때문에 많은 비평에서 그의 시행착오를 읽 을 수 있다. 이소다 고이치의 존재는 문단뿐만 아니라 근대 문학 연구 세계 에서도 육중하게 볼 수 있으며 그의 주도면밀함 혹은 문헌 조사에 대해서는 국문학 연구자들 사이에서도 정평이 나 있다. 어떤 조그만 일에도 철저하게

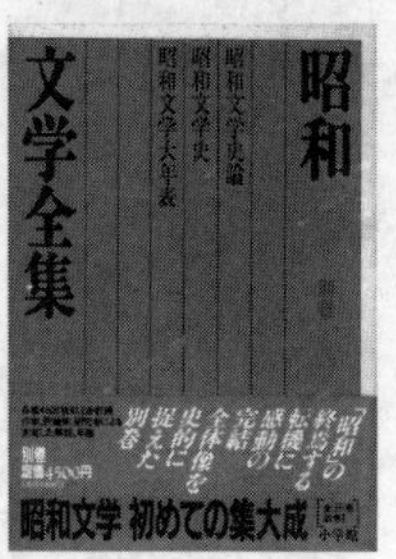

『일본 현대 문학사』의
원서인 '쇼와 문학 전집' 별권
『쇼와 문학사』(쇼가쿠칸, 1990)

참여하려는 무사(無私)의 정신을 일관되게 간직하고 있었던 그의 만년과 객관주의적 인식자로서 자기 언급을 극력 배제했던 그 존재성은 문학 비평과 문학사 연구에 대한 봉사의 정신으로 가득하다.

일본 현대 문학사 연보 1919~1989

시대	서기	연호	작품 · 인명 · 사항	사회의 동향과 세계 문학
다이쇼	1919	8	호리구치 다이가쿠『월광과 피에로』간행, 사이조 야소『사금(砂金)』간행, 기노시타 모쿠타로(木下杢太郎, 1885~1945)『식후의 노래(食後の唄)』간행, 기쿠치 간『은수의 저편에(恩讐の彼方に)』『도주로의 사랑(藤十郎の戀)』, 우노 고지『광 속(藏の中)』, 시마다 세이지로(島田淸次郎, 1899~1930)『지상(地上)』(~1922) 간행, 미야치 가로쿠(宮地嘉六, 1884~1958)『어느 직공의 수기』, 우노 고지『고의 세계(苦の世界)』(~1920), 무샤노코지 사네아쓰『우정』, 사이토 모키치『동마만어(童馬漫語)』간행,『우리들(我等)』『개조』『해방』창간, 문예와 사회 · 정치의 관계 논의됨.	고노 히로나카(河野廣中, 1849~1923) 등 도쿄에서 보선기성(普選期成) 대회 개최, 전국에서 보선 운동 일어남. 한국에서 3·1 운동, 중국에서 5·4 운동 일어남.
	1920	9	무라야마 가이타(村山槐多, 1896~1919)『가이타의 노래(槐多の歌へる)』간행, 우에다 빈(上田敏, 1874~1916)『목양신(牧羊神)』간행, 시마기 아카히코『빙어(氷魚)』간행, 기쿠치 간『진주부인』, 로맹 롤랑 지음/도요시마 요시오 역『장 크리스토프』간행, 가가와 도요히코	경제 공황, 제1회 메이데이, 모리토(森戶) 사건, 국제연맹 발족, 마르탱 뒤 가르『티보 가의 사람들』(~1940), 웰스 H. G. Wells『세계 문화사 대계』, 뒤아멜 G. Duhamel『사라반의 생애와 모험』(1932), 알랭『예술

			『사선을 넘어서』 간행, 쓰보타 조지 『쇼타의 말(正太の馬)』, 사이토 모키치 「단카의 사생설(短歌に於ける寫生の說)」(~1921), 야다 소운(矢田挿雲, 1882~1961) 「에도에서 도쿄로」(~1923), 기쿠치 간 극작가 협회, 소설가협회(다음달) 결성.	론집』, 루이스 S. Lewis 『메인스트리트』, 츠바이크 『삼인의 거장』.
1921	10		사토 하루오 『순정시집(殉情詩集)』 간행, 우치다 햣켄 『명도(冥途)』, 시가 나오야 『암야행로』(~1937), 오가와 미메이 『빨간 양초와 인어』, 마이다코 히로이치로 『삼등선객(三等船客)』, 다키이 고사쿠 『무한포옹』(~1924) 『씨 뿌리는 사람』 창간, 간바라 다이, 히라토 렌키치(平戶廉吉, 1893~1922) '일본 미래파 운동' 제1회 선언, 프롤레타리아 문학론 일어남.	하라 다카시(原敬, 1856~1921) 암살됨. 스즈키 분지(鈴木文治, 1885~1946) 등 일본노동학교 영일동맹 폐기, 소련 네프 채택, 중국 공산당 창립. 루쉰(魯迅, 1881~1936) 『아Q정전』(1922), 필리냐크 Boris A. Pil'nyak 『벌거벗은 일 년』, 필란델로 L. Pirandello 『작가를 찾는 여섯 명의 등장인물』.
1922	11		노가미 야에코 『가이진마루(海神丸)』, 사토미 돈 『다정불심』(~1923), 아리시마 다케오 『선언 하나』, 도이 고치(土居光知, 1886~1979) 『문학서설』 간행, 히라바야시 하쓰노스케 『제4계급의 문학』, 구리야가와 하쿠손(廚川白村, 1880~1923) 『근대의 연애관』 간행, 모리 오가이(61) 사망, 동요·동화 유행, 『선데이 마이니치』 등 주간지	일본 공산당·일본경제연맹회 아인슈타인 A. Einstein 일본 방문, 소비에트사회주의연방 성립, 조이스 『율리시스』, 엘리엇 『황무지』, 베버 『직업으로서의 학문』, 카롯사 『유년시대』.

			창간, 대량 생산의 시대, 『전위』『사상』『무산계급』창간.	
	1923	12	하기와라 사쿠타로 『청묘(青猫)』간행, 쓰지 준 『다다이스트 신키치의 시』간행, 나가요 요시로(長與善郎, 1888~1961) 『청동의 기독』, 우노 고지 『아이를 빌려주는 집』, 요코미쓰 리이치 『태양(日輪)』, 이부세 마스지 『도룡뇽(山椒魚)』, 야마모토 유조 『동지들(同志の人人)』, 아리시마 다케오(46) 『정사』, 『적과 흑』『문예춘추』『적기(赤旗)』창간, 오스기 사카에(39), 이토 노에(29) 학살당함, 유고 『자서전』간행, 탐정소설 창작 왕성.	간토 대지진, 『시라카바(白樺)』종간, 케인스 J. M. Keynes 『화폐 개혁 문제』, 카시러 E. Cassirer, 『상징적 형식의 철학』(~1929), 콜레트 S. G. Colette 『청맥(青麥)』, 웰리 A. Waley 『겐지모노가타리(源氏物語)』영역(~1933), 릴케 『두이노의 비가』, 트로츠키 『문학과 혁명』, 소련에서 동반자 작가 출현.
	1924	13	미야자와 겐지 『봄과 아수라』간행, 시마기 아카히코 『태허집(太虛集)』간행, 아이즈 야이치 『남경신창(南京新唱)』간행, 다니자키 준이치로 『치인의 사랑』(~1925), 나가요 요시로 『다케자와 선생이라 부르는 사람』(~1925), 시라이 교지 『후지산에 선 그림자(富士に立つ影)』(~1927), 지카마쓰 슈코 『흑발(黑髮)』간행, 마야마 세이카 『겐파쿠와 조에이(玄朴と長英)』, 기시다 구니오 『티롤의 가을』, 아베 요시시게(安倍能成, 1883~1966) 『사상과 문화』간행, 지바 가메오 『신감각파의	아베 이소오(安部磯雄, 1865~1949), 이시카와 산 시 로(石川三四郎, 1876~1956) 일본페이비언협회, 영국의 노동당 내각, 브르통 『쉬르리얼리즘 제1선언』, 포스터 E. M. Forster 『인도로 가는 길』, 만 T. Mann 『마의 산』, 쑨원(孫文, 1866~1925) 『삼민주의』, 네루다 『스무 편의 사랑의 시와 한 편의 절망의 노래』.

			탄생』,『문예전선』『문예시대』 창간, 신감각파 문학 운동 일어남. 쓰키지 소극장 창립.	
	1925	14	하기와라 사쿠타로『순정 소곡집』간행, 호리구치 다이가쿠 역『월하의 일군』간행, 하기와라 교지로『사형선고』간행, 쓰치야 분베이『겨울풀(ふゆくさ)』간행, 가지이 모토지로『레몬』, 미나카미 다키타로(水上龍太郎, 1887~1940)『오사카의 집(大阪の宿)』(　~1926), 기시다 구니오『종이풍선(紙風船)』, 구메 마사오『사소설과 심경소설』, 아오노 스에키치『'조사한' 예술』,『합승마차』『부동조(不同調)』『청공』등 동인지 대량 창간,『킹』창간, 호소이 와키조『여공애사(女工哀史)』, 일본프롤레타리아문예연맹 콩트·가십 문학, 농민 문학 유행, 대중 작가의 21일회 발족.	보통선거법 공포, 도쿄 방송국 방송 시작, 치안유지법 공포, 히틀러『나의 투쟁』, 스탈린『국가사회주의이론』, 울프 V. Woolf『델러웨이 부인』, 피츠제럴드『위대한 개츠비』, 드라이저 T. Dreiser『아메리카의 비극』, 카프카『심판』, 독일에서 신즉물주의 문단의 주류로 등장, 소련러시아프롤레타리아작가협의회(라프) 결성(　~1932).
쇼와	1926	1	기타가와 후유히코『체온계와 꽃(檢溫器と花)』간행, 시마기 아카히코『시인슈(柹蔭集)』간행, 가와바타 야스나리『이즈의 무희』, 야마모토 유조『살아 있는 모든 것(生きとし生けるもの)』, 하야마 요시키『바다에서 사는 사람들』간행, 무샤노코지 사네아쓰『애욕』, 후지모리 세이키치『하리쓰게몬자에몬(磔茂左衛門)』, 와쓰지 데쓰로『일	학생들의 사회과학 연구 금지, 헤밍웨이『해는 또다시 떠오른다』, 몽테를랑 H. de Montherlant『투우사』, 스타니슬라프스키 K. S. Stanislavskij『예술에 있어서 나의 생애』, 릴케(52) 사망, 헤밍웨이 '잃어버린 세대' 표방.

			본 정신사 연구』 간행, 『당나귀(驢馬)』 창간, 극작가협회와 소설가협회를 합병해서 문예가협회 설립, 아오노 스에키치 목적 의식 논쟁, 마르크스주의 예술 연구회 결성, 일본프롤레타리아문예연맹을 일본프롤레타리아예술동맹(프로예)으로 개칭, 개조사 '현대 일본 문학 전집' 발간, 엔혼 시대 시작.	
	1927	2	『도미나가 다로 시집』 간행, 오자키 기하치(尾崎喜八, 1892~1974)『광야의 불』, 아쿠타가와 류노스케『갓파(河童)』『어떤 바보의 일생』『문예적인, 너무 문예적인』, 오사라기 지로『아코의 낭인 무사(赤穗の浪士)』(~1928), 히라바야시 다이코『진료소에서』, 구보타 만타로『대사학교(大寺學校)』, 후지모리 세이키치『무엇이 그녀를 그렇게 만들었는가』, 아쿠타가와 류노스케(36) 자살, 소설의 줄거리 논쟁, 다카하마 교시 '화조풍영' 론 주장, 일본동화작가협회 결성, 근대극 전집·세계문학 전집·마르크스 전집·암파문고 간행, 일본프롤레타리아예술연맹 분열, 노농예술가연맹(노예) 창립.	금융 공황 시작, 산동(山東) 출병, 배일 운동 격화, 하이데거『존재와 시간』, 모리아크『테레즈 데스겔』루이스 P. W. Lewis『시간과 서구인』, 프랑스에서『트랑지시옹 Transition』 창간.
	1928	3	야기 주키치(八木重吉, 1898~1927)『가난한 신도』 간행, 구사노 신페이『제백계급(第百階	제1회 보통선거, 공산당원 대량 검거(3·15 사건) 신인회·동대사연(東大

			級)』 간행, 가무라 이소타『업고(業苦)』, 구보타 만타로『춘니(春泥)』, 사타 이네코『캐러멜 공장에서』, 노가미 야에코『마치코(眞知子)』(～1930), 에도가와 란포『음수(陰獸)』, 하야시 후미코『방랑기』(～1948), 다니자키 준이치로『여뀌 먹는 벌레』(～1929), 구라하라 고레히토『프롤레타리아 리얼리즘으로의 길』, 나카무라 무라오『누구냐? 꽃밭을 망가뜨리는 자는!』, 『전기(戰旗)』『시와 시론』『여인예술』창간, 전일본무산자예술연맹NAPF 결성, 『전위』창간.	社研) 해산, 내무성에 특별고등경찰(특고과) 설치, 청도(靑島) 출병, 로렌스『채털리 부인의 연인』, 숄로호프『고요한 돈 강』(～1940) 헉슬리『연애대위법』, 융『자아와 무의식의 관계』.
1929	4	안자이 후유에『군함 마리』간행, 기타조노 가쓰에『하얀 앨범(白のアルバム)』간행, 사토 하루오『차진집(車塵集)』간행, 사사키 노부쓰나『도요하타구모(豊旗雲)』간행, 시마자키 도손『동트기 전』(～1935), 고바야시 다키지『해공선』, 도쿠나가 스나오『태양이 없는 거리』, 나카노 시게하루『예술에 관한 비망록』, 히라바야시 하쓰노스케『정치적 가치와 예술적 가치』, 예술적 가치 논쟁, 미야모토 겐지『'패배'의 문학』, 고바야시 히데오『다양한 의장』, 니시와키 준자부로『초현실주의시론』간행, 『문학』창간『백치군(白痴群)』창간, 일본프롤	노농당 대의사(代議士) 야마모토 센지(山本宣治, 1889~1929) 살해당함. 문부성 국체 관념 명징, 국민 정신 진작을 위한 교화 동원 실시, 공산당원 전국적 대검거(4·16 사건), 세계 공황 뉴욕 주식 대폭락, 콕토『무서운 아이들』, 헤밍웨이『무기여 잘 있거라』, 레마르크『서부 전선 이상 없다』, 모라비아 A. Moravia『무관심한 사람들』, 포크너『음향과 분노』.

			레타리아작가동맹 NALP 결성, 탐정소설 붐, 쓰키지 소극장 분열.	
	1930	5	미요시 다쓰지 『측량선』 간행, 미즈하라 슈오시 『갈식(葛飾)』 간행, 세리자와 고지로 『부르주아』, 나오키 산주고 『남국태평기』(~1931), 요코미쓰 리이치 『기계』, 호리 다쓰오 『성가족』, 쓰네카와 히로시 『예술파 선언』, 아베 도모지 『주지적 문학론』 간행, 『나프』 『미·비평』 『작품』 창간, 신흥 예술파 구락부 결성, 신조사 '신흥 예술파 총서' 간행, 개조사 '신예 문학 총서' 간행, 노로 에이타로 『일본 자본주의 발달사』, 구키 슈조 『'이키'의 구조』, 우치무라 간조(70) 사망.	학생 사상 선도 시설 방침, 런던 군축 회의, 국제혁명작가동맹 제2회 대회(하리코프 회의), 일본 공산당 심파 사건, 나카노 시게하루, 가타오카 뎃페이, 고바야시 다키지 등 검거, 티보데 A. Thibaudet 『비평의 생리학』, 도스 패소스 J. Dos Passos 『U. S. A』, 헤세 『지성과 사랑』, 오르테가 이 가제트 José Ortega y Gasset 『대중의 반역』, 마야코프스키(37) 사망, 로렌스(46) 사망, 중국에서 좌익작가연맹 결성.
	1931	6	아와노 세이호 『만냥(万兩)』 간행, 가와바타 야스나리 『수정환상』, 다니자키 준이치로 『장님 이야기』, 나가이 가후 『장마철 전후(つゆのあとさき)』, 마키노 신이치 『제론』, 하야시 후미코 『청빈의 서』, 하세가와 신 『잇폰가타나도효이리(一本刀土俵入)』, 구라하라 고레히토 『예술적 방법에 대한 감상』, 나프 해산, 일본프롤레타리아문화연맹 KOPF 결성, 대중 문학 유행,	만주사변 발발, 생 텍쥐페리 『야간 비행』, 리드 H. Read, 『예술의 의미』, 펄 벅 Pearl Buck 『대지』.

			『아시비』독립 논쟁.	
1932	7	미요시 다쓰지『남창집(南窓集)』간행, 마루야마 가오루『돛·램프·기러기』간행, 야마구치 세이시『동항(凍港)』간행, 이다 다코쓰(飯田蛇笏, 1885~1962)『산려집(山廬集)』간행, 니와 후미오『은어(鮎)』, 다케다 린타로『일본 서푼 오페라』, 하야시 후사오『청년』(~1933), 고바야시 히데오『X에의 편지』, 이토 세이『신심리주의 문학』간행, 구라하라 고레히토『예술론』간행,『코기토』『유물론 연구』『프롤레타리아 문학』창간.	5·15 사건 일어남. 구라하라 고레히토 등 400명 검거, 관동군 하얼빈 점령, 만주국 건국 선언, 포크너『팔월의 빛』, 콜드웰 E. Caldwell『타바코 로드』, 오스트로프스키『강철은 어떻게 단련되었는가』, 크로체『19세기 유럽사』.
1933	8	니시와키 준자부로『Ambarvalia』간행, 도미야스 후세이(富安風生, 1885~1979)『풀꽃(草の花)』간행, 미즈하라 슈오시『신수(新樹)』간행, 오자키 시로『인생극장』, 고바야시 다키지『전환시대』(『당생활자』로 개제), 이시자카 요지로『젊은이』(~1937), 다니자키 준이치로『춘금초』, 가와바타 야스나리『금수(禽獣)』, 우노 지요『애욕참회』(~1935), 오자키 가즈오『무사태평 안경』, 야나기타 구니오『모모타로의 탄생』간행, 우치다 햣켄『백귀원수필(百鬼園隨筆)』간행, 다니자키 준이치로『음영예찬』(1934), 고바야	사상대책협의회 다키가와(瀧川) 사건, 국제연맹 탈퇴, 독일 히틀러 내각 성립, 나치스 정권 장악, 미국 루즈벨트 F. D. Roosevelt 대통령 취임, 말로 A. Malraux『인간의 조건』, 만『요셉과 그의 형제들』.

		시 다키지(31) 학살당함, 『문예수도』 『사계』 『행동』 『문예』 『문학계』 창간, 문예 부흥, 프롤레타리아 문학 잡지 연속으로 발매 금지당함, 사노 마나부, 나베야마 사다치카 옥중 전향 성명, 전향 속출, 노로 에이타로 검거, 도사카 준 「일본 이데올로기론」 등 여러 논문 발표함.	
1934	9	하기와라 사쿠타로 『빙도(氷島)』 간행, 나카하라 주야 『산양의 노래』 간행, 『가와바타 보샤구집(川端茅舍句集)』 간행, 무로 사이세이 『오누이』, 나가이 가후 『숨은 꽃(ひかげの花)』, 다케다 린타로 『긴자 8번지(銀座八丁)』, 후나바시 세이이치 『다이빙』, 셰스토프 지음/가와카미 데쓰타로 · 아베 로쿠로 공역 『비극의 철학』 간행, 셰스토프적 불안 유행됨, 가메이 가쓰이치로 『전형기의 문학』 간행, 전향 문학 왕성해짐, 사이토 모키치 『가키노모토노 히토마로(柿本人麻呂)』(1940), 일본 낭만파 논쟁, 『문학평론』 『테아트르』 창간, 노로 에이타로(35) 사망.	사상국 · 국어심의회 · 문예간화회 결성, 만주국 제정(帝政) 실시, 다케우치 요시미 중국문학연구회 결성, 출판법 개정 공포, 남만주철도회사 대련 — 신경 특급 아시아호 운전 개시, 국제연맹 가입, 중국 공산당의 대서천(大西遷), 토인비 A. J. Toynbee 『역사의 연구』, 제1회 소련작가대회, 밀러 H. Miller 『북회귀선』
1935	10	『오구마 히데오 시집(小熊秀雄詩集)』 간행, 이토 시즈오 『나의 사람에게 주는 슬픈 노래』 간행, 쓰무라 노부오 『사랑하는	귀족원에서 미노베 다쓰키치(美濃部達吉, 1873~1948)의 천황 기관설 문제 일어남, 에디오피아

		신의 노래』 간행, 쓰치야 분메이『산곡집(山谷集)』 간행, 야마구치 세이시『황기(黃旗)』 간행, 『이시다 하쿄 구집』 간행, 가와바타 야스나리『설국』(~1947), 다카미 준『옛 벗을 어찌 잊으리』(~1936), 쓰보타 조지『도깨비의 세계』, 이시카와 다쓰조『창맹』, 도쿠다 슈세이『가장인물』(~1938), 요코미쓰 리이치『가족회의』, 요시카와 에이지『미야모토 무사시(宮本武藏)』(~1939), 요코미쓰 리이치『순수소설론』, 순수소설 논쟁, 고바야시 히데오『사소설론』, 고마쓰 기요시『행동주의 문학론』 간행, 와쓰지 데쓰로『풍토』 간행, 『세계문화』『일본 낭만파』『역정』 창간, 아쿠타가와 상, 나오키 상 제정, 일본펜클럽 설립.	전쟁, 중국 공산당「구국 항일」 선언, 코민테른『인민 전선 테제』, 오든 W. H. Auden『보라 여행자여』, 미국『남부평론』 창간(~1942), 신비평의 거점이 됨.
1936	11	나카무라 구사타오(中村草田男, 1901~1983)『장자(長子)』 간행, 아베 도모지『겨울 여인숙』, 호조 다미오『생명의 첫날밤』, 이시카와 준『보현』, 이시자카 요지로『보리는 죽지 않는다』, 노가미 야에코『미로』(~1956), 쓰보타 조지『바람 속의 아이』, 호리 다쓰오『바람 일었거니(風立ちぬ)』(1938), 다카미 준『묘사의 뒤에 누워 있어서는 안 된다』, 히사마쓰 센이치(久松潛一, 1894~1976)『일	2·26 사건, 언론 취체 강화, 콤아카데미 사건, 의사당 낙성, 사상범보호관찰법, 런던 군축 회의 탈퇴, 스페인 내란(1939), 제11회 베를린 올림픽, 루쉰(56) 사망. 미첼『바람과 함께 사라지다』, 서안(西安) 사건, 소련에서 작가 숙청 시작됨.

		본 문학 평론사』(~1950) 간행, 사상과 실생활 논쟁, 문학상 잇달아 제정, 『인민문고』 『행동문학』 창간, 마키노 신이치(40) 자살.	
1937	12	다치하라 미치조『원추리에 부친다(萱草に寄す)』간행, 가네코 미쓰하루(金子光晴, 1895~1975)『상어(鮫)』간행, 야마모토 유조『길가의 돌』(~1940), 오카모토 가노코『모자서정(母子敍情)』, 나가이 가후『보쿠토키탄』, 요시노 겐자부로(吉野源三郞, 1899~1981)『그대들은 어떻게 사는가』간행, 시마키 겐사쿠『생활의 탐구』(~1939) 간행, 히노 아시헤이『분뇨담』, 히사이타 에이지로「북동풍」 초연, 구보 사카에『화산회지』(1938), 작가들의 종군, 『생활의 탐구』 논쟁, 고전부흥의 기운이 일어남, 기타 잇키(54) 처형, 야나이하라 다다오 필화 사건.	교육심의회, 노구교 사건(중일 전쟁 시작), 제국예술원 창설, 신일본문화회 결성, 국민정신총동원 중앙연맹 결성, 남경 대학살, 야마카와 히토시 등 노농파 400여명 검거, 독일이(獨日伊) 방공 협정, 오데츠 C. Odets『골든 보이』.
1938	13	나카하라 주야『지난날의 노래(在りし日の歌)』간행, 가와다 준『요시노조의 비가(吉野朝の悲歌)』(~1939) 간행, 나카가와 요이치『하늘의 저녁 나팔꽃』, 이시카와 다쓰조『살아 있는 병사』, 나카야마 기슈『국화 피우기』, 기시다 구니오『난류』, 이토 에이노스케『휘파람	제2차 인민전선 사건, 국가총동원법 공포, 스기모토 료키치, 오카다 요시코 소련 망명, 농민문학간화회 결성, 뮌헨 회담, 사르트르『구토』, 그린 G. Green『일기』(~1983), 아르토 A. Artaud『연극과 그 분신』.

		새(鶯)』, 히노 아시헤이『보리와 병사』, 혼조 무쓰오『이시카리가와(石狩川)』(~1939), 오카모토 가노코『노기초(老妓抄)』, 고미야 도요타카(小宮豊隆, 1884~1966)『나쓰메 소세키』간행, 야스다 요주로『대관 시인의 일인자』간행, 내각 정보부의 명령으로 문학자 수십 명 무한(武漢) 작전에 종군, 『살아 있는 병사』발매 금지, 일본펜클럽 국제 펜클럽 탈퇴, 전쟁 문학 유행.	
1939	14	오노 도자부로『오사카』간행, 미요시 다쓰지『봄의 곶』간행, 무라노 시로(村野四郎, 1901~1975)『체조시집(體操詩集)』간행, 진보 고타로『새(鳥)』간행, 이시다 하쿄『학의 눈』간행, 나카무라 구사타오『불새(火の鳥)』간행, 미즈하라 슈오시『갈대베기(蘆刈)』간행, 다카미 준『어느 별 밑에서』(~1940), 다자이 오사무『후지백경(富嶽百景)』, 나카노 시게하루『노래의 이별』『공상가와 시나리오』, 오카모토 가노코『생생유전(生生流轉)』, 마후네 유타카(眞船豊, 1902~1977)『고안(孤雁)』, 구보카와 쓰루지로『현대 문학론』간행, 다니자키 준이치로『겐지모노가타리』현대어 역 간행 시작, 국책 문학의 범람, 이시카와 다쓰조 필화	노몬한 사건 일어남. 출판 통제, 대륙개척문예간화회 결성, 병역법 개정 공포, 대륙개척국책펜부대 만주로 출발, 제2차 세계 대전 발발, 스타인벡『분노의 포도』.

		사건, 하나다 기요테루 등 문화재출발의 모임 결성, 1940년~1943년 『문화조직』 발행, 대일본문예저작권보호동맹 결성.	
1940	15	다나카 후유지(田中冬二, 1894~1980) 『고원의 노래(故園の歌)』 간행, 오자키 기하치 『행인의 노래』 간행, 아이즈 야이치 『마명집(馬鳴集)』 간행, 오다 사쿠노스케 『부부선재(夫婦善哉)』, 다자이 오사무 『달려라 메로스』, 고다 로한 『연환기(連環記)』, 이토 세이 『도쿠노고로의 생활과 의견』(~ 1941), 다나카 히데미쓰 『올림푸스의 과실』, 미요시 주로 『부표(浮標)』 초연, 교토 대학 하이쿠 사건, 야마모토 유조 『신편 길가의 돌』 중단, 일본문학자회 결성, 일본 문단 신체제로 변모.	대정익찬회 문예 총후운동 제1회 강연회 개최, 일독이 삼국동맹 베를린에서 조인, 기원 2,600년 축하 행사, 그린 『권력과 영광』, 스노 C. P. Snow 『타인과 동포』(~ 1970), 딜란 토머스 D. M Thomas 『개 같은 예술가의 초상』, 헤밍웨이 『누구를 위하여 종을 울리나』.
1941	16	다카무라 고타로 『지에코 초(智惠子抄)』 간행, 미요시 다쓰지 『일점종(一点鐘)』 간행, 도미자와 가키오(富澤赤黄男, 1902~1962) 『하늘의 이리(天の狼)』 간행, 호리 다쓰오 『나오코(菜穂子)』, 도쿠다 슈세이 『축도』, 하야시 후사오 『전향에 대하여』, 요시다 세이이치 『메이지다이쇼문학사』 간행, 미키 기요시 『근대의 종언』 간행, 구키 슈조(54) 사망, 문학 비력설(非	국민학교령 공포, 문부성 「신민의 길」 간행, 조르게 사건, 진주만 기습, 태평양 전쟁 일어남, 아라공 『단장시집(斷腸詩集)』, 브레히트 『갈릴레이의 생애』, 모라비아 『가장무도회』, 베르그송(83) 사망, 조이스(60) 사망.

		力說) 논의, 『축도』 정보국의 압력으로 중단, 다수의 문학자들 군 보도반원으로 징용.	
1942	17	나카지마 아쓰시 『빛과 바람과 꿈』, 시시 분로쿠 『해군』, 이와카미 준이치 『역사문학론』 간행, 야스다 요주로 『고토바인(後鳥羽院)』 간행, 고바야시 히데오 『무상이라는 것』, 사카구치 안고 『일본 문화사관』, 좌담회 '근대의 초극' 대동아문학자대회 도쿄에서 개최, 일본문학보국회 결성.	일본군 마닐라 점령, 과달커널 섬 공격, 카뮈 『이방인』.
1943	18	다카하마 교시 『오백오십구(五百五十句)』 간행, 다니자키 준이치로 『세설』(~1948) 중지령, 나카지마 아쓰시 『이능(李陵)』, 다케다 다이준 『사마천』 간행, 가라키 준조 『오가이의 정신』 간행, 일본출판회 설립(1940년에 설립된 일본출판문화협회가 발전적 해소), 영미어 잡지명 사용 금지, 문학자들의 '미소기' 연성회 참가.	국가총동원법에 바탕한 출판사업령 공포, 학도출진, 과달커널 섬 철수 시작, 야마모토 이소로쿠 전사, 아쓰시마 일본군 수비대 2,500명 옥쇄, 이탈리아 무조건 항복, 제1회 카이로 회담 개최, 사르트르 『존재와 무』, 엘리엇 『네 개의 사중주』, 사로얀 W. Saroyan 『인간희극』, 헤세 『유리알 유희』.
1944	19	아이즈 야이치 『산광집(山光集)』 간행, 시마키 겐사쿠 『초(礎)』 간행, 다케우치 요시미 『루쉰(魯迅)』 간행, 『중앙공론』 『개조』 탄압(요코하마 사건), 잡지의 통폐합, 『일본 문학자』 창	마리아나 해전, 미군 괌섬에 상륙, 국민총무장 결정, 레이테전 시작, 가미가제 특공대 미 함대 공격, B29 공습 사이판섬 옥쇄, 라스키 H. J.

			간, 석간 신문 폐지.	Laski『신앙, 이성 및 문명』, 윌리엄스『유리동물원』, 로맹 롤랑(79) 사망.
	1945	20	다자이 오사무『오토기소시(お伽草紙)』간행, 모리모토 가오루(森本薫, 1913~1946)『여자의 일생』초연,『신생』창간, 지방신문 일현일지(一縣一紙)로 제한 결정, 신일본문학회 결성, 수신(修身)·일본 역사 수업 금지, 신일본가인협회 창립, 일본문예가협회 재발족, 많은 문예잡지 종합지의 창간과 복간, 도사카 준(45)·미키 기요시(48) 옥사.	히로시마와 나가사키에 원폭 투하, 태평양 전쟁 종결, 얄타 회담, 독일 무조건 항복, 포츠담 회담, 일본 무조건 항복, 일본문학보국회 해산, 일본사회당 결성, 재벌 해체, 사르트르『자유에의 길』, 메를로 퐁티『지각의 현상학』, 사르트르외『현대』창간, 실존주의 문학 일어남, 발레리(75) 사망.
	1946	21	미요시 다쓰지『고향의 꽃』간행, 마루야마 가오루『북원(北園)』간행, 야마구치 세이시『격랑』간행, 시마키 겐사쿠『빨간 개구리(赤蛙)』, 나가이 가후『무희(踊子)』, 시가 나오야『잿빛 달(灰色の月)』, 이시카와 준『황금전설』, 미야모토 유리코『파주평야』(~1947), 도쿠나가 스나오『아내여 잠들라』(~1948), 오다 사쿠노스케『세태(世相)』, 노마 히로시『어두운 그림』, 간바야시 아카쓰키『성요한 병원에서』, 사카구치 안고『백치』, 오다 사쿠노스케『토요 부인』, 우메자키 하	천황 신격화 부정(인간선언), G·H·Q 군국주의자 등 공직 추방, 극동 국제 군사 재판 개정, 중국 내전 시작, 일본국 헌법 공포, 상용 한자·현대 가나 표기법 시행, 국제연합 제1회 정기 총회, 생 종 페르스 Saint-John Perse『유적지(流謫地)』, 딜란 토머스『죽음과 도취』, 아우어바흐 E. Auerbach『미메시스』, 레마르크『개선문』.

			루오 『사쿠라지마』, 나카무라 신이치로 『죽음의 그림자 밑에서』(~1947), 이토 세이 『나루미 센키치』(~1948), 가토 미치오 『나요타케(なよたけ)』, 아라 마사히토 『제2의 청춘』, 사카구치 안고 『타락론』, 하나다 기요테루 『부흥기의 정신』 간행, 야나기타 구니오 『선조 이야기』, 구와바라 다케오 『제2의 예술—현대 하이쿠에 대하여』를 시작으로 하이쿠·단카의 비판과 반론이 일어남(제2예술 논쟁), 『세계』『인간』『전망』『근대문학』『신일본 문학』『세계문학』『군상』 창간, 문단의 전범자 추급 문제 일어남, 민주주의 문학 운동 일어남, 정치와 문학 논쟁 일어남.	
1947	22		오리구치 시노부 『고대감애집(古代感愛集)』 간행, 안자이 후유에 『달단 해협과 나비』 간행, 나카노 시게하루 『다섯 홉의 술』, 미야모토 유리코 『두 개의 뜰』, 니와 후미오 『싫증나는 나이』, 시이나 린조 『심야의 주연』, 다무라 다이지로 『육체의 문』, 시이나 린조 『무거운 흐름 속에서』, 하라 다미키 『여름의 꽃』, 다자이 오사무 『사양(斜陽)』, 노마 히로시 『얼굴 속의 붉은 달』, 다케다 다이준 『살무사의 후예』, 다미야 도라히코 『안개 속』, 가토 슈이치, 나카	학교 교육법 6·3·3·4제 교육 실시, 2·1 총동맹 파업 금지, 만 『파우스트 박사』, 윌리엄스 『욕망이라는 이름의 전차』, 카뮈 『페스트』, 레비 『아우슈비츠는 끝나지 않았다』, 서독에서 '47년 그룹' 결성.

			무라 신이치로, 후쿠나가 다케히코『1946·문학적 고찰』간행, 히라노 겐『시마자키 도손』, 후쿠다 쓰네아리『근대의 숙명』간행,『일본 미래파』『종합문화』창간, 일본펜클럽 재건, 육체 문학·아프레 게르 등 용어 유행, 중간 소설 유행, 리얼리즘 문학론 성행.	
1948	23		가네코 미쓰하루『낙하산』간행,『헨미 유키치 시집』간행, 후쿠나가 다케히코 등『마치네·포에티크 시집』간행, 구사노 신페이『정본 와(蛙)』간행, 곤도 요시미(近藤芳美, 1913~)『먼지 부는 거리』간행, 가토 슈손『야곡(野哭)』간행, 오노 린카(大野林火, 1904~1982)『동안(冬雁)』간행, 노마 히로시『붕해감각』, 후나바시 세이이치『설부인 그림(雪夫人繪圖)』(~1950), 오오카 쇼헤이『포로기』, 오사라기 지로『귀향』, 나카야마 기슈『데니앙의 최후의 날(デニヤンの末日)』, 하야시 후미코『만국(晩菊)』, 오타 요코『시체의 거리』, 마사무네 하쿠초『자연주의 성쇠사』, 이토 세이『소설의 방법』간행, 다자이 오사무(40) 자살, 문필가의 공직 추방, 가와바타 야스나리 일본펜클럽 회장 취임, 전후파 문학 융성, 하반기부터 문단에 평화 운동 일어남.	G·H·Q 미국 정부의 일본 경제 안정 원칙 발표, 대한민국 정부 수립, 조선민주주의인민공화국 수립, 도쿄 재판 25인 유죄 판결, 그린『사건의 핵심』, 메일러『나자와 사자』, 루카치『실존주의인가 마르크스주의인가』.

| 1949 | 24 | 미요시 도요이치로(三好豊一郎, 1920~　)『수인(囚人)』간행, 사이토 모키치『하얀 산』간행, 무샤노코지 사네아쓰『진리선생』(　~1950), 이토 세이『불새(火鳥)』(　~1953), 야마모토 유조『평온한 사람』, 이시카와 다쓰조『바람에 흔들리는 갈대』(　~1951), 미시마 유키오『가면의 고백』간행, 이부세 마쓰지『오늘 휴진』(　~1950), 가와바타 야스나리『산 소리』(　~1954), 다미야 도라히코『아시즈리미사키(足摺岬)』, 이노우에 야스시『엽총』『투우』, 다니자키 준이치로『소장 시게모토의 어머니(小將滋幹の母)』, 엔치 후미코『온나자카(女坂)』(　~1957), 기노시타 준지『저녁 학』, 국립국어연구소 개설, 니와 후미오·나카무라 미쓰오의 풍속소설 논쟁 일어남, 풍속소설·실명소설·기록 문학 유행, 문학 전집 붐. | 호류지(法隆寺) 금당 전소, 시모야마(下山) 사건, 미타카(三鷹) 사건, 마쓰카와(松川) 사건 일어남, NATO 조인, 독일연방공화국(서독) 성립, 중화인민공화국 성립, 아더 밀러『세일즈맨의 죽음』, 조지 오웰『1984년』, 장주네『도둑일기』, 보부아르『제2의 성』, 게오르규『25시』. |
| 1950 | 25 | 사이토 모키치『횃불(ともしび)』간행, 오오카 쇼헤이『무사시노 부인』, 다미야 도라히코『그림책』, 시시 분로쿠『자유학교』, 후쿠다 쓰네아리『키티 태풍』, 기시다 구니오『길 멀다(道遠からん)』, 나카무라 미쓰오『풍속소설론』, 『채털리 부인의 연인』발매 금지, 히노 아시헤이, 오자키 시로 등 추방 해제, 문학의 풍 | 경찰예비대령 공포, 금각사 전소, 미국 매카시 선풍, 일본전몰기념학생회 결성, G·H·Q 레드 퍼지 시작, NHK 도쿄 텔레비전 실험국 정기 실험 방송 시작, 한국 전쟁 발발, 이오네스코『대머리 여가수』, 루이스『나르니아 나라 이야기』, 미 |

		속화·대중화 풍조 일어남.	국에서 '비트 제너레이션'을 표방하는 문학 등장.
1951	26	『황지시집(荒地詩集)』(~ 1958) 간행, 도우게 산키치『원폭시집』간행, 미시마 유키오『금색』(~1953), 아베 고보『벽 — S. 카르마 씨의 범죄』, 홋타 요시에『광장의 고독』, 마루오카 아키라『가짜 그리스도』, 기노시타 준지『개구리 승천(蛙昇天)』, 구보 사카에『노보리 요(のぼり窯)』, 미요시 주로『불꽃의 사람(炎の人)』 초연, 이토 세이『이토 세이 씨의 생활과 의견』(~1952), 히로쓰 가즈오, 나카무라 미쓰오 이방인 논쟁, 일어남, 하라 다미키(46) 자살, 채털리 재판 시작.	미일안전보장조약, 베케트『모로이』, 샐린저『호밀밭의 파수꾼』, 지드(83) 사망.
1952	27	미요시 다쓰지『낙타 혹에 걸터앉아서』간행, 오리구치 시노부『근대비상집(近代悲傷集)』간행, 이토 세이『재판』, 다케다 다이준『풍매화』, 쓰보이 사카에『스물네 개의 눈동자』, 노마 히로시『진공지대』간행, 마쓰모토 세이초『어떤 '고쿠라 일기' 전(或る '小倉日記' 傳)』, 하세가와 시로(長谷川四郎, 1909~1987)『시베리야 이야기』간행, 오쿠노 다케오『다자이 오사무론』, 야마모토 겐키치『순수 하이쿠』간행, 마루야마	미일안전보장조약 발표, 메이 데이 유혈 사건, 파괴활동방지법(破防法)에 반대, 헤밍웨이『노인과 바다』, 스타인벡『에덴의 동쪽』, 엘리슨 R. Ellison『보이지 않는 인간』, 하비코 Paavo Haavikko『산다는 것』.

		마사오 『일본 정치 사상사 연구』 간행, 점령 비화·전기물 유행, 『진공지대』 논쟁, 국민문학론.	
1953	28	다니카와 슌타로 『62의 소네트』 간행, 시이나 린조 『자유의 저쪽에서』(　~1954), 야스오카 쇼타로 『나쁜 친구』, 이시가미 겐이치로(石上玄一郎, 1910~　　) 『황금분할』, 엔치 후미코 『배고픈 세월(ひもじい月日)』, 일본 출판클럽 창설, 문학 전집 붐 재차 도래, 제3의 신인 활약, 히로쓰 가즈오 등 마쓰카와 사건의 공정 판결 요구서 제출.	스탈린(57) 사망, 한국 휴전협정 조인, 베케트 『고도를 기다리며』, 벨로우 S. Bellow 『오기 마치의 모험』.
1954	29	데라야마 슈지 『체호프제(チェホフ祭)』, 나카노 시게하루 『마음』, 가와바타 야스나리 『호수(みづうみ)』, 요시유키 준노스케 『취우』, 다케다 다이준 『반짝 이끼』, 니시노 다쓰키치(西野辰吉, 1916~　　) 『질부 곤민당(秩父 困民黨)』(　~1956), 후쿠나가 다케히코 『화초』 간행, 우메자키 하루오 『모래 시계』(　~1955), 고지마 노부오 『아메리카 스쿨』, 쇼노 준조 『풀사이드 소경』, 이자와 다다스(飯澤匡, 1909~　) 「이호(二號)」 초연, 다케우치 요시미 『국민문학론』 간행, 고바야시 히데오 『근대회화』(　~1958), 혼다 슈고 『시라카바파의 문학』 간	비키니 수폭 실험으로 제5후쿠류마루(福龍丸) 피해, 방위청 설치, 자위대법 공포, 에렌부르그 I. Erenburg 『해빙』(　~1955), 골딩 W. Golding 『파리대왕』, 이기영 『두만강』(　~1946), 루카치 『이성의 파괴』.

		행, 나카무라 미쓰오『다니자키 준이치로론』간행, 후쿠다 쓰네아리「평화론의 나아갈 길에 대한 의문」을 계기로 평화 논쟁 일어남, 펜클럽 논쟁, 신서판의 시대, '늑대(狼)' 논쟁.	
1955	30	아가와 히로유키『구름의 묘표』, 히라바야시 다이코『사막의 꽃』(~1957), 고다 아야『흐르다』, 엔도 슈사쿠『백인』『황색인』, 야마시로 도모에(山代巴, 1912~)『짐수레의 노래』(~1956), 시이나 린조『아름다운 여자』, 이시하라 신타로『태양의 계절』, 다케다 다이준『숲과 호수의 축제』(~1958), 이토 세이『젊은 시인의 초상』, 아라 마사히토『시민문학론』간행, 핫토리 다쓰『우리들에게 미는 존재하는가』, 개조사『개조』휴간, 다카미 준 다케야마 미치오 국제펜대회(파키스탄) 아시아지식인회의에 출석, 검객소설 유행,『태양의 계절』의 반향과 논쟁, 전쟁 책임 논쟁.	보수 대합동, 제1회 원수폭 금지 세계 대회 히로시마에서 개최, 반둥회의 개최, 레비-스트로스『슬픈 열대』, 구조주의 사상의 선구가 됨, 블랑쇼『문학공간』.
1956	31	미시마 유키오『금각사』『근대 노가쿠집(近代能樂集)』간행, 다니자키 준이치로『열쇠』, 고미 야스스케『야규 무예첩』(~1958), 시바타 렌자부로『네무리 교시로 부라이히카에』(~1958), 엔치 후미코『요	일소 국교 회복, 국제연합 가맹 정식 결정, 헝가리와 부다페스트에 반소 폭동, 수에즈 전쟁, 흐루시초프 스탈린 비판, 미국 비키니 섬에서 수폭 실험, NHK 컬러 텔레비

연도	나이	일본 문학	세계 문학·일반
		(妖)』, 후카사와 시치로『나라야마부지코(楢山節考)』, 이토 세이『범람』(~1958), 이노우에 야스시『빙벽』(~1957), 다케야마 미치오『쇼와의 정신사』간행, 히라노 겐『정치와 문학 사이』, 에토 준『나쓰메 소세키』간행, 추리소설·과학소설 유행, 『열쇠』를 둘러싼 논쟁, 비평가 무용 논쟁, 아시아 문학회의에 홋타 요시에 출석.	전 실험국 개설, 파스테르나크『의사 지바고』, 윌슨『아웃사이더』, 오스본 J. Osborne『분노에 찬 눈길로 뒤돌아보라』, 이른바 '성난 젊은이들'의 선구가 됨.
1957	32	나카노 시게하루『배꽃』(~1958), 마쓰모토 세이초『점과 선』(~1958), 이노우에 야스시『덴표의 용마루』, 야마자키 도요코『난렴(暖簾)』간행, 엔도 슈사쿠『바다와 독약』, 이시카와 다쓰조『인간의 벽』(~1959), 가이코 다케시『패닉』『벌거벗은 임금님』, 호시 신이치『세키스트라(セキストラ)』, 나카무라 미쓰오『후타바테이 시메이전』(~1958), 나가요 요시로『내 마음의 편력』(~1959), 우스이 요시미『인간과 문학』간행, 혼다 슈고『전향 문학론』간행, 안보 조약 재검토 성명 발표, 전위 하이쿠 논쟁, 채털리 재판 최종 판결, 역자·출판사 유죄 확정, 원수폭 금지를 세계에 호소, 제29회 국제펜대회 도쿄와 교토에서 개최.	남극 관측 시작, 소련 인공위성 제1호 발사, 더렐 L. G. Durrell『알렉산드리아 사중주』(~1960), 로브 그리예『질투』바타유『에로티시즘』, 프랑스에서 '누보 로망' 일어남.

1958	33	오에 겐자부로『사육』, 야마모토 슈고로『전나무는 남았다』간행, 노마 히로시『주사위의 하늘』(~1959), 히라노 겐『예술과 실생활』간행, 다카미 준『쇼와 문학 성쇠사』간행, 혼다 슈고『이야기 전후 문학사』(~1961), 제1회 아시아·아프리카 작가회의에 이토 세이 등 출석,『비평』창간,『후에 후키카와(笛吹川)』논쟁, 경찰관 직무집행법 문제, 오쿠리가나(送りがな) 논쟁, 구보 사카에(58) 자살.	도쿄에서 아시아 경기대회, EEC 발족, 윌슨 A. Willson『엘리엇 부인의 중년기』.
1959	34	가이코 다케시『일본 서푼 오페라』, 이노우에 야스시『돈황』, 야스오카 쇼타로『해변의 광경』, 다나카 지카오『마리아의 머리』초연, 에토 준『작가는 행동한다』간행, 스기우라 민페이(杉浦明平, 1913~)『문학과 정치 사이에서』, 나카무라 미쓰오『다시 정치소설을』, 하나다 기요테루와 요시모토 다카아키 논쟁, 정치소설 논쟁, 사토 하루오와 나카무라 미쓰오 논쟁.	쿠바 혁명, 귄터 그라스『브리키의 태고(太鼓)』, 실리토 A. Sillitoe『장거리 주자의 고독』.
1960	35	다카미 준『싫은 느낌』(~1963), 가와바타 야스나리『잠들어 있는 미녀』(~1961), 홋타 요시에『심판』(~1963),『바다가 우는 밑바닥에서』(~1961), 구라하시 유미코『파르	안보 투쟁, 아사누마 이네지로 사회당 위원장 암살됨, 한국 이승만 대통령 퇴진, 클로드 시몽 C. Simmon『플랑드르에의 길』, 모라비아『권

		타이』, 기타 모리오『밤과 안개의 구석에서』, 쇼노 준조『정물』, 시마오 도시오『죽음의 가시』, 오니시 교진『신성희극』(~1970), 미우라 데쓰오『시노부카와』, 가라키 준조『무용자의 계보』간행, 하시카와 분조(橋川文三, 1922~1983)『일본 낭만파 비판서설』간행, 『파르타이』논쟁, 안보 투쟁에 문학자들도 가담, 『풍류몽담』논쟁.	태』, 카네티 E. Canetti『군중과 권력』, 최인훈(崔仁勳, 1936~)『광장』.
1961	36	미즈카미 쓰토무『안사(雁の寺)』, 아베 도모지『흰 탑』(~1962), 오사라기 지로『파리 불타다』(~1963), 다니자키 준이치로『미치광이 노인일기』(~1962), 야마구치 히토미『에부리만 씨의 우아한 생활(江分利滿氏の優雅な生活)』(~1995), 에토 준『고바야시 히데오』간행, 오다 마코토『무엇이든 보라』간행, 『문학계』우익 단체에게 사죄, 후카사와 시치로『풍류몽담』내용에 분격한 우익 소년 중앙공론사 사장 집 습격, 『창백한 이리』논쟁, 국어 문제를 둘러싼 논쟁, A. A 작가회의 긴급 도쿄 대회, 순문학 논쟁, 후쿠다 쓰네아리 등 펜클럽 탈퇴.	한국 5·16 군사 혁명, 악쇼노프 V. P. Aksënov『별의 승차권』, 머독 D. I. Murdoch『잘린 목』.
1962	37	기타 모리오『유가의 사람들』(~1964), 노가미 야에코『히데요시와 리큐』(~1963), 아	알제리 전쟁, 쿠바 위기, 도쿄 인구 1000만 명 돌파, 일본공산당 노마 히

		베 고보 『모래의 여자』 간행, 세토우치 하루미 『가노코 요란』(~1964), 세리자와 고지로 『인간의 운명』(1968) 간행, 니와 후미오 『일로(一路)』(~1966), 다카하시 가즈미 『슬픔의 그릇』 간행, 일본근대문학관 설립 운동 일어남. 미스테리 소설 유행, 전후 문학 논쟁.	로시 등 신일본문학회원 제명, 볼드윈 J. Baldwin 『또 다른 나라』, 솔제니친 『이반 데니소비치의 하루』.
1963	38	이시카와 준 『황폐한 영혼』(~1964), 요시유키 준노스케 『모래 위의 식물군』, 나카야마 기슈 『소안(咲庵)』(~1964), 이노우에 미쓰하루 『땅의 무리들』, 야마자키 도요코 『하얀 거탑』(~1968), 하니야 유타카 『어둠 속의 검은 말』, 야마자키 마사카즈 「제아미(世阿彌)」 초연, 문학좌 분열, 탈퇴자들 극단 '구름(雲)' 창립, '비에도 지지 않고' 논쟁, 정치와 문학 논쟁, 사드 재판.	마쓰카와 사건 최종 판결 전원 무죄, 미국 케네디 대통령 암살, 에프츠셴코 E. A. Evtushenko 『너무 이른 자서전』, 사로트 N. Sarraute 『황금의 과실』, 르 클레지오 『조서(調書)』, 목타르 루비스 Mochtar Lubis 『자카르타의 황혼』.
1964	39	다카미 준 『죽음의 심연에서』 간행, 요시유키 준노스케 『기교적 생활』, 시바타 쇼 『그래도 우리들의 나날』, 다치하라 마사아키 『다키기노(薪能)』, 요시야 노부코 『밑 빠진 두레박』 간행, 오에 겐자부로 『개인적인 체험』 간행, 아베 고보 『타인의 얼굴』, 아가와 히로유키 『야마모토 이소로쿠』(~1965), 고바야시 히데오 『생각하는 힌트』	신칸센(新幹線) 개통, 올림픽 도쿄 대회 개최, 베트남 전쟁 격화, 소련 흐루시초프 수상 해임, 바르트 『기호학의 원리』, 사르트르 『말』.

		간행, 이소다 고이치『순교의 미학』간행, 개인 전집 간행 붐, 프라이버시 재판, 나카노 시게하루 공산당에서 제명, 1,000만 엔 현상소설.	
1965	40	가네코 미쓰하루『IL』간행, 나카 다로(那珂太郎, 1922~)『음악』간행, 다카하 슈교(鷹羽狩行, 1930~)『탄생』간행, 다카하시 가즈미『사종문』(~1966), 이부세 마스지『검은 비』(~1966), 나카노 시게하루『갑을병정』(~1969), 우메자키 하루오『환화(幻化)』, 고지마 노부오『포옹가족』, 미시마 유키오『봄눈』(『풍요의 바다』제1부, 1967), 니와 후미오『신란(親鸞)』(~1969), 다카이 유이치『북쪽 강』, 미시마 유키오「사드 후작 부인」초연, 노구치 후지오『도쿠다 슈세이 전』간행, 고바야시 히데오『모토오리 노리나가』(~1980), 우메자키 하루오 등 문학자들 잇달아 사망, 미시마 유키오 자작 영화「우국」에 출연.	일본 경제 고도 성장 시작, 베평연 최초 데모 행진, 로브 그리예『쾌락의 집』, 크노 R. Queneau『푸른 꽃』.
1966	41	사타 이네코『소상(塑像)』, 나카무라 미쓰오『가짜 우상』, 후쿠나가 다케히코『죽음의 섬』(~1971), 엔도 슈사쿠『침묵』간행, 아리요시 사와코『하나오카 세이슈의 아내(華岡淸州の妻)』, 이쓰키 히로유키『창백	사르트르 보부아르 일본 방문, 국립극장 개관, 중국 문화 대혁명(~1976), 카포티 T. Capote『냉혈』, 미셸 푸코『말과 사물』, 아도르노『부정변증법』.

		한 말을 보라』, 마쓰바라 신이치『침묵과 사상』간행, 에토 준『성숙과 상실』(~1967), 요시모토 다카아키『공동 환상론』(~1967), 『지에코초』저작권 논쟁, 획기적인 톨스토이 전시회.	
1967	42	니시와키 준자부로『예기(禮記)』간행, 쓰치야 분메이『청남집(靑南集)』간행, 나가이 다쓰오『석판 도쿄 도회(石版東京圖繪)』, 오에 겐자부로『만엔 원년의 풋볼』, 이토 세이『변용』(~1968), 오오카 쇼헤이『레이테 전기』(~1969), 미우라 슈몬『모형정원(箱庭)』, 미시마 유키오『분마』(『풍요의 바다』제2부, 1968), 야스오카 쇼타로『막이 내리면서』, 아베 고보『불타버린 지도』간행, 노사카 아키유키『반딧불 묘지』, 아베 고보「친구들」초연, 오케타니 히데아키『토착과 정황』간행, 에토 준『일족재회』(~1972), 에토 준 외『계간 예술』창간, 일본근대문학관 도쿄의 고마바(駒場) 공원 안에 개관, 오사라기 지로 필생의 역작『천황의 세기』연재 시작, 가와바타 야스나리 등 중국의 문화 대혁명 항의 성명, 소련 작가 대회에서 오다기리 히데오 제안, 시전집 붐.	아랍·이스라엘 중동 전쟁 시작, 미국 디트로이트에서 흑인 폭동, 마르케스『백년 동안의 고독』, 말로『반회상록(反回想錄)』, 스타일론 W. Styron『나트 터너의 고백』.

| 1968 | 43 | 이시다 하쿄『주중화(酒中花)』간행, 이다 류타(飯田龍太, 1920~)『망음(忘音)』간행, 이시가키 린(石垣りん, 1920~   )『문패 따위(標札など)』간행, 아가와 히로유키『어두운 파도』(~1973), 고지마 노부오『거리』『헤어진 이유』(~1981), 후쿠나가 다케히코『해시(海市)』간행, 가이코 다케시『빛나는 어둠』간행, 오바 미나코『세 마리의 게』, 미시마 유키오『새벽의 절』(『풍요의 바다』제3부, 1970), 나카노 요시오『로카 도쿠토미 겐지로(蘆花德富健次郎)』(~1971), 가와카미 데쓰타로『요시다 쇼인(吉田松陰)』간행, 야마자키 도요코 도작(盗作) 문제, 중간소설 잡지 증가, 가와바타 야스나리 노벨상 수상. | 대학 분쟁 시작, 소련 체코 침공, 업다이크『커플즈』, 지오바니『흑인의 심판』, 솔제니친『암병동(癌病棟)』, 스타인벡 (67) 사망. |
| 1969 | 44 | 야마모토 다로(山本太郎, 1925~1988)『패왕기(覇王記)』간행, 요시유키 준노스케『암실』, 구라하시 유미코『스미야키스트 Q의 모험』간행, 쇼지 가오루『빨간 모자 아가씨 조심해요』, 이회성『또다시 이 길을』, 다카하시 가즈미『나의 해체』, 쓰지 구니오『배교자 유리아누스』(~1971), 소노 아야코『무명비(無名碑)』, 다케다 다이준『후지(富士)』(~1971), 기요오카 다카유키『아카시아의 대련』, 아키모토 마쓰 | 미국 아폴로 11호 달 표면에 착륙, 한국의 통일 혁명단 사건에 아베 도모지 등 항의, 솔제니친 제명에 항의, 로스 P. Roth『포트노이의 불만』, 아레나스 R. Arenas『어찔 어찔한 세계』. |

		요「가사부타 시키부고」초연, 가라 주로「소녀가면(少女假面)」초연, 가와카미 데쓰타로『유수일기(有愁日記)』, 『바다(海)』창간, 『와세다 문학』복간, 『문예수도』종간, 최고 재판소 사드 재판에 유죄 판결 내림.	
1970	45	요시마스 고조『황금시편(黃金詩篇)』간행, 홋타 요시에『교상환상(橋上幻像)』, 미시마 유키오『천인오쇠』(『풍요의 바다』제4부, 1971), 후루이 요시키치『요코』, 사타 이네코『나무 그림자(樹影)』(~1972), 고노 다에코『회전문』간행, 아베 아키라『사령의 휴가』, 오자키 가즈오『이날 저날』(~1973), 미즈카미 쓰토무『우노 고지 전』(~1971), 에토 준『소세키와 그 시대 I · II』간행, 미시마 유키오 이치카야의 자위대 주둔지에서 할복 자살, 『인간으로서』『스바루』창간, 리얼리티 논쟁, 계간지 붐.	적군파 요도호 하이잭, 오사카에서 만국박람회 개최, 보르헤스『브로디의 보고서』, 김지하(金芝河, 1941~)『오적(五賊)』, 화이트 P. White『생체 해부자』, 투르니에『마왕(魔王)』, 모리아크(86) 사망, 도스 페소스(74) 사망.
1971	46	쓰부라이 데쓰조(粒來哲藏, 1928~)『고도기(孤島記)』간행, 히라하타 세이토(平畑静塔, 1905~)『도치기집(栃木集)』간행, 쇼노 준조『조각 그림 맞추기』간행, 이회성『다듬이질을 하는 여인』, 닛타 지로『하쓰고다산 죽음의 방황』간행,	오키나와 반환 협정, 제3차 인도 · 파키스탄 전쟁, 신저작권법 시행, 사르트르『집의 바보 아이』(~1972), 포사이드 F. Forsyth, 『자칼의 날』, 쇼잉카 W. Soyinka『지하실에 갇혀 있는 셔틀』.

		가이코 다케시『여름의 어둠』, 엔치 후미코『유혼(遊魂)』간행, 스기우라 민페이『소설 와타나베 가잔(小說渡邊崋山)』간행, 이노우에 히사시『도겐의 모험』초연, 야시로 세이이치(矢代靜一, 1927~)「여악고(與樂考)」초연, 노마 히로시 23년 만에『청년의 환』완성, 미키 다쿠 등 시인들의 소설 진출 활발, 내향의 세대 논쟁, 오오카 쇼헤이 예술원 회원 사퇴.	
1972	47	오카노 히로히코(岡野弘彦, 1924~)『창랑가(滄浪歌)』, 요시하라 사치코(吉原幸子, 1932~)『온디누(オンディーヌ)』간행, 마루야 사이이치『단 한 사람의 반란』간행, 기타 모리오『만취선』간행, 노가미 야에코『숲(森)』(~ 1985), 아리요시 사와코『황홀한 사람』간행, 나가이 다쓰오『고챠반바 가다(コチャバンバ行き)』간행, 가와모리 요시조(河盛好藏, 1902~1979)『파리의 우수』(~1974), 야마자키 마사카즈『오가이 싸우는 가장』간행, 가와바타 야스나리 가스 자살, 일본문화연구국제회의 개최, 국립국문학연구자료관 설립.	오키나와 본토 반환, 삿포로에서 동계 올림픽 개최, 연합적군 사건, 오다 마코토 등 김지하 석방 요구,『사첩반 맹장지 초배』외설문서로 고발됨.
1973	48	기타조노 가쓰에『백의 단편(白の斷片)』간행, 다야 에이(田谷	베트남 평화 협정 조인, 오일 쇼크로 용지 부족

		銳, 1917~) 『수정좌(水晶の座)』간행, 모리 스미오(森澄雄, 1919~) 『부구(浮鷗)』간행, 시바 료타로『구카이의 풍경(空海の風景)』(~1975), 세토우치 하루미『포옹』, 오가와 구니오『청동시대』, 아베 고보『상자남자』간행, 모리 아쓰시『월산』, 가가 오토히코『돌아갈 수 없는 여름』간행, 오에 겐자부로『홍수는 나의 영혼에 넘쳐흘러』간행, 엔도 슈사쿠『예수의 생애』간행, 고토 메이세이『협공』간행, 나카자토 쓰네코『가침(歌枕)』간행, 노로 구니노부『풀검』, 시노다 하지메『일본의 근대 소설』간행, 『종말에서』창간, 종말론 무성, 세토우치 하루미 출가 득도.	위기, 김대중(金大中, 1925~) 사건, 솔제니친『수용소 군도』파리에서 출판, 노마 히로시 · 오다 마코토 A. A 작가회의 대회 출석.
1974	49	가토 이쿠야(加藤郁乎, 1929~) 『시편』간행, 오노 린카『비화집(飛火集)』간행, 시부사와 다카스케『나 아르카디아에도 있다』간행, 이지마 고이치『고야의 퍼스트 네임은』간행, 시로야마 사부로『지는 해 불타다』간행, 와다 요시에『접목대』, 아다치 겐이치(足立卷一, 1913~1985)『팔구(八衢)』간행, 나카시마 겐조『회상의 문학』(~1977), 김지하 문제로 펜클럽 탈퇴자 속출, 『야성시대』창간.	앙드레 말로 일본 방문, 솔제니친 시민권 박탈당해 국외로 추방당함, 닉슨 워터게이트 사건으로 사임, 다나카 가쿠에이 수상 사의 표명, 아시아인 회의.

| 1975 | 50 | 다니카와 슌타로『정의(定義)』간행, 사타 이네코『시간에 멈추어서서』, 가가 오토히코『선고』(~1978), 쇼노 준조『언덕의 밝음(丘の明り)』, 하야시 교코『축제의 장』, 하니야 유타카『몽마의 세계 ─「사령」5장』, 야기 요시노리『풍제』, 야마다 도모히코『수중정원』(~1976), 나카가미 겐지『곶』, 단 가즈오『화택의 사람』간행, 노구치 후지오『나의 가후』간행, 노마 히로시『협산재판(狹山裁判)』연재 시작, 극단 '구름' 해산, 오에 겐자부로 등 김지하 문제에 항의, 다치바나 다카시 등 논픽션의 시대. | 미·소 우주선 도킹에 성공, 베트남 전쟁 종결, 신칸센 하카다(博多)까지 개통, 오키나와 해양 박물관, 적군파 쿠알라룸푸르에서 미국 스웨덴 대사관 점거, 벨로우『훔볼트의 선물』. |
| 1976 | 51 | 기타무라 다로『잠속의 기도』간행, 마쓰나가 고이치(松永伍一, 1930~)『할례』간행, 요시오카 미노루『사프란 꺾기』간행, 김석범『화산도』(~1981), 야스오카 쇼타로『유리담』(~1981), 사카타 히로오『배교』간행, 이케다 마스오『에게 해에 바친다』, 무라카미 류『한없이 투명에 가까운 블루』, 다카하시 다카코『유혹자』간행, 하기와라 요코『쐐기풀의 집』, 나카가미 겐지『고목탄』(~1977), 「사첩반 맹장지 초배」재판 도쿄 지방 재판소 유죄 판결, 하이쿠 문학관 낙성, 이시카와 다쓰조 '두 개의 자 | 주언라이(周恩來, 1896~1976), 마오쩌둥(毛澤東, 1893~1976) 사망, 천안문 사건, 록히드 사건, 다나카 가쿠에이 수상 체포, 이시하라 신타로 환경청장 임명, 푸코『성의 역사』. |

			유' 논쟁.	
	1977	52	바바 아키코(馬場あき子, 1928~)『앵화전승』간행, 쓰부라이 데쓰조『망루』간행, 아키모토 후지오(秋元不死男, 1901~1977)『감로집』간행, 시마무라 도시마사『질부추색』, 와다 요시에『설녀』, 다케니시 히로코『관현제』(~1978), 하야시 교코『유리 세공』, 미타 마사히로『난 뭐야』, 다키 슈조『비자나무 축제』, 시마오 도시오『죽음의 가시』간행, 미야모토 데루『반딧불 내』, 아베 고보『밀회』간행, 우스이 요시미『사고의 전말』소송,『문체』창간, 나가이 다쓰오 아쿠타가와 상 심사위원 사임,『지는 해 불타다』재판,『사랑의 코리더(愛のコリ-ダ)』로 오시마 나기사(大島渚, 1932~)와 삼일서방 기소됨, 강담사『일본 근대 문학 대사전』간행.	우주개발사업단 최초로 정지 기상 위성 '해바라기' 1호 발사.
	1978	53	아유카와 노부오『숙연행(宿戀行)』간행, 오오카 마코토『봄, 소녀에게』간행, 다카하시 미치쓰나『9월의 하늘』, 시바키 요시코『날개를 펴는 새』(~1979), 쓰지 구니오『푸셰 혁명력』연재 시작, 나카무라 신이치로『노부요』, 쓰시마 유코『총아』간행, 나카노 고지『보리 익는 날에』, 요시유키 준노	중일 평화 우호 조약 조인.

		스케『석양까지』, 기노시타 준지『자오선의 축제』, 무조건 항복 논쟁, '저녁족' 유행, 지쿠마서방 도산.	
1979	54	구사노 신페이『건곤(乾坤)』간행, 구로다 기오『불귀향(不歸鄕)』간행, 시부사와 다카스케『회랑』간행, 사사키 유키쓰나(佐佐木幸綱, 1938~)『불을 운반하다』간행, 고노 다에코『일년의 목가』, 야마구치 히토미『혈족』간행, 소노 아야코『신의 더러워진 손』, 다나카 고미마사『너덜너덜(ボロボロ)』간행, 기타 모리오『빛나는 푸른 하늘 밑에서』(~1985), 후카사와 시치로『미치노쿠의 인형들(みちのくの人形たち)』, 시바 료타로『사람들의 발소리』(~1981), 노구치 후지오『죽엽 고』, 고토 메이세이『벽 속』(~1985), 오에 겐자부로『동시대 게임』간행, 이노우에 히사시『절실한 일본·노기 대장(しみじみ日本·乃木大將)』, 오오카 마코토『계절의 노래』연재 시작, 야마모토 겐키치『시의 자각의 역사』간행, 사에키 쇼이치『이야기 예술론』간행, 하스미 시게히코『표층 비평 선언』간행, 『사자(使者)』창간, 문예가협회 50년사 간행, SF계 활황, 홋카이도 문학관 개관.	미국 중국 국교 회복, 한국 박정희(朴正熙, 1917~1979) 대통령 시해, 제2차 오일 쇼크, 침입자 *invader* 게임 유행, 스타일론『소피의 선택』, 보네구트『수인(囚人)』.

| 1980 | 55 | 나카무라 미노루『하늘 가장자리(空の岸邊)』간행, 안도 모토오(安藤元雄, 1934~)『물 속의 세월』간행, 나카무라 구사타오『시기(時機)』간행, 다쿠보 히데오『비 장식(雨飾り)』, 아오시마 유키오(靑島幸男, 1932~)『인간만사 새옹지마라고 하지만 병오년(人間万事塞翁が丙午)』, 다테마쓰 와헤이『원뢰』, 엔도 슈사쿠『사무라이』, 오다 마코토『베트남에서 멀리 떠나』연재 시작, 무라카미 류『코인로커 베이비즈』간행, 후루이 요시키치『나팔꽃』(~1983), 다나카 야스오『어쩐지 투명한(なんとなく, クリスタル)』, 쓰카 고헤이『가마다 행진곡(蒲田行進曲)』, 사에키 쇼이치『근대 일본의 자전』, 이시카와 준『에도 문학 장기(江戶文學掌記)』간행, 오쿠노 다케오『문학에 있어서의 '사이'의 구조』(~1982), 가라타니 고진『일본 근대 문학의 기원』간행. | 모스크바 올림픽 미국·일본 등 불참, 이란·이라크 전쟁 시작, NHK 중국과 합작한「실크 로드」방영, 한국 전국에 비상 계엄령, 광주 민주화 운동, '예수의 방주' 사건, 교내 및 가정 폭력 급증, 미일 무역 마찰 시작, 골딩『통과의례』, 움베르토 에코『장미의 이름』. |
| 1981 | 56 | 이노우에 야스시『본각방유문(本覺坊遺文)』간행, 히노 게이조『포옹』, 아오노 소『유다 콤플렉스 시도(試みのユダヤ·コムプレックス)』간행, 요시유키 리에『작은 귀부인』, 고토 메이세이『요시노 부인』간행, 미우라 데쓰오『백야를 여행하는 사 | 중국 잔류 고아 47명 일본 방문, 펜클럽 교과서 검열에 항의, 상용 한자 1,945자 시행, 어빙 J. Irving『호텔 뉴 햄프셔』. |

			람들』(~1984), 미야오 도미코『서무(序の舞)』(~1982), 구로이 센지『군서』(~1984), 다카하시 히데오『시가 나오야』간행, 이소다 고이치『로쿠메이칸의 계보』(~1983), 『마음(心)』종간, 사진 주간지『포커스』창간.	
1982	57		다카하시 무쓰오(高橋睦郞, 1937~)『왕국의 구조』간행, 우에다 미요지『유행(遊行)』간행, 이리자와 야스오(入澤康夫, 1931~)『죽은 자들이 떼지어 있는 풍경』간행, 다니카와 슌타로『나날의 지도』간행, 사타 이네코『여름의 뿡잎』, 오바 미나코『적혜요혜』, 다케니시 히로코『병사숙소』간행, 하야시 교코『상해』(~1983), 요시무라 아키라『파옥』(~1983), 미우라 슈몬『무사시노 인디언』간행, 무라카미 하루키『양을 둘러싼 모험』, 마루야 사이이치『가성으로 노래하라 기미가요』간행, 시바키 요시코『스미다가와의 황혼(隅田川暮色)』(~1983), 가라 주로『사가와 군에게 온 편지』, 혼다 슈고『옛 기억의 이도(古い記憶の井戶)』간행, 다케다 세이지『'재일'이라는 근거』간행, 『해연(海燕)』창간, 문학자의 반핵 성명.	중국·한국 등 일본의 검정 교과서 기술에 항의, 『속악마의 포식』그림 사진 사건, 페르낭데스 D. Fernandez『천사의 손안에서』.
1983	58		무라야마 고쿄(村山古鄕,	동해 중부 지진, NHK

		1909~1986)『금각』간행, 다무라 류이치『화창한 세기말』, 안자이 히토시(安西均, 1919~　)『암유의 여름』간행, 미요시 도요이치로『여름의 늪』간행, 시마다 슈우지(島田修二, 1928~　)『물가의 나날(渚の日日)』간행, 미즈카미 쓰토무『료칸(良寬)』, 가이코 다케시『귀의 이야기』(　~1985), 아가와 히로유키『이노우에 시게요시』(　~1986), 시마다 마사히코『부드러운 좌익을 위한 희유곡』, 미키 다쿠『마부의 가을』(　~1984), 오에 겐자부로『새로운 인간이여 눈을 떠라』, 기요오카 다카유키『대련 소경집』, 하야시 교코『삼계의 집(三界の家)』, 오에 겐자부로『하마에게 물리다』, 다카기 노부코『빛을 품은 친구여』, 노구치 후지오『감촉적 쇼와 문단사』(　~1986), 오다기리 스스무(小田切進, 1924~　)『근대 일본의 일기』(　~1987), 아키야마 슌『영혼과 의장 ─ 고바야시 히데오』(　~1985), 에토 준『자유와 금기』(　~1984).	「오싱」 방송, 울프 C. Wolf『카산드라』.
1984	59	아마자와 다이지로『'지옥'에서』간행, 다무라 류이치『노예의 기쁨』, 사사키 미키로(佐佐木幹郎, 1947~　)『소리, 모두 빛나고』, 후카사와 시치로『극락 마쿠라오토시도(極樂まくら	아프리카 기아 상태 심각, 제23회 로스앤젤레스 올림픽 개최, 런던에 나쓰메 소세키 기념관 개관, 베를린에 모리 오가이 기념관 설립, 뒤라

			おとし圖)』, 무라카미 류『사랑과 환상의 파시즘』(~1986), 우에다 미요지『석신명(惜身命)』간행, 다카이 유이치『아롱(俄瀧)』, 나카가미 겐지『태양의 날개』, 오바 미나코『우는 새의』(~1985), 모리 아쓰시『우리가 떠나듯이』(~1987), 마루야마 겐지『우뢰신, 날다』, 쓰쓰이 야스타카『허항선단(虛航船團)』간행, 히카리 아가타『천천히 도쿄 여자 마라톤』, 요시무라 아키라『차가운 여름·뜨거운 여름』간행, 아베 고보『방주 사쿠라마루』간행, 야마자키 마사카즈『외디푸스 승천』간행, 사에키 쇼이치『자전의 세기』(~1985), 마루야 사이이치『주신쿠라란 무엇인가(忠臣藏とは何か)』간행, 미우라 마사시『멜랑콜리의 수맥』간행, 제47회 펜클럽대회 도쿄에서 개최, 『바다』휴간, 노가미 야에코 백 살 축하연, 가나가와에 근대 문학관 개관.	스 M. Duras『애인』.
1985	60	구로이 센지『잠든 안개에서』(~1986), 홋타 요시에『길 위의 사람』간행, 다쿠보 히데오『해도(海圖)』, 무라카미 하루키『세계의 끝과 하드보일드 원더랜드』간행, 나카가미 겐지『불 축제』(~1987), 시마오 도시오『어뢰정 학생』간행, 이와하시 구니에『반려』간행, 다카하	소련 고르바초프 서기장 취임, 과학만국박람회 쓰쿠바에서 개최, 일본 항공 점보기 추락 520명 사망, 이지메(いじめ) 횡행, 패밀리 컴퓨터 붐, 후생성 에이즈 환자 제1호 확인 발표.

			시 다카코『성난 아이』간행, 히노 게이조『꿈의 섬』간행, 야마다 에이미『베드 타임 아이즈』, 다케니시 히로코『야마카와 도미코(山川登美子)』간행, 쓰시마 유코『밤의 빛에 쫓겨』(～1986), 에토 준『쇼와의 문인』(～1987), 시노다 하지메『논픽션의 언어』간행, 이소다 고이치『하기와라 사쿠타로』(～1987), 『좌익이 사요쿠가 될 때』(～1987), 시미즈 아키라(淸水昶, 1940～)『시는 망향한다』간행, 가토 노리히로『아메리카의 그림자』간행.	
1986	61	나카자토 쓰네코『망아기(忘我の記)』(～1987), 야기 요시노리『목숨 셋(命三つ)』, 모리우치 도시오『골화(骨の火)』간행, 고지마 노부오『스가노 미쓰코의 편지(管野滿子の手紙)』간행, 히노 게이조『모래언덕이 움직이듯이』간행, 김석범『화산도』제2부 시작, 마스다 미즈코『싱글 세일』, 고 하루토『천장에서 떨어지는 슬픈 소리』, 하니야 유타카『월광 속에서 ─「사령」8장』, 구라하시 유미코『아마논국 왕환기』, 미야모토 데루『준마』간행, 우에다 미요지『시마기 아카히코』간행, 가라타니 고진『탐구 I』간행, 『군상』전후 문학 논쟁, 특집 문예 비디오 나옴. '잡고서저(雜高書低)'	미국 우주 왕복선 첼린지호 폭발, 소련 체르노빌 원자력 발전소 사고, 필리핀 정변, 『리더스 다이제스트』종간.

			에서 '잡저서저(雜低書低)'로.	
	1987	62	고지마 노부오『우화』간행, 고바야시 교지『제우스 가든 쇠망사』, 쓰지이 다카시『암야편력』, 아베 아키라『아베 아키라 18개의 단편』간행, 이와타 히로시(岩田宏, 1932~　)『나리나나무(なりななむ)』간행, 무라카미 하루키『노르웨이의 숲』간행, 오시로 다쓰히로『천녀죽고말고(天女死すとも)』간행, 이노우에 미쓰하루『지하수도』간행, 시부사와 다쓰히코『고구 친왕 항해기』간행, 오에 겐자부로『그리운 해에게로 띄우는 편지』, 아유카와 노부오『최후의 칼럼』간행, 카세트 책 붐.	미국·일본 경제 마찰 격화, 땅값 대폭등, 국제 문화 포럼 설립, 미시마 유키오 상, 야마모토 슈고로 상 설정, 먼데이아르그『모든 것은 사라졌다』.
	1988	63	요시모토 바나나『키친』, 다카하시 겐이치로『우아하고 감상적인 일본 야구』간행, 오에 겐자부로『키르프 군단』간행, 이사와 다카『태풍 술집』간행, 이양지『유희(由熙)』, 스즈키 사다미『일본 문학을 위해서』, 오오카 쇼헤이『소설 나쓰메 소세키』, 『신조』1,000호 기념, 『호토토기스』1,100호 기념, 『군상』500호 기념 축하, 쇼와의 종언.	제24회 서울 올림픽 개최, 서울에서 국제 펜대회, 움베르트 에코『푸코의 추』.
헤이세이	1989	1	미키 다쿠『불곰좌의 남자』간행, 다카이 유이치『수경(水鏡)』, 요시모토 바나나『TUGU-	쇼와 천황 서거, 연호 1월 8일부터 헤이세이(平成)로 고침. 중국 천안문

			MI』간행, 이시하라 신타로『내 인생의 시시각각』, 요시무라 아키라『죽음이 있는 풍경』간행, 오쿠노 다케오『문학의 원풍경』 간행, 오자키 호쓰키『대중 문학의 역사 전전 편·전후 편』 간행, 에토 준『리얼리즘의 원류』간행, 가와무라 미나토『아시아라는 거울』간행, 가라타니 고진『언어와 비극』, 하가 도오루(芳賀徹, 1931~　)『문화의 왕래(文化の往還)』, 요시모토 바나나 현상, 이노우에 야스시 의『공자』베스트 셀러에 오름, 아쿠타가와 상, 나오키 상 100 회 돌파.	사태, 요시모토 바나나 작품 모두 베스트 셀러 에 오름, 동독 베를린 장벽 실질적으로 철거, 마르케스『미로 속의 장군』, 크리스테바『우리 자신의 다른 사람』.

---

* 고딕으로 표시한 부분은 옮긴이가 강조한 부분입니다.

가토 노리히로(加藤典洋, 1946~) (하)**246**, 291

가토 다케오(加藤武雄, 1888~1956) (상)59, 89~90, 101, 221, 223

가토 미치오(加藤道夫, 1918~1953) (상)352, 362/(하)268

가토 슈손(加藤楸邨, 1905~) (상)108/(하)269

가토 슈이치(加藤周一, 1917~) (상)267, **354**~357/(하)**88**, **137**~138, 176, 268

가토 유키코(加藤幸子, 1936~) (하)**232**

가토 이쿠야(加藤郁乎, 1929~) (하)283

간노 아키마사(菅野昭正, 1930~) (하)246

간다 기이치로(神田喜一郎, 1897~1984) (하)135

간바라 다이(神原泰, 1898~) (상)72 ~73/(하)254

간바라 아리아케(蒲原有明, 1876~1952) (하)246

간바야시 아카쓰키(上林曉, 1902~1980) (상)188, 221/(하)14, 267

고가 사부로(甲賀三郎, 1893~1945) (상)59, 99

고노 다에코(河野多惠子, 1926~) (하)17, **79**~81, 176, **192**, 195, 281, 286

고노 도시로(紅野敏郎, 1922~) (상)60

고노에 후미마로(近衛文麿, 1891~1945) (상)211, **228**

고노 히로나카(河野廣中, 1849~1923) (하)253

고니시 유키나가(小西行長, ?~1600) (하)209

고다 로한(幸田露伴, 1867~1947) (상)171, **175**/(하)265

고다마 다카야(兒玉隆也, 1937~1975) (하)130

고다 아야(幸田文, 1904~1990) (하)14, 273

고 데이(古丁, ?~?) (상)226

고마쓰 기요시(小松淸, 1900~1962) (상)139~40, 142/(하)262

고마쓰 사쿄(小松左京, 1931~) (하)18, **129**, 170

고마키 오미(小牧近江, 1894~1978) (상)**12**~13, 15, 29

고미야 도요타카(小宮豊隆, 1884~1966) (하)264

고미야마 아키토시(小宮山明敏, 1902~1931) (상)51

고미 야스스케(五味康祐, 1921~1980) (하)16, 26, 273

고미카와 준페이(五味川純平, 1916~) (하)27

고바야시 교지(小林恭二, 1957~) (하)125, **243**, 292

고바야시 노부히코(小林信彦, 1932~) (하)**226**

구라미쓰 도시오(倉光俊夫, 1908~1985) (상)193

구라타 햐쿠조(倉田百三, 1891~1943) (상)227

구라하라 고레히토(藏原惟人, 1902~1991) (상)30~31, 82~83, 126, 143, 188, 275, **286**~88, 291, 297/(하)258~60

구라하라 신지로(藏原伸二郎, 1899~1965) (상)52, 79

구라하라 요손(倉橋羊村, 1935~) (상)109

구라하시 유미코(倉橋由美子, 1935~) (하)17, 57~58, 71, **191**~92, 276, 280, 291

구로다 기오(黑田喜夫, 1926~1984) (하)19, 38, 286

구로시마 덴지(黑島傳治, 1898~1943) (상)29~31, 86~87, 91, 194

구로이 센지(黑井千次, 1932~) (상)216/(하)17, **107**, 114, **117**~19, 131, **166**~68, 288, 290

구로이와 주고(黑岩重吾, 1924~) (하)18, 26

구리야가와 하쿠손(廚川白村, 1880~1923) (하)254

구메 마사오(久米正雄, 1891~1952) (상)19, 33, 36~38, 100, 204, 219, 227, 234, 275/(하)256

구보 사카에(久保榮, 1901~1958) (상)**190**, 221/(하)263, 271, 275

구보카와 쓰루지로(窪川鶴次郎, 1903~1974) (상)129, 145, 189, 195, 290~91/(하)264

구보타 마사후미(久保田正文, 1912~) (상)197

구보타 만타로(久保田万太郎, 1889~1963) (상)37, 181/(하)13, 258

구보타 우쓰보(窪田空穗, 1877~1967) (상)105

구사노 신페이(草野心平, 1903~1988) (상)41, 185, **231**~32/(하)257, 269, 286

구와바라 다케오(桑原武夫, 1904~1988) (상)80/(하)268

구카이(空海, 774~835) (하)283

구키 슈조(九鬼周造, 1888~1941) (하)89, **132**~33, 259, 265

군지 지로마사(群司次郎正, 1905~1973) (상)102

기노시타 모쿠타로(木下杢太郎, 1885~1945) (하)253

기노시타 준지(木下順二, 1914~) (하)19, **87**, 92, 204~**05**, 270~71, 286

기노 쓰라유키(紀貫之, 872~945) (하)176

기누가사 데이노스케(衣笠貞之助, 1896~1982) (상)219

기누마키 쇼조(衣卷省三, 1900~1978) (상)191, 203~**04**

240~45, 269/(하)**76**, 101, 115, 138, 181, 250, 259, 263, 267

나가이 다쓰오(永井龍男, 1904~) (상)35, 51~52, 77~79/(하)13, **102**~03, 279, 282, 285

나가타 히데오(長田秀雄, 1885~1949) (상)37

나기 게이시(南木桂士, 1951~) (하)**235**

나니와다 하루오(灘波田春夫, 1906~) (상)227

나라사키 쓰토무(楢崎勤, 1901~1978) (상)88~90

나리타 주큐(成田忠久, 1897~1960) (하)169

나베야마 사다치카(鍋山貞親, 1901~1979) (상)113, **124**~25/(하)261

나쓰메 소세키(夏目漱石, 1867~1916) (상)98, 175, 180, 269/(하)42, 142, **174**~75, **178**~79, 219, 238, 247~48, 263, 273, 281, 289, 291

나오키 산주고(直木三十五, 1891~1934) (상)**20**, 50, 69, 99~101, **133**~36, 190/(하)259

나카가미 겐지(中上健次, 1947~1992) (상)264/(하)112, 124, **126**~28, 146, 180, 214, 284, 290

나카가와 요이치(中河與一, 1897~) (상)32~34, 58, 88~89, **182**~83, 197, 212, 227, 275~76/(하)263

나카노 고지(中野孝次, 1925~) (하)**210**~11, 285

나카노 미노루(中野實, 1901~1973) (상)227

나카노 시게하루(中野重治, 1902~1979) (상)31, 41, 58, 63, 65, 82~83, 86~87, 91~92, 141, **145**~47, 161, 172, 188, 195, 213, 215, 234, 259, 270, 273, **276**~79, **283**~87, **292**~300, 307, 339/(하)13, 247, 258~59, 264, 268, 272, 274, 278

나카노 요시오(中野好夫, 1903~1985) (하)176, 280

나카니시 이노스케(中西伊之助, 1893~1958) (상)14, 29

나카 다로(那珂太郎, 1922~) (하)278

나카모토 다카코(中本たか子, 1903~) (상)56, 69, 70, 87, 91, 192, 221

나카무라 겐키치(中村憲吉, 1889~1934) (상)105

나카무라 구사타오(中村草田男, 1901~1983) (하)262, 264, 287

나카무라 마사쓰네(中村正常, 1901~1981) (상)59, 79, 88~92, 99

나카무라 무라오(中村武羅夫, 1886~1949) (상)48, 56, **58**~59, 89~90, 101, 132, 145, 219, 228, 234, 275/(하)258

나카무라 미노루(中村稔, 1927~) (상)39/(하)287

나카무라 미쓰오(中村光夫, 1911~1988) (상)127, 147~48, 227, **263**~66, 294, **300**~05, 307, 315, 323/(하)19, 40~41, 250, 270~71, 273~75, 278

나카무라 신이치로(中村眞一郎, 1918~) (상)261~62, 267~68, 270~71, 294, 340, 354, **357**~61/(하)15, **54**~56, 114~15, 135, 137, 176, 217, **219**, 267~68, 285

나카무라 유키히코(中村幸彦, 1911~) (하)135

나카무라 지헤이(中村地平, 1908~1963) (상)191~92, 229

나카야마 기슈(中山義秀, 1900~1969) (상)51, 192, 199, 206~**07**/(하)263, 269, 277

나카야마 쇼자부로(中山省三郎, 1904~1947) (상)54, 221

나카야마 신이치로(中山伸一郎, ? ~ ?) (상)54

나카이 히데오(中井英夫, 1922~) (하)**223**

나카자와 게이(中澤けい, 1955~) (하)171, **236**

나카자와 신이치(中澤新一, 1940~) (하)244

나카자토 가이잔(中里介山, 1885~1944) (상)**49**, **234**/(하)246

나카자토 쓰네코(中里恒子, 1909~1987) (상)71, 192/(하)283, 291

나카지마 겐조(中島健藏, 1903~1979) (상)79~81, 299/(하)32, 178, 283

나카지마 아쓰시(中島敦, 1909~1942) (상)193, 200, **208**~09/(하)266

나카지마 아즈사(中島梓, 1953~) (하)178

나카지마 에이지로(中島榮次郎, 1910~1945) (상)110, 196

나카타니 다카오(中谷孝雄, 1901~1995) (상)52, 192, **196**, 203, 219

나카하라 주야(中原中也, 1907~1937) (상)**40**, 185/(하)142, 178, 261, 263

난부 슈타로(南部修太郎, 1892~1936) (상)60

노가미 야에코(野上彌生子, 1885~1985) (상)**86**, 178, **180**, 321/(하)14, **103**, 254, 258, 262, 276, 282, 290

노구치 다케히코(野口武彦, 1937~) (하)176, 247

노구치 요네지로(野口米次郎, 1875~1947) (상)275

노구치 우조(野口雨情, 1882~1945) (상)48

노구치 후지오(野口富士男, 1911~1993) (상)64/(하)14, **181**~82, 278, 284, 286, 289

노기 마레스케(乃木希典, 1849~1912) (하)286

노나카 겐잔(野中兼山, 1615~1663) (하)205

노로 구니노부(野呂邦暢, 1937~1980) (하)**233**, 283

노로 에이타로(野呂榮太郎, 1900~1934) (상)70, 124, /(하)259, 261

노마 세이지(野間淸治, 1878~1938) (상)47~48

노마 히로시(野間宏, 1915~1991) (상)253, 261~63, 265, 267, **335**~38, 355/(하)15, 38, 48~50, 106, 115, 119, 135, 156, **164**~66, 217~18, 267~69, 271, 275, 277, 282~84

노무라 고도(野村胡堂, 1882~1963) (상)100

노무라 쇼고(野村尙吾, 1912~1975) (상)199

노사카 아키유키(野坂昭如, 1930~) (하)19, 36, **83**~85, 102, 106, **229**, 279

니나가와 지운(蜷川智蘊, ?~1448) (하)92

니시노 다쓰키치(西野辰吉, 1916~) (하)272

니시무라 고지(西村孝次, 1907~) (상)227

니시무라 요키치(西村陽吉, 1892~1959) (상)106

니시오 간지(西尾幹二, 1935~) (하)177

니시와키 준자부로(西脇順三郎, 1894~1982) (상)**73**, 78/(하)19, 258, 260, 279

니시카와 미쓰루(西川滿, 1908~) (상)226

니시타니 게이지(西谷啓治, 1900~1990) (상)234

니와 후미오(丹羽文雄, 1904~) (상)54~55, 79, 199, **206**, 219, 227, 229/(하)260, 268, 270, 277~78

니이 이타루(新居格, 1888~1952) (상)221

니이미 난키치(新美南吉, 1913~1943) (상)44

닛타 준(新田潤, 1904~1978) (상)198, 223

닛타 지로(新田次郎, 1912~1980) (하)18, 170, 281

다가와 스이호(田河水泡, 1899~1989) (상)45

다고 도라오(田鄕虎雄, 1901~1950) (상)222~23

다구치 기쿠테이(田口掬汀, 1875~1943) (하)**168**

다나베 고이치로(田邊耕一郎, 1903~) (상)67, 195~96, 221

다나베 모이치(田邊茂一, 1905~1981) (상)130, 139

다나베 세이코(田邊聖子, 1928~) (하)17

다나카 가쓰미(田中克己, 1911~) (상)110, 185

다카기 다쿠(高木卓, 1907~1974) (상)191, 193, 200, 209

다카기 아키미쓰(高木彬光, 1920~) (하)18

다카노 스주(高野素十, 1893~1976) (상)107

다카무라 고타로(高村光太郎, 1883~1956) (상)41, **230**~31, 233, 275,
278/(하)265

다카미 준(高見順, 1907~1965) (상)33, 53, 64, 69, 128, 157, **167**, 189, 191,
196~99, **202**~03, 223, 227, 229~30, 235, 241, **243**~45, 307, 381/(하)13,
40~41, 74, 115, 262, 264, 273, 275, 277

다카이 유이치(高井有一, 1932~) (하)17, **68**~69, 154, **168**~69, 172, 278,
290, 292

다카타 다모쓰(高田保, 1895~1952) (상)38

다카하 슈교(鷹羽狩行, 1930~) (하)278

다카하마 교시(高浜虛子, 1874~1959) (상)**107**~09, 233/(하)257, 266

다카하시 가즈미(高橋和巳, 1931~1971) (상)256, 377/(하)17, 39~40, **66**~68,
106~07, 245, 277~78, 280

다카하시 겐이치로(高橋源一郎, 1951~) (하)**136**, **138**, 292

다카하시 기이치로(高橋揆一郎, 1928~) (하)210, **216**

다카하시 다카코(高橋たか子, 1932~) (하)**194**, 205, 284, 291

다카하시 마사오(高橋昌男, 1935~) (하)**232**

다카하시 무쓰오(高橋睦郎, 1937~) (하)288

다카하시 미치쓰나(高橋三千綱, 1948~) (하)126, **235**, 285

다카하시 신키치(高橋新吉, 1901~1987) (상)185

다카하시 히데오(高橋英夫, 1930~) (하)42, **132**, 176~77, **246**, 288

다케나카 이쿠(竹中郁, 1904~1982) (상)72, 76

다케니시 히로코(竹西寬子, 1929~) (상)257/(하)**190**~91, 195, 285, 288, 291

다케다 다이준(武田泰淳, 1912~1976) (상)**249**~53, 265, 267, 269~70, 272,
316~22, 324, 332, 355, 370/(하)15, 23, 115, 177, 266, 268, 271~73, 280

다케다 도시유키(竹田敏行, 1913~1967) (상)262

다케다 린타로(武田麟太郎, 1904~1946) (상)53, 58, 87, 91, 127, 130, 136, 151,
179, 188~**89**, 195, **197**~98, 229/(하)260~61

다케다 세이지(竹田靑嗣, 1947~) (하)**245**~46, 288

다케다 신겐(武田信玄, 1521~1573) (하)104

다케야마 미치오(竹山道雄, 1903~1984) (상)53/(하)111, 274

다케우치 요시미(竹內好, 1910~1977) (상)316/(하)88, 261, 266, 272

다쿠보 히데오(田久保英夫, 1928~) (하)17, 63, 173~75, 287, 290

다키구치 다케시(瀧口武士, 1904~) (상)72

다키구치 슈조(瀧口修造, 1903~1979) (상)53, 73, 78/(하)19

다키 슈조(高城修三, 1947~) (하)235, 285

다키 시게루(田木繁, 1907~) (상)262

다키이 고사쿠(瀧井孝作, 1894~1984) (상)60, 94, 219, 228/(하)183, 254

다테 마사무네(伊達政宗, 1567~1636) (하)209

다테노 노부유키(立野信之, 1903~1971) (상)67, 87, 91, 145, 188, 195

다테마쓰 와헤이(立松和平, 1947~) (하)126, 197~201, 206, 287

단 가즈오(檀一雄, 1912~1976) (상)191, 193, 197, 211/(하)14, 117, 170,
  204~05, 284

데구치 유코(出口裕弘, 1928~) (하)223

데라다 도라히코(寺田寅彦, 1879~1935) (상)98

데라다 도오루(寺田透, 1915~) (상)267/(하)42, 176

데라야마 슈지(寺山修司, 1935~1983) (하)19, 272

데라오카 미네오(寺岡峰夫, 1909~1943) (상)199

데즈카 도미오(手塚富雄, 1903~1983) (상)51

도가와 사다오(戶川貞雄, 1894~1974) (상)275

도겐(道元, 1200~1253) (하)176, 282

도기 젠마로(土岐善麿, 1885~1980) (상)105~06

도노무라 시게루(外村繁, 1902~1961) (상)51, 191, 196~97, 203~04/(하)13

도노베 가오루(東野邊薰, 1902~1962) (상)193

도미나가 다로(富永太郎, 1901~1925) (상)53/(하)142, 257

도미노사와 린타로(富ノ澤麟太郎, 1899~1925) (상)51

도미모토 가즈에(富本一枝, 1893~1966) (상)70

도미모토 겐키치(富本憲吉, 1886~1963) (상)70

도미야스 후세이(富安風生, 1885~1979) (하)260

도미오카 고이치로(富岡幸一郎, 1957~) (하)246

도미오카 다에코(富岡多惠子, 1935~) (하)19, 193~94

도미자와 가키오(富澤赤黃男, 1902~1962) (하)265

도미자와 우이오(富澤有爲男, 1902~1970)　(상)191, 219, 227, 229

도사카 준(戶坂潤, 1900~1945)　(상)139, 141, 195, 213~14/(하)260, 267

도야마 우사부로(外山卯三郎, 1903~1980)　(상)72

도와다 미사오(十和田操, 1900~1978)　(상)52, 206

도요다 마사코(豊田正子, 1922~)　(상)44

도요다 사부로(豊田三郎, 1907~1959)　(상)130, 142, 223, 229

도요시마 요시오(豊島與志雄, 1890~1955)　(상)44, 127, **156**, 159, 178, 180, 195/(하)32, 52, 253

도우게 산키치(峠三吉, 1917~1953)　(상)256/(하)30, 271

도이 고치(土居光知, 1886~1979)　(하)254

도쿠나가 스나오(德永直, 1899~1958)　(상)31, 58, **85~86**, 91, 116, 124, 126, 188, 195, 198, 221~22/(하)14, 258, 267

도쿠다 규이치(德田球一, 1894~1955)　(상)275, 286

도쿠다 슈세이(德田秋聲, 1871~1943)　(상)18, **94**, 130, 148, 157, 161, **171~75**, 198, 233, 235/(하)181, 262, 265, 278

도쿠토미 소호(德富蘇峰, 1863~1957)　(상)216, 234

라이 산요(賴山陽, 1780~1832)　(하)55, 176

료칸(良寬, 1757~1831)　(하)200, 289

류 간키치(劉寒吉, 1906~1986)　(상)193

류단지 유(龍膽寺雄, 1901~)　(상)56, 58, 76, 88~89, 91~**92**

마가베 진(眞壁仁, 1907~1984)　(상)221

마루야마 가오루(丸山薫, 1899~1974)　(상)52, 74, 76, 185/(하)260, 267

마루야마 게이자부로(丸山圭三郎, 1933~)　(하)244

마루야마 겐지(丸山健二, 1943~)　(하)17, **242**, 290

마루야마 마사오(丸山眞男, 1914~1996)　(하)**110**, 141, 271

마루야마 요시지(丸山義二, 1903~1979)　(상)221~22

마루야 사이이치(丸谷才一, 1925~)　(하)17, 36, **64**, **145~47**, 171, 176, 282, 288, 290

마루오카 아키라(丸岡明, 1907~1968)　(상)157, 191, 199, 206/(하)271

마미야 모스케(間宮茂輔, 1899~1975)　(상)192, 198~99, **208**, 221, 223, 229

모리무라 세이이치(森村誠一, 1933~) (하)171

모리 미치요(森三千代, 1901~1970) (상)69

모리 센조(森銑三, 1895~1985) (상)44/(하)136

모리 스미오(森澄雄, 1919~) (하)283

모리 아쓰시(森敦, 1912~1989) (하)**147**~50, 283, 290

모리야마 게이(森山啓, 1904~) (상)195, 221

모리 오가이(森鷗外, 1862~1922) (상)269/(하)142, **175**, 219, 254, 282, 289

모리우치 도시오(森內俊雄, 1936~) (상)**233**, 291

모리타 소헤이(森田草平, 1881~1949) (상)195

모리타 힛쇼(森田必勝, ?~ 1970) (하)108

모모세 요시로(百瀬吉郎, ?~ ?) (상)224

모토오리 노리나가(本居宣長, 1730~1801) (하)176, 278

모토키 구니오(元木國雄, 1914~) (상)193

무나카타 시코(棟方志功, 1903~1975) (하)**231**

무네타 히로시(棟田博, 1908~1988) (상)218

무라노 시로(村野四郎, 1901~1975) (하)264

무라마쓰 다케시(村松剛, 1929~1994) (하)40, 156, 176

무라마쓰 도모미(村松友視, 1940~) (하)**234**

무라마쓰 마사토시(村松正俊, 1895~1981) (상)29

무라야마 가이타(村山槐多, 1896~1919) (하)253

무라야마 고쿄(村山古鄕, 1909~1986) (하)289

무라야마 도모요시(村山知義, 1901~1977) (상)30, 34, 37, 58, 96, 100,
143~45, 188, 190, 259/(하)14

무라카미 겐조(村上元三, 1910~) (상)229

무라카미 나미로쿠(村上浪六, 1865~1944) (상)48

무라카미 류(村上龍, 1952~) (하)146, 170, **236**~37, 239, 284, 287, 290

무라카미 하루키(村上春樹, 1949~) (상)253, 264, 366/(하)126, 146, **238**~39,
242, 245, 288, 290, 292

무로 사이세이(室生犀星, 1889~1962) (상)41, 130, **178**~79/(하)12, 261

무로 아사코(室生朝子, 1923~) (하)206

무샤노코지 사네아쓰(武者小路實篤, 1885~1976) (상)13, **17**~18, 23, 36, 52,
178, 233, 241, 275/(하)253, 256, 270

무코다 구니코(向田邦子, 1928~1981)　(하)210, **214**

무토 나오하루(武藤直治, 1896~1955)　(상)29

미나모토노 사네토모(源實朝, 1192~1219)　(하)176, 211

미나모토노 요시쓰네(源義經, 1159~1189)　(상)252

미나미 신보(南伸坊, 1947~)　(하)227

미나미 유키오(南幸夫, 1896~1964)　(하)32~33, 51

미나미카와 준(南川潤, 1913~1955)　(상)199

미나카미 다키타로(水上龍太郎, 1887~1940)　(하)256

미노베 노리코(見延典子, 1955~)　(하)171

미노베 다쓰키치(美濃部達吉, 1873~1948)　(하)261

미시마 유키오(三島由紀夫, 1925~1970)　(상)62, 175, 249~50, 253, 269~70,
　329~35/(하)15, 19, 35~36, 40, 62~63, 75, **93**, **107**~14, **123**~26, **159**,
　165, 170, 203~04, 210, 217~18, 239, **249**, 270~71, 273, 278~81

미야기 오토야(宮城音彌, 1908~)　(하)32

미야모토 겐(宮本研, 1926~)　(하)19, 30~31

미야모토 겐지(宮本顯治, 1908~)　(상)56~57, 63, 86, 188~89, 275, **286**~88,
　291, 296/(하)258

미야모토 데루(宮本輝, 1947~)　(하)124, 126, **201**~02, 285, 291

미야모토 유리코(宮本百合子, 1899~1951)　(상)60, 68, 70, 186~**89**, 195, 213,
　215, 234, 270, **274**~75, 282, 307/(하)267~68

미야오 도미코(宮尾登美子, 1926~)　(하)210, **213**, 288

미야우치 가쓰스케(宮內勝典, 1944~)　(하)**234**

미야우치 간야(宮內寒彌, 1912~1983)　(상)191, 199

미야우치 유타카(宮內豊, 1939~)　(하)178

미야자와 겐지(宮澤賢治, 1896~1933)　(상)**39**~45, 286/(하)255

미야자키 이치사다(宮崎市定, 1901~)　(하)135

미야지마 스케오(宮嶋資夫, 1886~1951)　(상)13

미야치 가로쿠(宮地嘉六, 1884~1958)　(하)253

미야케 세쓰레이(三宅雪嶺, 1860~1945)　(상)116

미야케 야스코(三宅やす子, 1890~1932)　(상)69

미야케 이쿠사부로(三宅幾三郎, 1897~1941)　(상)32

미야하라 아키오(宮原昭夫, 1932~)　(하)**230**

미요시 다쓰지(三好達治, 1900~1964)   (상)52, 72, 76, 79, 185, 197, 217,
　359/(하)206, 259~60, 264~65, 267, 271

미요시 도요이치로(三好豊一郎, 1920~)   (하)270, 289

미요시 주로(三好十郎, 1902~1958)   (상)31, 189/(하)265, 271

미우라 기요히로(三浦晴宏, 1930~)   (하)230

미우라 데쓰오(三浦哲郎, 1931~)   (하)17, 71~72, 186~87, 276, 287

미우라 마사시(三浦雅士, 1946~)   (하)245, 290

미우라 슈몬(三浦朱門, 1926~)   (하)16, 117, 210, 212~13, 279, 288

미우라 아야코(三浦綾子, 1922~)   (하)27, 208

미즈시나 하루키(水品春樹, 1899~1988)   (상)38~40

미즈카미 쓰토무(水上勉, 1919~)   (하)18, 94~95, 200~02, 276, 281, 289

미즈하라 슈오시(水原秋櫻子, 1892~1981)   (상)107~09/(하)259~60, 264

미카미 오토키치(三上於菟吉, 1891~1944)   (상)68, 101, 136

미키 기요시(三木淸, 1897~1945)   (상)70, 127, 137~39, 229/(하)265, 267

미키 다쿠(三木卓, 1935~)   (하)19, 161~63, 206, 282, 289, 292

미타 마사히로(三田誠廣, 1948~)   (하)126, 146, 236, 242~43, 285

바바 아키코(馬場あき子, 1928~)   (하)285

베쓰야쿠 미노루(別役實, 1937~)   (하)19

사기사와 메구무(鷺澤萌, 1968~)   (하)204

사노 게사미(佐野袈裟美, 1886~1945)   (상)29

사노 마나부(佐野學, 1902~1953)   (상)113, 116, 124~25/(하)261

사노 미쓰오(佐野美津男, 1932~1987)   (상)43

사무카와 고타로(寒川光太郎, 1908~1977)   (상)192, 229

사사키 가즈오(佐佐木一夫, 1906~)   (상)195

사사키 구니(佐佐木邦, 1883~1964)   (상)50, 59, 101

사사키 기이치(佐佐木基一, 1914~1994)   (상)35, 255, 257~60, 266~67, 271,
　285, 374/(하)40

사사키 노부쓰나(佐佐木信綱, 1872~1963)   (상)233/(하)89, 258

사사키 다카마루(佐佐木孝丸, 1898~1986)   (상)13, 29, 58

사사키 도시로(佐佐木俊郎, 1900~1933)   (상)87~90

사키야마 유이쓰(崎山猷逸, 1901~1961) (상)52, 54

사타(구보카와) 이네코(佐多稻子, 1904~) (상)31, 56, 69, 87, 91, 188~**89**,
  256, 275, **289**~92, **299**, 307/(하)14, 30, 38~39, 258, 278, 281, 284, 288

사토 고로쿠(佐藤紅綠, 1874~1949) (상)49

사토 기리요(佐藤義亮, 1878~1951) (상)48/(하)168

사토 마사아키(佐藤正彰, 1905~1975) (상)78

사토무라 긴조(里村欣三, 1902~1945) (상)29~30, 194, 229

사토미 돈(理見弴, 1888~1983) (상)16, 28, 181/(하)13, 254

사토 사쿠(佐藤朔, 1905~) (상)73

사토 소노스케(佐藤惣之助, 1890~1942) (상)219

사토 하루오(佐藤春夫, 1892~1964) (상)28, 36, 112, 171, 197, 212, 219, 227,
  275/(하)13, 23~24, **41**, 254, 258, 275

세누마 시게키(瀨沼茂樹, 1904~1988) (상)17, 138/(하)177

세리자와 고지로(芹澤光治郎, 1897~) (상)91~92, **188**/(하)30, 259, 277

세키구치 지로(關口次郎, 1893~1979) (상)38, 60

세키네 히로시(關根弘, 1920~) (하)19

세토우치 하루미(瀨戶內晴美, 1922~) (하)17, **95**, **208**, 277, 283

센고쿠 히데요(千石英世, 1949~) (하)218

센다 고레야(千田是也, 1904~) (상)67

소네 히로요시(曾根博義, 1940~) (상)75

소노 아야코(曾野綾子, 1931~) (하)17, 170, 205, **230**, 280, 286

소마 교후(相馬御風, 1883~1950) (상)221

소 에이(宗瑛, 1907~) (상)79

쇼노 준조(庄野潤三, 1921~) (상)307, 340/(하)16, 45, **50**~52, **116**~17,
  207~08, 272, 276, 281, 284

쇼다 미치코(正田美智子, 1935~) (하)35

쇼지 가오루(庄司薫, 1937~) (하)170, **233**, 236, 280

스가 다다오(管忠雄, 1899~1942) (상)32, 34, 60

스가 히데미(絓秀實, 1949~) (하)**245**

스가노 마사오(菅野正男, ?~ ?) (상)222~23

스기모토 료키치(杉本良吉, 1907~1939) (상)143, 214, **280**~81/(하)263

스기야마 헤이스케(森山平助, 1895~1946) (상)217, 219

스기우라 민페이(杉浦明平, 1913~) (하)275, 282

스미이 스에(住井すゑ, 1902~1997) (상)87

스와 사부로(諏訪三郎, 1896~1974) (상)32

스즈키 기요시(鈴木淸, 1907~) (상)221

스즈키 모사부로(鈴木茂三郎, 1893~1970) (상)213

스즈키 미에키치(鈴木三重吉, 1882~1936) (상)44

스즈키 분지(鈴木文治, 1885~1946) (하)254

스즈키 사다미(鈴木貞美, 1947~) (하)247, 292

스즈키 시게타카(鈴木成高, 1907~1988) (상)234

스즈키 신타로(鈴木信太郎, 1895~1970) (하)135

스즈키 히코지로(鈴木彦次郎, 1898~1975) (상)32~34

시가 나오야(志賀直哉, 1883~1971) (상)17, 52, 56, 63~65, 84, **93~94**,
 122~23, 130, 145, 161, 171, **178**, 182, 194, 206, 260, 305, 327, 332~33,
 344~46/(하)133, 176, 182~83, 204, 207, 246, 254, 267, 288

시게카네 요시코(重兼芳子, 1927~) (하)210, **215**

시노다 하지메(篠田一士, 1927~1989) (상)174, **361**/(하)134, **166**, 176, 283,
 291

시라이 교지(白井喬二, 1889~1980) (상)49, 59, 99~101, 219/(하)255

시로야마 사부로(城山三郎, 1927~) (하)18, 171, 210, **215**, 283

시라토리 쇼고(白鳥省吾, 1890~1973) (상)13

시마 히로유키(島弘之, 1956~) (하)247

시마기 아카히코(島木赤彦, 1876~1926) (하)246, 253, 255~56, 291

시마나카 유사쿠(嶋中雄作, 1887~1949) (상)48

시마나카 호지(嶋中鵬二, 1923~) (상)320/(하)34

시마다 마사히코(島田雅彦, 1961~) (하)112, 125, 204, **239~40**, 250, 289

시마다 세이지로(島田淸次郎, 1899~1930) (하)253

시마다 슈우지(島田修二, 1928~) (하)289

시마모토 히사에(島本久惠, 1893~1985) (상)71

시마무라 도시마사(島村利正, 1912~1981) (하)181, **183**, 285

시마오 도시오(島尾敏雄, 1917~1986) (상)262, 267, 340, **347~51**/(하)15, 52,
 61~62, 156, 276, 285, 290

시마자키 도손(島崎藤村, 1872~1943) (상)**94~98**, 130, 171~75, 190,

212/(하)116, 165, 173, 258, 269

시마키 겐사쿠(島木健作, 1903~1945)　(상)127, **144**~45, 152, 188, 195, 199,
　212, 214, **220**~23, 229, **232**/(하)263, 267

시모나카 야사부로(下中彌三郎, 1878~1961)　(상)48

시모무라 지아키(下村千秋, 1893~1955)　(상)87

시모자와 간(子母澤寬, 1892~1968)　(상)49, 101/(하)14

시미즈 구니오(清水邦夫, 1936~　)　(하)19

시미즈 모토요시(清水基吉, 1918~　)　(상)194, 229

시미즈 아키라(清水昶, 1940~　)　(하)291

시미즈 이쿠타로(清水幾太郎, 1907~1988)　(상)229

시바 료타로(司馬遼太郎, 1923~1996)　(하)18, 170~71, 283, 286

시바키 요시코(芝木好子, 1914~1991)　(상)193/(하)14, **98**~99, 103, 285, 288

시바타 렌자부로(柴田錬三郎, 1917~1978)　(하)16, 26, 273

시바타 쇼(柴田翔, 1935~　)　(하)39, 107, 170, **232**, 236, 277

시부사와 다쓰히코(澁澤龍彦, 1928~1987)　(하)**33**~34, 135, **223**, 292

시부사와 다카스케(澁澤孝輔, 1930~　)　(하)246, 283, 286

시부카와 교(澁川驍, 1905~　)　(상)64, 69, 128, 192, 198

시시 분로쿠(獅子文六, 1893~1969)　(상)46, 275/(하)15, 266, 270

시이나 린조(椎名麟三, 1911~1973)　(상)262, 267, 305, **338**~43, 355/(하)15,
　49~50, 268, 272~73

신란(親鸞, 1173~1262)　(하)277

쓰네카와 히로시(雅川滉, 1906~1973)　(상)52, 58/(하)259

쓰다 다카시(津田剛, ?~?)　(상)224

쓰루미 슌스케(鶴見俊輔, 1922~　)　(상)111, 238/(하)39

쓰루타 도모야(鶴田知也, 1902~　)　(상)191, 200, 209, 222

쓰마키 신페이(妻木新平, 1905~1967)　(상)194

쓰무라 노부오(津村信夫, 1909~1944)　(상)185/(하)261

쓰보이 사카에(壺井榮, 1900~1967)　(상)71/(하)14, 271

쓰보이 시게지(壺井繁治, 1898~1975)　(상)278

쓰보타 마사루(坪田勝, 1904~1941)　(상)54~55

쓰보타 조지(坪田讓治, 1890~1982)　(상)44, 198, 199, **206**/(하)253, 262

쓰부라이 데쓰조(粒來哲藏, 1928~　)　(하)281, 285

아베 로쿠로(阿部六郞, 1904~1957) (상)138/(하)261

아베 아키라(阿部昭, 1934~1989) (하)17, **69**, **131**~34, 281, 292

아베 요시시게(安倍能成, 1883~1966) (하)255

아베 이소오(安部磯雄, 1865~1956) (하)255

아사노 아키라(淺野晃, 1901~1990) (상)219, 225, 227, 229, 275~76

아사누마 이네지로(淺沼稻次郞, 1898~1960) (하)35, 82, 275

아사다 아키라(淺田彰, 1957~) (하)244

아사미 후카시(淺見淵, 1899~1973) (상)53~54/(하)41

아사하라 로쿠로(淺原六朗, 1895~1977) (상)87~89

아사히 시게루(朝日茂, 1913~1964) (하)**212**

아에바 다카오(饗庭孝男, 1930~) (하)177, 247

아오노 소(靑野聰, 1943~) (하)**241**~42, 287

아오노 스에키치(靑野季吉, 1890~1961) (상)29~**30**, 127, 141, 173, 195,
 233/(하)32, 241, 256

아오시마 유키오(靑島幸男, 1932~) (하)287

아오야기 유타카(靑柳憂, 1904~1944) (상)199

아와노 세이호(阿波野靑畝, 1899~) (상)107/(하)259

아와즈 노리오(栗津則雄, 1927~) (하)42, 246

아유카와 노부오(鮎川信夫, 1920~1986) (하)19, 285, 292

아이즈 야이치(會津八一, 1881~1956) (하)183, 255, 265, 266

아카가와 지로(赤川次郞, 1948~) (하)**235**

아카시 데쓰야(明石鐵也, 1905~) (상)91

아케치 미쓰히데(明智光秀, 1528~1582) (하)19

아쿠타가와 류노스케(芥川龍之介, 1892~1927) (상)11, 19~20, 27, 33, 56,
 61~67, 117, 190, 208, 269, **293**~94/(하)11, **114**, 125, 156, 257

아키모토 마쓰요(秋元松代, 1911~) (하)19, 281

아키모토 후지오(秋元不死男, 1901~1977) (하)285

아키야마 슌(秋山駿, 1930~) (하)134, **146**, 176, 178, 247, 289

아키타 미노루(秋田實, 1905~1977) (하)194

아키타 우자쿠(秋田雨雀, 1883~1962) (상)198

안도 모토오(安藤元雄, 1934~) (하)287

안도 쓰구오(安東次男, 1919~) (하)19, 42

안자이 후유에(安西冬衛, 1898~1965) (상)71, 75/(하)115, 258, 268

안자이 히토시(安西均, 1919~) (하)289

야기 노보루(八木昇, 1934~) (상)50

야기 도사쿠(八木東作, 1901~1964) (상)54

야기 요시노리(八木義德, 1911~) (상)193, 199~200, 207, 229/(하)131, 181~**82**, 284, 291

야기 주키치(八木重吉, 1898~1927) (하)257

야나기 무네요시(柳宗悅, 1889~1961) (하)89

야나기타 구니오(柳田國男, 1875~1962) (상)**98**/(하)89, 226, 260, 268

야나기타 이즈미(柳田泉, 1894~1969) (하)177

야나세 마사무(柳瀨正夢, 1900~1945) (상)29

야나이하라 다다오(矢內原忠雄, 1893~1961) (상)213/(하)263

야다 소운(矢田挿雲, 1882~1961) (하)254

야다 쓰세코(矢田津世子, 1907~1944) (상)69, 191, 198, 207

야리타 겐이치(鑓田研一, 1892~1969) (상)221, 223

야마구치 마사오(山口昌男, 1931~) (상)377/(하)259, 261, 267

야마구치 세이시(山口誓子, 1901~1994) (상)107~08/(하)260, 262, 267

야마구치 히토미(山口瞳, 1926~1995) (하)156, **188**~89, 276, 286

야마기시 가이시(山岸外史, 1904~1977) (상)197

야마나카 미네타로(山中峯太郎, 1885~1966) (상)45, 276

야마노우에노 오쿠라(山上憶良, 660~733) (상)111

야마노우치 요도(山內容堂, 1827~1872) (하)187

야마노우치 요시오(山內義雄, 1894~1973) (상)46, 80

야마다 나가마사(山田長政, ?~1633) (하)209

야마다 도모히코(山田智彦, 1936~) (하)**232**, 284

야마다 미노루(山田稔, 1930~) (하)**230**

야마다 세이자부로(山田淸三郎, 1896~1987) (상)29, 67, 226

야마다 슌코(山田順子, 1901~1961) (상)172

야마다 에이미(山田詠美, 1959~) (하)**236**, 291

야마다 요시오(山田孝雄, 1873~1958) (상)275

야마다 후타로(山田風太郎, 1922~) (하)16

야마모토 겐키치(山本健吉, 1907~1988) (상)109, 227, **261**/(하)40, **88**, 176,

에토 준(江藤淳, 1933~) (상)241, **272**/(하)40, **42**, **88**, 124, 134, 142, 174~**75**, 178, 203, 245~46, **247**~49, 274~76, 279, 281, 289, 291, 293

엔도 슈사쿠(遠藤周作, 1923~1996) (상)307/(하)16, 26, 33, 40, **65**~66, 156, 170, **209**, 273~74, 278, 283, 287

엔치 후미코(円地文子, 1905~1986) (상)38, 69, 198/(하)14, 27, **96**~98, 103, 270, 272, 274, 282

오가와 구니오(小川國夫, 1927~) (하)15, **53**~54, 131~32, 210, **213**~14, 283

오가와 미메이(小川未明, 1882~1961) (상)13, **43**, 55/(하)254

오가와 세이요(小川晴暘, 1894~1960) (하)183

오가타 다카시(諸方隆士, 1905~1938) (상)191, 197

오가타 아키코(尾形明子, 1944~) (상)70

오구리 무시타로(小栗蟲太郎, 1901~1946) (상)229

오구마 히데오(小熊秀雄, 1901~1940) (상)195/(하)261

오노 도자부로(小野十三郎, 1903~) (상)53/(하)264

오노 린카(大野林火, 1904~1982) (하)269, 283

오노 마쓰지(小野松二, 1920~1970) (상)78~79

오누마 단(小沼丹, 1918~) (하)181, **183**

오니시 교진(大西巨人, 1919~) (하)15, 38, 14, 217, **219**~20, 250, 276

오다기리 스스무(小田切進, 1924~) (하)289

오다기리 히데오(小田切秀雄, 1916~) (상)**257**~59, 275~76, 285, 287~88/(하)117, **131**~32, 176, 246, 279

오다 노부나가(織田信長, 1534~1582) (하)56

오다 다케오(小田嶽夫, 1900~1979) (상)52, 191, 199, 209, 223, 229

오다 마코토(小田實, 1932~) (상)256/(하)17, 36, **106**~07, 170, **230**, 276, 282~83, 287

오다 사쿠노스케(織田作之助, 1913~1947) (상)192, 374, **379**~81/(하)85, 265, 267

오다 진지로(小田仁二郎, 1913~1979) (상)262

오리구치 시노부(折口信夫, 1887~1953) (상)**105**/(하)89, 268, 271

오모리 기타로(大森義太郎, 1898~1940) (상)141, 213

오바 미나코(大庭みな子, 1930~) (상)178/(하)17, 114, 120, **192**~93, 195, 280, 288, 290

오바야시 기요시(大林淸, 1908~) (상)229

오비 주조(小尾十三, 1909~1979) (상)193

오사나이 가오루(小山內薰, 1881~1928) (상)36~38, 68

오사라기 지로(大佛次郎, 1897~1973) (상)49, 58~59, 99~100/(하)14, 104,
  257, 269, 276, 279

오사미 기조(長見義三, 1909~) (상)192

오사베 긴고(長部謹吾, 1901~) (상)214~16

오사베 히데오(長部日出雄, 1934~) (하)231

오스기 사카에(大杉榮, 1885~1923) (상)17~18/(하)255

오시로 다쓰히로(大城立裕, 1925~) (하)210~11, 292

오시마 나기사(大島渚, 1932~) (하)285

오시카 다쿠(大鹿卓, 1898~1959) (상)192

오시타 우다루(大下宇陀兒, 1896~1966) (상)59, 99~100

오쓰지 가쓰히코(尾辻克彦, 1937~) (하)226~27

오야 소이치(大宅壯一, 1900~1970) (상)229

오야마 이쿠오(大山郁夫, 1880~1955) (상)62

오야마 이토코(小山いと子, 1901~1989) (상)71

오야먀 히사지로(小山久二郎, 1905~1984) (하)32

오야부 하루히코(大藪春彦, 1935~) (하)18, 23

오에 겐자부로(大江健三郎, 1935~) (상)179, 256, 363, 377/(하)16, 30, 33,
  35~36, 40, 71, 81~83, 112, 124, 127, 132, 135, 190, 203, 225, 236~37,
  245, 275, 277, 279, 283~84, 286, 289, 292

오에 미쓰오(大江滿雄, 1906~) (상)195

오오카 마코토(大岡信, 1931~) (하)19, 176, 285~86

오오카 쇼헤이(大岡昇平, 1909~1988) (상)79, 249~51, 253, 265, 267, 270,
  317, 321, 322~29, 337, 349, 355, 376/(하)15, 33, 40, 52, 101, 103~04,
  135, 138~39, 140~44, 175, 211, 269~70, 278, 282, 292

오우치 효에(大內兵衛, 1888~1980) (상)214

오이 히로스케(大井廣介, 1912~1976) (상)208

오자키 가즈오(尾崎一雄, 1899~1983) (상)52, 55~56, 145, 191, 199,
  206/(하)260, 281

오자키 고요(尾崎紅葉, 1867~1903) (상)58~59, 175

오자키 기하치(尾崎喜八, 1892~1974) (하)257, 265

오자키 미도리(尾崎翠, 1896~1971) (상)69

오자키 시로(尾崎士郎, 1898~1964) (상)60, 88~89, 102~03, 151, 181, 217, 219, 227, 229, 275/(하)260, 270

오자키 호쓰키(尾崎秀樹, 1928~) (상)47, 224/(하)246, 293

오즈 야스지로(小津安二郎, 1903~1963) (하)247

오치 요시오(越智治雄, 1929~1988) (하)175

오카 구니오(岡邦雄, 1890~1971) (상)213

오카노 히로히코(岡野弘彦, 1924~) (하)282

오카다 다카히코(岡田隆彦, 1939~) (하)19

오카다 데이코(岡田禎子, 1902~) (상)70, 91

오카다 사부로(岡田三郎, 1890~1954) (상)60, 88~89, 181

오카다 야치요(岡田八千代, 1882~1962) (상)68

오카다 요시코(岡田嘉子, 1902~)9상)213, 280/(하)263

오카마쓰 가즈오(岡松和夫, 1931~) (상)340/(하)154, 168, 230

오카모토 가노코(岡本かの子, 1889~1939) (상)200, 208/(하)95, 263~64

오카모토 기도(岡本綺堂, 1872~1939) (상)100~01

오카모토 잇페이(岡本一平, 1886~1948) (상)180

오카쿠라 덴신(岡倉天心, 1862~1913) (하)176

오케타니 히데아키(桶谷秀昭, 1932~) (하)174~75, 178, 247, 279

오코치 덴지로(大河內傳次郎, 1898~1962) (하)205

오쿠노 다케오(奧野健男, 1926~) (하)40, 156, 177, 246, 271, 287, 293

오쿠무라 도규(奧村土牛, 1889~1990) (하)207

오쿠보 쓰네오(大久保典夫, 1938~) (상)196

오쿠보 히코자에몬(大久保彦左衛門, 1560~1639) (상)58

오키나 규인(翁久允, 1888~1973) (상)89

오키 아쓰오(大木惇夫, 1895~1977) (상)229

오타니 후지코(大谷藤子, 1901~1977) (상)69, 198

오타 미즈호(太田水穗, 1876~1955) (상)105, 107

오타 요코(大田洋子, 1903~1963) (상)69, 256/(하)30, 190, 269

오하라 도미에(大原富枝, 1912~) (상)71, 192/(하)14, 98, 204, 205

온치 데루타케(遠地輝武, 1901~1967) (상)195

와다 덴(和田傳, 1900~1985) (상)192, 220~22

와다 요시에(和田芳惠, 1906~1977) (상)103/(하)14, 131, 181~**82**, 283, 285

와쓰지 데쓰로(和辻哲郎, 1889~1960) (상)**238**~39/(하)**111**, 256, 262

와카바야시 쓰야코(若林つや子, 1905~) (상)195

와카스기 사토시(若杉慧, 1903~1987) (상)193~94

와타나베 가잔(渡邊華山, 1793~1841) (하)282

와타나베 가테이(渡邊霞亭, 1864~1926) (상)48

와타나베 준이치(渡邊淳一, 1923~) (하)170

와타나베 준조(渡邊順三, 1894~1972) (상)195

와타나베 히로시(渡邊廣士, 1929~) (상)257/(하)177

요나이 미쓰마사(米內光政, 1880~1948) (하)171, 207

요도노 류조(淀野隆三, 1904~1967) (상)78, 80, 197

요모타 이누히코(四方田犬彦, 1953~) (하)128, 247

요사노 아키코(與謝野晶子, 1878~1942) (상)69

요시노 겐자부로(吉野源三郞, 1899~1981) (하)263

요시다 겐이치(吉田健一, 1912~1977) (상)227/(하)32, 135, 177

요시다 겐키치(吉田謙吉, 1897~1982) (상)36, 38

요시다 도모코(吉田知子, 1934~) (하)**231**

요시다 도요(吉田東洋, 1815~1862) (하)186~87

요시다 세이이치(吉田精一, 1908~1984) (하)32, 265

요시다 쇼인(吉田松陰, 1830~1859) (하)280

요시다 잇스이(吉田一穗, 1898~1973) (상)41, 74

요시마스 고조(吉增剛造, 1939~) (하)19, 281

요시모토 다카아키(吉本隆明, 1924~) (상)42, 259~60, **278**~79/(하)33,
  38~40, 42, 89, 125, 132, 156, 176~77, **245**~46, 250, 275, 279

요시모토 바나나(吉本ばなな, 1964~) (하)204, **243**~44, 292~93

요시무라 데쓰타로(吉村鐵太郎, 1900~1945) (상)77, 79

요시무라 아키라(吉村昭, 1927~) (상)25/(하)18, **67**~68, 210, **216**, 288, 290,
  293

요시야 노부코(吉屋信子, 1896~1973) (상)219/(하)277

요시오카 미노루(吉岡實, 1919~1990) (하)19, 284

요시유키 리에(吉行理惠, 1939~) (하)**234**, 287

요시유키 에이스케(吉行榮助, 1906~1940) (상)52, 88~89

요시유키 준노스케(吉行淳之介, 1924~1994) (상)307/(하)16, 76~79, 115, 135, 178, 222, 272, 277, 280, 286

요시이 이사무(吉井勇, 1886~1960) (상)37

요시카와 고지로(吉川幸次郎, 1904~1980) (하)136

요시카와 에이지(吉川英治, 1892~1962) (상)48~49, 99, 101~02, 134, 136, 217, 219, 227, 275/(하)15, 262

요시하라 사치코(吉原幸子, 1932~) (하)282

요코미쓰 리이치(橫光利一, 1898~1947) (상)18~25, 32~34, 38, 51, 53, 58, 60, 64, 77~78, 80~83, 88~89, 93~94, 97, 100, 112, 127, 135, 149~59, 168~69, 171, 173, 177, 180~81, 183, 187, 207, 219, 227~28, 233, 275/(하)148, 182, 235, 255, 259, 262

요코미조 세이시(橫溝正史, 1902~1981) (상)28, 59, 100

요코야마 다이칸(橫山大觀, 1868~1958) (하)207

요코이 쇼이치(橫井庄一, 1915~1997) (하)146

요코타 후미코(橫田文子, 1909~1997) (상)191, 197

우노 고지(宇野浩二, 1891~1961) (상)44, 127, 129, 133, 148, 178~79, 198/(하)253, 255, 281

우노 지요(宇野千代, 1897~1996) (상)44, 60, 181, 207/(하)14, 96, 260

우도 도시오(右遠俊郎, 1926~) (하)210, 212

우라니시 가즈히코(浦西和彦, 1941~) (상)30, 86

우메자키 하루오(梅崎春生, 1915~1965) (상)267, 351~54/(하)15, 50~53, 115, 267, 272, 278

우스이 요시미(臼井吉見, 1905~1987) (상)303/(하)32, 35, 170, 274, 285

우에노 다케오(上野壯夫, 1905~1979) (상)67, 198

우에노 지즈코(千野千鶴子, 1948~) (하)244

우에다 도시오(上田敏雄, 1900~1982) (상)72

우에다 미요지(上田三四二, 1923~1989) (하)178, 246, 288, 291

우에다 빈(上田敏, 1874~1916) (하)253

우에다 아키나리(上田秋成, 1734~1809) (하)97

우에다 히로시(上田廣, 1905~1966) (상)218, 229, 276

우치다 햣켄(內田百閒, 1889~1971) (상)44, 178, 180, 243, 245/(하)246, 254,

260

이와카미 준이치(岩上順一, 1907~1958) (상)278/(하)266

이와쿠라 마사지(岩倉政治, 1903~) (상)192, 222

이와타 미쓰요시(岩田道雄, 1898~1932) (상)124

이와타 히로시(岩田宏, 1932~) (하)292

이와토 유키오(岩藤雪夫, 1902~1990) (상)30, 87, 91

이와하시 구니에(岩橋邦枝, 1934~) (하)**231**, 290

이이다 모모(いいだ・もも, 1926~) (하)256

이자와 다다스(飯澤匡, 1909~) (하)272

이즈미 교카(泉鏡花, 1873~1939) (상)130, 171, **175**

이즈미 시키부(和泉式部, ?~ ?) (하)92, 205

이지마 고이치(飯島耕一, 1930~) (하)19, 283

이지마 다다시(飯島正, 1902~) (상)52, 72~73, 89

이치노세 나오유키(一瀬直行, 1904~1978) (상)192

이치카와 다메오(市川爲雄, 1911~) (상)199

이케나미 쇼타로(池波正太郎, 1923~1990) (하)18

이케다 마스오(池田滿壽夫, 1934~) (하)170, **231**~32, 284

이케다 미치코(池田みち子, 1914~) (상)193

이케우치 오사무(池內紀, 1940~) (하)211~12

이케자와 나쓰키(池澤夏樹, 1945~) (하)**234**

이케타니 신자부로(池谷信三郎, 1900~1933) (상)58, 60, 71, 78, 89

이타가키 나오코(板垣直子, 1896~1977) (상)139, 144~45

이토 노에(伊藤野枝, 1895~1923) (하)95, 255

이토 다카마로(伊藤貴麿, 1893~1967) (상)31

이토 다케오(伊藤武雄, 1895~1971) (상)36

이토 사키오(伊藤佐喜雄, 1910~1971) (상)110, 197

이토 세이(伊藤整, 1905~1969) (상)27, 32, 40, 72~**75**, 96~97, 158, 161, 174,
 178, 184~**86**, 196, 212~13, 222~23, 227, **235**~46, 271, 284, 307,
 374/(하)13, 27, **31**~34, 40~42, **74**~75, 177, 250, 260, 265, 268~75, 279

이토 시즈오(伊東靜雄, 1906~1953) (상)185, 197/(하)249, 261

이토 신키치(伊藤信吉, 1906~) (상)277

이토 에이노스케(伊藤永之介, 1903~1959) (상)188~**89**, 191~92, 221~22/
 (하)263

호리 다쓰오(堀辰雄, 1904~1953)　(상)41, 53, 63, 73, 75, 77~81, 91, 127, 156~58, 184~**85**, 293~94, 355, 362/(하)259, 262, 265

호소노 고지로(細野孝二郎, 1901~1977)　(상)195, 198

호소이 와키조(細井和喜藏, 1897~1925)　(상)13/(하)256

호시 신이치(星新一, 1926~)　(하)18, 274

호조 다미오(北條民雄, 1914~1937)　(상)144, 191, 200/(하)262

혼다 슈고(本多秋五, 1908~)　(상)129, 139, 178, **257**~60, 263, 265, **268**~72, 274~76, 285, 332, 336, 338, 344/(하)40~41, 176, 182, 246, **248**, 272, 274~75, **288**

혼조 무쓰오(本庄陸男, 1905~1939)　(상)86, 195~99, **208**, 221/(하)264

홋타 쇼이치(堀田昇一, 1903~)　(상)198, 208

홋타 요시에(堀田善衛, 1918~)　(상)256, 267/(하)15, 30~31, **92**, 106, 135/(하)177, 271, 274, 275, 281, 290

후나바시 세이이치(舟橋聖一, 1904~1976)　(상)54, 76, 88, 92, 127, 130, **139**~42, 187~88/(하)23~24, 93, 261, 269

후루야마 고마오(古山高麗雄, 1920~)　(하)**70**, 204, **206**

후루이 요시키치(古井由吉, 1937~)　(하)17, 114, 117, **119**~20, **132**~33, 173, 281, 287

후마 모토히코(夫馬基彦, 1943~)　(하)**234**

후지 마사하루(富士正晴, 1913~1987)　(하)**205**

후지모리 데루노부(藤森照信, 1946~)　(하)227

후지모리 세이키치(藤森成吉, 1892~1977)　(상)29, 38, 221/(하)256~57

후지사와 다케오(藤澤桓夫, 1904~1989)　(상)35, 53~54, 58, 78, 87, 91

후지사와 요시오(藤澤令夫, 1925~)　(하)136

후지에다 시즈오(藤枝靜男, 1908~)　(상)**344**~47/(하)15, **75**, 116, 181~**82**

후지와라 사다무(藤原定, 1905~1990)　(상)138, 195

후지카와 에이지로(富士川英郎, 1909~)　(하)135

후카다 규야(深田久彌, 1903~1971)　(상)52, 77~80, 127, 188, 219

후카사와 시치로(深澤七郎, 1914~1987)　(하)16, **34**~35, **90**~92, 274, 276, 286, 289

후카이 시로(深井史郎, 1907~1959)　(상)219

후쿠나가 다케히코(福永武彦, 1918~1979)　(상)256, 262, 267, 270~71, 294,

353~**55**, **361**~64/(하)15, 30, 42, **55**~56, 61, 115, 268~69, 272, 278~80

후쿠다 기요토(福田淸人, 1904~) (상)152, 188, 222~23

후쿠다 마사오(福田正夫, 1893~1952) (상)13

후쿠다 쓰네아리(福田恒存, 1912~1994) (하)19, 32~33, 40, 249, 269, 270, 273, 276

후쿠하라 린타로(福原麟太郎, 1894~1981) (하)32, 136

후타바테이 시메이(二葉亭四迷, 1864~1909) (상)304/(하)165, 247, 274

히구치 이치요(樋口一葉, 1872~1896) (하)99, 182, 226

히노 게이조(日野啓三, 1929~1994) (상)178/(하)**155**~58, 287, 291

히노 소조(日野草城, 1901~1956) (상)109

히노 아시헤이(火野葦平, 1907~1960) (상)54, 192, 200, **217**~20, 229, 275, 281~**82**, 285/(하)263, 270

히라노 겐(平野謙, 1907~1978) (상)**11**, 64, 67, 136, 139, 151, 154, 157, 196, 198, 257, **261**~67, 275, **279**~83, 285, 287, 293~94, 300, 344, 379/(하)**40**~42, 134, 177, 182, 245, 247, 249~50, 269, 274~75

히라바야시 다이코(平林たい子, 1905~1972) (상)30~31, 56, 69, 91/(하)257, 273

히라바야시 에이코(平林英子, 1902~) (상)197

히라바야시 하쓰노스케(平林初之輔, 1893~1931) (상)14, 29, 84/(하)254, 258

히라바야시 효고(平林彪吾, 1903~1939) (상)196~99, **208**

히라사와 게이시치(平澤計七, 1889~1923) (상)15, 25

히라오카 도쿠요시(平岡篤賴, 1929~) (하)151

히라타 고로쿠(平田小六, 1903~1976) (상)195

히라토 렌키치(平戸廉吉, 1893~1922) (하)254

히라하타 세이토(平畑靜塔, 1905~) (하)281

히로쓰 가즈오(廣津和郎, 1891~1968) (상)55, 69, 86, 127, 129, **132**~36, 151~52, 178~**79**, 198, 223, **284**~85, **300**~05/(하)272

히로타 고키(廣田弘毅, 1878~1948) (하)215

히로히토(裕人, 1901~1989) (상)249~50/(하)**137**~39, 141

히비노 시로(日比野士朗, 1903~1975) (상)218

히사마쓰 센이치(久松潛一, 1894~1976) (하)262

히사오 주란(九生十蘭, 1902~1957) (하)15

히사이타 에이지로(久板榮二郎, 1898~1976)　(상)54, **190**/(하)263

히시야마 슈조(菱山修三, 1909~1967)　(상)207

히지가타 요시(土方與志, 1898~1959)　(상)36, 38, 83

히카리 아가타(干刈**あがた**, 1943~)　(하)**241**, 290

김대중(金大中, 1925~)　(하)282

김동환(金東煥, 1901~?)　(상)224

김문집(金文輯, 1909~?)　(상)224

김사량(金史良, 1914~1950)　(상)192

김석범(金石範, 1925~)　(하)18, 217, **220**~21, 284, 291

김지하(金芝河, 1941~)　(하)281~84

김학영(金鶴泳, 1938~1985)　(하)18, 71, **234**

마해송(馬海松, 1905~1966)　(상)224

박　열(朴　烈, 1902~1974)　(하)95

박영희(朴英熙, 1901~?)　(상)224

박정희(朴正熙, 1917~1979)　(하)286

윤석중(尹石重, 1911~)　(상)224

이광수(李光洙, 1892~?) = 가야마 미쓰로(香山光郎)　(상)**224**~26

이기영(李箕永, 1896~?)　(상)224/(하)272

이승만(李承晚, 1875~1965)　(하)157, 275

이양지(李良枝, 1955~1994)　(하)236, 292

이태준(李泰俊, 1904~?)　(상)**225**

이회성(李恢成, 1935~)　(하)18, 71, 217, **221**, 280~81

장혁주(張赫宙, 1905~) = 노구치 미노루(野口稔)　(상)223

정인섭(鄭寅燮, 1905~1983)　(상)224

주요한(朱耀翰, 1900~1980)　(상)224

최남선(崔南善, 1890~1957)　(상)224

최인훈(崔仁勳, 1936~)　(하)276

최재서(崔載瑞, 1908~1964)　(상)225

덩사요핑(鄧小平, 1904~1997)　(하)195

도연명(陶淵明, 365~427)　(하)51

루쉰(魯迅, 1881~1936) (하)254, 262
마오쩌둥(毛澤東, 1893~1976) (하)284
쑨원(孫文, 1866~1925) (하)255
주언라이(周恩來, 1896~1976) (하)284
칭기스칸(成吉思汗, 1162~1227) (하)104

게링 R. Goering. (하)36
게오르규 Virgil. Gheorghiu (하)270
고골리 Nikolaj V. Gogol'. (하)119
고르바초프 M. S. Gorbachev (하)290
골딩 W. Golding (하)272, 287
괴델 K. Gödel. (하)149
괴테 J. W. von. Goethe (상)306, 369/(하)156
귀츠라프 K. F. Gütslaff (하)208
귄터 그라스 Günter Grass (하)210, 275
그린 G. Green (하)263, 265, 269
네루다 P. Neruda (하)255
노자크 H. E. Nossack (하)210
닉슨 R. Nixon (하)283
더렐 L. G. Durrell (하)274
데카르트 R. Decartes (상)110
도스토예프스키 F. M. Dostoevskij (상)47, 80, 138, 313/(하)144, 155~56, 178
도스 페소스 J. Dos Passos (하)259, 281
뒤라스 M. Duras (하)289
뒤아멜 G. Duhamel (하)253
드라이저 T. Dreiser (하)256
딜란 토마스 D. M. Thomas (하)265, 267
라디게 R. Radiguet (상)46
라스키 H. J. Laski (하)266
랭보 A. Rimbaud (상)78, 80
레닌 N. Lenin (상)295
레마르크 E. M. Remarque (상)47/(하)258, 267

강전엽자(岡田嘉子)　오카다 요시코

강전융언(岡田隆彦)　오카다 다카히코

강전정자(岡田禎子)　오카다 데이코

강전팔천대(岡田八千代)　오카다 야치요

강창천심(岡倉天心)　오카쿠라 덴신

강호천란보(江戶川亂步)　에도가와 란포

개고건(開高健)　가이코 다케시

개천용지개(芥川龍之介)　아쿠타가와 류노스케

건산박사(鍵山博史)　가기야마 히로시

견양건(犬養健)　이누카이 다케루

견양의(犬養毅)　이누카이 쓰요시

견연전자(見延典子)　미노베 노리코

견전묘(犬田卯)　이누타 시게루

견전연일(鑓田硏一)　야리타 겐이치

결성신일(結城信一)　유키 신이치

경치인(耕治人)　고 하루토

계리언(堺利彦)　사카이 도시히코

계춘단치(桂春團治)　가쓰라 하루단지

고견순(高見順)　다카미 준

고관우이(古關祐而)　고세키 유지

고교규일랑(高橋揆一郎)　다카하시 기이치로

고교다카자(高橋たか子)　다카하시 다카코

고교목랑(高橋睦郎)　다카하시 무쓰오

고교삼천강(高橋三千綱)　다카하시 미치쓰나

고교신길(高橋新吉)　다카하시 신키치

고교영부(高橋英夫)　다카하시 히데오

고교원일랑(高橋源一郎)　다카하시 겐이치로

고교창남(高橋昌男)　다카하시 마사오

고교화사(高橋和巳)　다카하시 가즈미

고목빈광(高木彬光)　다카기 아키미쓰

고목탁(高木卓)　다카기 다쿠

고빈허자(高浜虛子)　다카하마 교시

고산고려웅(古山高麗雄) 후루야마 고마오

고성수삼(高城修三) 다키 슈조

고수노부자(高樹のぶ子) 다카기 노부코

고야소십(高野素十) 다카노 스주

고전보(高田保) 다카타 다모쓰

고정유길(古井由吉) 후루이 요시키치

고정유일(高井有一) 다카이 유이치

고촌광태랑(高村光太郎) 다카무라 고타로

곡기윤일랑(谷崎潤一郎) 다니자키 준이치로

곡기정이(谷崎精二) 다니자키 세이지

곡양차(谷讓次) 다니 조지

곡정마금(曲亭馬琴) 교쿠테이 바킨

곡천안(谷川雁) 다니가와 간

곡천준태랑(谷川俊太郎) 다니카와 슌타로

곡천철삼(谷川徹三) 다니카와 데쓰조

공해(空海) 구카이

관구차랑(關口次郎) 세키구치 지로

관근홍(關根弘) 세키네 히로시

관야수하자(管野須賀子) 스가노 스가코

관야정남(菅野正男) 스가노 마사오

관충웅(管忠雄) 스가 다다오

광전홍의(廣田弘毅) 히로타 고키

광진화랑(廣津和郎) 히로쓰 가즈오

괘수실(絓秀實) 스가 히데미

교본영길(橋本英吉) 하시모토 에이키치

교천문삼(橋川文三) 하시카와 분조

구귀주조(九鬼周造) 구키 슈조

구미정웅(久米正雄) 구메 마사오

구보영(久保榮) 구보 사카에

구보전만태랑(久保田万太郎) 구보타 만타로

구보전정문(久保田正文) 구보타 마사후미

구생십란(九生十蘭) 히사오 주란

구송잠일(久松潛一)　히사마쓰 센이치
구야풍언(久野豊彦)　구노 도요히코
구정길견(臼井吉見)　우스이 요시미
구판영이랑(久板榮二郎)　히사이타 에이지로
국목전독보(國木田獨步)　구니키다 돗포
국전균(菊田均)　기쿠타 히토시
국전일부(菊田一夫)　기쿠다 가즈오
국지관(菊池寬)　기쿠치 간
국지사랑(國枝史郎)　구니에다 시로
군사차랑정(群司次郎正)　군지 지로마사
굴구대학(堀口大學)　호리구치 다이가쿠
굴전선위(堀田善衛)　홋타 요시에
굴전승일(堀田昇一)　홋타 쇼이치
굴진웅(堀辰雄)　호리 다쓰오
궁기시정(宮崎市定)　미야자키 이치사다
궁내승전(宮內勝典)　미야우치 가쓰스케
궁내풍(宮內豊)　미야우치 유타카
궁내한미(宮內寒彌)　미야우치 간야
궁도자부(宮嶋資夫)　미야지마 스케오
궁미등미자(宮尾登美子)　미야오 도미코
궁본백합자(宮本百合子)　미야모토 유리코
궁본연(宮本研)　미야모토 겐
궁본현치(宮本顯治)　미야모토 겐지
궁본휘(宮本輝)　미야모토 데루
궁성음미(宮城音彌)　미야기 오토야
궁원소부(宮原昭夫)　미야하라 아키오
궁지가육(宮地嘉六)　미야치 가로쿠
궁택적황남(宮澤赤黃男)　도미자와 가키오
궁택현치(宮澤賢治)　미야자와 겐지
권천지온(蜷川智蘊)　니나가와 지운
귀사산치(貴司山治)　기시 야마지
귀정수웅(龜井秀雄)　가메이 히데오

귀정승일랑(龜井勝一郎)　가메이 가쓰이치로
귤홍일랑(橘弘一郎)　다치바나 히로이치로
근강곡동(近江谷駒)　오미야 고마키
근등계태랑(近藤啓太郎)　곤도 게이타로
근등동(近藤東)　곤도 아즈마
근등방미(近藤芳美)　곤도 요시미
근등춘치(近藤春雄)　곤도 하루오
근송문좌위문(近松門左衛門)　지카마쓰 몬자에몬
근송추강(近松秋江)　지카마쓰 슈코
근위문마(近衛文麿)　고노에 후미마로
근택광치랑(芹澤光治郎)　세리자와 고지로
금동광(今東光)　곤 도코
금서금사(今西錦司)　이마니시 긴지
금야현삼(今野賢三)　이마노 겐조
금일출해(今日出海)　곤 히데미
금자광청(金子光晴)　가네코 미쓰하루
금자문자(金子文子)　가네코 후미코
금자양문(金子洋文)　가네코 요분
금정미혜자(金井美惠子)　가나이 미에코
금화차랑(今和次郎)　곤 와지로
기관지(紀貫之)　기노 쓰라유키
기산유일(崎山猷逸)　사키야마 유이쓰
기전광일(磯田光一)　이소다 고이치
길강실(吉岡實)　요시오카 미노루
길본바나나(吉本ばなな)　요시모토 바나나
길본융명(吉本隆明)　요시모토 다카아키
길야원삼랑(吉野源三郎)　요시노 겐자부로
길옥신자(吉屋信子)　요시야 노부코
길원행자(吉原幸子)　요시하라 사치코
길전건일(吉田健一)　요시다 겐이치
길전겸길(吉田謙吉)　요시다 겐키치
길전동양(吉田東洋)　요시다 도요

길전송음(吉田松陰) 요시다 쇼인
길전일수(吉田一穗) 요시다 잇스이
길전정일(吉田精一) 요시다 세이이치
길전지자(吉田知子) 요시다 도모코
길정용(吉井勇) 요시이 이사무
길증강조(吉增剛造) 요시마스 고조
길천영치(吉川英治) 요시카와 에이지
길천행차랑(吉川幸次郎) 요시카와 고지로
길촌소(吉村昭) 요시무라 아키라
길촌철태랑(吉村鐵太郎) 요시무라 데쓰타로
길행리혜(吉行理惠) 요시유키 리에
길행순지개(吉行淳之介) 요시유키 준노스케
길행영조(吉行榮助) 요시유키 에이스케

나가태랑(那珂太郎) 나카 다로
나가효평(那珂孝平) 나가 고헤이
남목계사(南木桂士) 나기 게이시
남부수태랑(南部修太郎) 난부 슈타로
남신방(南伸坊) 미나미 신보
남천윤(南川潤) 미나미카와 준
남행부(南幸夫) 미나미 유키오
내목희전(乃木希典) 노기 마레스케
내전백한(內田百閒) 우치다 햣켄
내촌감삼(內村鑑三) 우치무라 간조
녹지긍(鹿地亘) 가지 와타루
능산수삼(菱山修三) 히시야마 슈조

다전유계(多田裕計) 다다 유케이
단우문웅(丹羽文雄) 니와 후미오
단일웅(檀一雄) 단 가즈오
당목순삼(唐木順三) 가라키 준조
당십랑(唐十郎) 가라 주로

대강건삼랑(大江健三郎) 오에 겐자부로

대강만웅(大江滿雄) 오에 미쓰오

대강승평(大岡昇平) 오오카 쇼헤이

대강신(大岡信) 오오카 마코토

대곡등자(大谷藤子) 오타니 후지코

대관(大觀) 다이칸

대구보언좌위문(大久保彦左衛門) 오쿠보 히코자에몬

대구보전부(大久保典夫) 오쿠보 쓰네오

대내병위(大內兵衛) 오우치 효에

대도저(大島渚) 오시마 나기사

대록탁(大鹿卓) 오시카 다쿠

대림청(大林淸) 오바야시 기요시

대목돈부(大木惇夫) 오키 아쓰오

대불차랑(大佛次郎) 오사라기 지로

대산욱부(大山郁夫) 오야마 이쿠오

대삼영(大杉榮) 오스기 사카에

대삼의태랑(大森義太郎) 오모리 기타로

대서거인(大西巨人) 오니시 교진

대성입유(大城立裕) 오시로 다쓰히로

대수춘언(大藪春彦) 오야부 하루히코

대야임화(大野林火) 오노 린카

대원부지(大原富枝) 오하라 도미에

대전양자(大田洋子) 오타 요코

대정광개(大井廣介) 오이 히로스케

대정미나자(大庭みな子) 오바 미나코

대택장일(大宅壯一) 오야 소이치

대하내전차랑(大河內傳次郎) 오코치 덴지로

대하우타아(大下宇陀兒) 오시타 우다루

덕부소봉(德富蘇峰) 도쿠토미 소호

덕영직(德永直) 도쿠나가 스나오

덕전구일(德田球一) 도쿠다 규이치

덕전추성(德田秋聲) 도쿠다 슈세이

도기등촌(島崎藤村) 시마자키 도손
도목건작(島木健作) 시마키 겐사쿠
도목적언(島木赤彦) 시마기 아카히코
도미민웅(島尾敏雄) 시마오 도시오
도변광사(渡邊廣士) 와타나베 히로시
도변순삼(渡邊順三) 와타나베 준조
도변순일(渡邊淳一) 와타나베 준이치
도변하정(渡邊霞亭) 와타나베 가테이
도변화산(渡邊崋山) 와타나베 가잔
도본구혜(島本久惠) 시마모토 히사에
도원(道元) 도겐
도원달랑(稻垣達郎) 이나가키 다쓰로
도원족수(稻垣足穗) 이나가키 다루호
도전수이(島田修二) 시마다 슈우지
도전아언(島田雅彦) 시마다 마사히코
도전청차랑(島田淸次郎) 시마다 세이지로
도중붕이(嶋中鵬二) 시마나카 호지
도중웅작(嶋中雄作) 시마나카 유사쿠
도촌이정(島村利正) 시마무라 도시마사
도홍지(島弘之) 시마 히로유키
동방지공(棟方志功) 무네카타 시코
동산습(桐山襲) 기리야마 가사네
동야변훈(東野邊薰) 도노베 가오루
동전박(棟田博) 무네타 히로시
등삼성길(藤森成吉) 후지모리 세이키치
등삼조신(藤森照信) 후지모리 데루노부
등원정(藤原定) 후지와라 사다무
등전덕태랑(藤田德太郎) 후지다 도쿠타로
등지정남(藤枝靜男) 후지에다 시즈오
등택영부(藤澤令夫) 후지사와 요시오
등택환부(藤澤桓夫) 후지사와 다케오

려기파향(蠣崎波響) 가키자쿄 하쿄
로택맹(鷺澤萌) 사기사와 메구무
롱구무사(瀧口武士) 다키구치 다케시
롱구수조(瀧口修造) 다키구치 슈조
롱구직태랑(瀧口直太郎) 다키구치 나오타로
롱정효작(瀧井孝作) 다키이 고사쿠
뢰산양(賴山陽) 라이 산요
뢰소무수(瀨沼茂樹) 세누마 시게키
뢰호내청미(瀨戶內晴美) 세토우치 하루미
리견돈(理見弴) 사토미 돈
리촌흔삼(里村欣三) 사토무라 긴조

마연양사(馬淵量司) 마부치 료지
마장아키자(馬場あき子) 바바 아키코
매기춘생(梅崎春生) 우메자키 하루오
명석철야(明石鐵也) 아카시 데쓰야
명왕마사자(冥王まさ子) 메이오 마사코
명지광수(明智光秀) 아케치 미쓰히데
목기사토자(木崎さと子) 기자키 사토코
목산첩평(木山捷平) 기야마 쇼헤이
목야길청(牧野吉晴) 마키노 요시하루
목야신일(牧野信一) 마키노 신이치
목일마(牧逸馬) 마키 이쓰마
목촌의(木村毅) 기무라 기
목촌장삼랑(木村庄三郎) 기무라 쇼자부로
목하공태랑(木下杢太郎) 기노시타 모쿠타로
목하순이(木下順二) 기노시타 준지
몽야구작(夢野久作) 유메노 규사쿠
무등직치(武藤直治) 무토 나오하루
무자소로실독(武者小路實篤) 무샤노코지 사네아쓰
무전린태랑(武田麟太郎) 다케다 린타로
무전신현(武田信玄) 다케다 신겐

무전태순(武田泰淳) 다케다 다이준
미기사랑(尾崎士郎) 오자키 시로
미기수수(尾崎秀樹) 오자키 호쓰키
미기일웅(尾崎一雄) 오자키 가즈오
미기취(尾崎翠) 오자키 미도리
미기홍엽(尾崎紅葉) 오자키 고요
미기희팔(尾崎喜八) 오자키 기하치
미내광정(米內光政) 요나이 미쓰마사
미농부달길(美濃部達吉) 미노베 다쓰키치
미목강(梶木剛) 가지키 고
미산계지(梶山季之) 가지야마 도시유키
미십극언(尾辻克彦) 오쓰지 가쓰히코
미정기차랑(梶井基次郎) 가지이 모토지로
미죽홍길(尾竹紅吉) 오다케 베니요시
미형명자(尾形明子) 오가타 아키코

반도경일(飯島耕一) 이지마 고이치
반도정(飯島正) 이지마 다다시
반전사홀(飯田蛇笏) 이다 다코쓰
반전신부(飯田信夫) 이다 노부오
반전용태(飯田龍太) 이다 류타
반전의지(半田義之) 한다 요시유키
반택광(飯澤匡) 이자와 다다스
방하단(芳賀檀) 하가 마유미
방하철(芳賀徹) 하가 도오루
백뢰길랑(百瀨吉郎) 모모세 요시로
백원병삼(柏原兵三) 가시와바라 효조
백정교이(白井喬二) 시라이 교지
백조성오(白鳥省吾) 시라토리 쇼고
별역실(別役實) 베쓰야쿠 미노루
병곡행인(柄谷行人) 가라타니 고진
보고덕장(保高德藏) 야스타카 도쿠조

보전여중랑(保田與重郎) 야스다 요주로
보창정부(保昌正夫) 호쇼 마사오
복부달(服部達) 핫토리 다쓰
복영무언(福永武彦) 후쿠나가 다케히코
복원린태랑(福原麟太郎) 후쿠하라 린타로
복전정부(福田正夫) 후쿠다 마사오
복전청인(福田淸人) 후쿠다 기요토
복전항존(福田恒存) 후쿠다 쓰네아리
본거선장(本居宣長) 모토오리 노리나가
본다추오(本多秋五) 혼다 슈고
본장육남(本庄陸男) 혼조 무쓰오
부강다혜자(富岡多惠子) 도미오카 다에코
부강행일랑(富岡幸一郎) 도미오카 고이치로
부노택인태랑(富ノ澤麟太郎) 도미노사와 린타로
부마기언(夫馬基彦) 후마 모토히코
부본일지(富本一枝) 도미모토 가즈에
부본헌길(富本憲吉) 도미모토 겐키치
부사정청(富士正晴) 후지 마사하루
부사천영랑(富士川英郎) 후지카와 에이지로
부안풍생(富安風生) 도미야스 후세이
부영태랑(富永太郎) 도미나가 다로
부택유위남(富澤有爲男) 도미자와 우이오
부택적황남(富澤赤黃男) 도미자와 가키오
북두부(北杜夫) 기타 모리오
북림투마(北林透馬) 기타바야시 도마
북원극위(北園克衛) 기타조노 가쓰에
북원무부(北原武夫) 기타하라 다케오
북원백추(北原白秋) 기타하라 하쿠슈
북일휘(北一輝) 기타 잇키
북조민웅(北條民雄) 호조 다미오
북천동언(北川冬彥) 기타가와 후유히코
북촌소송(北村小松) 기타무라 고마쓰

북촌수부(北村壽夫) 기타무라 히사오
북촌태랑(北村太郎) 기타무라 다로
북천투(北川透) 기타가와 도오루
북촌투곡(北村透谷) 기타무라 도코쿠
빈구웅행(浜口雄幸) 하마구치 오사치
빈본호(浜本浩) 하마모토 히로시
빈전광개(浜田廣介) 하마다 히로스케

사강봉부(寺岡峰夫) 데라오카 미네오
사마요태랑(司馬遼太郎) 시바 료타로
사방전견언(四方田犬彦) 요모타 이누히코
사사키 후사(ささき・ふさ) 사사키 후사
사산수사(寺山修司) 데라야마 슈지
사수(司修) 쓰카사 오사무
사자문육(獅子文六) 시시 분로쿠
사전인언(寺田寅彦) 데라다 도라히코
사전투(寺田透) 데라다 도오루
산강장팔(山岡莊八) 야마오카 소하치
산구동(山口瞳) 야마구치 히토미
산구서자(山口誓子) 야마구치 세이시
산구창남(山口昌男) 야마구치 마사오
산기정화(山崎正和) 야마자키 마사카즈
산기풍자(山崎豊子) 야마자키 도요코
산내용당(山內容堂) 야마노우치 요도
산내의웅(山內義雄) 야마노우치 요시오
산내풍신(山內豊信) 야마노우치 도요시게
산대읍(山代巴) 야마시로 도모에
산본건길(山本健吉) 야마모토 겐키치
산본도자(山本道子) 야마모토 미치코
산본선치(山本宣治) 야마모토 센지
산본실언(山本實彦) 야마모토 사네히코
산본안영(山本安英) 야마모토 야스에

산본오십육(山本五十六) 야마모토 이소로쿠
산본유삼(山本有三) 야마모토 유조
산본주오랑(山本周五郎) 야마모토 슈고로
산전청삼랑(山田淸三郎) 야마다 세이자부로
산본태랑(山本太郎) 야마모토 다로
산상억량(山上憶良) 야마노우에노 오쿠라
산실정(山室靜) 야마무로 시즈카
산안외사(山岸外史) 야마기시 가이시
산전순자(山田順子) 야마다 슌코
산전임(山田稔) 야마다 미노루
산전장정(山田長政) 야마다 나가마사
산전지언(山田智彦) 야마다 도모히코
산전풍태랑(山田風太郎) 야마다 후타로
산전효웅(山田孝雄) 야마다 요시오
산정영미(山田詠美) 야마다 에이미
산중봉태랑(山中峯太郎) 야마나카 미네타로
산천건일(山川健一) 야마카와 겐이치
산천국영(山川菊榮) 야마카와 기쿠에
산천균(山川均) 야마카와 히토시
산천등미자(山川登美子) 야마카와 도미코
산천미천지(山川彌千枝) 야마카와 야치에
산천방부(山川方夫) 야마카와 마사오
삼구외(森鷗外) 모리 오가이
삼내준웅(森內俊雄) 모리우치 도시오
삼도유기부(三島由紀夫) 미시마 유키오
삼돈(森敦) 모리 아쓰시
삼례자(森禮子) 모리 레이코
삼만기자(森万紀子) 모리 마키코
삼말리(森茉莉) 모리 마리
삼목청(三木淸) 미키 기요시
삼목탁(三木卓) 미키 다쿠
삼본양길(杉本良吉) 스기모토 료키치

삼본장부(杉本長夫) 스기모토 나가오
삼본충(森本忠) 모리모토 주
삼본훈(森本薫) 모리모토 가오루
삼산계(森山啓) 모리야마 게이
삼산무시랑(森山武市郎) 모리야마 다케이치로
삼산평조(森山平助) 스기야마 헤이스케
삼상어토길(三上於菟吉) 미카미 오토키치
삼삼천대(森三千代) 모리 미치요
삼선삼(森銑三) 모리 센조
삼전성광(三田誠廣) 미타 마사히로
삼전초평(森田草平) 모리타 소헤이
삼전필승(森田必勝) 모리타 힛쇼
삼지화자(三枝和子) 사에구사 가즈코
삼징웅(森澄雄) 모리 스미오
삼촌성일(森村誠一) 모리무라 세이이치
삼택기삼랑(三宅幾三郎) 미야케 이쿠사부로
삼택설령(三宅雪嶺) 미야케 세쓰레이
삼택야스자(三宅やす子) 미야케 야스코
삼포능자(三浦綾子) 미우라 아야코
삼포명평(杉浦明平) 스기우라 민페이
삼포아사(三浦雅士) 미우라 마사시
삼포주문(三浦朱門) 미우라 슈몬
삼포철랑(三浦哲郎) 미우라 데쓰오
삼포청굉(三浦晴宏) 미우라 기요히로
삼호달치(三好達治) 미요시 다쓰지
삼호십랑(三好十郎) 미요시 주로
삼호풍일랑(三好豊一郎) 미요시 도요이치로
삽천효(澁川驍) 시부카와 교
삽택용언(澁澤龍彦) 시부사와 다쓰히코
삽택효보(澁澤孝輔) 시부사와 다카스케
상림효(上林曉) 간바야시 아카쓰키
상마어풍(相馬御風) 소마 교후

상사소검(上司小劍) 가미쓰카사 쇼켄
상삼길(峠三吉) 도우게 산키치
상야장부(上野壯夫) 우에노 다케오
상원무부(桑原武夫) 구와바라 다케오
상전광(上田廣) 우에다 히로시
상전민(上田敏) 우에다 빈
상전민웅(上田敏雄) 우에다 도시오
상전삼사이(上田三四二) 우에다 미요지
상전추성(上田秋成) 우에다 아키나리
상천수신(上泉秀信) 가미이즈미 히데노부
색천무대(色川武大) 이로카와 다케히로
서곡계치(西谷啓治) 니시타니 게이지
서미간이(西尾幹二) 니시오 간지
서야진길(西野辰吉) 니시노 다쓰키치
서조팔십(西條八十) 사이조 야소
서천만(西川滿) 니시카와 미쓰루
서촌양길(西村陽吉) 니시무라 요키치
서촌효차(西村孝次) 니시무라 고지
서향신강(西鄕信綱) 사이고 노부쓰나
서협순삼랑(西脇順三郎) 니시와키 준자부로
석광보(石光葆) 이시미쓰 시게루
석빈금작(石浜金作) 이시하마 긴사쿠
석상현일랑(石上玄一郎) 이시가미 겐이치로
석원린(石垣りん) 이시가키 린
석원신태랑(石原愼太郎) 이시하라 신타로
석원유차랑(石原裕次郎) 이시하라 유지로
석전파향(石田波鄕) 이시다 하쿄
석천달삼(石川達三) 이시카와 다쓰조
석천무미(石川武美) 이시카와 다케요시
석천삼사랑(石川三四郎) 이시카와 산시로
석천순(石川淳) 이시카와 준

석초공(釋迢空) 샤쿠 조쿠
석총우이(石塚友二) 이시즈카 도모지
석총희구삼(石塚喜久三) 이시즈카 기쿠조
석판양차랑(石坂洋次郎) 이시자카 요지로
석화응(石和鷹) 이사와 다카
성뢰정승(成瀨正勝) 나루세 마사카쓰
성산삼랑(城山三郎) 시로야마 사부로
성신일(星新一) 호시 신이치
성전충구(成田忠久) 나리타 주큐
세정화희장(細井和喜藏) 호소이 와키조
세호효이랑(細野孝二郎) 호소노 고지로
소궁산명민(小宮山明敏) 고미야마 아키토시
소궁풍융(小宮豊隆) 고미야 도요타카
소도신부(小島信夫) 고지마 노부오
소도욱(小島勗) 고지마 쓰토무
소도정이랑(小島政二郎) 고지마 마사지로
소도휘정(小島輝正) 고지마 데루마사
소림공이(小林恭二) 고바야시 교지
소림다희이(小林多喜二) 고바야시 다키지
소림수웅(小林秀雄) 고바야시 히데오
소림신언(小林信彦) 고바야시 노부히코
소목근강(小牧近江) 고마키 오미
소미십삼(小尾十三) 오비 주조
소산구이랑(小山久二郎) 오야마 히사지로
소산내훈(小山內薰) 오사나이 가오루
소산이토자(小山いと子) 고야마 이토코
소서행장(小西行長) 고니시 유키나가
소소단(小沼丹) 오누마 단
소송좌경(小松左京) 고마쓰 사쿄
소송청(小松淸) 고마쓰 기요시
소야강인(小野康人) 오노 야스히토
소야송이(小野松二) 오노 마쓰지

소야십삼랑(小野十三郎) 오노 도자부로

소웅수웅(小熊秀雄) 오구마 히데오

소유산박(小檜山博) 고히야마 하쿠

소율충태랑(小栗蟲太郎) 오구리 무시타로

소전실(小田實) 오다 마코토

소전악부(小田嶽夫) 오다 다케오

소전인이랑(小田仁二郎) 오다 진지로

소전절수웅(小田切秀雄) 오다기리 히데오

소전절진(小田切進) 오다기리 스스무

소주정불목(小酒井不木) 고자카이 후보쿠

소진안이랑(小津安二郎) 오즈 야스지로

소천국부(小川國夫) 오가와 구니오

소천미명(小川未明) 오가와 미메이

소천양(小泉譲) 고이즈미 유즈루

소천청양(小川晴暘) 오가와 세이요

소천팔운(小泉八雲) 고이즈미 야쿠모

소출유중(小出楢重) 고이데 나라시게

송미파초(松尾芭蕉) 마쓰오 바쇼

송본건일(松本健一) 마쓰모토 겐이치

송본정웅(松本正雄) 마쓰모토 마사오

송본청장(松本淸張) 마쓰모토 세이초

송본학(松本學) 마쓰모토 가쿠

송본홍이(松本弘二) 마쓰모토 고지

송영오일(松永伍一) 마쓰나가 고이치

송원신일(松原新一) 마쓰바라 신이치

송포리영자(松浦理英子) 마쓰우라 리에코

수상면(水上勉) 미즈카미 쓰토무

수상용태랑(水上龍太郎) 미나카미 다키타로

수원추앵자(水原秋櫻子) 미즈하라 슈오시

수총부웅(手塚富雄) 데즈카 도미오

수품춘수(水品春樹) 미즈시나 하루키

승본청일랑(勝本淸一郎) 가쓰모토 세이이치로

시기탄(矢崎彈) 야자키 단
시내원충웅(矢內原忠雄) 야나이하라 다다오
시대정일(矢代靜一) 야시로 세이이치
시본인마려(柿本人麻呂) 가키노모토노 히토마로
시전삽운(矢田揷雲) 야다 소운
시전상(柴田翔) 시바타 쇼
시전연삼랑(柴田錬三郎) 시바타 렌자부로
시전진세자(矢田津世子) 야다 쓰세코
시천위웅(市川爲雄) 이치카와 다메오
식곡웅고(埴谷雄高) 하니야 유타카
신거격(新居格) 니이 이타루
신근시자(神近市子) 가미치카 이치코
신도효(辛島驍) 가라시마 쓰요시
신미남길(新美南吉) 니이미 난키치
신보광태랑(神保光太郎) 진보 고타로
신산윤(榊山潤) 사카키야마 준
신서청(神西淸) 진자이 기요시
신원태(神原泰) 간바라 다이
신전윤(新田潤) 닛타 준
신전차랑(新田次郎) 닛타 지로
신전희일랑(神田喜一郎) 간다 기이치로
신정만(新井滿) 아라이 만
신정철(新井徹) 아라이 데쓰
실생서성(室生犀星) 무로 사이세이
실생조자(室生朝子) 무로 아사코
심전구미(深田久彌) 후카다 규야
심정사랑(深井史郎) 후카이 시로
심택칠랑(深澤七郎) 후카사와 시치로
십방생(辻邦生) 쓰지 구니오
십윤(辻潤) 쓰지 준
십일곡의삼랑(十一谷義三郎) 주이치야 기사부로
십정교(辻井喬) 쓰지 다카시

십화전조(十和田操) 도와다 미사오
쓰카 고우헤이(つか こうへい) 쓰카 고헤이

아부소(阿部昭) 아베 아키라
아부육랑(阿部六郎) 아베 로쿠로
아부지이(阿部知二) 아베 도모지
아옥융야(兒玉隆也) 고다마 다카야
아좌전철야(阿佐田哲也) 아사다 데쓰야
아천홍지(阿川弘之) 아가와 히로유키
아천황(雅川滉) 쓰네카와 히로시
아파야청무(阿波野青畝) 아와노 세이호
악진야(岳眞也) 가쿠 신야
안강장태랑(安岡章太郎) 야스오카 쇼타로
안동차남(安東次男) 안도 쓰구오
안등원웅(安藤元雄) 안도 모토오
안부공방(安部公房) 아베 고보
안부기웅(安部磯雄) 아베 이소오
안부능성(安部能成) 아베 요시시게
안서균(安西均) 안자이 히토시
안서동위(安西冬衛) 안자이 후유에
안예유자(安藝柚子) 아키 유코
안전국사(岸田國士) 기시다 구니오
안전무(安田武) 야스다 다케시
안전수(岸田秀) 기시다 슈
암교방지(岩橋邦枝) 이와하시 구니에
암등설부(岩藤雪夫) 이와토 유키오
암상순일(岩上順一) 이와카미 준이치
암전굉(岩田宏) 이와타 히로시
암전도웅(岩田道雄) 이와타 미쓰요시
십전풍웅(岩田豊雄) 이와타 도요
암창정치(岩倉政治) 이와쿠라 마사지
암파무웅(岩波茂雄) 이와나미 시게오

암판혜자(岩阪惠子)　이와사카 게이코
앵전상구(櫻田常久)　사쿠라다 쓰네히사
야간굉(野間宏)　노마 히로시
야간청치(野間淸治)　노마 세이지
야구무언(野口武彦)　노구치 다케히코
야구미차랑(野口米次郎)　노구치 요네지로
야구부사남(野口富士男)　노구치 후지오
야구우정(野口雨情)　노구치 우조
야상미생자(野上彌生子)　노가미 야에코
야여방창(野呂邦暢)　노로 구니노부
야여영태랑(野呂榮太郎)　노로 에이타로
야중겸산(野中兼山)　노나카 겐잔
야촌상오(野村尙吾)　노무라 쇼고
야촌호당(野村胡堂)　노무라 고도
야판소여(野坂昭如)　노사카 아키유키
약림쓰야자(若林つや子)　와카바야시 쓰야코
약삼혜(若杉慧)　와카스기 사토시
양관(良寬)　료칸
엔지문자(円地文子)　엔치 후미코
여사야정자(與謝野晶子)　요사노 아키코
연실중언(蓮實重彦)　하스미 시게히코
엽산가수(葉山嘉樹)　하야마 요시키
엽산삼천자(葉山三千子)　하야마 미치코
영목무삼랑(鈴木茂三郎)　스즈키 모사부로
영목문치(鈴木文治)　스즈키 분지
영목삼중길(鈴木三重吉)　스즈키 미에키치
영목성고(鈴木成高)　스즈키 시게타카
영목신태랑(鈴木信太郎)　스즈키 신타로
영목언차랑(鈴木彦次郎)　스즈키 히코지로
영목정미(鈴木貞美)　스즈키 사다미
영목청(鈴木淸)　스즈키 기요시
영송정(永松定)　나가마쓰 사다무

영정용남(永井龍男) 나가이 다쓰오
영정하풍(永井荷風) 나가이 가후
오목관지(五木寬之) 이쓰키 히로유키
오미강우(五味康祐) 고미 야스스케
오미천순평(五味川純平) 고미카와 준페이
오야건남(奧野健男) 오쿠노 다케오
오촌토우(奧村土牛) 오쿠무라 도규
옹구충(翁久充) 오키나 규인
와산정친(鍋山貞親) 나베야마 사다치카
와전공수(窪田空穗) 구보타 우쓰보
와천이네자(窪川いね子) 구보카와 이네코
와천학차랑(窪川鶴次郎) 구보카와 쓰루지로
외산묘삼랑(外山卯三郎) 도야마 우사부로
외촌번(外村繁) 도노무라 시게루
용담사웅(龍膽寺雄) 류단지 유
우야천대(宇野千代) 우노 지요
우야호이(宇野浩二) 우노 고지
우원준랑(右遠俊郎) 우도 도시오
원경(原敬) 하라 다카시
원등주작(遠藤周作) 엔도 슈사쿠
원목국웅(元木國雄) 모토키 구니오
원민희(原民喜) 하라 다미키
원실조(源實朝) 미나모토노 사네토모
원의경(源義經) 미나모토노 요시쓰네
원전강자(原田康子) 하라다 야스코
원천(原泉) 하라 이즈미
원지휘무(遠地輝武) 온치 데루타로
월지치웅(越智治雄) 오치 요시오
월촌민행(月村敏行) 쓰키무라 도시유키
위영춘수(爲永春水) 다메나가 슌스이
유기근(楢崎勤) 나라사키 쓰토무
유길좌화자(有吉佐和子) 아리요시 사와코

유도무랑(有島武郎) 아리시마 다케오

유도생마(有島生馬) 아리시마 이쿠마

유뢰정몽(柳瀬正夢) 야나세 마사무

유마뢰영(有馬賴寧) 아리마 요리야스

유마뢰의(有馬賴義) 아리마 요리치카

유목사자(柚木史子) 유키 후미코

유인(裕人) 히로히토

유전국남(柳田國男) 야나기타 구니오

유전천(柳田泉) 야나기타 이즈미

유종열(柳宗悅) 야나기 무네요시

유택광사(有澤廣巳) 아리사와 히로미

유한길(劉寒吉) 류 간키치

율진즉웅(栗津則雄) 아와즈 노리오

율평양수(栗坪良樹) 구리쓰보 요시키

응우수행(鷹羽狩行) 다카하 슈교

의권성삼(衣卷省三) 기누마키 쇼조

의립정지조(衣笠貞之助) 기누가사 데이노스케

이달정종(伊達政宗) 다테 마사무네

이동정웅(伊東靜雄) 이토 시즈오

이등귀마(伊藤貴麿) 이토 다카마로

이등무웅(伊藤武雄) 이토 다케오

이등신길(伊藤信吉) 이토 신키치

이등야지(伊藤野枝) 이토 노에

이등영지개(伊藤永之介) 이토 에이노스케

이등정(伊藤整) 이토 세이

이등좌희웅(伊藤佐喜雄) 이토 사키오

이마춘부(伊馬春部) 이마 하루베

이엽정사미(二葉亭四迷) 후타바테이 시메이

이이다 모모(いいだ もも) 이이다 모모

일견광(逸見廣) 헨미 히로시

일견유길(逸見猶吉) 헨미 유키치

일뢰직행(一瀬直行) 이치노세 나오유키

일비야사랑(日比野士朗) 히비노 시로
일야계삼(日野啓三) 히노 게이조
일야초성(日野草城) 히노 소조
일휴종순(一休宗純) 잇큐 소준
임경자(林京子) 하야시 교코
임달부(林達夫) 하야시 다쓰오
임방웅(林房雄) 하야시 후사오
임부미자(林芙美子) 하야시 후미코
임불망(林不忘) 하야시 후보
입강융즉(入江隆則) 이리에 다카노리
입래철장(粒來哲藏) 쓰부라이 데쓰조
입송화평(立松和平) 다테마쓰 와헤이
입야신지(立野信之) 다테노 노부유키
입원도조(立原道造) 다치하라 미치조
입원정추(立原正秋) 다치하라 마사아키
입정결(笠井潔) 가사이 기요시
입택강부(入澤康夫) 이리자와 야스오
입화륭(立花隆) 다치바나 다카시

자모택관(子母澤寬) 시모자와 간
자목노리자(茨木のり子) 이바라기 노리코
장견의삼(長見義三) 오사미 기조
장곡건(長谷健) 하세 겐
장곡천결(長谷川潔) 하세가와 기요시
장곡천사랑(長谷川四郎) 하세가와 시로
장곡천사지길(長谷川巳之吉) 하세가와 미노키치
장곡천시우(長谷川時雨) 하세가와 시구레
장곡천신(長谷川伸) 하세가와 신
장곡천용생(長谷川龍生) 하세가와 류세이
장곡천진(長谷川進) 하세가와 스스무
장부근오(長部謹吾) 오사베 긴고
장부일출웅(長部日出雄) 오사베 히데오

장사훈(庄司薫) 쇼지 가오루
장야윤삼(庄野潤三) 쇼노 준조
장여선랑(長與善郎) 나가요 요시로
장원신이랑(藏原伸二郎) 구라하라 신지로
장원유인(藏原惟人) 구라하라 고레히토
장전수웅(長田秀雄) 나가타 히데오
저야겸이(猪野謙二) 이노 겐지
적뢰천원평(赤瀬川原平) 아카세카와 겐페이
적천차랑(赤川次郎) 아카가와 지로
전곡예(田谷銳) 다야 에이
전구국정(田口掬汀) 다구치 기쿠테이
전구보영부(田久保英夫) 다쿠보 히데오
전궁호언(田宮虎彦) 다미야 도라히코
전목번(田木繁) 다키 시게루
전변경일랑(田邊耕一郎) 다나베 고이치로
전변무일(田邊茂一) 다나베 모이치
전변성자(田邊聖子) 다나베 세이코
전산박(畑山博) 하타야마 히로시
전산화대(田山花袋) 다야마 가타이
전전석모(前田夕暮) 마에다 유구레
전전수일랑(田畑修一郎) 다바타 슈이치로
전전애(前田愛) 마에다 아이
전전하광일랑(前田河廣一郎) 마이다코 히로이치로
전중강부(田中康夫) 다나카 야스오
전중공태랑(田中貢太郎) 다나카 고타로
전중극기(田中克己) 다나카 가쓰미
전중동이(田中冬二) 다나카 후유지
전중료파(畑中蓼坡) 하타나카 료하
전중소실창(田中小實昌) 다나카 고미마사
전중영각(田中角榮) 다나카 가쿠에이
전중영광(田中英光) 다나카 히데미쓰
전중천화부(田中千禾夫) 다나카 지카오

전촌융일(田村隆一) 다무라 류이치
전촌준자(田村俊子) 다무라 도시코
전촌태차랑(田村泰次郎) 다무라 다이지로
전하수포(田河水泡) 다가와 스이호
전향호웅(田鄕虎雄) 다고 도라오
절구신부(折口信夫) 오리구치 시노부
점천신부(鮎川信夫) 아유카와 노부오
정강자규(正岡子規) 마사오카 시키
정목불여구(正木不如丘) 마사키 후조큐
정복준이(井伏鱒二) 이부세 마스지
정상강문(井上康文) 이노우에 야스부미
정상광청(井上光晴) 이노우에 미쓰하루
정상구일랑(井上究一郞) 이노우에 규이치로
정상성미(井上成美) 이노우에 시게요시
정상양웅(井上良雄) 이노우에 요시오
정상우일랑(井上友一郞) 이노우에 도모이치로
정상정(井上靖) 이노우에 야스시
정상준지조(井上準之助) 이노우에 준노스케
정상히사시(井上ひさし) 이노우에 히사시
정야융삼(淀野隆三) 요도노 류조
정원서학(井原西鶴) 이하라 사이카쿠
정전미지자(正田美智子) 쇼다 미치코
정종백조(正宗白鳥) 마사무네 하쿠초
정출손육(井出孫六) 이데 마고로쿠
제등녹우(齋藤綠雨) 사이토 료쿠
제등류(齋藤瀏) 사이토 류
제등무길(齋藤茂吉) 사이토 모키치
제등용태랑(齋藤龍太郎) 사이토 류타로
제방융사(諸方隆士) 오가타 다카시
조일무(朝日茂) 아사히 시게루
조전일사(篠田一士) 시노다 하지메
족립권일(足立卷一) 아다치 겐이치

종영(宗瑛) 소 에이
종촌계홍(種村季弘) 다네무라 스에히로
좌강중일(佐江衆一) 사에 슈이치
좌고순일랑(佐古純一郎) 사코 준이치로
좌구간상산(佐久間象山) 사쿠마 쇼잔
좌다도자(佐多稻子) 사타 이네코
좌등삭(佐藤朔) 사토 사쿠
좌등의량(佐藤義亮) 사토 기리요
좌등정창(佐藤正彰) 사토 마사아키
좌등총지조(佐藤惣之助) 사토 소노스케
좌등춘부(佐藤春夫) 사토 하루오
좌등홍록(佐藤紅綠) 사토 고로쿠
좌목융삼(佐木隆三) 사키 류조
좌백창일(佐伯彰一) 사에키 쇼이치
좌백효부(佐伯孝夫) 사에키 다카오
좌야가사미(佐野袈裟美) 사노 게사미
좌야미진남(佐野美津男) 사노 미쓰오
좌야학(佐野學) 사노 마나부
좌좌목간랑(佐佐木幹郎) 사사키 미키로
좌좌목기일(佐佐木基一) 사사키 기이치
좌좌목무색(佐佐木茂索) 사사키 모사쿠
좌좌목미진삼(佐佐木味津三) 사사키 미쓰조
좌좌목방(佐佐木邦) 사사키 구니
좌좌목신강(佐佐木信綱) 사사키 노부쓰나
좌좌목일부(佐佐木一夫) 사사키 가즈오
좌좌목준랑(佐佐木俊郎) 사사키 도시로
좌좌목행강(佐佐木幸綱) 사사키 유키쓰나
좌좌목효환(佐佐木孝丸) 사사키 다카마루
주교성일(舟橋聖一) 후나바시 세이이치
주정스에(住井すゑ) 스미이 스에
주정진인(酒井眞人) 사카이 마히토
주천백촌(廚川白村) 구리야가와 하쿠손

죽내호(竹內好) 다케우치 요시미
죽산도웅(竹山道雄) 다케야마 미치오
죽서관자(竹西寬子) 다케니시 히로코
죽전민행(竹田敏行) 다케다 도시유키
죽전청사(竹田靑嗣) 다케다 세이지
죽중욱(竹中郁) 다케나카 이쿠
중겸방자(重兼芳子) 시게카네 요시코
중곡효웅(中谷孝雄) 나카타니 다카오
중도건장(中島健藏) 나카지마 겐조
중도돈(中島敦) 나카지마 아즈시
중도영차랑(中島榮次郎) 나카지마 에이지로
중도재(中島梓) 나카지마 아즈사
중리개산(中里介山) 나카자토 가이잔
중리항자(中里恒子) 나카자토 쓰네코
중본다카자(中本たか子) 나카모토 다카코
중상건차(中上健次) 나카가미 겐지
중산성삼랑(中山省三郎) 나카야마 쇼자부로
중산신일랑(中山伸一郎) 나카야마 신이치로
중산의수(中山義秀) 나카야마 기슈
중서이지조(中西伊之助) 나카니시 이노스케
중야실(中野實) 나카노 미노루
중야중치(中野重治) 나카노 시게하루
중야호부(中野好夫) 나카노 요시오
중야효차(中野孝次) 나카노 고지
중원궁언(中原弓彦) 나카하라 유미히코
중원중야(中原中也) 나카하라 주야
중정영부(中井英夫) 나카이 히데오
중촌광부(中村光夫) 나카무라 미쓰오
중촌무라부(中村武羅夫) 나카무라 무라오
중촌임(中村稔) 나카무라 미노루
중촌정상(中村正常) 나카무라 마사쓰네
중촌지평(中村地平) 나카무라 지헤이

중촌진일랑(中村眞一郎) 나카무라 신이치로
중촌초전남(中村草田男) 나카무라 구사타오
중촌행언(中村幸彥) 나카무라 유키히코
중촌헌길(中村憲吉) 나카무라 겐키치
중택 게이(中澤けい) 나카자와 게이
중택신일(中澤新一) 나카자와 신이치
중하여일(中河與一) 나카가와 요이치
증근박의(曾根博義) 소네 히로요시
증야능자(曾野綾子) 소노 아야코
증전미즈자(增田みず子) 마스다 미즈코
지곡신삼랑(池谷信三郞) 이케타니 신자부로
지내기(池內紀) 이케우치 오사무
지목호자(芝木好子) 시바키 요시코
지전만수부(池田滿壽夫) 이케다 마스오
지전미치자(池田みち子) 이케다 미치코
지창상장(支倉常長) 하세쿠라 쓰네나가
지택하수(池澤夏樹) 이케자와 나쓰키
지파정태랑(池波正太郞) 이케나미 쇼타로
지하직재(志賀直哉) 시가 나오야
직목삼십오(直木三十五) 나오키 산주고
직전신장(織田信長) 오다 노부나가
직전작지조(織田作之助) 오다 사쿠노스케
진계신언(眞繼伸彥) 마쓰기 노부히코
진도우자(津島佑子) 쓰시마 유코
진벽인(眞壁仁) 마가베 진
진산청과(眞山靑果) 마야마 세이카
진삼정지(眞杉靜枝) 마스기 시즈에
진선풍(眞船豊) 마후네 유타카
진야구자(辰野九紫) 다쓰노 규시
진전강(津田剛) 쓰다 다카시
진촌신부(津村信夫) 쓰무라 노부오
진풍길(秦豊吉) 하타 도요키치

진항평(秦恒平) 하타 고헤이

창광준부(倉光俊夫) 구라미쓰 도시오
창교양촌(倉橋羊村) 구라하시 요손
창교유미자(倉橋由美子) 구라하시 유미코
창전백삼(倉田百三) 구라타 햐쿠조
처목신평(妻木新平) 쓰마키 신페이
천견연(淺見淵) 아사미 후카시
천경화(泉鏡花) 이즈미 교카
천구송태랑(川口松太郎) 가와구치 마쓰타로
천기장태랑(川崎長太郎) 가와사키 조타로
천단강성(川端康成) 가와바타 야스나리
천단모사(川端茅舍) 가와바타 보샤
천본삼랑(川本三郎) 가와모토 사부로
천상동애(川上冬崖) 가와카미 도가이
천서란(川西蘭) 가와니시 란
천서정명(川西政明) 가와니시 마사아키
천석영세(千石英世) 센고쿠 히데요
천소도차랑(淺沼稻次郎) 아사누마 이네지로
천야천학자(千野千鶴子) 우에노 지즈코
천야황(淺野晃) 아사노 아키라
천엽귀웅(千葉龜雄) 지바 가메오
천원육랑(淺原六朗) 아사하라 로쿠로
천전순(川田順) 가와다 준
천전시야(千田是也) 센다 고레야
천전창(淺田彰) 아사다 아키라
천촌이랑(川村二郎) 가와무라 지로
천촌진(川村湊) 가와무라 미나토
천촌태차랑(田村泰次郎) 다무라 다이지로
천택퇴이랑(天澤退二郎) 아마자와 다이지로
청강탁행(淸岡卓行) 기요오카 다카유키
청도행남(靑島幸男) 아오시마 유키오
청류우(靑柳憂) 아오야기 유타카

청수기길(淸水基吉) 시미즈 모토요시
청수기태랑(淸水幾太郎) 시미즈 이쿠타로
청수방부(淸水邦夫) 시미즈 구니오
청수창(淸水昶) 시미즈 아키라
청야계길(靑野季吉) 아오노 스에키치
청야총(靑野聰) 아오노 소
초야심평(草野心平) 구사노 신페이
촌산고향(村山古鄕) 무라야마 고쿄
촌산괴다(村山槐多) 무라야마 가이타
촌산지의(村山知義) 무라야마 도모요시
촌상룡(村上龍) 무라카미 류
촌상원삼(村上元三) 무라카미 겐조
촌상육랑(村上浪六) 무라카미 나미로쿠
촌상춘수(村上春樹) 무라카미 하루키
촌송강(村松剛) 무라마쓰 다케시
촌송우시(村松友視) 무라마쓰 도모미
촌송정준(村松正俊) 무라마쓰 마사토시
촌야사랑(村野四郎) 무라노 시로
추명린삼(椎名麟三) 시이나 린조
추방삼랑(諏訪三郎) 스와 사부로
추산준(秋山駿) 아키야마 슌
추원공차랑(萩原恭次郎) 하기와라 교지로
추원불사남(秋元不死男) 아키모토 후지오
추원삭태랑(萩原朔太郎) 하기와라 사쿠타로
추원송대(秋元松代) 아키모토 마쓰요
추원엽자(萩原葉子) 하기와라 요코
추전실(秋田實) 아키타 미노루
추전우작(秋田雨雀) 아키다 우자쿠
춘산행부(春山行夫) 하루야마 유키오
출구유홍(出口裕弘) 데구치 유코
친란(親鸞) 신란

타목촌치(打木村治)　우치키 무라지
탄파전춘부(灘波田春夫)　나니와다 하루오
탕천방자(湯淺芳子)　유아사 요시코
탕천극위(湯淺克衛)　유아사 가쓰에
태재치(太宰治)　다자이 오사무
태전수수(太田水穗)　오타 미즈호
토거광지(土居光知)　도이 고치
토기선마(土岐善麿)　도기 젠마로
토방여지(土方與志)　히지가타 요시
토사청이(土師淸二)　하지 세이지
토옥문명(土屋文明)　쓰치야 분메이
통곡수소(桶谷秀昭)　오케타니 히데아키
통구일엽(樋口一葉)　히구치 이치요
통정강융(筒井康隆)　쓰쓰이 야스타카

파다야완치(波多野完治)　하타노 간지
판구안오(坂口安吾)　사카구치 안고
판본용마(坂本龍馬)　사카모토 료마
판본월랑(阪本越郎)　사카모토 에쓰로
판본일구(坂本一龜)　사카모토 가즈키
판상홍(坂上弘)　사카가미 히로시
판원직자(板垣直子)　이타가키 나오코
판전관부(阪田寬夫)　사카타 히로오
판중정부(阪中正夫)　사카나카 마사오
팔목동작(八木東作)　야기 도사쿠
팔목승(八木昇)　야기 노보루
팔목의덕(八木義德)　야기 요시노리
팔목중길(八木重吉)　야기 주키치
팔전가명(八田嘉明)　핫타 요시아키
편강철병(片岡鐵兵)　가타오카 뎃페이
평강독뢰(平岡篤賴)　히라오카 도쿠요시
평림다이자(平林たい子)　히라바야시 다이코

평림영자(平林英子) 히라바야시 에이코
평림초지보(平林初之輔) 히라바야시 하쓰노스케
평림표오(平林彪吾) 히라바야시 효고
평야겸(平野謙) 히라노 겐
평전소육(平田小六) 히라타 고로쿠
평전승(坪田勝) 쓰보타 마사루
평전양치(坪田讓治) 쓰보타 조지
평전정탑(平畑靜塔) 히라하타 세이토
평택계칠(平澤計七) 히라사와 게이시치
평호염길(平戶廉吉) 히라토 렌키치
포서화언(浦西和彦) 우라니시 가즈히코
포원유명(蒲原有明) 간바라 아리아케
풍도여지웅(豊島與志雄) 도요시마 요시오
풍전삼랑(豊田三郎) 도요다 사부로
풍전정자(豊田正子) 도요다 마사코

하목수석(夏目漱石) 나쓰메 소세키
하상조(河上肇) 가와카미 하지메
하상철태랑(河上徹太郎) 가와카미 데쓰타로
하성호장(河盛好藏) 가와모리 요시조
하야광중(河野廣中) 고노 히로나카
하야다혜자(河野多惠子) 고노 다에코
하정취명(河井醉茗) 가와이 스이메이
하중미삼랑(下中彌三郎) 시모나카 야사부로
하천풍언(賀川豊彦) 가가와 도요히코
하촌천추(下村千秋) 시모무라 지아키
학견준보(鶴見俊輔) 쓰루미 슌스케
학전지야(鶴田知也) 쓰루타 도모야
한천광태랑(寒川光太郎) 사무카와 고타로
해야십삼(海野十三) 운노 주조
해야홍(海野弘) 운노 히로시
해음사조오랑(海音寺潮五郎) 가이온지 조고로

행전로반(幸田露伴) 고다 로한
행전문(幸田文) 고다 아야
향전방자(向田邦子) 무코다 구니코
향정효남(饗庭孝男) 아에바 다카오
향판일랑(向坂逸郎) 사키사카 이쓰로
호우자(芦佑子) 아시 유코
호정번치(壺井繁治) 쓰보이 시게지
호정영(壺井榮) 쓰보이 사카에
호천정웅(戶川貞雄) 도가와 사다오
호판윤(戶坂潤) 도사카 준
홍야민랑(紅野敏郎) 고노 도시로
화십철랑(和辻哲郎) 와쓰지 데쓰로
화야위평(火野葦平) 히노 아시헤이
화전방혜(和田芳惠) 와다 요시에
화전전(和田傳) 와다 덴
화전청휘(花田淸輝) 하나다 기요테루
화천식부(和泉式部) 이즈미 시키부
환강명(丸岡明) 마루오카 아키라
환곡재일(丸谷才一) 마루야 사이이치
환산건이(丸山健二) 마루야마 겐지
환산규삼랑(丸山圭三郎) 마루야마 게이자부로
환산의이(丸山義二) 마루야마 요시지
환산진남(丸山眞男) 마루야마 마사오
환산훈(丸山薰) 마루야마 가오루
황목외(荒木巍) 아라키 다카시
황영(黃瀛) 고 에이
황전한촌(荒畑寒村) 아라하타 간손
황정인(荒正人) 아라 마사히토
회진팔일(會津八一) 아이즈 야이치
횡광리일(橫光利一) 요코미쓰 리이치
횡구정사(橫溝正史) 요코미조 세이시
횡산대관(橫山大觀) 요코야마 다이칸

횡전문자(横田文子) 요코다 후미코
횡정장일(横井庄一) 요코이 쇼이치
후등명생(後藤明生) 고토 메이세이
흑도전치(黑島傳治) 구로시마 덴지
흑암중오(黑岩重吾) 구로이와 주고
흑전희부(黑田喜夫) 구로다 기오
흑정천차(黑井千次) 구로이 센지

옮긴이 후기

　남산에서 불어오는 매서운 겨울바람이 창문을 두드리고 있다. 커피물을 끊인다. 연구실이 조금 따스해지는 것 같다. 창밖을 내려다본다. 거리에는 자동차마저 드물다. 고층 빌딩에서 흩어지는 불빛을 가지에 얹고 겨울 나무들이 떨고 있다. 마치 1970년 11월 25일 미시마 유키오가 일본의 군사 대국화를 부르짖으며 자위대 본부에서 할복 자살했을 때, 주먹만한 활자로 이 소식을 전하는 신문을 떨리는 마음으로 어깨너머로 보았던 중학교 2학년 시절의 내면처럼…… 그러나 이런 의문은 일본어로 은밀하게 속삭이던 어른들을 의아하게 쳐다보던 초등학교 시절부터 싹텄는지 모른다.

　어른들은 왜 일본말을 쓰는 것일까? 남들이 알면 욕이라도 하지 않을까? 남모르게 초조했던 소년의 의문은, 가난하고 쓸쓸했던 1960년대에 유년기를 보냈던 대부분의 사람들이 그랬듯이, 엎드려서 만화를 열심히 보고 있던 어느 날 등짝을 후려갈기는 음성으로 들이닥쳤다. "나쁜 친구. 이건 완전히 『미야모토 무사시』가 아닌가. 이렇게 베껴먹다니!" 언제 오셨을까? 아버지가 등뒤에서 내려다보고 있었다. 그러나 깜짝 놀라 일어났을 때 아버지는 어느새 문밖을 나서고 있었다. 그 후 아버지는 골안개가 자욱이 낀 어느 날 고달픈 삶의 문을 스스로 닫고 말았다. 그리고 미시마 유키오가 자살했다.

　일본에 대한 의문과 감정의 혼란은 여름의 뜨거운 햇살이 은비늘처럼 쏟아지고 있던 마당에서 아버지의 뒷모습을 바라보며 피습을 당했던 그날의 현기증처럼, 아니 미시마가 자살했다는 소식을 들었을 때 냉탕과 온탕에 연거푸 내동댕이쳐진 것처럼 당혹스러웠던 얼얼하고 기묘한 느낌으로 다가왔다. 그날 이후 두 사람의 돌연한 죽음은 가해자와 피해자, 일본과 한국이라는 대립항을 넘어 눈부신 유혹으로 내 삶을 지배했다. 그리고 이 유혹의 정체를 밝혀보지 못하는 한 끝내 자유로울 수 없으리라는 예감에 사로잡혔다. 그러나 이런 어두운 예감은 대학에 들어와서도 해소되지 않았다.

　일본 문학은 월북 작가들의 문학과 함께 낡은 칠판 뒤의 그늘에 숨어 있었던 것이다.

어쩌면 일본 유학생 중심의 문학사에 의문을 제기하면서 국내 지식인들의 문학과 사상을 표나게 강조한 책을 간행했던 것은 이렇게 은폐된 부분을 밝혀보고 싶었던 심리와 무관하지 않을 것이다. 그러나 편협한 관심에서 벗어나 한국 현대 문학사를 좀더 냉정하게 살펴보려고 했을 때, 나는 아직도 그 의문에서 자유롭지 못한 자신을 발견하지 않으면 안 되었다. 월북 작가들의 문학은 해금되었지만 일본 문학은 여전히 어른들이 은밀하게 사용하던 식민지 시대의 말처럼 어둠 너머에서 서성거리고 있었다. 초조했다. 그리고 일본 문학사를 모르는 한 나는 한국 근·현대 문학사의 기원과 생성을 본격적으로 살펴볼 수 없을지도 모른다는 예감에 다시 사로잡혔다. 더구나 일본의 소장 연구자들이 '일본'의 '근대'와 '문학' 그리고 '기원'을 살펴보기 위하여 우리 문학에 주목하고 있음을 알았기에 그 강박관념은 더욱 커졌다. 한국 문학도 제대로 알지 못하는 내가 1991년부터 일본 문학과 관련된 일련의 작업에 몰두했던 것은 이런 사정에서 비롯된다.

이번에 다시 한번 부끄러움을 무릅쓰고 쇼가쿠칸에서 '쇼와 문학 전집' 전 35권의 별권으로 냈던 『쇼와 문학사』(1990)를 번역한다. 이 책이 간행되기까지의 경위를 잠시 살펴보기로 하자. 일본이 본격적인 근·현대 문학사를 가지게 되었던 것은 1955년 이후의 일이다. 물론 이보다 앞서 사토 하루오의 『근대 일본 문학의 전망』, 이토 세이의 『일본 문단사』, 다카미 준의 『쇼와 문학 성쇠사』 등이 나왔지만, 전후 비평가들이 지쿠마서방에서 간행된 '현대 일본 문학 전집'의 별권으로 나온 '현대 일본 문학사'를 집필하면서 참다운 의미의 문학사를 갖게 된 것이다. 우리가 잘 알고 있는 히라노 겐의 『쇼와 문학사』, 나카무라 미쓰오의 『메이지 문학사』, 혼다 슈고의 『이야기 전후 문학사』 등은 그 성과라고 할 수 있다. 이들의 문학사는 주관주의를 배제하고 현상을 객관적으로 관찰하였으며 '문학의 근대화'라는 관점에서 서술하여 기존의 문학사에서 한 단계 나아간 업적으로 평가된다. 그러나 당연한 말이지만 새롭고 유력한 비평가들이 등장하면 기존의 문학사는 변경을 감수해야 하는 운명을 맞이하게 마련이다. 그런 의미에서 『쇼와 문학사』는 지금까지 나온 일본 현대 문학사에 새로운 질서를 요구하는 도전적인 관점을 간직한 문학사의 하나라고 할 수 있다.

본래 '쇼와 문학 전집'은 이노우에 야스시, 야마모토 겐키치, 나카무라 미쓰오 등의 원로와 요시유키 준노스케, 이소다 고이치, 다카하시 히데오 등의 중견을 편집위원으로 하여 전체 기획을 세웠다. 그러나 실질적인 작업은 문학사를 새롭게 쓰기 위해 의욕을 불태우고 있던 이소다 고이치가 담당했고, 그는 자신이 집필한 문학사와 오다기리 스스무의 '쇼와 문학 대연표'를 별권으로 만들 예정이었다. 그런데 그가 1987년 2월 5일 심근경색증으로 돌연 사망하자 계획에 차질이 생겼다. 그 결과 이 책은 이소다가 생전에 발표했던 「쇼와 문학사론」과 호쇼 마사오, 소네 히로요시, 가와니시 마사아키, 스즈키 사다미, 구리쓰보 요시키 등 일본 학자들과 평론가들이 분담 집필한 「쇼와 문학사」, 그리고 오다기리 스스무의 연표를 합친 새로운 체제로 세상에 나오게 되었던 것이다. 그러므로 『일본 현대 문학사』(상·하)는 정확하게 말한다면 『쇼와 문학사』 가운데 호쇼 마사오 등이 집필한 부분을 번역한 것에 다름아니다.

이 책은 이처럼 최근에 나온 무게 있는 일본 현대 문학사의 하나일 뿐만 아니라 오랜 시간에 걸쳐 검토하고 분담 집필한 문학사답게 포괄적이고 객관적이며, 필자들이 대부분 집필 당시 40대 중반이어서 도전적인 관점과 신선한 문체를 보여주고 있으며, 이소다 고이치의 유지를 받들어 기존의 실증적이고 문단사적인 문학사와 달리 문화사적이고 정신사적인 문학사를 지향하고 있으며, 나아가 눈으로 보고 이해하고 즐길 수 있도록 문학 앨범처럼 독특하게 편집되어 있다. 물론 내용이 중복되거나 일관된 서술의 흐름이 끊기고 있는 등 분담 집필에 따른 단점이 없는 것도 아니다. 그럼에도 불구하고 이 책은 많은 장점을 갖고 있어 일본 문학사의 전모를 알지 못하고 작품으로만 부분적으로 접한 독자들에게 가장 유용한 책의 하나가 될 것이다.

번역하면서 유의하려고 했던 점은 다음과 같다. 첫째, 인명 및 지명 등을 외래어 표기법에 따라 읽었다. 특히 작가의 원명과 생몰 연대를 밝혀놓았고, 까다로운 경우에 한정해서 원제목을 달았다. 둘째, 작가나 저서 및 기타 사진을 배치하여 내용을 보다 실감 있게 이해하도록 하였다. 원래 200장 정도 실려 있던 사진이 무려 600여 장으로 늘어난 것은 이 때문이다. 셋째, 일본 현대 문학사 연표를 새로 작성하였다. 넷째, 인명 색인의 경우 중요한 대목이 나오는 페이지 숫자는 고딕으로 표시하여 참조하기에 편리하도록 하였다. 다섯째, 일본 인명을 읽는 데 불편을 느끼는 독자들을 위하여 한자식 일본 인명 색인을 붙였다.

바람은 잦아들었다. 그러나 마음 한구석에 남아 있는 차가운 안개는 아직도 사라지지 않는다. 해야 할 일들이 너무 많고, 만용과 외람의 이름으로 세상에 내는 이 책을 볼 독자들의 눈길이 무서운 것이다. 그러나 이런 두려움은 잘못을 시인하고 사과하는 솔직한 마음으로 극복하려고 한다. 다만 아직도 식민지 시대를 살았던 어른들이나 일부 연구자들의 관심에 머물고 있는 일본 문학사를 독자들에게 보여주고 싶다는 마음을 가졌을 뿐인데, 결국 여기까지 오게 되었음을 고백하지 않을 수 없다. 아마 학문의 공개성이라는 원칙에서 일본 문학 역시 예외일 수 없다는 생각이 이렇게 외람된 일을 하게 된 가장 중요한 원인의 하나일 것이다. 그럼에도 이런 초조감과 자기 도취적인 강박관념을 너그러운 도량으로 품어준 많은 인연들을 생각하니 가슴이 뜨거워진다. 서늘한 눈빛으로 푸근하게 맞아준 김병익 선생님과 문지 가족들이 없었더라면 이 책은 아마 나오지 못했을 것이다. 아울러 매주 함께 읽어보면서 많은 조언을 해주었던 와타나베 나오키(渡邊直紀) 학형과 1997학년도 저서 및 번역 연구비를 지원해준 모교 동국대학교, 그리고 사랑하는 사람들과 우리 학생들에게도 감사의 말씀을 올린다.

1998년 2월

고 재 석